Nora Dechant hat bereits folgende
erotische Anthologien herausgegeben:

Übernachtung mit Frühstück
Die Geheimnisse der Aphrodite

Lust auf mehr?
Weitere erotische Highlights finden Sie in:

Schamlos – Erotische Phantasien
(herausgegeben von Michael Menzel)

Liebhabereien – Ein erotisches Lesebuch
(herausgegeben von Gabriele Kreis & Jutta Siegmund-Schultze

Höhepunkte – Ein erotisches Lesebuch
(herausgegeben von Crestina di Raimondi)

Vibrations! – Geschichten vom Anmachen
(herausgegeben von Julia Peters)

Hot'n'Holy – Der erotische Adventskalender
(herausgegeben von Susanne Frank & Timothy Sonderhüsken)

Tobsha Learner, *Quiver – Erotische Phantasien*
Tobsha Learner, *Madonna Mars – Ein erotischer Thriller*
Stella Cameron, *Nackte Lügen – Ein erotischer Roman*

Was Sie schon immer
über die schönste Sache der Welt wissen wollten

Dolly Buster, *Alles echt – Durchhänger und andere Höhepunkte*
Anna D. Garunda, *Das erotische Traumlexikon – Entdecken Sie die sinnlichen Botschaften Ihrer Träume*

Über die Herausgeberin:

Nora Dechant wurde 1969 in Deutschland geboren. Nach einer Ausbildung zur Hotelfachfrau absolvierte sie ein Studium der Germanistik und Psycholinguistik. Sie lebt in München und arbeitet dort heute als Lektorin und Herausgeberin.

DAS SÜSSE FLEISCH DER FEIGEN

Erotische Geschichten mit Biß

herausgegeben von Nora Dechant

Knaur

Besuchen Sie uns im Internet:
www.droemer-weltbild.de

Originalausgabe

Umschlaggestaltung: ZERO Werbeagentur, München
Umschlagabbildung: Tony Stone, München/James Goodwin
Texterfassung: Brigitte Apel, Hannover
Umbruch: Ventura Publisher im Verlag
Druck und Bindung: Clausen & Bosse, Leck
Printed in Germany
ISBN 3-426-61847-8

2 4 5 3 1

INHALTSVERZEICHNIS

* Titelformulierungen stammen von der Herausgeberin

Keto von Waberer

Oktopusse küßt man nicht – Verführung bei Tisch

Ein verliebter Mann umbalzt eine Frau. Die Frau ist nicht abgeneigt und faßt ihn ihrerseits ins Auge. Sie reagiert auf mannigfaltige Signale, die er aussendet und die ihn, je nachdem, geeignet erscheinen lassen oder als Nullösung qualifizieren. Da sind selbstverständlich optische Reize (der Schwung einer Oberlippe, die Farbe eines Auges), akustische Botschaften (die Tonlage und das Timbre einer Stimme), sinnliche Eindrücke. (Wie riecht er? Wie warm ist seine Hand?)

Aber das ist nicht alles. Eine Frau, die dabei ist, sich mit einem Mann einzulassen, nimmt wie ein Seismograph alle nur erdenklichen Details ihres Galans auf und speichert sie auf ihrem inneren Computer. Was hat er an? Wie lacht er? Wie bewegt er die Hände? Wie zündet er sich eine Zigarette an? Wie nähert er sich der angestrebten Dame?

Da sich, statistisch gesehen, die ersten Antastversuche einer kommenden Affäre meist in Restaurants oder womöglich am häuslichen Herd und Tisch abspielen (und nicht in einem Boot auf dem Stadtgraben oder unter einem blühenden Pflaumenbaum in glitzernder Bergwelt, wie es uns die Filme glauben machen wollen), lohnt es sich, die kulinarische Seite dieses Unternehmens und alle Aspekte, die daran grenzen, einmal genauer unter die Lupe zu nehmen.

Essen und Trinken hat ja einiges mit dem herbeigeschauten erotischen Endergebnis zu tun. Der Volksmund spricht davon, daß man jemand zum Fressen gerne hat, sich jemanden einverleiben will, Küsse trinken möchte, nach jemandem hungert. Liebesleute nennen sich »mein Süßes«, »Zuckerschnute«, »Gummibärchen« oder »Honey«, um einmal die einfachsten Bilder erotischer Gefräßigkeit aufzuzählen.

Gewiß könnte man, dränge man tiefer in dieses Grenzgebiet der oralen Lustbarkeit vor, noch weitaus schlüssigere und gewagtere Vergleiche aufzählen, aber das versagen wir uns im Augenblick.

Wenden wir uns den zu prüfenden Herren zu, sie, die gewogen und als schwer genug erkannt werden sollen auf der Waage ihrer Herzensdame. Es geht um die Präliminarien. Noch sind wir nämlich weit davon entfernt, an eine Ernte von süßen Früchten zu denken, vom Einmachen derselben ganz zu schweigen. Werden wir also konkret!

»Er kam aus der Küche, mit zwei gefüllten Rotweingläsern auf einem Tablett«, sagte Ariane und verzog vorwurfsvoll den Mund, »also, da wußte ich Bescheid.«

Wir alle wiegten die Köpfe und tranken von unseren Margueritas. Ariane, die eine große Weinkennerin ist und sich viel darauf zugute hält, wollte selbstverständlich die Flasche sehen, ehe sie trank, so erklärte sie uns das. »Wie war denn die Temperatur?« versuchte Gisa sie abzulenken.

Gisa fand das Ganze nicht gar so diffamierend wie Ariane. »Weiß ich nicht«, sagte Ariane kurz angebunden, »ich bin heimgefahren.«

Das schien uns allen nun etwas harsch, ja nun, jeder hat seine Macken. Gisa fand viel schlimmer, daß ihr Erwählter beim ersten Kinobesuch eine ganze Badewanne von Puffmais in sich hineinschaufelte, und daß sie später eins der weißen Wölkchen in seinem Unterhemd fand.

»Das hatte er gar nicht bemerkt, läßt das nicht auf mangelnde Sensibilität schließen?« rief sie.

Wir fanden das nun eher komisch. »Ich hasse den Geruch von Puffmais«, stöhnte Gisa, »und das Geräusch, wenn jemand neben mir Puffmais mampft ... Da vergeht mir alles.«

Danach wandte sich das Gespräch den Gerüchen zu. Wir waren uns ziemlich einig, daß kalte Gasthausluft in Männerkleidern der Libido empfindlich schadet, auch bei rohen Zwiebeln, Heringen und Wienerwaldhendln gingen wir konform, nur beim Knoblauch divergierten wir etwas. Kiki fand, ein leichter Knoblauchduft sei überaus anziehend. Kiki hat immer schon einen exotischen Geschmack gehabt, sie behauptet auch immer noch, es sei das Höchste, einen Mann zu küssen, der eben einen affenscharfen Curry gegessen hat.

Wir alle lachten herzlich über die Kaugummireklame im Fernsehen: Zwiebeln von Pfefferminz überlagert kann die heißeste Frau abkühlen. (Ich hoffe, Sie spitzen die Ohren, meine Herren.)

Überhaupt – die Mundgegend beim Vorspiel, das von Nahrungsaufnahme begleitet wird, ist ein äußerst delikates Territorium. Nichts verdirbt mir so die Lust wie ein Tropfen oder ein kleiner Nahrungspartikel, der an den Lippen oder dem Bart hängengeblieben ist.

Der Mann, der trinkt, ohne sich vorher den Mund abgewischt zu haben, und einen Fettrand am Glas hinterläßt, treibt mir die Gänsehaut über den gesamten Körper.

Der Mann, der mir beim Lachen erlaubt, in das noch gefüllte Mahlwerk seiner Mundhöhle zu blicken, kann mich vergessen. Ich gebe zu, später, wenn die Sache auf ein vertrauliches Niveau abgesunken oder aber angestiegen ist, bin ich nicht mehr so streng.

Mein Freund Bodo, mit dem ich nächtelang vor der Glotze lag und lachte, durfte sein mit Erdnüssen gefülltes Maul schon mal weit aufreißen, das tat ich übrigens auch. Wir sahen, so erinnere ich mich, Loriot und seine wandernde Spaghetti-Dekoration. Wer das gesehen hat, der überlegt sich sowieso, ob er beim ersten, noch zarten Minniversuch Spaghetti bestellt.

Zurück zu den Erdnüssen. Da bin ich geradezu apodiktisch. Ein Mann, der mich aufs Sofa setzt, den Wein holt (in der Flasche) und sich dann anschickt, in verschiedenen Behältern Erdnüsse, Salzstangen und Chips vor mir aufzureihen, der hat meine Sympathie verscherzt.

Gibt es etwas Popligeres, Unerotischeres und Muffigeres als dieses Knabberzeug?

Jeder Käsebrocken mit Messer, jede aufgeschnittene

Tomate, jede Dose Ölsardinen könnte mich hinreißen, nur nicht das Knistern von diesen ekelhaften Plastiktütchen und ihr trockener, in Baumwollsamenöl verbrutzelter Inhalt.

Sie finden mich anspruchsvoll und zickig? Mag sein. Aber ich sage Ihnen, ein Mann, der ein Gespür für Nahrung hat, ein sinnliches, ein Mann, der kocht, der hat mich fast schon gewonnen.

Dabei kommt es mir keinesfalls auf irgendein ausgefallenes Heck-Meck an. Schon ein Mann, der gute, wirklich gute Spiegeleier brät (außen ein knuspriger Rand, das Eidotter noch weich, aber mit einem zarten weißen Häutchen überzogen), hat gute Chancen bei mir. Ja, wenn er dann auch noch den Salat ordentlich trocknet, ehe er ihn anmacht, wenn er exzellentes Öl verwendet, wenn er womöglich weiß, wie man einen Lachs pochiert und eine Soße rührt, dann kann ich fast für nichts mehr garantieren.

Aber auch hier kann man vom rechten Weg abkommen, meine Herren, das beweist die Geschichte meiner Freundin Beate.

Sie hatte Kilian bei einer James-Joyce-Lesung kennengelernt, und beim angeregten Geplauder über die Gefräßigkeit und Naschhaftigkeit dieses Autors kamen sich Beate und Kilian näher.

Es knisterte. Kilian deutete bescheiden an, daß er gastronomisch nicht ungeschickt sei und lud Beate zu einem kleinen Liebesmahl zu sich nach Hause ein. (Beate kaufte sich diesen teuren schwarzen Body-Stocking und ein Parfum, das »Ekstase« hieß, oder so ähnlich.)

»Zuerst hat er mir die Küche gezeigt und alle, aber auch alle Geräte, die diese Küche in sich barg«, so hörten wir später von Beate. »Der Champagner aus dem Weinkeller irgendeines französischen Abgeordneten, der jedes Jahr nur hundert Flaschen produziert, war wunderbar. Dann haben wir gegessen. Es gab drei verschiedene Vorspeisen, dann Fleisch, dann Fisch, dann Sorbet, dann Krustentiere, Salat, Süßspeise, Käse, Mocca, Pralinen, dazu verschiedene Weine.«

»Wie göttlich«, riefen wir, »bitte sag uns ganz genau, was es gegeben hat.«

Beate musterte uns mit kaltem Blick. »NEIN«, sagte sie, und dann fing sie an zu lachen und endete in einem Weinkrampf.

Als sie sich etwas beruhigt hatte, gelang es uns, ihr zu entlocken, daß Kilian, der die ganze Zeit schwitzend zwischen Küche und Tisch pendelte, jedes Gericht bis zum letzten Senfkorn erklärt hatte, daß er den genauen Werdegang jeder einzelnen Zutat beschrieben hatte (»das Huhn aus der Bresse, praktisch vom Ei an!«, rief Beate). Danach hatte er das beschrieben, was er selbst mit dem Material getrieben hatte. Danach, so hörten wir, mußte Beate sich äußern – lobend, versteht sich. Sie konnte ihn zwar zu später Stunde davon abhalten, ihr alle Rezepte aufzuschreiben, aber als er dann später neben ihr im Bett lag, schlief er einfach ein.

Dem Himmel sei Dank, daß es Lokale gibt, werden Sie, meine Herren, nun sagen. Nicht jedem ist es gegeben, der Dame seines Herzens gleich zu Anfang seine geniale Begabung am Kochtopf darzulegen. Aber Vorsicht, auch hier lauern Fallstricke. Schon die Auswahl des Lokals bedarf eines gewissen Fingerspitzengefühls. Nicht zu laut, nicht zu voll, nicht zu eng, nicht zu »in«, nicht zu protzig, nicht zu volkstümlich, nicht zu üppig, nicht zu spartanisch – und Sie, meine Herren, müssen sich auskennen in der Zunge des jeweiligen Landes, sonst wird der Abend kein Erfolg.

Marlene zum Beispiel, der ein Anwärter auf ihre Gunst aus Unkenntnis in einem japanischen Restaurant einen ganzen rohen Octopus bestellte, dazu gegorene Sojabohnen, entzog ihm vorschnell ihre Gunst. (Bei einer japanischen Dame hätte ihn womöglich eben dieser Octopus direkt in Herz und Bett getragen.)

Wir Frauen lieben auch Männer, die, ohne daß es peinlich oder arrogant wirkt, die zu kalte Suppe zurückgehen lassen, den korkenden Wein, wir lieben Männer, die ihren Fisch (und womöglich auch unseren) elegant zerteilen können und die beim Essen auch mal schweigen, um zu genießen, und uns nicht wie ein Maschinengewehr ständig mit Gesprächssalven traktieren. Wir lieben Männer, die uns, während sie eine Erdbeere in den Mund schieben, einen sehnsüchtigen Blick zuwerfen, und die lachen, wenn uns das Lachsklößchen von der Gabel in den Ausschnitt rutscht.

Ich brauche hier nicht die alte Weisheit wieder aufzuwärmen, daß ein Mann so liebt, wie er ißt.

Aber bitte, seien Sie auch freundlich zum Kellner und tun Sie uns die Freundlichkeit an, nicht gierig nach Frauen an anderen Tischen zu äugen, das bringt unsere gastrischen Säfte zum Versiegen.

Später, ich weiß, später werden Sie das alles womöglich vergessen und sich wieder aufführen wie ein haariger Büffeljäger aus einer Höhle, aber dann sind Sie ja wohl auch dem Gegenstand Ihrer Leidenschaft schon etwas nähergekommen, und dieser ist geneigt, Ihnen einiges nachzusehen.

Kluge Männer aber, das sei hier gesagt, tun so, als sei es immer das erste Abendessen zu zweit, und ich habe mir sagen lassen, sie fahren gut dabei.

T. Coraghessan Boyle

Erbärmlicher Fugu

»Labbriger Radicchio.«

»Erbärmlicher Fugu.«

»Eine Blasphemie aus Feldsalat, Frisée und Endivie.«

»Kulebiaki direkt aus der Hölle.«

Seit einem halben Jahr kannte er nur ihr Pseudonym – Willa Frank – und die ätzende Schärfe ihrer Adjektive, die höhnische Wucht ihrer Metaphern, die kalte Präzision ihrer Substantive. Egal, um was für ein Gericht es sich handelte, egal, wie zuverlässig und genial der Koch war, wie frisch und erlesen die Zutaten, sie hatte immer etwas auszusetzen. »Die Ente war zu etwas verbrutzelt, was man als Bodensatz in den tiefsten Tiefen einer Graburne zu finden erwarten würde.« – »Bei ihrer eher beißenden Pikantheit hätte die Orangensauce ebensogut auch aus in Salzlake mariniertem Zitronat bereitet sein können.« – »Sind *Pasta* und *Paste* Synonyme? Wohl kaum. Bei ›>Udolpho‹ jedoch war der Unterschied praktisch nicht zu bemerken.

Die ›frischen‹ Vermicelli hatten die Konsistenz von Gummiarabikum – und schmeckten auch so.«

Albert erbebte beim Lesen dieser sarkastischen Urteilssprüche, er zitterte und wurde kreidebleich, und das Herz sank ihm in die Hose wie eine Kartoffelkrokette in eine Friteuse mit heißem Fett. An dem Morgen, an dem ihr Verriß von »Udolpho« erschien, saß er bei einer Tasse aufgewärmtem Espresso und knabberte an einem Eckchen Haselnuß-Baiser, das den Andrang vom Abend zuvor überlebt hatte. Wie immer am Freitag hatte er die Zeitung von der Fußmatte geholt, sich etwas zu essen genommen und dann, voll des tollkühnen Wagemuts, mit dem man zum Sprung in einen eisigen See ansetzt, die Kolumne »Essen und Trinken« aufgeschlagen. Jede zweite Woche trat Willa Frank diese Rubrik an die andere Rezensentin der Zeitung ab; Leonora Merganser, eine großherzige, verständnisvolle Frau, betrachtete jedes Restaurant mit den Augen einer Mutter von acht Kindern, die am Muttertag von ihrer Familie zum Essen eingeladen wird, und verfaßte Loblieder in einem atemlosen, speichelfeuchten Redeschwall, der den Leser aus dem Sessel hinaus direkt ans Telefon schwemmte, wo er sich sogleich hektisch einen Tisch reservieren ließ. Doch diese Woche war Willa Frank an der Reihe. Und Willa Frank gefiel es nirgends.

Mit zitternden Fingern – es war nur eine Frage der Zeit, bis sie sich wie eine Spionin, wie eine Mörderin, bei »D'Angelo« einschleichen und ihn wie all die anderen zerfleischen würde – strich er die Seite glatt und starrte auf die großen schwarzen Lettern der Überschrift:

UDOLPHO:
HÖHLENMENSCHEN-CUISINE
IN GRUFT-ATMOSPHÄRE

Er las weiter, mit einem Kloß im Hals. Sie hatte dem Restaurant drei Besuche abgestattet, einmal in Gesellschaft eines abstrakten Malers aus Detroit und zweimal mit ihrem ständigen Begleiter, einem jungen Mann mit so feinen Geschmacksnerven, daß sie ihn stets nur als »Der Gaumen« bezeichnete. Bei allen drei Gelegenheiten war sie – schnüff – enttäuscht worden. Die Jahrhundertwende – Gaslampen, einst von Udolphos Großvater aus Neapel mit herübergebracht, hatten ihr mißfallen (»so düster, daß wir witzelten, es wäre wie ein Abendessen bei den Neandertalern im zweiten Kellergeschoß der Höhle«), ebenso das flackernde Feuer in der aus Stein gemauerten, mächtigen Feuerstelle, die den Raum beherrschte (»überall Qualm, außerdem stank es nach verkohlten Kastanien«). Und dann das Essen. Als Albert zu dem Satz über die Pasta kam, konnte er nicht weiterlesen. Er faltete die Zeitung so behutsam, wie er das Leichentuch über Udolphos zermalmten Körper gebreitet hätte, und legte sie beiseite.

In diesem Moment trat Marie durch die Schwingtür in die Küche, in der Hand die nasse Stoffserviette, die sie zum Geschirrspülen benutzt hatte. »Albert?« fragte sie aufgeregt und blickte beunruhigt erst auf sein gramerfülltes Gesicht, dann auf die Zeitung. »Stimmt etwas nicht? Hat sie …? Heute?«

Sie vermutete das Schlimmste, daher korrigierte er sie,

aber es klang so kummervoll, als wäre es sein letzter Atemzug: »Udolpho.«

»Udolpho?« Erleichterung schwang in ihrer Stimme mit, machte aber umgehend ungläubiger Empörung Platz. »Udolpho?« wiederholte sie.

Traurig wiegte er den Kopf. Dreißig Jahre lang hatte »Udolpho« unter den Restaurants auf der West Side unangefochten regiert; ein Lokal, das sich von keinen Moden und Trends vereinnahmen ließ, niemals schick, aber beständig – von einer Klasse, die keine *nouvelle mangerie* in Pastelltönen und mit Breuer-Stühlen je erreichen konnte. Cagney hatte dort gegessen, Jimmy Durante, Roy Rodgers, Anna Maria Alberghetti. Es war ein Schrein, eine Institution.

Albert selbst hatte als feister, unglücklicher Zwölfjähriger, den alle wegen seines Bäuchleins und seines gigantischen, unstillbaren Appetits verspotteten, die größte Offenbarung seines Lebens bei einem von Udolphos dunklen, verrauchten und – für ihn jedenfalls – unvergeßlich exotischen Festmahlen erlebt. Beim Kosten der Vermicelli mit Öl, Knoblauch, Oliven und Waldpilzen, des Ossobuco mit den kleinen gedrehten Farfalloni zum Aufsaugen der butterschweren Sauce hatte er gewußt – ebenso sicher wie Alexander der Große gewußt hatte, daß er zum Erobern geboren war: er, Albert D'Angelo, war zum Essen geboren. Und das war auch nichts, dessen er sich hätte schämen müssen: es war großartig, Berufung und Zeitvertreib zugleich, es war der höchste Gipfel seines Strebens. Andere Jungen hatten Sportleridole wie Snider und Mays, Reese und Mantle, doch für Albert lauteten die magischen Namen Pellaprat, Escoffier, Udolpho Melanzane.

Ja. Und nun war Udolpho nichts mehr. Dafür hatte Willa Frank gesorgt.

Marie beugte sich vor und las den Artikel, ihre piepsige Mädchenstimme bebte vor Entrüstung. »Die ist auch mit nichts zufrieden.«

Albert zuckte die Achseln. Seit der Eröffnung von »D'Angelo« vor anderthalb Jahren hatte ihn die Presse praktisch ignoriert. Na ja, bis auf einen Absatz in *Barbed Wire,* dem alternativen Wochenblatt, das von Typen mit fettigen Haaren und mit Metallstiften im Nasenflügel an den Straßenecken verteilt wurde, aber das konnte man wohl kaum zählen. Es gab nur eine Zeitung – Willa Franks Zeitung –, die wirklich wichtig war; Mundpropaganda mochte noch so gut sein, ohne einen Artikel in *der* Zeitung war man ein toter Mann. Das Problem war nur: Wenn Willa Frank über einen schrieb, war man es ebenfalls.

»Vielleicht kriegst du die andere«, sagte Marie unvermittelt. »Wie heißt sie noch – die nette.«

Alberts Lippen bewegten sich kaum. »Leonora Merganser.«

»Wäre doch möglich.«

»Ich will Willa Frank«, fauchte er.

Marie runzelte die Stirn. Sie faltete die Zeitung zusammen und ging zu ihm hin, stieß sich leicht von seinem Bäuchlein ab und hauchte ihm einen Kuß auf den Bart. »Das kann doch nicht dein Ernst sein?«

Albert sah sich verbittert im Restaurant um: schlichte

Holztische, weißgetünchte Wände, Topfpalmen, weich im Licht der Morgensonne. »Leonora Merganser würde in der Hamburgerbude an der Ecke in Ekstase fallen, in ›Long John Silvers Fischkneipe‹, überall. Das ist doch keine Herausforderung.«

»Herausforderung? Aber wir brauchen doch keine Herausforderung, Liebling – wir brauchen Kundschaft, stimmt's? Ich meine, wo wir doch heiraten wollen und so – «

Albert setzte sich schwerfällig und nahm kläglich einen Schluck von seinem kalten Espresso. »Ich bin ein guter Koch, oder?« Irgend etwas in seinem Tonfall verriet ihr, daß es nicht nur eine rhetorische Frage war.

»Ach, Liebling«, sie saß jetzt auf seinem Schoß, zupfte an seinem Haar, das Gesicht dicht an seinem Ohr, »natürlich bist du das. Der Beste. Der Allerbeste. Aber – «

»Willa Frank«, knurrte er. »Willa Frank. Ich will sie.«

Es gibt Abende, da fügt sich eins ins andere: da ist der Seeteufel so frisch, daß er sich auf dem Grill fast von selbst zerlegt, das Pesto ist wie ein Windhauch im Pinienwald, und die Acht-Personen-Gesellschaft bekommt ihre sieben Vorspeisen und sechs Hauptgerichte in einer Palette aus zarten Farben und dampfenden Schwaden so perfekt serviert, als hätte ein einziger Gast zu einem einzigen Gang Platz genommen. Heute jedoch war nicht so ein Abend. Es war ein Abend, an dem alles schiefging.

Es fing damit an, daß ärgerlicherweise Eduardo – der chilenische Kellner, der nach der Manier von Chico Marx hie und da ein unnötiges A an seine Worte anhängte, um so als Italiener durchzugehen – zu spät erschien. Deshalb geriet Marie mit den Desserts, für die sie allein zuständig war, aus dem Zeitplan, denn sie mußte das erste halbe Dutzend Gäste an die Tische geleiten und bedienen. Als nächstes stellte Albert kurz nacheinander fest, daß ihm das Mesquiteholz zum Grillen ausgegangen war, außerdem die sonnengetrockneten Tomaten für die Fusilli mit Pilzen, Kapern, schwarzen Oliven und, nun ja, sonnengetrockneten Tomaten eben, daß die frische Sahne für die Frittata piemontese rätselhafterweise sauer geworden war. Schließlich, gerade als er sein inneres Gleichgewicht und jenen erhabenen Geisteszustand wiedergefunden hatte, in dem Körper und Verstand eins sind, flippte Roque aus.

Von den fünf Angestellten des Restaurants – Marie, Eduardo, Torrey, die tagsüber saubermachte, Albert selbst und Roque – hatte Roque die wohl elementarste Funktion inne. Er war der Tellerwäscher aus Yucatán. Der dafür verantwortlich war, daß das rosa-graue Geschirr bei »D'Angelo«, schweres Porzellan aus Syracus, sich während des abendlichen Trubels in ständigem Kreislauf befand. An diesem speziellen Abend jedoch nahm Roque die Herausforderung, die diese Aufgabe mit sich brachte, nur höchst widerwillig an: wie im Traum kratzte er an den Tellern herum und handhabte er die Düse seines Druckstahlers. Und nicht nur bewegte er sich so langsam, daß das Geschirr, voller Fettränder und Resten von roter und weißer Sauce, sich neben ihm auftürmte wie die Watts Towers, obendrein murmelte er ständig vor sich hin. Finster. In einem so fremden Dialekt, daß selbst Eduardo kein Wort verstand.

Als Albert ihn zur Rede stellte – ein wenig zu schroff vielleicht; er war ja selbst überlastet –, explodierte Roque. Albert hatte nichts weiter gesagt als: »Roque – ist irgendwas?« Aber ebensogut hätte er Roques Mutter, seine vierzehn Schwestern und sein Heimatdorf beleidigen können. Fluchend stieß sich Roque von dem Becken aus rostfreiem Stahl ab, riß sich die Schürze vom Leib und ging daran, Teller gegen die Wand zu schmettern. Erst mit den vereinten Kräften von Alberts zwei Zentnern und Eduardos zweiundachtzig Kilo gelang es, Roque, der samt Schaftstiefeln nicht mehr als vierundfünfzig Kilo wiegen konnte, hinaus in die Gasse hinter dem Lokal zu befördern. Gemeinsam knallten sie ihm die Tür, auf die er dann noch eine halbe Stunde lang mit seinem Stiefel einprügelte, vor der Nase zu, während Marie mit einem Seufzer nach dem Geschirrtuch griff.

Eine Katastrophe. Rein, unverfälscht, ohne Einschränkung. Der Abend war eine Katastrophe.

Albert hatte gerade wieder etwas Zeit wettgemacht, da kam Torrey durch die hintere Tür in die Küche getappt, die knochige Hand zum Gruß erhoben. Torrey, eine blasse, eingefallene Neunzehnjährge mit einer knallrot gefärbten Igelfrisur, sprach mit dem quäkenden Tonfall und den flachen Vokalen der geborenen Angelinos. Sie wollte einen Vorschuß.

»*Momento, momento*«, sagte Albert und huschte an ihr vorbei, in der einen Hand einen Topf voller Béarnaise, in der anderen ein Mayonnaiseglas mit grellorangefarbenem Seeigelrogen. Beim Kochen gebrauchte er gern sein rudimentäres Italienisch. Es gab ihm das Gefühl, als könnte ihm nichts etwas anhaben.

Unterdessen schlurfte Torrey etwas ratlos durch die Küche und stellte sich hinter das runde Fenster des rechten Schwingtürflügels, von wo sie, solange sie nichts Besseres zu tun hatte, die Gäste beim Essen, Trinken, Rauchen und Befingern der Torten beobachtete. Die *Sauce béarnaise* bildete eine wunderschöne Lache auf dem Teller mit der Portion gedünstetem Sommerkürbis, der Seeigelrogen war ein spitz zulaufender Klecks auf dem Seeteufelfilet, das dampfend in der Vertiefung der Anrichteplatte lag, und Albert überlegte gerade, ob er Torrey einen Sondertarif anbieten sollte, falls sie zum Geschirrspülen dabliebe, als sie einen leisen Pfiff ausstieß. So pfiff man nicht nach einem Taxi und auch nicht bei einem Popkonzert, sondern es war die Sorte Pfiff, die Überraschung oder Erschrecken ausdrückt – ein Pfiff vom Typ »Nicht zu fassen, Mensch!«. Albert erstarrte. Etwas Gräßliches lag in der Luft, das wußte er, genauso wie er wußte, daß sich die Härchen rings um die kahle Stelle auf seinem Kopf mit einem Mal sträubten.

»Was denn?« wollte er wissen. »Was ist los?«

Torrey drehte sich zu ihm um, langsam wie ein Scharfrichter. »Ihr habt ja heute Willa Frank zu Gast – läuft alles gut?«

Der Seeteufel fing Feuer, die Béarnaise wurde flüssig wie Wasser, Marie ließ zwei Tassen Kaffee und einen Teller mit hausgemachtem Blätterteiggebäck fallen.

Egal. Im nächsten Augenblick drängten sich alle drei

vor dem kleinen runden Fenster und spähten so angestrengt hindurch wie Torpedoschützen durch ihr Periskop. »Welche ist es?« zischte Albert, dessen Herz raste.

»Da drüben?« sagte Torrey in fragendem Ton. »Mit Jock – Jock McNamee? Der da mit der blonden Perücke?«

Albert spähte, konnte aber nichts sehen. »Wo? Wo?« rief er.

»Da? In der Ecke?«

In der Ecke, in der Ecke. Albert sah eine junge Frau, ein Mädchen, eine Blondine in einem schwarzen Cocktailkleid ohne BH, die gegenüber einem massigen Riesen mit einer von wasserstoffblonden Strähnen durchzogenen Bürstenfrisur saß. »Wo?« fragte er noch einmal.

Torrey zeigte hin.

»Die Blondine?« Er sah, wie neben ihm Marie erbleichte. »Aber das kann doch nicht ...« Ihm fehlten die Worte. *Das* war Willa Frank, die Doyenne der Feinschmecker, die Grande Dame der Haute Cuisine, die gnadenlose Verfolgerin alles Fehlerhaften, Unausgereiften und Mißlungenen? Und dieser Lümmel neben ihr, der mit den großen, mahlenden Kiefern und den keulenartigen Unterarmen – *das* sollte der Besitzer des feinsten, wählerischsten, verwöhntesten und heikelsten Gaumens in der ganzen Stadt sein: Nein, einfach unmöglich.

»Weil, ich kenn' den nämlich, ja?« sagte Torrey. »Jock, ja? Einer aus dem Anti-Club, aus dieser Ecke, alles klar?«

Aber Albert hörte nicht zu. Er beobachtete sie – Willa Frank – so gebannt wie der Rohrsänger, der es wagt, der Kobra in die Augen zu blicken. Sie war schmal, hübsch, mit Augen, so dunkel wie die einer Huri, jede Menge Schmuck – ganz und gar nicht, was er erwartet hatte. Er hatte sich eine blasse, elegante Mittfünfzigerin vorgestellt, etwas steif, patrizisch, aus Boston oder Newport, so in der Gegend. Aber Moment, Moment: Eduardo servierte gerade das Essen – für sie natürlich die Spinatkutteln –, ein gutes Gericht, ein Gericht, zu dem er jederzeit stehen konnte, selbst an schlechten Tagen wie ... aber der »Gaumen«, was hatte der bestellt? Albert beugte sich angestrengt vor, spürte dabei Maries haltlose, kraftlose Hand, die matt die seine drückte. Aha: die Kalbspiccata, ja, eine sehr gute Wahl, eine hervorragende Wahl. Ja. Ja.

Eduardo entfernte sich mit einer Verbeugung. Der große Kerl mit der Punkfrisur beugte sich über seinen Teller und schnupperte daran. Willa Frank – blond, entzükkend, tödlich – zerschnitt eine Kuttel und hob die Gabel an die Lippen.

»Sie fand es gräßlich. Das weiß ich. Das weiß ich.« Albert wiegte sich auf dem Stuhl vor und zurück, das Gesicht in den Händen verborgen, die Haartolle ringelte sich auf seiner Stirn wie die Klaue eines Aasgeiers. Es war nach Mitternacht, das Restaurant geschlossen. Er saß in der Küche inmitten des Chaos, zwischen Abfällen und Spülicht, es roch nach erkaltetem Fett und alten Gewürzen, und er schnappte schluchzend und keuchend nach Luft.

Marie stand auf und massierte ihm den Nacken. Die süße, honigsamtene Marie mit ihren kräftigen, festen Armen und anmutigen Handgelenken, mit ihrem üppigen, wohlproportionierten Körper – sein Trost in einer Welt von Willa Franks. »Ganz ruhig«, sagte sie immer wieder, murmelte beschwichtigend auf ihn ein, »ganz ruhig, es war gut, wirklich.«

Er hatte versagt, und er wußte es. Warum ausgerechnet an diesem Abend? Warum konnte sie nicht kommen, wenn alles wie am Schnürchen klappte, wenn er einen klaren Kopf hatte, wenn der Tellerwäscher nüchtern und die Sahne frisch war und das Mesquiteholz sich hoch neben der Wand stapelte – wenn er sich konzentrieren konnte, zum Teufel? »Sie hat die Kutteln nicht aufgegessen«, sagte er verzweifelt. »Und das gegrillte Gemüse auch nicht. Ich hab' mir den Teller angesehen.«

»Sie kommt ja wieder«, sagte Marie. »Mindestens drei Besuche, das weißt du doch.«

Albert fischte nach einem Taschentuch und putzte sich traurig die Nase. »Ja«, sagte er, »drei Schläge, und du bist am Ende.« Er verdrehte den Hals, um zu ihr aufzusehen. »Der ›Gaumen‹, dieser Jock oder wie der Arsch heißt, der hat die Piccata gar nicht probiert. Einen Bissen höchstens. Die Pasta genausowenig. Eduardo meinte, außer dem Brot hat er nichts angerührt. Und getrunken hat er eine Flasche Bier.«

»Der versteht doch gar nichts«, sagte Marie. »Und sie auch nicht.«

Albert zuckte die Achseln. Er erhob sich mit Mühe, als wäre er auf den Scheiterhaufen seiner Niederlage gebunden, goß sich ein Glas Orvieto ein und nahm von einem Teller mit übriggebliebenem Kalbsbries. »Sie versteht alles«, erwiderte er niedergeschlagen, das Fleisch wie Butter in seinem Mund, duftig, nussig, unaussprechlich gut und genau richtig. Wieder zuckte er die Achseln. »Oder nichts. Was macht das schon? Wir werden so oder so verheizt.«

»Überhaupt ›Frank‹? Was ist denn das für ein Name? Ist das nicht deutsch? Was meinst du?« Marie hatte auf Angriff geschaltet, sie schritt auf dem Linoleum auf und ab wie ein Feldmarschall auf der Suche nach einer Schwachstelle in den feindlichen Linien, nach der Gelegenheit zum Durchbruch. »Die Franken – das waren doch in der Oberschule diese Barbaren, die Rom geplündert haben? Oder Paris?«

Willa Frank. Der Name lag ihm bitter auf der Zunge. Willa, Willa, Willa. Es war ein knochiger Name, karg und hager, bar jeder Sinnlichkeit, die Antithese der runden, vollmundigen Leonora. Es sprach daraus eine knotige, puritanische Zähigkeit, eine Verleugnung des Fleisches, kein Kompromiß im Angesicht der Versuchung. Willa. Wie konnte er sich je erhoffen, eine Willa zu betören? Und dann Frank. Das war sogar noch schlimmer. Ein Männername. Kalt, abweisend, deutsch, französisch. Es war der Name einer Frau, die ihre Aufgabe nicht durch Nächstenliebe oder Mitgefühl komplizieren würde. Nein, es war der Name einer Frau, die ihre Adjektive wie Keulen einsetzte.

Während Albert in solcherlei säuerlichen Erwägungen schmorte, dabei aß, aber nichts mehr schmeckte, wurde er durch ein Geräusch von der Hintertür aufgeschreckt. Er packte eine Kasserolle, durchmaß rasch die Küche – Was denn noch? Wollten sie ihn nun auch noch ausrauben, war es das? – und riß die Tür auf.

Im fahlen Licht der engen Gasse standen zwei kleine dunkelhäutige Männer, von denen der kleinere Roque so ähnlich sah, daß er ein Klon hätte sein können. »Hallo«, sagte der etwas größere und zog sich eine schmierige Baseballmütze vom Kopf, »ich heiße Raul, und das hier« – er zeigte auf seinen Begleiter – »ist Fulgencio, ein Cousin von Roque.« Bei Erwähnung seines Namens grinste Fulgencio. »Roque ist nach Albuquerque gefahren«, fuhr Raul fort, »er läßt sich entschuldigen. Aber er schickt Ihnen seinen Cousin Fulgencio, der wird für ihn das Geschirr spülen.«

Albert trat von der Tür zurück, und Fulgencio, der unter Grinsen und Kopfnicken die Bewegungen des Tellerwaschens nachahmte, kam herein. Immer noch grinsend und nickend machte er ein paar Sambaschritte durch die Küche, holte den Schlauch des Druckstrahlers aus der Verankerung, als zöge er ein Schwert aus der Scheide, und fiel mit einer Energie über das Geschirr her, die seinen auch recht quirligen Cousin hätte erblassen lassen.

Einen langen Moment betrachtete Albert ihn schweigend, vergaß die hinter ihm stehende Marie und sah nicht, wie Raul zum Abschied winkte und leise die Tür schloß. Auf einmal fühlte er sich erlöst, neugeboren, zu allem fähig. Hier war Fulgencio, vor kaum zwei Minuten noch ein vollkommen Fremder, und jetzt wusch er ab, als wäre er dazu geschaffen. Und da war Marie, die ihm auch beistehen würde, wenn er Kakteen und Eidechsen für die Heiligen der Wüste kochen müßte. Und da war er selbst, mit all seiner männlichen Kraft, geschickt, erfahren, einfallsreich, möglicherweise einer der großen kulinarischen

Künstler seiner Zeit. Was war eigentlich los mit ihm? Weshalb jammerte er herum?

Er hatte Willa Frank gewollt. Na gut, er hatte sie bekommen. Aber an einem verpatzten Abend, an der Sorte Abend, wie sie jedem passieren konnte. Kein Mesquiteholz. Die Sahne sauer, der Tellerwäscher verrückt. Selbst Puck, selbst Soltner hätte da nicht viel ausgerichtet.

Sie würde wiederkommen. Noch zweimal. Und er würde für sie bereit sein.

Die ganze Woche über hing eine Wolke der Erwartung über dem Restaurant. Albert übertraf sich selbst und steckte die Grenzen seiner norditalienischen Nouvelle Cuisine mit einem Dutzend zusätzlicher Kreationen neu ab, darunter eine sehr aufregende *Pasta al nero* mit gegrillten Crevetten, ein würziger Hasentopf und ein absolut überwältigendes Rebhuhn in einer Marinade aus Schalotten, Weißwein und Minze. Er arbeitete wie ein Besessener, zu Höchstem inspiriert. Jeden Abend bot er sieben verschiedene Vorspeisen und sechs Hauptgerichte an, und zwar jedesmal andere. Er übertraf sich selbst wieder und wieder.

Der Freitag kam und ging. In der Morgenzeitung bejubelte Leonora Merganser irgendeinen Griechen in North Hollywood, wobei sie die *Spanakópitta* derart feierte, als wäre sie erst gestern erfunden worden, und in den Falten eines marinierten Weinblatts Zeichen göttlichen Wirkens entdeckte. Fulgencio schrubbte mit Leidenschaft Töpfe, Eduardo kultivierte seinen Akzent und schob die Brust vor, Maries Desserts schwebten geradezu über den Tellern. Und Tag für Tag schwang sich Albert zu neuen Höhen auf.

Am Dienstag der folgenden Woche – es war ein ruhiger Dienstag, einer der ruhigsten, an den Albert sich erinnern konnte – tauchte Willa Frank wieder auf. Nur zwei weitere Tische waren besetzt: mit einem skeletthaften Siebzigjährigen von professoralem Aussehen und seiner Enkelin – zumindest hoffte Albert, daß es seine Enkelin war – und einem Pärchen aus Beverly Hills, das schon seit Eröffnung des Lokals einmal pro Woche kam.

Ihre Anwesenheit wurde von Eduardo verkündet, der mit verzerrter Miene und einer zittrig hingekrakelten Cocktailbestellung in die Küche stürzte. »Sie ist hier«, flüsterte er, und in der Küche verstummte alles. Fulgencio erstarrte mit der Spritzdüse in der Hand. Marie sah von einem Teller mit Törtchen auf. Albert, der gerade letzte Hand an eine Portion sautierter Jakobsmuscheln *al pesto* für den Professor und eine Entenbrust mit Waldpilzen für die Enkelin anlegte, taumelte vom Tisch zurück, als wäre er angeschossen worden. Er ließ alles fallen und stürmte zu dem runden Fenster, um einen Blick auf sie zu werfen.

Es war sein Augenblick der Wahrheit, der Augenblick, in dem der Mut ihn beinahe verließ. Sie war umwerfend. Eine strahlende Erscheinung. So perfekt und unnahbar wie die gezupften, herablassenden Frauen, die ihn von den Titelbildern der Zeitschriften im Supermarkt ansahen, eisig elegant in einer hautengen, béchamelfarbenen Seidenbluse. Wie konnte er, Albert D'Angelo, bei allem Talent und aller Herzensgröße jemals hoffen, sie zu rühren, derartige Vollendung zu beeindrucken, diese übersättigten Geschmacksnerven noch zu reizen?

Mit waidwundem Blick musterte er ihre Begleiter. Neben ihr saß, mit breitem Grinsen, so leutselig, gutaussehend und nichtssagend wie eh und je, der »Gaumen« – aus dieser Ecke war kein Beistand zu erwarten. Und dann sah er auf das Paar, das die beiden mitgebracht hatten, suchte nach Anzeichen von Sympathie. Er suchte vergeblich. Sie waren etwas älter, mit silbrigen Haaren, perfekt gekleidet, dünn und drahtig wie Menschen, die ihre Essensgelüste eiserner Kontrolle unterwarfen, insgesamt so mitfühlend wie Lynchmörder. Albert begriff, daß es ein harter Kampf werden würde. Er wandte sich wieder dem Grill zu, band sich eine saubere Schürze um und war auf das Schlimmste gefaßt.

Marie machte die Getränke – zwei Martinis, einen Glenlivet pur für Willa Frank und ein Bier für den »Gaumen«. Zum Auftakt bestellten sie Büffelmozzarella, die *caponata d'Angelo,* den Salat von Seepolyp und Kalbsmedaillons mit Zwiebelkonfitüre. Albert legte seine Seele in jedes Gericht, arrangierte und garnierte die Teller mit all der geduldigen Sorgfalt und der funkelnden Inspiration eines über die Leinwand gebeugten Toulouse-Lautrec und mußte niedergeschmettert mit ansehen, wie sie halbvoll in die Küche zurückkamen. Dann folgten die Hauptspeisen. Sie ließen sich eine Auswahl kommen – fünf verschiedene Gerichte –, die Albert mit versteinertem Gesicht an Eduardo übergab, dann starrte er gierig wie ein Voyeur durch das Küchentürfenster.

Gebannt sah er zu, wie sich die vier zurücklehnten, damit Eduardo die Speisen auflegen konnte. Er wartete, doch nichts geschah. Sie schenkten dem Essen kaum einen Blick. Und dann, wie auf ein Zeichen, fingen sie an, die Teller auf dem Tisch herumzuschieben. Er faßte es nicht: Was glaubten sie denn, wo sie hier waren – beim Stäbchenmenü im »Chow Foo Luck«? Doch dann begriff er: Jedes Gericht mußte zunächst dem prüfenden Auge des massigen Kerls mit dem brutalen Kinn vorgelegt werden, ehe sie es auch nur anzurühren geruhten. Niemand aß, niemand sprach, niemand hob ein Glas des 1966er Château Bellegrave an die Lippen, bevor Jock jede einzelne von Alberts Kreationen beschnüffelt, winzige erste Proben von den Fingern geleckt und dann höchst behutsam gekostet hatte. Willa saß stocksteif da, die schwarzen Augen weit aufgerissen, während der breitknochige, bürstenhaarige Riese sich konzentriert über den Teller beugte und einen Bissen Muschelfleisch oder Ente im Mund zergehen ließ. Endlich, als alle Gerichte die Runde gemacht hatten, kamen die Flußkrebse *all'Alberto* vor dem »Gaumen« zum Stillstand, wie eine Roulettekugel. Doch er hatte schon daran gerochen, hatte schon mit der Gabel darin herumgerührt. Und jetzt schob er mit einer grandiosen Geste den Teller weg und verlangte mit heiserer Stimme nach einem Bier.

Der nächste Tag war der schwärzeste in Alberts Leben. Zwei Anschläge und der dritte würde nicht lange auf sich warten lassen. Er wußte nicht, was er tun sollte. Sein Schlaf war der eines Fieberkranken gewesen; in seinen Alpträumen hatte er Trüffeln und zum Leben erwachte

Schweinsfüße zu Haschee verarbeitet, und beim Aufwachen waren ihm die wildesten Kombinationen durch den Kopf gegangen – Gurkenscheibchen mit Seehasenrogen, eine Mousse aus Zwiebeln und Zimt, eine Vinaigrette aus Feuerbohnen. Er hatte sogar, halb im Spaß, ein Phantasiemenü zusammengestellt, eine Liste von Gerichten, wie sie noch nie jemand gekostet hatte, nicht einmal Scheichs oder Präsidenten. Die Cuisine der gefährdeten Arten würde er sie nennen. Bruststück vom kalifornischen Kondor mit Pfifferlingen, Grönlandwal nach Müllerin Art, Pandabärmedaillon *alla campagnola*. Marie lachte lauthals, als er ihr diese Speisenfolge am Nachmittag aufzählte – »Ich habe eine neue Cuisine kreiert!« rief er –, und einen Augenblick lang hob sich das Bahrtuch.

Doch ebenso rasch senkte es sich wieder herab. Er wußte, was er zu tun hatte. Er mußte sie ansprechen, seine härteste Kritikerin, und zwar über das Medium seiner Küche. Er mußte für sie übersetzen, mußte sie mit einem Kuß erwecken. Aber wie? Wie konnte er sie auch nur ansatzweise aus ihrem Schlummer reißen, wenn dieser Bauerntölpel zwischen ihnen stand wie ein Wachhund?

Wie sich herausstellen sollte, lag die Antwort viel näher, als er hätte ahnen können.

Es war spät am folgenden Nachmittag – am Donnerstag, dem Tag, bevor Willa Franks nächster Verriß in der Zeitung fällig war –, und Albert saß an einem Tisch im hinteren Teil des abgedunkelten Restaurants und grübelte über der Speisekarte. Er war sich nahezu sicher, daß sie ihm an diesem Abend ihren letzten Besuch abstatten würde, und immer noch hatte er keine Idee, wie er sich reinwaschen könnte. Lange Zeit gab er sich seinem Unglück hin und sah geistesabwesend Torrey zu, die gerade mit dem Rohr des Staubsaugers unter den vorderen Tischen herumfuhrwerkte. Hinter ihm, in der Küche, köchelten Saucen, schmorte eine Kalbslende; Marie war beim Brotbacken und Fulgencio schichtete Holz auf. Er mußte Torrey ganze fünf Minuten beobachtet haben, als er sie plötzlich ansprach. »Torrey!« schrie er gegen das Dröhnen des Staubsaugers an. »Torrey, schalt das Ding doch mal eine Sekunde ab, bitte!«

Das Dröhnen erstarb zum Wimmern, dann war es still. Torrey blickte auf.

»Dieser Kerl – wie heißt er noch? Jock? –, was weißt du eigentlich von ihm?« Er sah kurz auf die vollgekritzelte Speisekarte, dann wieder zu Torrey. »Ich meine, weißt du vielleicht, was er gern ißt, hast du zufällig irgendeine Ahnung?«

Torrey schlurfte über den Boden und kratzte sich das kurze Stoppelhaar. Sie trug ein zerrissenes Flanellhemd, das ihr drei Nummern zu groß war. Unter ihrem linken Auge war ein Fettfleck. Sie brauchte eine Welle, die Zunge in den Mundwinkel geklemmt, die Stirn nachdenklich gerunzelt. »Ganz simples Zeug, glaub ich«, sagte sie schließlich mit einem Achselzucken. »Holzkohlensteaks, Kartoffeln in der Schale, gekochte Erbsen und so was – eben so Sachen, wie seine Mutter immer gekocht hat. Na ja, also eben so irisches Arme-Leute-Essen, nich?«

Albert hatte an diesem Abend viel zu tun – extrem viel, das Lokal war gesteckt voll –, doch als Willa Frank und ihr »Gaumen« um Viertel zehn hereingeschlendert kamen, war er vorbereitet. Sie hatten reserviert (unter einem falschen Namen natürlich – M. Cavil, Tisch für zwei), und Eduardo konnte sie sofort an ihre Plätze geleiten. Dann stürmte er herein, atemlos, die vertraute Meldung wie eine Sturmglocke auf den Lippen – »Sie ist hier!« –, und schon huschte er wieder hinaus, mit den Getränken: ein Glenlivet pur, ein Bier. Albert sah nicht einmal auf.

Auf dem Herd jedoch stand ein kleiner Topf. Und in dem Topf kochten drei knollige, runzlige Kartoffeln, voller Augen und mit intakter, schmutzbefleckter Schale, ungestüm vor sich hin; dazwischen tanzte der Inhalt einer großen Dose Billig-Erbsen aus dem Discountladen in dem sprudelnden Wasser. Albert summte bei der Arbeit vor sich hin, während er einen Zackenbarsch ausnahm und zusammen mit Garnelen, Krabben und Jakobsmuscheln in einer großen Pfanne anbriet, Knoblauch und Porree kleinschnitt und ein dickes Stück Gänseleber auf eine Scheibe Rinderfilet plazierte. Als etwa zwanzig Minuten später der immer noch atemlose Eduardo mit ihrer Bestellung zur Küche hereingefegt kam, nahm Albert ihm den gelben Zettel ab und riß ihn mittendurch, nachdem er einen flüchtigen Blick darauf geworfen hatte. Die Stunde Null war da.

»Marie!« rief er, »Marie, schnell!« Er setzte seine gehetzteste Miene für sie auf, die Miene eines Mannes, der sich am Rande des Abgrundes an einem Grasbüschel festhält.

Marie erstarrte. Sie stellte ihren Cocktailshaker hin und wischte sich die Hände an der Schürze trocken.

Eine Katastrophe lag in der Luft. »Was ist los?« keuchte sie.

Ihm sei der Seeigelrogen ausgegangen. Und das Fischfumet. Und Willa Frank habe soeben das Barschfilet in Oursinade bestellt. Keine Zeit sei zu verlieren – sie müsse sofort ins »Edo Sushi House« hinüberfahren und von Greg Takesue genügend ausleihen, daß sie den Abend über auskämen. Albert habe schon angerufen. Es stehe alles bereit. »Fahr schon, fahr los«, sagte er und rang die großen weißen Hände.

Den Bruchteil einer Sekunde zögerte sie. »Aber das ist auf der anderen Seite der Stadt – wenn ich dafür nur eine Stunde brauche, dann hab ich noch Glück.«

Nun kam der Eine-Frage-von-Leben-und-Tod-Blick zum Einsatz. »Fahr los«, sagte er. »Ich halte sie hin.«

Kaum war die Tür hinter Marie zugefallen, ergriff Albert Fulgencio am Arm. »Ich möchte, daß du dir kurz frei nimmst«, rief er und versuchte, das Zischen der Spüldüse zu übertönen. »Eine Dreiviertelstunde. Nein, lieber eine ganze Stunde.«

Fulgencio hob die dunklen, aztekischen Wimpern und sah ihn an. Dann setzte er ein breites Grinsen auf. »*No entiendo*«, sagte er.

Albert machte es in Zeichensprache vor. Dann zeigte er auf die Uhr, und nach hektischem beiderseitigem Kopfnicken war Fulgencio verschwunden. Munter vor sich hin pfeifend *(Core 'ngrato,* eines der Lieblingslieder seiner verstorbenen Mutter), huschte Albert an die Fleischtruhe und zog den hartgefrorenen Klumpen aus Fett und grauem Knorpel heraus, den er am Nachmittag im Supermarkt um die Ecke erstanden hatte. Nackenstück hieß das dort, zu 2 Dollar 39 das Pfund. Er riß das Ding aus der Plastikfolie, griff nach seiner größten Bratpfanne, drehte das Gas darunter voll auf und ließ den steinharten Brocken ohne viel Federlesens in die sengende schwarze Tiefe des Kochgeräts fallen.

Eduardo hastete ein und aus, fand keine Zeit, nach dem Grund für die Abwesenheit von sowohl Marie als auch Fulgencio zu fragen. Hinaus gingen die Tournedos Rossini, das Barschfilet in Oursinade, die Kalbslende mit Salbei und Koriander, der *anguille alla veneziana* und die *zuppa di datteri Alberto;* herein kamen die schmutzigen Teller, die fettigen Gabeln, die mit Butter und Lippenstift verschmierten Weingläser. Eine gewaltige Qualmwolke erhob sich über der Pfanne auf der vorderen Flamme. Albert pfiff weiter vor sich hin.

Und dann, während eines von Eduardos wilden Sturmläufen durch die Küche, ergriff ihn Albert beim Arm. »Hier«, sagte er und schob ihm einen Teller hin. »Für den Begleiter von Miss Frank.«

Eduardo starrte verdutzt auf den Teller in seiner Hand. Arrangiert mit der ganzen Finesse eines Mensa-Spezialmenüs, lagen darauf drei gekochte Kartoffeln, ein Löffel verschrumpelte Erbsen und etwas, das sich nur als Schuhsohle bezeichnen ließ, hart und platt wie ein Hackklotz, schwarz wie der Boden der Pfanne.

»Vertrau mir«, sagte Albert und führte den sprachlosen Kellner an die Tür. »Ach so, hier«, damit schob er ihm noch eine Flasche Ketchup in die Hand, »servier ihm das dazu.«

Nichtsdestotrotz widerstand Albert der Versuchung, durch die Küchentür zu spähen. Statt dessen drehte er das Gas unter seinen Saucentöpfen zurück, strich sich das Haar an den Schläfen glatt und begann – ganz langsam, wie früher beim Spielen auf dem Schulhof –, bis fünfzig zu zählen.

Er war noch nicht einmal bei zwanzig, als Willa Frank, grell funkelnd in einem tomatenroten italienischen Strickkleid, durch die Tür stürmte. Eduardo folgte ihr auf dem Fuß, mit Märtyrermiene und flehentlich ausgestreckten Händen. Albert warf den Kopf zurück, streckte die Brust vor und rückte die große Kugel seines Schmerbauchs unter dem blütenweißen Viereck der Schürze zurecht. Er entließ Eduardo mit einem flüchtigen Wink und wandte sich Willa Frank zu, auf den Lippen das schmale, beherrschte Lächeln eines Wahlkandidaten.

»Verzeihung«, sagte sie mit sich überschlagender, schriller Stimme, während Eduardo wieder hinaushuschte, »aber sind Sie hier der Chefkoch?«

Er zählte immer noch: achtundzwanzig, neunundzwanzig.

»Dann will ich Ihnen mal was sagen« – sie war so zornig, daß sie kaum weitersprechen konnte –, »noch nie, noch nie in meinem Leben ...«

»Schhhh«, machte er und hob den Zeigefinger vor die Lippen. »Ist ja gut«, murmelte er, und seine Stimme war so wohltuend und sanft wie eine Rückenmassage. Dann nahm er sie behutsam beim Ellenbogen und führte sie zu einem Tisch, den er zwischen dem Herd und dem Hackklotz postiert hatte. Über den Tisch gebreitet lag ein schneeweißes Tuch, und aufgedeckt war feines Kristallglas, Porzellan und Sterlingsilber, das seiner Mutter gehört hatte. Es gab nur einen Stuhl, nur eine Serviette. »Setzen Sie sich«, sagte er.

Sie riß sich los. »Ich will mich nicht setzen«, protestierte sie, und in ihren schwarzen Augen flackerte ein Verdacht auf. Das Strickkleid schmiegte sich an ihren Körper wie ein Trikot. Ihre Absätze klapperten auf dem Linoleum. »Sie wissen es, nicht wahr?« fragte sie und wich vor ihm zurück. »Sie wissen, wer ich bin.«

Groß, bärig und gelassen folgte Albert ihren Bewegungen, als würde er mit ihr tanzen. Er nickte.

»Aber weshalb – ?« Er sah die entsetzliche Vision jenes geschändeten Steaks vor ihrem inneren Auge tanzen. »Das – das ist doch Selbstmord.«

Auf einmal hielt er einen Topf in der Hand. Er war ihr so nahe, daß er durch den dünnen, weichen Stoff der Schürze die Fasern ihres Kleides spüren konnte. »Schhhh«, gurrte er, »denken Sie jetzt nicht darüber nach. Denken Sie an gar nichts. Hier«, sagte er und hob den Deckel vom Topf, »riechen Sie mal daran.«

Sie sah ihn an, als wüßte sie nicht mehr, wo sie war. Sie starrte in den dampfenden Topf und blickte dann wieder in seine Augen. Er sah die kleine, unwillkürliche Bewegung ihrer Kehle.

»Kalamari in Aïoli«, flüsterte er. »Probieren Sie einen.«

Vorsichtig, ohne sie eine Sekunde aus den Augen zu lassen, stellte er den Topf auf dem Tisch ab, nahm einen Ring aus der Sauce und hielt ihn ihr vor den Mund. Ihre

Lippen – volle, sinnliche Lippen, wie er jetzt sah, ganz und gar nicht die schmalen, mürrischen Hautlappen, die er sich vorgestellt hatte – begannen zu zittern. Dann schob sie das Kinn ein winziges Stückchen vor, und ihr Mund klappte auf. Er fütterte sie wie einen jungen Vogel.

Zuerst die Kalamari: ein, zwei, drei Stückchen. Dann Hummertortellini in einer dicken Safranbuttersauce. Sie leckte ihm die Sauce praktisch von den Fingern. Als er sie diesmal aufforderte, sich zu setzen, als er seine große Hand um ihren Ellbogen legte und sie zum Tisch führte, gehorchte sie.

Während er die kleinen, mit Atascadero-Ziegenkäse überbackenen Toasts mit den sonnengetrockneten Tomaten darauf aus dem Ofen nahm, warf er einen Blick durch das runde Fenster in den Speisesaal. Jocks Kopf war tief über den Teller gebeugt, das Bier zur Hälfte getrunken, ein großer Brocken verkohltes Fleisch auf den Zinken seiner Gabel aufgespießt. Seine mächtigen Kiefer mahlten, die eine Backe war ausgebeult, als hätte er ein riesiges Stück Kautabak darin. »So«, sagte Albert leise, wandte sich wieder zu Willa Frank und legte ihr seine warme, duftende Hand auf die Augen, »eine Überraschung.«

Erst als sie die *taglierini alla pizzaiola* mit der hausgemachten Fenchelkrautwurst und den Tomatenscheiben aufgegessen hatte und die ersten Geschmackssensationen seines Halbgefrorenen aus Grapefruit und Limette erlebte, fragte er sie wegen Jock. »Warum er?« wollte er wissen.

Sie probierte das Sorbet mit einem winzigen Silberlöffel und leckte sich einen Klecks davon aus dem Mundwinkel. »Ich weiß auch nicht«, sagte sie achselzuckend. »Wahrscheinlich traue ich meinem eigenen Geschmack nicht, das wird's sein.«

Er runzelte die Stirn. Er stand über sie gebeugt, innig, betulich, und bot ihr eine Pfanne mit russischen Kulebiaki dar, Lachs in Briocheteig mit dem saftigen Mark und dem Kaviar des Störs.

Sie musterte seine Hände, die jetzt das Sorbet wegzogen und dafür die schimmernden Kulebiaki hinstellten. »Ich meine«, sagte sie und unterbrach sich, als er ein Stück auf die Gabel nahm und sie damit fütterte, »oft schmecke ich überhaupt nichts, glaube ich, wirklich«, jetzt kaute sie, ihr reizender Kehlkopf hob und senkte sich beim Schlucken, »und Jock – also, der findet *alles* gräßlich. Sein Urteil ist wenigstens beständig.« Sie nahm noch einen Bissen, hielt inne und überlegte. »Und außerdem: Etwas zu mögen, es wirklich zu mögen und das dann auch öffentlich zu sagen, das ist ein furchtbares Risiko. Ich meine, was ist, wenn ich unrecht habe? Was ist, wenn es in Wahrheit mies ist?«

Albert stand dicht bei ihr. Draußen hatte es zu regnen begonnen. Vor der Tür prasselte es wie heißes Fett. »Versuchen Sie das hier«, sagte er und stellte einen Teller mit Spießchen vor sie.

Ihr war warm. Ihm war warm. Der Ofen glühte, der Grill zischte, die Düfte seiner Kreationen stiegen rings um sie auf, Manna und Ambrosia. »Mmm, gut«, meinte sie und knabberte geistesabwesend an etwas Prosciutto und Mozzarella. »Ich weiß nicht«, sagte sie nach einer Weile.

Ihre Finger waren braun von Anchovissauce. »Ich glaube, deswegen mag ich auch so gerne Fugu.«

»Fugu?« Albert hatte irgendwann schon einmal davon gehört. »Etwas Japanisches, oder?«

Sie nickte. »Es ist ein Kugelfisch. Sie bereiten ihn als Sushi zu oder in kleinen, gebratenen Streifchen. Aber am besten ist die Leber. Hier bei uns ist sie verboten, wußten Sie das?«

Albert wußte es nicht.

»Man kann daran sterben. Sie enthält ein Lähmungsgift. Aber wenn man nur davon kostet, nur ein kleines Stückchen, dann betäubt es die Lippen, die Zähne, den ganzen Mund.«

»Was meinen Sie damit – etwa so wie beim Zahnarzt?« Albert war bestürzt. Es betäubte die Lippen, den Mund? Der reinste Frevel. »Das ist ja furchtbar«, sagte er.

Sie wirkte schüchtern, wirkte verschämt.

Er wandte sich zum Ofen und drehte sich wieder um, eine weitere Pfanne in der Hand. »Bloß einen Bissen noch«, lockte er.

Sie klopfte sich auf den Bauch und schenkte ihm ein offenes, breites, erblühendes Lächeln. »O nein, nein, Albert – kann ich Sie Albert nennen? – nein, nein, ich kann nicht mehr.«

»Komm«, sagte er, »komm doch«, mit einer Stimme so sanft wie die eines Liebhabers. »Mach den Mund auf.«

Margaret Atwood

Tee um halb sechs

Marian war eben heimgekommen und kämpfte mit dem Reißverschluß, um ihr zerknittertes Kleid ausziehen zu können, als das Telefon läutete. Sie wußte, wer dran sein würde.

»Hallo?« sagte sie.

Peters Stimme war eisig vor Wut. »Marian, wo zum Teufel hast du gesteckt? Ich hab überall herumtelefoniert!« Er hörte sich nach einem Kater an.

»Oh«, sagte sie mit lässiger Beiläufigkeit, »ich war woanders. Nicht da, sozusagen.«

Er verlor die Beherrschung. »Warum zum Teufel bist du von der Party weggegangen? Du hast mir den ganzen Abend verdorben. Ich hab dich für das Gruppenbild gesucht, und du warst weg! Natürlich konnte ich vor all den Leuten kein großes Theater machen, aber als sie nach Hause gegangen waren, hab ich überall nach dir gesucht; deine Freundin Lucy und ich sind im Wagen alle Straßen abgefahren, und ich habe dich ein halbes dutzendmal daheim zu erreichen versucht. Wir haben uns beide solche Sorgen gemacht. Verdammt nett von ihr, sich soviel Mühe zu machen; es ist hübsch zu wissen, daß es noch ein paar rücksichtsvolle Frauen gibt ...«

Drauf möcht ich wetten, dachte Marian mit einem plötzlichen Stich von Eifersucht bei der Erinnerung an Lucys silberne Augenlider; laut sagte sie: »Bitte Peter, reg dich nicht auf. Ich bin nur rausgegangen, um ein bißchen frische Luft zu schnappen, und dann kam was dazwischen. Es gibt nicht den geringsten Grund, sich aufzuregen. Das ist doch keine Katastrophe!«

»Was soll das heißen, nicht aufregen!« sagte er. »Du kannst doch nicht nachts auf der Straße herumrennen, du könntest vergewaltigt werden! Wenn du solche Sachen machst, und es ist weiß Gott nicht das erste Mal, warum zum Teufel kannst du nicht ab und zu auch mal an andere Leute denken? Du hättest mir wenigstens sagen können, wo du bist; deine Eltern haben mich angerufen, sie waren außer sich, weil du nicht im Bus warst! Was sollte ich ihnen sagen?«

Ach ja, dachte sie; das hatte sie ganz vergessen. »Also, mir geht es bestens«, sagte sie.

»Aber wo warst du? Als wir merkten, daß du weg warst, und ich anfing, die Leute auszufragen, ob sie dich gesehen hätten, also ich muß schon sagen, da hab ich von diesem bezaubernden Freund von dir, Trevor oder wie zum Teufel er heißt, eine ziemlich komische Geschichte zu hören bekommen. Wer ist dieser Kerl, von dem er mir erzählt hat?«

»Peter, bitte«, sagte ich, »ich hasse es, über solche Sachen am Telefon zu reden.« Sie hatte plötzlich Lust, ihm die ganze Geschichte zu erzählen, aber wozu, wo doch nichts bewiesen oder erreicht war? Statt dessen sagte sie: »Wie spät ist es?«

»Halb drei«, sagte er; vor Überraschung wegen dieser Hinwendung zu schlichten Fakten klang seine Stimme neutral.

»Gut. Magst du vielleicht nachher herüberkommen? Sagen wir um halb sechs zum Tee. Dann können wir alles in Ruhe besprechen.« Sie ließ ihre Stimme lieb und versöhnlich klingen. Sie war sich ihrer Verschlagenheit durchaus bewußt. Obwohl sie noch keine Entscheidungen getroffen hatte, spürte sie, daß sie dicht davor stand und Zeit brauchte.

»Also gut«, sagte er verdrießlich, »aber du erzählst mir dann besser was Vernünftiges.« Sie legten gleichzeitig auf.

Marian ging ins Schlafzimmer und zog sich aus; dann nahm sie schnell ein Bad. Die tiefergelegenen Regionen waren still; wahrscheinlich brütete die Lady von unten in ihrer dunklen Höhle oder betete darum, daß Ainsley durch himmlische Blitze vernichtet würde. In einer Stimmung, die an fröhliche Rebellion grenzte, verzichtete Marian darauf, den Ring in der Badewanne zu beseitigen.

Sie brauchte etwas, wo man ohne Worte auskam, sie wollte nicht in eine Diskussion verstrickt werden. Eine Möglichkeit, zu erkennen, was real war: einen Test, so schlicht und direkt wie Lackmuspapier. Sie zog sich fertig an – einfache graue Wolle war wohl das richtige – und warf ihren Mantel über, dann suchte sie ihr Portemonnaie und zählte das Geld. Sie ging in die Küche und setzte sich an den Tisch, um eine Liste aufzustellen, legte aber nach wenigen Wörtern den Stift beiseite. Sie wußte, was sie besorgen mußte.

Im Supermarkt ging sie systematisch durch alle Gänge; erbarmungslos überlistete sie die Damen in den Bisampelzen, drängte die Samstagkinder beiseite und nahm die Sachen aus den Regalen. Ihre Vorstellung nahm Form an. Eier. Mehl. Zitronen fürs Aroma. Zucker, Puderzucker, Vanille, Salz, Lebensmittel-Farbstoffe. Sie wollte alles neu haben, sie wollte nichts verwenden, was schon im Haus war. Schokolade – nein, Kakao war besser. Ein Glas mit silbernen Kügelchen zur Verzierung. Ein Satz von drei Plastikschüsseln. Teelöffel, eine Tortenspritze aus Aluminium und eine Kuchenform. »Gut«, dachte sie, »daß heute fast alles in Supermärkten verkauft wird.« Dann machte sie sich mit ihrer Tüte auf den Weg zurück zu ihrer Wohnung.

Rührteig oder Baiserteig? überlegte sie. Sie entschied sich für Rührteig. Das paßte besser.

Sie schaltete den Backofen an. Das war der Teil der Küche, den der schleichende Hautausschlag von Schmutz noch nicht befallen hatte, hauptsächlich, weil sie den Herd in letzter Zeit kaum benutzt hatten. Sie band sich eine Schürze um und spülte die neuen Schüsseln und die anderen neuen Geräte unter dem Hahn ab, rührte aber das schmutzige Geschirr nicht an. Das kam später dran. Im Augenblick hatte sie dafür keine Zeit. Sie trocknete die Sachen ab und fing an, Eier aufzuschlagen und zu trennen; sie dachte an nichts und konzentrierte sich ganz auf die Bewegungen ihre Hände, und dann, als sie Schnee schlug und siebte und unterzog, auf Zeit und Konsistenz. Zum Kuchenbacken brauchte man eine leichte Hand. Sie goß den Teig in die Form und zog eine Gabel durch, um die großen Luftblasen zu zerreißen. Als sie die Kuchenform in den Backofen schob, summte sie fast vor Vergnügen. Es war lange her, seit sie einen Kuchen gebacken hatte.

Während der Kuchen in der Röhre war, spülte sie die Schüsseln wieder und mixte den Guß. Eine gewöhnliche Fettglasur, das würde das beste sein. Sie verteilte die Glasur auf die drei Schüsseln. Die größte Portion ließ sie weiß, die nächste färbte sie kräftig rosa, fast schon rot, mit der roten Lebensmittelfarbe, die sie gekauft hatte, und die letzte dunkelbraun, indem sie Kakao hineinrührte.

Worauf soll ich sie legen? dachte sie, als sie damit fertig war. Ich werd eine Platte abwaschen müssen. Unter dem Geschirrstoß im Ausguß holte sie eine lange Platte hervor und spülte sie sorgfältig unter dem Wasserhahn ab. Es war eine Menge Spülmittel notwendig, um die Dreckkruste loszuwerden.

Sie prüfte den Kuchen; er war fertig. Sie nahm ihn aus der Backröhre und stürzte ihn zum Auskühlen.

Sie war froh, daß Ainsley nicht da war; sie konnte bei dem, was sie vorhatte, keine Einmischung brauchen. Übrigens sah es nicht so aus, als wäre Ainsley überhaupt heimgekommen. Von ihrem grünen Kleid war nichts zu sehen. Auf dem Bett in ihrem Zimmer lag ein geöffneter

Koffer, so wie sie ihn am Abend zuvor wahrscheinlich hatte liegenlassen. Ein Teil des Treibguts lag wie von einem Strudel hineingezogen halb darin. Flüchtig überlegte Marian, wie Ainsley je das ganze Durcheinander ihres Zimmers in etwas so Begrenztes und Gradliniges wie Koffer zu pressen gedachte.

Während der Kuchen abkühlte, ging sie ins Schlafzimmer und machte ihr Haar zurecht, zog es straff und steckte es fest, um die letzten Wicklungen des Friseurs zu beseitigen. Sie fühlte sich ganz leicht, fast benebelt: das mußte der Mangel an Schlaf und Essen sein. Sie grinste in den Spiegel und zeigte dabei ihre Zähne.

Der Kuchen kühlte nicht schnell genug ab. Trotzdem wollte sie ihn nicht in den Kühlschrank stellen. Er würde die Gerüche annehmen. Sie holte ihn aus der Form heraus und setzte ihn auf die saubere Platte, öffnete das Küchenfenster und stellte ihn auf den schneebedeckten Sims. Sie wußte, was geschah, wenn man Kuchen noch warm glasierte – alles schmolz.

Sie überlegte, wie spät es sein mochte. Ihre Uhr lag noch auf der Kommode, wo sie sie am Tag zuvor zurückgelassen hatte, aber sie war abgelaufen. Ainsleys Kofferradio wollte sie nicht anschalten, das würde sie zu stark ablenken. Sie wurde so schon zappelig. Es gab doch da eine Telefonnummer für die Zeitansage ... Egal, beeilen mußte sie sich auf jeden Fall.

Sie holte den Kuchen vom Sims, prüfte, ob er kalt genug war, und stellte ihn auf den Küchentisch. Dann begann sie mit der Operation. Zunächst teilte sie ihn flach in der Mitte durch. Eine Hälfte setzte sie mit der flachen

Seite nach unten auf die Platte. Sie höhlte sie teilweise aus und formte aus dem Material einen Kopf. An den Seiten schnitt sie eine Taille ein. Aus der anderen Hälfte machte sie Streifen für Arme und Beine. Der Kuchen war geschmeidig, leicht zu behandeln. Sie klebte die verschiedenen Teile mit dem weißen Zuckerguß zusammen und überzog die von ihr geschaffene Figur mit der restlichen Glasur. Sie war an manchen Stellen knubbelig und hatte zu viele Krümel auf der Haut, aber es würde gehen. Die Füße und Knöchel verstärkte sie mit Zahnstochern.

Nun hatte sie einen leeren weißen Körper vor sich. Er wirkte leicht obszön, wie er da so weich und zuckrig und gesichtslos auf dem Teller lag. Sie machte sich an die Bekleidung. Sie füllte die Tortenspritze mit der leuchtend rosa Glasur. Zuerst gab sie ihr einen Bikini, aber das war zu spärlich. Sie füllte den Mittelteil. Jetzt war es ein normaler Badeanzug, aber das war immer noch nicht das, was sie wollte. Sie fügte oben und unten immer noch etwas an, bis es eine Art Kleid geworden war. In einem Anfall von Überschwenglichkeit setzte sie noch eine Rüsche am Hals und eine Rüsche am Saum des Kleides an. Sie malte den üppigen lächelnden rosa Mund und dazu passend rosa Schuhe. Schließlich versah sie jede der formlosen Hände mit fünf rosa Fingernägeln.

Mit nur einem Mund und weder Haaren noch Augen sah der Kuchen eigenartig aus. Sie säuberte die Spritze und füllte sie mit Schokoladenguß. Sie zeichnete eine Nase und zwei große Augen mit vielen Wimpern und mit Augenbrauen obendrüber. Mit einer Linie trennte sie ein Bein vom anderen, und mit ähnlichen Linien grenzte sie die Arme vom Körper ab. Die Haare nahmen mehr Zeit in Anspruch. Dazu waren Unmengen komplizierter barocker Schnörkel und Wirbel nötig, hoch über dem Kopf aufgetürmt und über die Schultern herabfallend.

Die Augen waren immer noch leer. Sie entschied sich für grün – die beiden einzigen anderen Möglichkeiten waren rot und gelb, mehr Farben hatte sie nicht –, und mit einem Zahnstocher strich sie zweimal grüne Lebensmittelfarbe als Iris auf.

Nun blieben nur noch die Silberkügelchen. Jedes Auge kriegte eine als Pupille. Mit den anderen formte sie ein Blumenmuster auf dem rosa Kleid und steckte ein paar ins Haar. Jetzt wirkte die Frau wie eine elegante, alte Porzellanfigur. Einen Augenblick lang wünschte sie, sie hätte Geburtstagskerzen gekauft; aber wohin mit ihnen? Dafür war wirklich kein Platz mehr. Das Bild war fertig.

Ihre Schöpfung starrte zu ihr hoch, das Gesicht puppenhaft und leer bis auf den kleinen silbernen Schimmer von Intelligenz in jedem grünen Auge. Bei der Arbeit war sie beinahe fröhlich gewesen, aber nun, wo sie ihr Werk sinnend betrachtete, wurde sie nachdenklich. Soviel Arbeit steckte in der Dame, und was würde mit ihr geschehen?

»Du siehst köstlich aus«, sagte sie zu ihr, »richtig appetitanregend. Und genau das wird dir passieren; das hat man davon, wenn man eßbar ist.« Bei dem Gedanken an Eßbares zog sich ihr Magen zusammen. Sie hatte ein bißchen Mitleid mit ihrer Schöpfung, aber es ließ sich jetzt nichts mehr ändern. Ihr Schicksal war entschieden. Schon hörte sie Peters Schritt auf der Treppe.

Marian hatte eine flüchtige Vorstellung von ihrer eigenen monumentalen Albernheit: wie infantil und würdelos mußte sie einem rationalen Beobachter erscheinen? Was für eine Art Spiel glaubte sie wohl zu spielen? Aber darum ging es nicht, machte sie sich selbst nervös klar und strich eine Haarsträhne zurück. Allerdings: wenn Peter sie albern fand, dann würde sie es ihm glauben, sie würde seine Interpretation ihrer Persönlichkeit akzeptieren, er würde lachen, und sie würden sich hinsetzen und friedlich Tee trinken.

Sie lächelte Peter zu, als er im Treppenschacht auftauchte. Sein Gesichtsausdruck, finsterer Blick mit vorgerecktem Kinn, zeigte, daß er immer noch wütend war. Seine Kleidung paßte dazu: der Anzug streng geschnitten, maßgeschneidert, distanziert, die Krawatte aus Wolle in trüben Brauntönen.

»Also, was soll das …«, fing er an.

»Peter, willst du nicht ins Wohnzimmer gehen und dich setzen? Ich hab eine Überraschung für dich. Danach können wir reden, wenn du willst.« Wieder lächelte sie ihm zu.

Er war verwirrt und vergaß sein Stirnrunzeln durchzuhalten; er mußte mit einer verlegenen Entschuldigung gerechnet haben. Aber er folgte ihrem Vorschlag. Sie blieb einen Moment im Türrahmen stehen und schaute fast zärtlich seinen Hinterkopf über der Sofalehne an. Jetzt, wo sie ihn wiedergesehen hatte, den richtigen Peter, solide wie eh und je, waren die Ängste des vergangenen Abends zu lächerlicher Hysterie geschrumpft, und die Flucht zu Duncan war zu einer Dummheit, einer Ausflucht geworden; sie konnte sich kaum noch daran erinnern, wie er aussah. Peter war also doch nicht der Feind: er war ein normaler Mensch wie die meisten anderen Leute auch. Sie wollte seinen Nacken berühren, wollte ihm sagen, daß er sich nicht aufregen sollte, daß alles in Ordnung kommen würde. Es war Duncan. Duncan war die Mutation!

Aber da war irgendwas mit seinen Schultern. Er mußte mit verschränkten Armen dasitzen. Das Gesicht auf der anderen Seite des Kopfes hätte jedem x-beliebigen Menschen gehören können. Und sie alle trugen Sachen aus richtigem Stoff und hatten richtige Körper; die in den Zeitungen, diese jetzt noch unbekannten Menschen, die auf den Moment lauerten, wo sie von hochgelegenen Fenstern aus zielen konnten: jeden Tag kam man auf der Straße an ihnen vorbei. Es war leicht, ihn am Nachmittag als normal und sicher zu betrachten, aber das änderte die Dinge nicht. Der Preis für diese Version der Realität war, daß man die andere prüfte.

Sie ging in die Küche und kam mit der Platte zurück, die sie vorsichtig und ehrfürchtig trug wie etwas Geheiligtes in einer Prozession, wie eine Ikone oder die Krone auf dem Kissen in einem Theaterstück. Sie kniete nieder und stellte die Platte auf dem Kaffeetisch vor Peter ab.

»Du hast versucht, mich zu vernichten, nicht wahr«, sagte sie. »Du hast versucht, mich zu assimilieren, zu absorbieren. Aber ich habe dir einen Ersatz gemacht, etwas, was du viel lieber mögen wirst. Was du eigentlich immer gewollt hast. Ich werde dir eine Gabel holen«, fügte sie etwas prosaisch hinzu.

Peter starrte von dem Kuchen auf ihr Gesicht und zurück.

Sie lächelte nicht.

Seine Augen weiteten sich erschreckt. Anscheinend fand er sie nicht albern.

Nachdem er gegangen war – und er ging ziemlich schnell, sie sprachen dann doch nicht mehr viel miteinander, er schien verwirrt zu sein und wollte weg und lehnte sogar eine Tasse Tee ab –, stand sie da und schaute auf die Figur hinunter. Peter hatte sie also doch nicht verschlungen. Als Symbol hatte sie eindeutig versagt. Mit ihren silbrigen Augen sah sie zu ihr auf, rätselhaft, höhnisch, wohlschmeckend.

Plötzlich hatte sie Hunger. Einen wahnsinnigen Hunger. Der Kuchen war schließlich bloß ein Kuchen. Sie nahm die Platte, trug sie zum Küchentisch und holte sich eine Gabel. »Ich fang bei den Füßen an«, beschloß sie.

Sie prüfte den ersten Bissen. Es schien seltsam, aber höchst angenehm, tatsächlich wieder zu schmecken und zu kauen und zu schlucken. Nicht übel, dachte sie kritisch; obwohl ein bißchen mehr Zitrone nicht geschadet hätte.

Schon dachte der Teil von ihr, der nicht mit Essen beschäftigt war, voller Heimweh an Peter, wie an eine Mode, die man nicht mehr trug und die in den traurigen Kleiderständern der Heilsarmee aufzutauchen begannen. Sie sah ihn vor sich: in eleganter Pose im Vordergrund eines vornehmen Salons mit Kronleuchtern und schweren

Vorhängen, makellos gekleidet, in der Hand ein Glas Scotch; den Fuß hatte er auf den Kopf eines ausgestopften Löwen gesetzt, und über einem Auge trug er eine Augenklappe. Im Gurt unter dem einen Arm steckte ein Revolver. Um den Rand herum lief eine verschnörkelte Goldborte, und eben über Peters linkem Ohr steckte ein Reißnagel. Nachdenklich legte sie ihre Gabel ab. Er würde Erfolg haben.

Sie war halb mit den Beinen fertig, als sie zwei Paar Schritte die Treppen hochkommen hörte. Dann tauchte Ainsley in der Küchentür auf und hinter ihr Fisch Smythes Pelzkopf. Sie hatte immer noch ihr blaugrünes Kleid an, das ziemlich mitgenommen aussah. Sie selbst auch: ihr Gesicht war hager, und ihr Bauch schien sich innerhalb der letzten vierundzwanzig Stunden merklich gerundet zu haben.

»Hi«, sagte Marian und winkte ihnen mit der Gabel zu. Sie spießte ein Stück Schenkel auf und steckte es in den Mund.

Fisch lehnte sich, kaum hatte er den obersten Treppenabsatz erreicht, gegen die Wand und schloß die Augen, aber Ainsley konzentrierte sich auf Marian: »Was hast du denn da?« Sie ging hinüber, um es zu sehen. »Es ist eine Frau – eine aus Kuchen gemachte Frau!« Sie warf Marian einen merkwürdigen Blick zu.

Marian kaute und schluckte. »Nimm dir«, sagte sie, »er ist wirklich gut. Ich hab ihn heute nachmittag gemacht.«

Ainsleys Mund klappte auf und zu wie bei einem Fisch, so als versuchte sie die volle Bedeutung dessen, was sie da sah, zu schlucken. »Marian!« rief sie entsetzt aus. »Du lehnst deine Weiblichkeit ab!«

Marian hörte auf zu kauen und starrte Ainsley an, die sie durch ihre über die Augen fallenden Haare mit verletzter Besorgnis, fast mit Strenge betrachtete. Wie brachte sie nur diese betroffene Haltung zustande, diese tiefe Ernsthaftigkeit? Sie war fast so verbissen moralisch wie die Lady von unten.

Marian blickte zurück auf ihren Teller. Die Frau lag immer noch glasig lächelnd, aber ohne Beine da. »Unsinn«, sagte sie. »Es ist doch nur ein Kuchen.« Sie rammte ihr die Gabel in den Leib und trennte sauber den Kopf vom Rumpf.

Orazio Bagnasco

Das Haus der hundert Lampen

Die Freunde des jungen Herzogs waren in der neuen Zitadelle untergebracht, wo auch Sanseverio und seine Bogenschützen Quartier gefunden hatten. Doch der Graf von Caiazzo hatte nach den Drohungen gegen seine Person schon bald beschlossen, auf schnellstem Wege zu Pferd nach Tortona weiterzureisen und die Ermittlungen seinen ihm untergebenen Offizieren zu überlassen.

Die Rufolo-Zwillinge hatten mit ihrer schönen Gefährtin Melita im »Haus der hundert Lampen« Unterkunft gefunden, wo zahlreiche leichte Mädchen reiche Florentiner und Pisaner Kaufleute verwöhnten. Das Gebäude hatte einmal einer adligen Familie Pisas gehört, deren Geschlecht aber schon vor der Medici-Herrschaft erloschen war.

Das Bordell verfügte über zahlreiche Festsäle, die alle mit großen Wannen ausgestattet waren, in denen man auch bequem in Gesellschaft der charmanten Gastgeberinnen im warmen Wasser sitzend speisen konnte. Die

Mädchen des Hauses waren geschickt und erfahren in allem, was Bäder und Bankette zu einem angenehmen Vergnügen machten.

In einem der Säle war die Wanne so breit, daß acht Pärchen, vier zu jeder Seite, bis zum Bauchnabel im Wasser sitzend darin Platz fanden. Dazwischen verlief der ganzen Länge nach, knapp über der Wasseroberfläche, ein schmaler Tisch, der mit einem Tischtuch aus besticktem Damastleinen und edlem Geschirr gedeckt war. Schälchen und Schüsselchen mit süßen Leckereien, kandierten Früchten und Pinienkerngebäck standen schon bereit, wenn die Gäste eintrafen.

Die Cavalieri und ihre Damen zogen sich aus und stiegen in die große Wanne, während ein kleines Orchester liebliche Tanzmelodien anstimmte.

Die Feste in den Wannen zogen sich über Stunden hin. Und das nicht nur, weil sie so angenehm und lustvoll waren, sondern auch, weil man dem warmen Wasser einen therapeutischen Wert zuschrieb, besonders wenn ihm Minze, Beifuß, Malve oder Sandelholz beigegeben wurden. Diese Mahlzeiten in der Wanne waren ursprünglich eine französische Mode, die burgundische Herbergsbesitzer nach Italien gebracht hatten, wo sie rasch an Beliebtheit zunahmen.

Melita hatte es so eingerichtet, daß im »Haus der hundert Lampen« auch Geraldo da Serravalle untergebracht war, der junge Page, mit dem sie auf der Karracke Bekanntschaft gemacht hatte und der ihr wie ein Hündchen überallhin folgte. Das Leben an Melitas Seite war für den sechzehnjährigen Jüngling wie ein Traum. Geraldo war, wie viele Heranwachsende in seinem Alter, groß und schlank und hatte eine sinnliche Nase, deren Ausmaße durch das schmale Gesicht besonders betont wurden, und ein von einer auffallenden Falte durchzogenes Kinn. Aus der hageren Blässe seines Gesichts stachen dunkle, wach und melancholisch blickende Augen und ein fleischiger Mund hervor. Auch seine leicht abstehenden Ohren betonten sein jünglinghaftes Aussehen. Er trug die Giornea der Pagen des Mailänder Hofes und über den schönen, sehr schlanken Beinen die für einen Höfling des Hauses Sforza typische »geteilte« Strumpfhose, weiß die rechte und kirschrot die linke Seite.

Das zärtliche Interesse, das diese gut zwanzig Jahre ältere Frau an ihm zeigte, schmeichelte seiner Eitelkeit und entfachte seine Sinne, obwohl sie sich darauf beschränkte, sein mageres Gesicht zu streicheln und ihm mit ihren schwarzen, durchdringenden Augen, die stets wie im Fieber wirkten, süß zuzulächeln. Auch wenn sie ihren unvermeidlichen Verehrern schöne Augen machte, ließ sie ihn nicht von ihrer Seite, streichelte ihm liebevoll übers Haar, während er mit schmachtenden Blicken ihr makelloses Gesicht bewunderte und schon zu leiden begann, wenn sie nur ein paar galante Worte an irgend jemanden richtete. Es hatte den Anschein, als wollte sie ihn langsam in die Kunst der höfischen Liebe einführen.

Am zweiten Tag ihres Aufenthalts in Pisa war Melita im »Haus der hundert Lampen« gerade in ein Gespräch mit einem Cavaliere vertieft, als sie plötzlich innehielt, sich zu Geraldo, der wie immer bei ihr war, umdrehte und an den Jüngling gewandt fragte: »Willst du heute mit mir zu Abend essen?«

Geraldo starrte sie verwirrt aus großen Augen an. Die Vorstellung, an der Seite dieser wunderbaren Frau an einem Mahl für Erwachsene teilzunehmen, erschreckte ihn. Und außerdem fühlte er sich mit der Garnasche, die er gerade trug, nicht passend gekleidet. Er schluckte ein paarmal und antwortete dann: »Ja ... sehr gerne ... Dann gehe ich mich jetzt umziehen.«

»Nicht nötig, du wirst heute abend kein Wams brauchen, keinen Giubbone und auch sonst nichts. Wir treffen uns hier zur ersten Stunde des Abends«, sagte sie beiläufig und wandte sich wieder ihrem Verehrer zu.

Geraldo floh aus dem Raum, denn er wußte einfach nicht, wie er die Schamesröte, die sein Gesicht überzogen hatte, verbergen sollte. Der Kopf schwirrte ihm, und er fragte sich, was sie von ihm erwartete. Aber er war auch stolz, denn nun würde er zum erstenmal in seinem Leben mit Cavalieri und Damen an einer Tafel zusammensitzen und beim Eintritt in den Saal einer Frau den Arm reichen dürfen, die obendrein noch um so vieles reifer war als er. Was hätte er darum gegeben, wenn ihn jetzt seine Freunde hätten sehen können.

So begann er, rastlos durch das »Haus der hundert Lampen« und den sich anschließenden Garten zu streifen. Und immer, wenn ihm jemand begegnete, fragte er, ob es schon die erste Stunde des Abends sei. Die Zeit wollte einfach nicht vergehen. Warum hatte Melita bloß nicht gewollt, daß er sich umzog? In seinem Gepäck hatte er doch seine goldene Giornea, die man ihm für die Feierlichkeiten in Neapel mitgegeben hatte. Mit der hätte er jetzt sicher eine gute Figur gemacht. Mit dem kleinen, wie ein Zuckerbrot geformten Barett würde er hingegen neben den anderen Cavalieri, die er zum Abendessen treffen würde, nicht bestehen können. Wie beneidete er doch diese so überaus selbstsicheren Männer, die sich einen Spaß daraus machten, einen unerfahrenen Jüngling wie ihn auf den Arm zu nehmen. Schon jetzt dachte er mit Schrecken daran, daß ihn jemand, um ihn zu foppen, während des Mahls nach seinen Erfahrungen mit Frauen fragen könnte: Was sollte er da nur antworten?

Es wäre ihm schwergefallen zu gestehen, daß er noch nie mit einer Frau zusammen war, jedenfalls nicht so, wie sie es meinten. Sicher, er wußte, daß weibliche Wesen irgendwie anders als Männer waren, aber obwohl seine Freunde, die ja nicht älter als er selbst waren, so großspurig taten, als wüßten sie über alles Bescheid, hatten sie ihm nie irgend etwas erklären können. Kein Wunder, denn sie waren sicher auch nicht viel erfahrener als er selbst. Ja, einmal hatte er ein Mädchen geküßt, eine Magd von Cecila Gallerani. Das war in einem dunklen Flur im Kastell von Porta Giovia gewesen, aber sie war rasch davongelaufen. Dann hatte er schon die Reise nach Neapel antreten müssen, und damit war die Sache erledigt gewesen.

Natürlich war ihm klar, daß die Art und Weise, wie er sich selbst ab und an Erleichterung und Lust verschaffte, mit dem zu tun hatte, was er gerne einmal mit einer Frau getan hätte. Aber wie nur? Hoffentlich sprach man ihn beim Abendessen nicht auf dieses Thema an. Er würde sterben vor Scham. Melita sollte keinesfalls erfahren, daß er noch nicht einmal wußte, wie eine Frau aussah. Vielleicht wäre es besser gewesen, die Einladung abzulehnen. Aber wie hätte er der Signora etwas abschlagen können?

So nahm er sich vor, daß er bei peinlichen Fragen eine leichte Übelkeit vortäuschen und die Flucht ergreifen würde.

Die erwartete Stunde, die zunächst so unendlich fern schien, kam schließlich doch, und Geraldo betrat den Saal, in den Melita ihn bestellt hatte. Er war leer. So begann er, mit einer Mischung aus Hoffnung und Furcht im Herzen, zu warten: Hoffnung, daß sie ihn nicht vergessen habe, und Furcht, daß sie tatsächlich kommen würde. Wie sollte er sich nur mit all den brillanten Männern in ihrer Begleitung messen?

Er wartete lange, bis Melita endlich erschien, noch schöner, unerreichbarer und geheimnisvoller als je zuvor, mit der ihr eigenen Ausstrahlung einer verwöhnten Wildkatze, dem Sinnbild von Weiblichkeit. Geraldo spürte, wie sein Herz vor Aufregung zu zerspringen drohte. Um seine Fassung wiederzugewinnen, versuchte er, irgend etwas zu stammeln, doch seine Kehle war zu trocken, und er bekam keinen Ton heraus. Furchtbar lächerlich kam er sich vor, doch ihre Gesichtszüge entspannten sich zu einem gleichzeitig sanften und koketten Lächeln, als sie auf ihn zutrat und ihn auf die Wange küßte.

»Komm«, sagte sie, indem sie seine Hand nahm, »es ist alles bereit.«

Geraldos Beine zitterten, als er an ihrer Seite die Stufen zum oberen Stockwerk erklomm, wo er noch nie gewesen war. Er wußte nur, daß hier die Zimmer mit den Wannen waren. Oben angekommen, ging die Frau, die Hand des Jungen immer noch fest im Griff, auf eine Tür zu, öffnete sie und trat ein. Der Raum war leer.

Ein Kamin mit einem großen Feuer erwärmte das Zimmer, und nur der flackernde Schein der Flammen sowie die Kerzen auf dem Tisch spendeten etwas Licht, ließen aber auch weite Flächen des Raumes im Halbschatten. Unter einem seidenen Baldachin erblickte Geraldo eine Badewanne, nicht sehr groß und mit einem Holzbrett darüber, auf dem eine Tischdecke und alles Notwendige für ein Mahl zu zweit angeordnet war. An der hinteren Wand befand sich ein großes Bett.

Schüchtern fragte Geraldo nach den anderen Gästen, doch Melita blickte ihn verwundert an und sagte lächelnd: »Von anderen Gästen war nie die Rede. Komm, hilf mir.«

Sie war zu dem Bett hinübergegangen und warf nun die großen Kissen auf den Fußboden vor dem Kamin. »Leg noch die Decke aus Fuchspelz darüber, und dann komm.«

Der Junge verstand nun überhaupt nichts mehr, spürte aber, daß ihm ein köstliches Erlebnis bevorstand. Melita streckte sich sanft auf dem Lager aus und winkte ihn zu sich. Er näherte sich ihr und legte sich neben sie, während sein Herz so heftig pochte wie noch nie in seinem Leben und sein Verstand von kühnen Vorahnungen verwirrt war.

Sie schmiegte sich an ihn und streichelte sanft über seine Stirn. Da schloß er die Augen und spürte, wie ihre Lippen seinen Mund und dann sein ganzes Gesicht streiften. Entspannt auf dem Fell liegend, begann sie ohne Hast, die unendliche Reihe der zweiundzwanzig kostbaren Perlenknöpfe, mit denen ihre Gamurra verschlossen war, aufzuknöpfen.

Nach einiger Zeit, die Geraldo unsagbar lang vorkam, hob sie den Blick, schaute ihm fest in die Augen und zog langsam die Schöße ihrer langen Gamurra auseinander, während sie ihn mit zärtlicher, ja mütterlicher Miene anlächelte.

»Siehst du, so sieht eine Frau aus! Das war es doch, was du schon so lange wissen wolltest.«

Der Junge starrte sie mit weit aufgerissenen Augen an. Niemals hätte er geglaubt, daß es etwas so Geheimnisvolles, Wunderschönes und gleichzeitig Erschreckendes geben könnte. Zwischen den weit geöffneten Schößen ihres Kleides erblickte er ihren Körper, die dunkle Haut, ihre Brüste mit den großen, fast schwarzen Brustwarzen, die von langen roten Seidenstrümpfen umhüllten Beine. Ihre Taille war mit einem schmalen Lederband umgürtet, von dem sechs silberne Kettchen die Hüften herab zu den Säumen der Strümpfe liefen. Und in der Mitte ein dichtes Dreieck aus schimmernden, schwarzen Löckchen. Fasziniert und erschrocken konnte Geraldo den Blick nicht davon abwenden. Er keuchte, blieb aber reglos mit großen Augen und offenem Mund liegen, bis sie ihn schließlich sanft an sich zog, so daß sein Kopf an ihrem Busen ruhen und sich sein keuchender Atem beruhigen konnte. Dann öffnete sie seine Braguette und betrachtete seine junge, sich aufrichtende Männlichkeit. Der Page schämte sich zutiefst für das, was da mit seinem Körper geschah, und fürchtete, daß die Signora verärgert sein könnte. Doch Melita streichelte ihn mit der Handfläche genau an der Stelle und brachte ihn dann langsam immer näher an ihren großen, dunklen Wald heran, bis Geraldo spürte, wie er nach und nach in eine tiefe unergründliche Grotte glitt. Eine neue Welt tat sich ihm auf, und ein tiefes Gefühl der Dankbarkeit überkam ihn. Sie hatte ihre Hände auf seine Hüften gelegt und lenkte und unterstützte seine zaghaften Bewegungen. Schon bald spürte er sein Herz überfließen, und plötzlich ergoß er sich in sie, wie eine Schleuse, deren Tore geöffnet werden. Melita drückte ihn fest an sich, und Geraldo wurde gewahr, daß er in ein neues Leben eingetreten war.

Indessen hatte Melita ihn nach und nach entkleidet und streichelte ihn jetzt am ganzen Körper, während er wieder mit dem Kopf an ihrem Busen ruhte. Dann zog sie ihn wieder an sich, und sie begannen erneut, immer wieder, bis den Jüngling die Kräfte verließen. Geraldo fühlte sich vollkommen leer, in den Lenden wie im Kopf.

Nach einem endlos langen Schweigen hörte der Page Melitas Stimme, die ihn aus seinem Traum weckte: »Nun können wir in die Wanne steigen und essen, mein Geliebter.«

Sie stiegen ins Bad, und bei der Berührung mit dem Wasser, das ein Ofen warm gehalten hatte, spürte Geraldo, wie seine Kräfte wiederkehrten. Melita klatschte in die Hände, und einige flinke Mägde erschienen und brachten Essen und Wein. Auch einige Musikanten betraten den Raum, die ihre Hocker mitgebracht hatten und nun zu spielen begannen.

Geraldo versuchte seine Verlegenheit zu verbergen und blickte nur hin und wieder verstohlen zu den Musikanten auf. Melita beobachtete ihn und lächelte über seine jugendliche Scham, ergriff unter dem Tisch seine Hand und murmelte: »Keine Sorge, sie sind blind.«

Nur einige Kerzen sowie der Lichtschein aus dem Kamin erhellten ihr Mahl. Man brachte ihnen eine Pastete aus gekochten Austern mit Essig und Honig, ein Tellerchen mit Rosen-*bianco-mangiare*, eine Hühnerpotage mit zerstoßenen Mandeln und eine im Backofen gegarte Lammkeule mit Zucker und Zimt. Dazu eine Karaffe mit *Vignamaggio* von einer schönen, leuchtendroten Farbe.

Geraldo erlebte dies alles wie im Traum; da saß er also, vollkommen entkleidet, in einer Wanne diesem hinreißenden, dunkelhäutigen Geschöpf gegenüber, das sich nicht im geringsten genierte, sich ihm nackt zu zeigen. Wie eine Göttin kam sie ihm vor. Er konnte gar nicht glauben, daß sie kurz zuvor noch sein gewesen war, und fürchtete den Moment, da er aus diesem Traum erwachen würde.

Melita nahm den Kelch, in dem der *Vignamaggio* durch das Kerzenlicht rubinrot funkelte, hob ihn an ihre Lippen, schaute ihn mit einem halb ironischen, halb mütterlich-sanften Blick an und sagte: »Auf dich und auf alle Frauen, die in deinem Leben nach mir kommen werden.«

Geraldo wollte etwas erwidern, doch er war zu ergriffen, um ein Wort herauszubringen, denn er verstand, daß dies ein besonderer Moment war. So hob er seinen Kelch und leerte ihn, was er noch nie getan hatte, in einem Zug.

Er wußte, er war zum Mann geworden.

Sandra Weiss

Bett aus Rosen

Welch verlockendes Geheimnis! Unter dem Stapel sorgfältig gefalteter Slips lag das Buch. Die weiße Spitze eines BHs bedeckte das kleine Schloß am Rand des Einbands. Er verspürte einen Hauch von Gefahr, als er das Buch aus der Kommode nahm. Eigentlich suchte er nach der goldenen Taschenuhr, die ihm sein Großvater zur Hochzeit geschenkt hatte. Doch daran dachte er nun gar nicht mehr. Er überlegte, welche Geheimnisse sich wohl in diesem Buch verbergen mochten.

Weich lag der rote, mit einer eingeprägten goldenen Rose verzierte Ledereinband in seiner Hand. Der Goldschnitt des Buches schimmerte im abendlichen Sommerlicht. Der Duft von Rosen stieg ihm in die Nase. Ein starker, aufdringlicher Geruch, den er von seiner Frau nicht gewöhnt war. Er roch an dem Buch und inhalierte das Blumenaroma.

Angespannt lauschte er in die Stille des großen, leeren Hauses. Sie konnte jeden Augenblick von der Arbeit zurückkommen. Er wollte nicht ertappt werden. Aber wobei? Er würde doch nicht das Tagebuch seiner Frau lesen. Nein, das würde er nicht tun!

Es fiel ihm schwer, das Buch an die geheime Stelle zurückzulegen. Sorgfältig bedeckte er es mit den seidenen Slips. Rosenduft. Der Geruch ging ihm einfach nicht mehr aus dem Sinn. Was …? – Nein, er verspürte doch keine Eifersucht! Woher denn? Dazu gab es gar keinen Grund. Sie waren seit fünfzehn Jahren verheiratet, du meine Güte! Fünfzehn Jahre, zwei Kinder, ein Hund, ein Haus, zwei Autos und zwei gute Jobs, die sie völlig ausfüllten. Sie waren glücklich! Vertrauten sich, kannten einander ganz genau … und doch, von einem Tagebuch hatte er nichts gewußt.

In Gedanken versunken, schob er die Schublade zu, riß sie aber sofort wieder auf. Ohne daß es ihm richtig bewußt wurde, begann er zwischen ihren Wäschestücken nach dem Schlüssel zu suchen. Zwischen den Seidenhemdchen, Slips und den weißen BHs seiner Frau. Ein Rosen-BH! – Er konnte es kaum glauben, als er den kleinen Schlüssel zwischen den Körbchen eines mit Rosen verzierten, pastellfarbenen BHs herauszog. Rosenmuster … bislang hatte er noch nicht einmal geahnt, daß seine Frau einen solch verspielten BH überhaupt besaß!

Seine Hände zitterten, als er den Schlüssel ins Schloß des Buches steckte. Er zögerte einen Moment. Sein Herz pochte. Wieder horchte er, ob sich die Haustür öffnete, und warf einen nervösen Blick auf den Wecker neben dem Ehebett. Noch etwa eine halbe Stunde …

Er kam sich schuldig vor. Sein schlechtes Gewissen

nagte an ihm. Er vertraute seiner Frau! Natürlich ... aber, aber – dieser Duft nach Rosen machte ihn fast wahnsinnig! Er drehte den Schlüssel um und schlug das Buch auf. Eine getrocknete Rosenknospe fiel zu Boden. Erschrocken bückte er sich, um sie aufzuheben. Blut schoß in seine Wangen. Ihm war hundeelend zumute. Schnell griff er nach der Rose und sah mit Entsetzen, wie sie in seiner Hand zerbröselte. Oh nein ... – Er wollte das Buch schließen und zurücklegen, doch er wußte, es war zu spät. Sie würde bemerken, daß die Rose fehlte, und er wäre ertappt!

Also, was machte es da schon aus? Ein Gefühl der Erleichterung überkam ihn. Er ging zum Fenster und setzte sich in den großen Rattansessel. Entschlossen blätterte er die Seiten durch. Über den Eintragungen standen Daten, die schon lange vergangen waren. Das Geschriebene stammte aus der Zeit vor ihrer Ehe, der Zeit ihrer ersten Begegnungen. Doch der frische, intensive Rosenduft verriet ihm, daß es keinesfalls vergessene Tage waren. Sie mußte dieses Buch immer wieder zur Hand genommen haben, um die Erinnerungen daran zu wecken.

Zunächst überflog er die ersten Zeilen ... Er stockte. Blätterte langsam weiter, dann schneller, bis er das Ende der Aufzeichnungen erreicht hatte. Jetzt hätte er aufhören müssen. Jetzt, da er wußte, daß das Buch keinen Hinweis auf einen Liebhaber verbarg, ja, noch nicht einmal Tagebuchaufzeichnungen enthielt! Aber er konnte einfach nicht. Er *mußte* das Buch lesen!

Die Vorbereitungen für das Fest laufen seit Tagen. Die Frauen schmücken den Festsaal mit Tausenden von Blüten. Überall duftet es nach Rosen. Je näher der Tag rückt, desto aufgeregter werde ich. Ich lebe jetzt abseits von all dem Trubel im kleinen Sommerpavillon des Tempels im Rosengarten. Die Hohepriesterin leistet mir manchmal Gesellschaft und stimmt mich auf das Fest ein. Ich fürchte mich ein wenig. Zugleich bin ich neugierig darauf, was mit mir geschehen wird.

Der Tag beginnt sehr früh. Ich knabbere an dem Obst aus der Schale, rechten Hunger habe ich nicht. Dafür bin ich viel zu nervös. Die Zeit der Kontemplation ist vorüber. Die Hohepriesterin lächelt kurz und nickt mir aufmunternd zu. Das ist viel für eine Frau, die ihr Leben den Göttern geweiht hat. Feierlich geleitet sie mich zu den Bädern. Das Fest hat begonnen …

Drei Mädchen stehen mir bei den rituellen Reinigungen zur Seite. Sie entkleiden mich und führen mich in das warme Wasser, auf dem Hunderte weißer Rosenblätter schwimmen. Zart berühren die Mädchen meinen Körper. Sie sind nackt wie ich und ihre weißen, fast haarlosen Leiber wirken knabenhaft. Neugierig betasten sie meine vollen Brüste, an die ich selbst noch nicht gewöhnt bin.

Auch ich habe diesen Dienst schon verrichtet. Damals wagte ich nicht zu träumen, jemals an dieser Stelle zu stehen. Diese Ehre ist nur den vollkommensten Töchtern des Klosters vorbehalten. Vollkommenheit, so lehrt mich die Hohepriesterin, die mir in jenen Tagen zu einer Freundin wurde, ist unvergängliche Schönheit. Und unvergängliche Schönheit ist nicht Leib, sondern Seele, ist Anmut, Klugheit und Mut. Es erfüllt mich mit Stolz, die Auserwählte zu sein.

Die warmen Hände der Mädchen waschen meinen Körper so zart, als streichelten sie mich. Eines berührt neckisch meine Brustwarzen und kichert, als sie hervortreten. Der Blick der Hohepriesterin, die alles mit Argusaugen überwacht, läßt sie verstummen. Eine feierliche Atmosphäre herrscht, denn dies ist ein Dienst an unseren Göttern.

Nach dem reinigenden Bad tupfen mich die Mädchen mit einem weichen, mit Rosenöl beträufelten Tuch trokken. Ich sauge den Duft in mich auf und genieße es, mich wie eine Blume zu fühlen. Die weiteren Prozeduren finden in einem Nebenzimmer statt, wo ich mich auf eine Art Altar lege. Die Mädchen erwärmen Bienenwachs in einem großen Kupfertrog über einem offenen Feuer und tragen diesen nur wenig erkaltet auf meine Arme und Beine auf. Der Schmerz bei der Enthaarung treibt mir Tränen in die Augen. Aber ich bin tapfer, das erwartet man von mir. Die Mädchen spreizen meine Beine. Nun beginnt der schmerzhafteste Teil der Prozedur. Das Fleisch an jener Stelle ist zart, die Haut weich. Mit dem erkalteten Wachs reißen die Mädchen mir auch dort die Haare aus. Ich beiße die Zähne zusammen. Doch noch immer ist es nicht genug. Die Mädchen treten zurück. Eine ältere Priesterin übernimmt den Rest. Sie trägt ein scharfes Messer bei sich, mit dem sie mir vorsichtig die Haare von der empfindsamsten Haut rasiert. Die Messerschneide ist so scharf, daß mir jede Berührung einen heißen Schauer durch den Körper jagt. Die Alte lächelt mich mit ihrem zahnlosen Mund an und zwinkert mir zu. Es scheint so, als ob sie sich einen Spaß daraus macht, immer wieder wie von ungefähr den kleinen pulsierenden Hügel zu streifen. Sie befielt mir streng, mich dabei ja nicht zu bewegen. Dies sei ein großer Tag und ich müsse auf mich achten. Blut erfüllt den kleinen Hügel pulsierend mit Leben. Meine Nervenzellen richten sich wie kleine Tentakel nach der Berührung aus, drängen ihr entgegen. Doch die Alte lacht und ist plötzlich ganz schnell mit mir fertig. Kichernd zieht sie sich zurück.

Die Hohepriesterin ist zufrieden mit ihrer Arbeit. Sie befiehlt mir aufzustehen. Die Mädchen kommen mit Schalen, die mit kostbaren Ölen gefüllt sind, zu mir. Eines von ihnen steckt mein langes, golden glänzendes Haar hoch. Dann beginnen zarte Mädchenhände, das Öl auf meinem Körper zu verteilen. Bald dufte ich nach Rosen und Mandeln, nach Nelken und Lavendel. Mein Körper verwandelt sich in eine berauschende Blumenwiese. Ich bin eine Blüte, deren Knospe kurz vor dem Aufspringen steht.

Die Hände massieren langsam die kostbaren Essenzen in meine Haut ein. Ich spüre, wie die Anspannung der letzten Monate von mir abfällt. Die harten Exerzitien sind fast vorbei. Vier Wochen Meditation. Reinigung von Körper und Seele. Das Studium der alten Texte. Die vielen anstrengenden Übungen, die meinen Körper hart und flach werden ließen. Vorbei die Zweifel und Phasen der Erschöpfung. Nun zählt nur der Augenblick. Der Moment der absoluten Vollkommenheit, die, so lehrt die Hohepriesterin, nie von einem Lebewesen allein erreicht werden kann.

Mein Herz schlägt schneller, wenn die Hände der Mädchen über meine Beine streichen. Sie sind kaum jünger als ich, und doch trennt uns eine Ewigkeit. Ich erinnere mich genau; als ich an ihrer Stelle war, wußte ich kaum um das Geheimnis dieses Festes. Der Körper der Frau kam mir fremd und eigenartig vor. Ich wußte weder von den Schmerzen ihres monatlichen Zyklus noch von dem Ziepen und Zerren, das das Wachstum der Brüste begleitet. Es war mir unverständlich, woher die vielen Haare stammten, die unter ihren Armen und zwischen ihren Beinen zu sehen waren. Doch kaum ein halbes Jahr später begann auch ich mich zu verwandeln. Ich schlüpfte in eine Art Kokon, der aus Dehnen und Ziepen, aus Drükken und Zerren und aus vielen weibischen Launen bestand. Als ich zum ersten Mal das dunkle Blut bemerkte, fühlte ich mich beschmutzt und lief weinend zu der Priesterin. Sie nickte, tröstete mich. Danach durfte ich nicht mehr zurück zu den anderen Mädchen. Ich wurde in einen Teil des Klosters gebracht, den ich noch nie zuvor betreten hatte, um dort die Zeit meiner Verwandlung zu verbringen. Von der Raupe zum Schmetterling, erklärte mir die Priesterin, ist es ein weiter Weg. Sie half mir, diesen Weg zu beschreiten, und nun bin ich dabei, meinen Kokon zu sprengen, die Flügel auszubreiten und abzuheben. Frei und unbeschwert wie ein Schmetterling. Das Gefühl ist kostbar und selten. Genieße es, flüstert die Hohepriesterin. Ich lächle ihr schüchtern zu.

Die Ölung ist beendet. Nun steht mir noch eine weitere Prozedur bevor. Die Mädchen haben einen Sud aus den Schalen von Walnüssen gekocht. Damit wird meine geheime Pforte gespült, um meinen Körper auf das große Fest vorzubereiten. Wieder lege ich mich auf den Altar und spreize die Beine weit. Die Alte ist zurückgekehrt. Sie ist kundig in diesen Dingen. Sie füllt den Sud in einen Trog und führt ihn an meinen zweiten Mund. Ihre rauhen, warmen Hände öffnen die Lippen. Sie tut es sanft, trotzdem mißfällt mir das Gefühl. Dann spüre ich, wie die noch warme Flüssigkeit in mich fließt und mich von innen erwärmt. Als ich aufstehe, fließt der Walnußsud wieder aus mir heraus. Ich schäme mich, erröte dabei, doch die Alte verzieht ihren Mund und murmelt, daß ich nicht so albern sein solle.

Nun habe ich all die vorbereitenden Prozeduren hinter mich gebracht. Die Hohepriesterin führt mich durch einen geheimen Gang Richtung Tempel. Ich bin nackt. Der Flur ist kühl und schließt die brennende Hitze des Sommertages aus. Ich zittere vor Aufregung, nicht vor Kälte.

Die Frauen, die mich hier erwarten sind nicht von dieser Welt. Auserwählte, wie ich jetzt, vollkommen in ihrer inneren und äußeren Schönheit. Ich entdecke eine Frau, die bestimmt schon siebzig Frühlinge zählt, doch das gütige Lächeln geht weit über unsere Schönheit hinaus. Noch nie habe ich ein schöneres Wesen auf Erden gesehen. Sie kommt zu mir, umschließt mich mit ihrem Blick und betrachtet mich. Ich fürchte schon, vor ihr nicht bestehen zu können. Aber nein, sie neigt ihren Kopf und nimmt mich in den Arm. Sie küßt mich auf die Stirn. Ich rieche ihren warmen Atem, der verführerisch nach Honig und Mandeln duftet. Für einen Moment bin ich glücklich, unbeschwert. Doch schon kurz darauf bedrängen mich wieder die angstvollen Gedanken, was mich wohl erwarten wird.

Von einem Schmerz erzählte mir die Priesterin, der sich anfühle, als ob etwas in mir zerspringen würde. »Hab keine Furcht«, sagte sie dann, »es ist wie bei einer süßen Frucht. Du mußt sie erst aufbrechen, um an das köstliche Innere zu gelangen. Und dann wirst du erkennen, daß der Schmerz selbst eine Köstlichkeit ist. Er ist leicht wie der Duft einer Blume und erweckt deine Sinne. Dieser Schmerz öffnet die Tür in eine andere Welt voller paradiesischer Genüsse.«

Davor habe ich keine Angst, denn wir sind Kämpferinnen. Doch ich fürchte mich ein wenig vor jenen fremden Wesen, die an diesem Tag in unseren Tempel kommen, um das göttliche Fest mit uns zu begehen. Ich mache mir Sorgen wegen ihrer schlangenartigen Gewächse, die ein seltsames Eigenleben zu führen imstande sind. Noch nie ist mir ein solches Ungetüm begegnet. Man sagt, es könne in einem Moment hart sein wie die Klinge eines Schwertes und im anderen weich und biegsam wie ein Seil. Die Vorstellung, eine dieser eigenartigen Schlangen könne ihren Weg in mein Innerstes antreten, ängstigt mich. Wir seien leere Gefäße, erklärte mir die Hohepriesterin, und die Schlangen füllten uns mit dem Nektar des Lebens. Sie seien ein Teil von uns. Der eigentliche Grund ihrer Existenz ist, uns zu dienen. Das beruhigt mich ein wenig.

Die Frauen ziehen mir feine Gewänder an. Helle, durchscheinende Stoffe umschmeicheln meinen Körper. Sie sind nicht dazu da, meinen Körper zu bedecken, sondern betonen seine Nacktheit. Das Auge will verwirrt werden, es möchte sich zwischen den durchsichtigen Schleiern auf die Suche begeben. Schönheit, die sich zu schnell, zu willfährig ihrem Betrachter offenbart, langweilt rasch. Das Gewand ist eine Raffinesse. Es bedeutet Verheißung und will die Augen zur Suche nach der Wahrheit einladen. Ein flüchtig erhaschter, unvermuteter Blick auf eine delikate Stelle ist unsäglich spannend, viel spannender als der Anblick einer völlig nackten Frau.

Ein Kranz aus weißen Rosen wird in mein Haar geflochten. Ich sehe mich im Spiegel. Die roten Knospen meiner Brüste schimmern durch den feinen Stoff. Man reicht mir einen goldenen Kelch, in dem roter Wein glänzt. Ich nehme einen Schluck und verspüre ein leichtes Brennen, als der Wein durch meine Kehle rinnt. Sofort schießt mir das Blut in die Wangen. Dies war der erste Schluck, den ich je von dieser Köstlichkeit genommen habe.

Die Hohepriesterin ist mit meiner Erscheinung zufrieden. Ihre Augen leuchten. Sie erklärt mir, daß ich nicht erschrecken solle, wenn es soweit sei. »Habe Vertrauen in die Götter«, das flüstert sie mir zu. Der Auserwählte sei ein Stier von einem Mann und wenn die Schlange in ihm erwache, würde sie sich zu Ehren der Götter erheben und sich auf die Suche nach der göttlichen Höhle machen. Mir wird schwummrig.

Das Fest beginnt mit einem Mahl. Ich höre die Musik in meinem Gemach, weit entfernt wie das Rauschen einer Muschel. Noch einmal nehme ich einen Schluck Wein. Der Effekt ist derselbe wie zuvor. Es ist nicht nur der Alkohol, den ich spüre. Ich weiß, daß die kundige Alte eine ganz besondere Essenz für mich bereitet hat, die bitter schmeckt und sich nur dürftig mit dem Wein vermischt.

Ich bin hungrig, den ganzen Tag habe ich gefastet, doch noch muß ich warten. Nur der Wein erreicht meinen rebellischen Magen. Aber je mehr ich davon trinke, desto ungeduldiger werde ich. Ich denke an die Schlange und spüre, wie sich mein Leib erhitzt und den feuchten Hügel mit wundersamem Leben erfüllt. Unruhig gehe ich zum Fenster und blicke hinaus auf den einsam daliegenden Rosengarten. Warm wird mir, sehr warm und ich genieße den kühlen Wind, der durch das Fenster hineinweht und ein wenig von der Feuchte nimmt, die sich in meinem Schoß gesammelt hat. Ich verspüre den Wunsch zu baden, aber ich darf diesen Ort nicht verlassen. Ich muß warten. Darf mich weder selbst berühren, noch von einem der Mädchen berühren lassen.

Die Sonne geht unter, und das Fest ist bereits in vollem Gange. Ich weiß, daß ich noch warten muß. Aber mir ist so, als ob sich die Schlange schon längst auf die Suche nach der göttlichen Höhle begeben hätte und bereits vor ihr lauert. Diese Hitze am Eingang der Höhle ist unerträglich. Die feuchten Lippen riechen nach Walnüssen. Der Duft legt sich auf meine Beine und schlängelt sich bis zu meiner Nase empor.

Tiefste Dunkelheit herrscht, als die Hohepriesterin den Raum betritt. Sie sieht verändert aus. Ihre Wangen sind vom Wein stark gerötet. Ihre Augen glitzern wie Bergseen. Eine Reihe junger Priesterinnen begleitet sie. Ich nehme meinen Platz hinter der Hohepriesterin ein, während die anderen Frauen sich hinter mir sammeln. Es ist soweit und ich bin mir nicht sicher, ob ich mich freuen oder fürchten soll.

Hoheitsvoll schreitet die Hohepriesterin voran. Hinter ihr wir anderen Frauen in einer seltsamen Prozession, die mich zum Opferaltar der Götter führt. Ich muß ein Opfer bringen, das höchste Opfer, zu dem eine Priesterin imstande ist. Ich bringe den Göttern meine Unschuld dar.

Musik schallt in den weiten Fluren und Gängen des Klosters. Sie wird lauter. Der Rhythmus der Trommeln wird schneller. Mein Herz pocht im Takt der Musik. Ich spüre die Aufregung in meinen Lenden und die Hitze, die von mir ausgeht. Ich fühle mich sicher. Schwülwarme Hitze umgibt mich und benebelt meine Sinne. Ich bin jetzt äußerst empfindlich. Ich weiß, es war der Wein und das, was in den Wein gemischt war. Meine Gedanken wirbeln durcheinander. Die Schlange, denke ich ... die Schlange.

Wir stehen vor einem großen Tor. Die Hohepriesterin klopft an die Tür. Eigentlich ist es drinnen zu laut, um das Pochen zu hören. Doch das Wunder geschieht. Mit einem Mal verstummt die Musik. Statt dessen sehe ich, wie sich das Tor langsam öffnet.

Die Hohepriesterin geht voran. Ich zögere. Plötzlich ist meine Angst übermächtig. Ich will kein Opfer sein! Ich will irgendwer sein, nur nicht die Auserwählte. Doch es ist zu spät. Meine Füße setzten sich ohne mein Zutun in Gang. Ich senke den Blick, denn ich will nicht sehen, was mich erwartet.

Feierlich schreitet die Prozession in den Festsaal des Tempels. Überall brennen Fackeln, der Geruch von gebratenem Fleisch hängt in der Luft. Mein Magen knurrt, ich fühle mich schwach.

Der Altar ist mit weißen Rosenblättern bedeckt. Er wartet auf mich. Die Hohepriesterin bleibt stehen, verneigt sich vor einer Darstellung der mächtigen Göttin und reiht sich in den Kreis ein, der sich um den Altar herum gebildet hat. Jetzt bin ich allein und ich weiß nicht, was ich tun soll.

Ein Raunen geht durch den Raum. Dunkle Stimmen preisen meine Vollkommenheit. Sie sind mir fremd, die Stimmen jener eigenartigen Geschöpfe, die uns doch erst vollkommen werden lassen.

Ich spüre, daß sich ein fester Blick auf mich richtet. Der Schatten eines Wesens hinter mir. Jemand beugt sich an mein Ohr und flüstert: »Hab keine Angst!« – Ich erschrecke über den rauhen Klang dieser Stimme und über soviel Sanftheit im Ton. Seine Hände streifen meine Schulter. Ein Schauer geht von der Berührung aus und pflanzt sich in meinem Körper fort.

»Dies ist ein Fest für die Götter!« sagt der Mann, bevor er mich zu dem Altar geleitet. Er dreht mich zu sich herum. Ich blicke in seine grauen Augen. Er trägt ein schwarzes Gewand, das er öffnet. Dann steht er völlig entblößt vor mir. Ich wundere mich über den Wald aus dunklen Haaren auf seinem Körper. Staune über die kräftigen Arme, die feste Brust und den muskulösen Bauch. Und dann erblicke ich sie, die Schlange, die noch zwischen seinen Beinen ruht und plötzlich zum Leben erwacht. Langsam streckt sie ihren Kopf empor und wird immer stärker. Mein Herz schlägt schnell, die Hitze ist unerträglich. Ich spüre, wie sich etwas in meinem Bauch zusammenzieht. »Diese Schlange wird mich nehmen und mich verschlingen«, ist mein erster Gedanke. Aber dieser verfliegt, als das Geschöpf mich auf die Rosenblätter bettet. Seine Hände wandern an meinen Beinen hoch, und jede seiner Berührungen läßt mich vor Wollust erschauern. Ich sehne mich danach wie nach einem Schluck Wasser in der Wüste.

Er schiebt mich an den Rand des Altars. Mit Entsetzen bemerke ich, daß die Schlange noch weiter erstarkt ist und sich nun sehnsüchtig in meine Richtung wendet. Er schiebt mein Gewand hoch und entblößt die Pforte der Glückseligkeit. Es wird weh tun. Einen kurzen Moment. Dann wird der Schmerz verflogen sein und die noch verschlossene Knospe sich öffnen. Der Kopf der Schlange wartet vor dem feuchten Eingang. Ein kurzes Zögern, dann schiebt sich der Kopf der Schlange tief in mein Innerstes und ich schreie vor Entzücken auf.

Als die rituellen drei Stöße ausgeführt sind, drängen sich die anderen Männer um den Altar. Ihre Hände reißen mir den Stoff vom Leib. Sie berühren mich, während die Schlange tief in meinem Inneren ruht. Man läßt Honig über meine Brüste tropfen. Süße Weintrauben werden auf meinen Körper gelegt. Es bringt Glück, die Speisen vom Leib des göttlichen Opfers zu küssen, während der Akt vollbracht wird. Vor Schmerz zieht sich mein Innerstes zusammen. Ich spüre, daß etwas in mir gerissen ist und nun etwas aus mir herausfließt. Einige weiße Rosenblätter färben sich rot. Bald werden sie im Feuer der Göttin verbrannt. Dies ist das wahre Opfer.

Eine flinke Zunge leckt mir den Honig von den Brüsten. Das prickelnde Wohlgefühl läßt den Schmerz verfliegen. Man nimmt meine Hände. Zungen wandern an meinen Armen empor. Die Schlange in meinem Leib regt sich, stößt zu. Ich stöhne auf und teile mit jemandem die Atemluft. Er küßt mir eine Erdbeere in den Mund, die ich genüßlich von seiner Zunge raube und verschlinge. Wein fließt über meinen Bauch. Hände verreiben den Honig auf meinem ganzen Körper. Ich spüre eine weitere Schlange in meiner Hand, die ich ebenso aufsaugen möchte, wie die Schlange, die sich erneut in mir bemerkbar macht, sich jetzt zurückzieht. Die Zungen wandern gierig zu jener Stelle und saugen dort. Jeder möchte von der heiligen Flüssigkeit kosten. Atemhauch erweckt den Vulkan in mir zu neuem Leben. Brennende Glückseligkeit breitet sich in mir aus. Ich lodere. Mein Innerstes glüht vor Glück. Kühler Wein rinnt über den pulsierenden Hügel. Man will von mir trinken, mich kosten. Der Wein fließt über meinen Bauch und rinnt in das warme Delta, bis jeder einen Schluck davon erhaschen konnte. Dann verlangt die Schlange erneut nach ihrem Recht. Meine Lippen nehmen ihren Kopf auf und saugen begierig an ihm. Die Hohepriesterin ist an den Altar getreten. Sie schenkt mir einen Kuß mit Wein, der mich benommen macht. Überall auf meinem Körper süße Früchte, die man mir mit Lippen und Zungen von der Haut stiehlt, um mich sogleich wieder damit zu bedecken. Ich bin ein sinnliches Mahl zu Ehren der Götter. Verschlingt mich mit Haut und Haar. Mein Glück könnte nicht vollkommener sein!

Die Schlange bewegt sich in mir, jede ihrer Regungen löst Wohlbefinden in mir aus. Ich spüre Entzücken und

Verlangen nach mehr. Meine Lippen erhaschen eine andere Schlange und saugen an ihr, so wie meine heißen Lippen im göttlichen Tal. Nach dem Salz des Meeres schmeckt sie. Dann fließt er in mich, der Strom des Lebens. Er rinnt in meine Kehle. Ich schlucke pure, lebendige Göttlichkeit.

Entsetzt zuckte er zusammen. Die Haustür! – Rasch schlug er das Buch zu und sprang vom Sessel auf. Seine männliche Härte zeichnete sich verräterisch in seiner Jeans ab. Mit zitternden Händen versuchte er, das Buch zu verschließen und zurück an seinen Platz zu legen.

»Bist du da?«

»Ja! Ich suche gerade nach der Uhr von meinem Großvater. Du weißt doch, die ich zur Hochzeit von ihm geschenkt bekommen habe?« – Hastig ordnete er die Unterwäsche. Es gelang ihm nicht sehr gut, doch sie kam bereits die Treppen hinauf. Er verschloß die Schublade und atmete tief durch. Noch immer zeigte sich die verräterische Wölbung in seiner Hose. Und als er in den Spiegel über der Kommode blickte, sah er sein stark gerötetes Gesicht und seine vor Erregung glänzenden Augen. Noch einmal atmete er tief durch.

Die Tür zum Schlafzimmer öffnete sich, seine Frau kam herein. Sie schlüpfte aus ihren Pumps und ließ sich seufzend aufs Bett fallen. »Mann, bin ich müde!«

»Harter Tag?« – Er drehte sich nicht zu ihr um, sondern betrachtete sie im Spiegel.

»Ich hatte schon bessere!«

Unschuldig sah sie aus, wie sie dort auf dem Bett lag.

Ihr Anblick löste ein prickelndes Wohlgefühl in ihm aus. Er begehrte sie zutiefst. Wann hatte er sie das letzte Mal so angesehen? Es mußte Ewigkeiten her sein! – Wann hatten sie das letzte Mal miteinander geschlafen? Vor zwei Wochen oder drei? Er war sich nicht sicher. Zu viele alltägliche Dinge standen zwischen ihnen. Sie mochte keinen Sex, glaubte er, aber vielleicht nur nicht mit ihm? – Ob sie ihn liebte …?

»Liebst du mich?« fragte er und erschrak über diese Frage.

Sie setzte sich auf. »Bist du krank?«

»Wie kommst du denn darauf?« Er lachte laut auf, zu laut.

Ihre Augen funkelten spitzbübisch. Da war es, das junge Mädchen, und wartete nur darauf, hervorgelockt zu werden. Wie hatte er das übersehen können?

»Diese Frage hast du noch nie gestellt. Du hast mich nie gefragt, ob ich dich liebe!«

»Das ist doch nicht wahr!« rief er empört. Aber sie lächelte nur, denn er *hatte* diese Frage nie gestellt!

Sie stand vom Bett auf. Er betrachtete sie im Spiegel, wie sie sorgfältig ihr Jackett über die Stuhllehne legte, ihre helle Seidenbluse aufknöpfte, aus dem Rock schlüpfte und die Strümpfe auszog. Sie trug weiße Unterwäsche und sie war schön für ihn. So schön, daß es ihm einen Stich in der Brust versetzte. Er wollte mit ihr schlafen. Jetzt, sofort. Aber er unterdrückte den Impuls, ihr die Wäsche vom Körper zu reißen und sie auf das Bett zu werfen. Es bedeutete ihr nicht das gleiche wie ihm. Sie ließ den Sex über sich ergehen, sie ließ sich nicht gehen. Nicht so wie in ihrer Geschichte. Er wußte nichts über sie. Gar nichts. Träumte sie wirklich von einer Orgie?

Beim Abendessen schaute er sie heimlich an. Sie trug jetzt Jeans und ein altes T-Shirt. Sein Glied schwoll an, nur weil er ihre Ader am Hals pochen sah und daran denken mußte, wie er ihre Vulva zum Pochen bringen wollte.

Wenn er damals geahnt hätte, wovon sie träumte, wenn er nur die Spur einer Ahnung gehabt hätte ... Ihr erstes Mal wäre anders verlaufen. Statt dessen hatten sie sich auf dem Rücksitz seines alten VW-Käfers befummelt. Und von ihrer Unschuld war ein roter Fleck auf dem Polster im Auto zurückgeblieben. Für ihn war es aufregend gewesen, aber er bezweifelte, daß sie etwas anderes als Enttäuschung und Schmerz empfunden hatte.

»Du bist so still.« – Sie blickte von ihrer Zeitschrift auf und musterte ihn kühl. »Ist mit dir wirklich alles in Ordnung?«

Er nickte verlegen.

Die Kinder waren in ein Sommerlager gefahren und sie beide hatten sich Urlaub genommen. Sie wollten für ein paar Tage aufs Land fahren. Ziel unbekannt, er würde sie überraschen. Er übernahm das Kofferpacken. Sybille zog die Augenbrauen hoch. »Was ist in dich gefahren?« – Aber er lächelte ihr nur verheißungsvoll zu und schloß die Tür vor ihrer Nase.

»Wohin fahren wir eigentlich?« fragte sie ihn. Kein Wort kam über seine Lippen, während er den Wagen über die Landstraßen lenkte. Sonnenschein begleitete sie. Es war perfekt, einfach perfekt, und es gelang ihm nur mit

Mühe, seine Aufregung zu verbergen. Er hatte alles sorgfältig geplant, aber würde es ihr gefallen?

Das Anwesen lag weit außerhalb der Stadt. Ein kleines Schloß mit einem herrlichen Rosengarten. Ein Geheimtip. Doch bevor sie das Haus sehen konnte, lenkte er den Wagen an den Straßenrand.

Erstaunt sah sie ihn an und fragte: »Machen wir eine Pause?«

»Ich möchte dich überraschen.« – Er zog ein schwarzes Samthalstuch aus der Tasche auf dem Rücksitz.

»Ein Geschenk?«

»Schließ die Augen.«

»Sei nicht albern!«, sagte sie kichernd. »Du willst mir doch nicht etwa die Augen verbinden? Aus dem Alter sind wir doch raus!«

»Pscht! – Schließ die Augen,« flüsterte er sanft und verband ihr die Augen mit dem Samttuch. »Und nicht schummeln!«

Er startete den Wagen und fuhr weiter. Seine Frau saß still neben ihm. Er spürte ihre Anspannung und Vorfreude. Langsam fuhr er durch das offene Tor. Man erwartete sie bereits. Direkt vor dem Eingang des Hauses blieb er stehen. Ein Mann in einer Pagenuniform öffnete die Seitentür. Manuel bedeutete ihm zu schweigen. Er nickte und half der Frau aus dem Wagen.

»Was ist denn los?« wollte sie wissen. »Wer ist das? Wo sind wir? – Darf ich das Tuch abnehmen?«

»Nein«, befahl er streng. »Darfst du nicht!«

Manuel und der Diener nahmen die Frau in die Mitte und führten sie die Treppe zum Eingang des Hauses hoch.

Draußen herrschte flimmernde Hitze, doch kaum betraten sie die prächtige Eingangshalle, schlug ihnen angenehme Kühle entgegen. Sybille war ungewöhnlich still. Neugier, Vorfreude und vielleicht sogar ein wenig Angst ließen sie wie ein schüchternes Mädchen erscheinen. Manuel gefiel dieser Ausdruck auf ihrem Gesicht, die leichte Röte ihrer Wangen, die kleinen Schweißperlen auf der Stirn. Es war, als ob er sie in diesem Moment zum ersten Mal ansehen würde. Ein Gefühl schoß durch seinen Körper, das Gefühl, von ihr Besitz ergreifen zu wollen und von ihr besessen zu werden.

»Kann ich jetzt ...« – Ihre Lippen zuckten nervös. Sie war schon dabei, sich das Tuch vom Gesicht zu reißen, als er ihre Hand festhielt. »Aus!« schimpfte er scherzhaft.

Schritte hallten durch die hohe Eingangshalle. Eine elegante, gutaussehende Dame mittleren Alters begrüßte ihn mit herzlichem Lächeln. Sie nickte ihm zu. Alles war bereit.

»Du bist wirklich albern!« protestierte Sybille und versuchte ihm die Hand zu entziehen.

»Wurde sie nicht auf die Zeremonie vorbereitet?« – Die würdevolle Stimme der Frau ließ Sybille erzittern. Einen Moment später schien sie sich wieder gefangen zu haben.

»Auf welche Zeremonie?« fragte sie und dann – ein bißchen leiser und flehender: »Manuel?«

»Keine Angst, du mußt dich nicht fürchten. Du bist hier, weil du die Auserwählte bist«, sagte die Dame. »Heute nacht feiern wir ein Fest, ein besonderes Fest ...«

»Die Auserwählte?« – In ihrer Stimme schwang Panik mit. Sie schien sehr genau zu wissen, worum es ging.

»Manuel! Hast du das Buch gelesen?« Ihre Frage klang fast drohend. Sie zitterte und es schien, als wolle sie sich das Tuch vom Gesicht reißen und das Spiel ein für allemal beenden. Doch dann richtete sie sich auf und auf ihrem Gesicht erschien ein verwegenes Lächeln. Manuel konnte nicht fassen, was er sah, aber seiner Frau schien zu gefallen, was passierte und sie war bereit, sich darauf einzulassen.

Die Dame hakte sich bei Sybille unter und führte sie den Flur entlang. Manuel blieb in der Eingangshalle zurück. Noch immer waren Sybilles Augen verbunden. Sie war aufgeregt und überrascht, ein wenig wütend, aber gleichzeitig auch neugierig und erregt. Welches Spiel hatte er sich für sie ausgedacht? Wie weit würde er gehen? Und würde sie wirklich wollen, was hier vielleicht mit ihr geschah?

Endlich nahm die Dame ihr die Augenbinde ab. Das helle Licht blendete sie. Sie blinzelte und das erste, was sie sehen konnte, waren die drei Frauen, gekleidet wie antike Priesterinnen in hellen Tunikas. Sie befanden sich in einem Badezimmer, und auch wenn der moderne Whirlpool einem klassischen Badehaus nicht sehr ähnelte, versetzte die Umgebung Sybille doch in helle Aufregung.

»Entspann dich einfach! Die Mädchen werden helfen, alles soll für das große Fest vorbereitet werden!« – Damit verabschiedete sich die Dame.

Sybille schämte sich fast ein bißchen, als die Frauen kamen und sich an ihren Sachen zu schaffen machten. Aber dann ließ sie es sich gefallen, wie sie ihr langsam das

T-Shirt über den Kopf zogen, die Jeans aufknöpften, ihr den BH aufhakten und den Slip von ihren Beinen zogen, bis sie splitternackt dastand. Dann entkleideten sich auch die Frauen und führten Sybille in den sprudelnden Whirlpool. Mit weichen Schwämmen strichen sie über Sybilles Haut. Der Rosenduft des Wassers war eine Wohltat. Sie liebte dieses Aroma und genoß es, ihren Körper darin zu baden. Sanft massierten ihr die Frauen den Rücken und die Schläfen. Es war schön, von ihren Händen verwöhnt zu werden. Keine der Berührungen war unangenehm, was sie zunächst befürchtet hatte. Aber die Frauen ließen ihr Zeit, sich an diese ungewohnte Situation zu gewöhnen und sich fallenzulassen. Das sprudelnde Wasser tat sein übriges. Und als dann eine Hand ihre Brustknospen berührte und sanft drückte, ging ein elektrisierender Hitzestrom von dieser Stelle aus. Sybille schloß die Augen und spürte dem aufregenden Prickeln in ihrem Körper nach. Münder liebkosten ihren weichen Busen und bedeckten ihn mit sanften Küssen. Der Schwamm glitt allmählich hinab und hielt an ihrer Scham inne. Zärtlich schmiegte er sich an ihre intimste Stelle, massierte sie mit sanftem Druck. Jemand liebkoste jeden einzelnen ihrer Zehen. Jemand knabberte an ihren Fesseln. Eine Frau mit blonden Haaren saugte an ihrem Hals und leckte ihr Ohrläppchen. Es kitzelte und Sybille mußte kichern. Sie fühlte sich wohl in den Händen dieser Frauen und wollte sich deren Berührungen ganz hingeben. Doch dann schoß ihr der Gedanke an Manuel durch den Kopf und plötzlich fühlte sie sich ihm gegenüber schuldig. Ihr Körper versteifte sich und das Kribbeln in ihrem Bauch verschwand. Sie schlug die Augen auf und erschrak. Manuel saß dort zwischen den Säulen und beobachtete sie mit einem vergnügten Lächeln. Er trug ein schwarzes Gewand, das nur mit einem Gürtel geschlossen war. Seine muskulösen Unterschenkel lugten unter dem Stoff hervor. Schwarz stand ihm gut. Er nickte ihr aufmunternd zu, und sein Lächeln löste den Knoten in ihrem Kopf. Sybille entspannte sich. Sie brauchte kein schlechtes Gewissen zu haben.

Die Tür öffnete sich und die Dame das Hauses kam herein. Inzwischen hatte sie sich umgekleidet. Auch sie trug eine Tunika aus weißem Stoff mit goldenen Bordüren. Ihr Haar war kunstvoll zu einer Hochfrisur aufgesteckt. Sybille stieg mit den anderen Frauen aus dem Bad. Sie tupften sie mit dicken Frotteetüchern trocken, während die »Hohepriesterin« sie dabei betrachtete. Ihr Blick ruhte auf Sybilles Körper, der es sichtlich unangenehm war, begutachtet zu werden. Mit den schlanken, jugendlichen Körpern der anderen Frauen konnte sie nicht mithalten. Die Geburten zweier Kinder hatten ihre Spuren hinterlassen. Trotzdem mußte sie sich ihres Körpers nicht schämen. Am schönsten aber waren ihre Augen. Katzenaugen, grün und mandelförmig, die durch den Kontrast ihrer schwarzen, glänzenden Haare zu leuchten schienen.

Die Hohepriesterin neigte den Kopf. »Beginnen wir mit den Prozeduren!« Hilfesuchend drehte sich Sybille nach Manuel um. Doch er war verschwunden. Die Frauen führten sie in den Nebenraum, wo ein weichgepolsterter Massagetisch auf sie wartete. Zögernd legte sie sich auf den Rücken. Ihr Herz pochte laut, als eine der nackten Frauen Rasierschaum auf ihren Schamhaaren verteilte und diese entfernte. Sanft stellte die Frau Sybilles Beine auf und drückte sie auseinander. Sybille fühlte sich verwundbar. Vorsichtig entfernte die Frau ihr auch die letzten Haare. Die Augen der Frauen ruhten auf ihrem Körper, ihre Blicke liebkosten sie. Eine der Frauen befeuchtete ihre Lippen und erweckte damit in Sybille Lustgefühle. Derart lebendig hatte sie sich noch nie gefühlt. Sie kam sich vor wie ein junges Mädchen, das kurz vor einer wichtigen Erfahrung steht. Sorgfältig wusch die Frau ihren Körper. Dann kamen die beiden anderen Frauen hinzu, die Flaschen mit duftenden Ölen trugen. Sie massierten Sybilles Körper, der bald einen angenehmen Duft verströmte. Einzig den feuchten bebenden Hügel ließen die flinken Finger aus. Weite Bögen beschrieben sie auf Sybilles Beinen und auf ihrem Bauch. Sie neckten sie manchmal, indem sie an ihrer enthaarten Scham entlangfuhren, doch nie berührten sie das heiße Fleisch zwischen ihren Schenkeln. Laute Musik erklang. Sybille zuckte zusammen. Das Fest begann dort draußen im Garten, und es war kein Traum. Wenn Manuel diese Geschichte gelesen hatte, dann ... Angst stieg in ihr auf. Sie konnte doch nicht, das war nicht richtig ... Sie war eine anständige Frau! Als sie dies dachte, spürte sie einen heißen Kuß auf ihren Lippen. Ein Mädchen hatte sich über sie gebeugt und ihre Brustwarzen rieben an Sybilles aufgerichteten Knospen. Warmes, williges Fleisch, in das sie gerne gekrochen wäre. Sybille erwiderte den Kuß, überrascht, empört und dann gierig. Langsam setzten Hände sie auf. Ihr Körper, ein Potpourri aus Rosen, Lavendel, Mandeln und Pfirsich. Sybille spürte, wie heißer Saft in ihrem Schoß zusammenlief, wie es in ihrem Inneren zu brennen begann und jede Berührung das Feuer weiter anfachte. Ihre Schamlippen schwollen an, sie war zutiefst erregt und genoß dieses Gefühl. Der sinnliche Rhythmus lateinamerikanischer Musik übertrug sich auf sie und machte sie ganz schwindelig.

Die Frauen kleideten Sybille an. Ein durchsichtiger Chiffonstoff umschmeichelte ihre Haut. Es verdeckte nichts, offenbarte alles, und doch fühlte sie sich mit diesem Hauch von Nichts wohler, als wenn sie nackt in den Garten hätte gehen müssen. An ihren Schenkeln klebte süßer Nektar. Das Feuer in ihr loderte. Ihr Herz pochte, und in ihrem Inneren öffnete sich das Tor zu einer geheimen Kammer. Etwas, worauf sie schon immer gewartet hatte, geschah mit ihr: Sie verspürte pure Lust.

Langsam, majestätisch schritten sie gemeinsam aus dem Zimmer. Die drei Frauen gingen voraus, hinter ihr die Hohepriesterin. Inzwischen war es dunkel geworden, der Himmel sternenklar. Im Garten brannten Fackeln. Schon von weitem erkannte sie den Altar, bedeckt mit weißen Rosenblättern. Tatsächlich waren sie nicht allein. Schwarze Masken bedeckten die Gesichter der Gäste. Frauen und Männer, gekleidet in schwarze Tuniken, die sich vom Rhythmus der Musik einfangen ließen. Manchmal hüpfte eine Brust unter dem schwarzen Stoff hervor, manchmal lugte ein halbsteifes Glied heraus. Irgendwo unter all den tanzenden Gestalten verbarg sich ihr Mann. Doch Sybille konnte ihn nirgends entdecken.

Vor dem Altar blieben sie stehen. Die nackten Frauen bildeten einen Kreis um den mit Rosen geschmückten Altar und dann war Sybille umringt von all den Gästen. Jemand stand hinter ihr. Jemand, dessen starke Hände sie sanft zum Altar schoben. Er war ihr so nah, daß sie seine erstarkte Männlichkeit an ihrem Körper fühlen konnte. Er schob den Stoff beiseite. Seine warmen Hände legten sich auf ihren Bauch. Er küßte sie auf den Nacken. Sein heißer Atem kitzelte ihr Ohr. Gierig wanderten die Hände ihre Schenkel hinab und berührten ihr Fleisch, kneteten es, bis es fast schmerzte. Doch dies ließ sie nur noch feuchter werden. Leise stöhnend drehte er sie zu sich herum. Er trug eine Maske, die sein ganzes Gesicht bedeckte. Sie hätte nicht sagen können, ob er es war oder ein anderer. Ganz gleich, er hatte dieses Spiel begonnen, sie würde es zu Ende bringen.

Seine Hände drückten sie auf den steinernen Altar. Er war hart und auch das Meer aus Rosen ließ ihn nicht weicher erscheinen. Doch das spürte sie nicht. Sie preßte ihre Beine zusammen, aber er spreizte sie, offenbarte ihr Geheimstes allen, die es sehen wollten. Sybille blickte auf. Sein Glied sprang unter dem schwarzen Gewand hervor.

Zwei Frauen hielten ihre Beine, eine andere nahm ihren Kopf zwischen die vollen Brüste. Er pochte mit dem Glied an ihren feuchten Eingang und löste Schauer von Wollust aus. Sybille wollte sich aus dem Griff der Frauen befreien, ihr Leib strebte der erlösenden Vereinigung entgegen. Alles um sie herum verschwamm, als er in sie drang und dort verharrte. Hände rissen ihr die Stoffetzen vom Leib. Honig und Wein flossen über ihren Körper. Man arrangierte Erdbeeren, Trauben und kandierte rote Rosenblätter auf ihrem Körper. Sahnehauben bedeckten ihre Brustwarzen.

Warme Schokoladensoße vermischte sich auf ihrem Körper mit cremigem Likör. Kühles Eis schmolz auf ihrem Bauch und man beeilte sich, die kleinen Bächlein von ihr zu trinken. Ihr Körper verwandelte sich in eine köstliche Nascherei. Feuchte Zungen schlängelten sich über ihre Haut, saugten und nagten an ihr. Hungrig verlangten ihre Lippen nach einem Kuß aus Schokolade. Säuerliche Johannisbeeren, von Zungen getragen, fanden ihren Weg zu ihrem Mund. Köstlich war dieses Mahl, voll unbekannter Genüsse. Es war nicht wie in ihrer Phantasie, es war viel schöner, denn er war bei ihr und teilte diesen Moment mit ihr.

Seine Augen funkelten geheimnisvoll im Licht der Fakkeln. Sie seufzte vor Zufriedenheit. Langsam bewegte er sich in ihr. Weintrauben fielen von ihrem Bauch und wurden von Mündern bereitwillig aufgenommen. Während sich ihr Körper im Rhythmus der Musik hob und senkte, tauchten Hände in das Land aus Milch und Honig. Die Sahne auf ihren Brustwarzen verlief und wurde abgeleckt. Die Knospen sprangen heraus, prall und fest, sogleich saugten gierige Lippen daran.

Sie genoß jede kleine Regung in ihrem Inneren. Wogen von Glückseligkeit überrollten sie. Sie genoß es, betrachtet zu werden. Ein Kunstwerk aus süßen Früchten und zauberhaften Blütendüften. Sie schrie laut auf. Er stockte, entriß sie den vielen Händen und Mündern, um sie in diesem Moment ganz allein für sich zu haben. Sein heißer Samen floß in sie. Es war, als könne sie seinen Weg im Inneren nachfühlen. Eng umschlungen verharrten sie gemeinsam in regungsloser Spannung. Sie genoß seinen Geruch wie zuvor nur den Rosenduft ihres Buches. Um sie herum tanzten die Gäste oder beschäftigten sich miteinander. Doch das war nun unwichtig. Sie blickte in seine sanften Augen. Endlich, dachte er, endlich hast du mich zu dir geführt.

Marie Darrieussecq

Animalischer Appetit

Leichten Herzens ging ich wieder an meine Arbeit, ich hatte nicht mehr diese Sorge im Kopf, ob ich nun schwanger war oder nicht. Die Kunden zahlten weiterhin gut. Der Chef überließ mir inzwischen einen etwas größeren Anteil, er war sehr zufrieden mit mir und sagte, ich sei seine beste Angestellte. Beim nächsten Lagerverkauf bekam ich eine Feier und eine Medaille, vor allen anderen Verkäuferinnen der Ladenkette und sogar den höchsten Würdenträgern, außerdem eine Puderdose von Wolfado und eine Creme-Kollektion von Gilda *mit hochaktivierter DNA zur Zellerneuerung und Neuverknüpfung der Makromoleküle.* Alles neuwertige Ware. Bei dieser Feier mußte ich vor Freude weinen. Es wurden Fotos gemacht. Ich war sehr stolz, das ist auf den Aufnahmen zu erkennen. Außerdem kann man sehen, daß ich wieder dicker geworden war, aber nicht so sehr, denn seit meiner Abtreibung hatte ich immer häufiger mit Übelkeit zu kämpfen. Das alles ließ sich nun keiner Schwangerschaft mehr zuschreiben. Irgend etwas lief da schief. Ich mußte immer mehr auf meine Ernährung achten, ich aß fast nur noch Gemüse, vor allem Kartoffeln, die konnte ich am besten vertragen. Ich hatte mir eine Schwäche für rohe Kartoffeln zugelegt; ungeschält, muß man dazusagen. Honoré schaute sich das mit ziemlich angewiderter Miene an. Ausgerechnet jetzt fragte er sich tatsächlich, ob ich schwanger war. Doch obwohl er sich ein bißchen grauste, durfte ich ihn nur ja nicht entmutigen. Jetzt mußte ich nämlich jeden Abend ran, ich hatte nicht mal mehr Zeit zur Körperpflege, er wollte gleich zur Sache. Es war wie bei den Kunden. Und ich hatte gefürchtet, meine Wülste würden sie abstoßen, aber woher denn, kein bißchen. Wider Erwarten schienen alle mich so zu mögen, ein bißchen dick, auch die Neuen (dem Generaldirektor hatten sie es zu verdanken, daß sie bevorzugt behandelt wurden, obwohl ich eh schon überlastet war, aber sie zahlten auch gut). Sie kriegten einen gewissermaßen animalischen Appetit. Kaum hatte ich mit der Sitzung begonnen, da wollten sie schon alles, und zwar sofort, die Spezialkombi und das *Hi-Tech-Paket* mit Öl und Vibrator und allem, und das bei den heutigen Preisen. Das Öl allerdings war ihnen scheißegal, das merkte ich sofort, und den Vibrator rissen sie mir aus der Hand und machten die merkwürdigsten Dinge damit, ich kann Ihnen sagen. Wenn ich da rauskam, war ich wie gerädert. Frauen sind doch anspruchsvoller. Alle meine ehemaligen Kundinnen waren beim *Hi-Tech-Paket* immer völlig aus dem Häuschen geraten, für sie gab es nichts anderes. Ich bedauerte mittlerweile, daß ich nur noch männliche Kunden hatte. Ich verkaufte immer weniger Parfums und Cremes, aber dem Generaldirektor schien das egal zu sein. In meinem Hinterzimmer stapelten sich die Bestände, und ich guckte mir schon die Sachen aus, die ich beim nächsten Lagerverkauf für mich behalten wollte. Das war kein schlechter Beruf. Es gab schließlich auch einiges Erfreuliche. Sobald die Kunden auf ihre Kosten gekommen waren, hatten sie immer ein nettes Wort für mich, sie fanden mich *atemberaubend,* manchmal benutzten sie auch andere Wörter, die ich nicht hinzuschreiben wage, die mir aber genausoviel Freude machten. Ich sah es ja selbst, daß ich so war, wie sie sagten, ich brauchte nur in den Spiegel zu schauen, ich war ja nicht blöde. Inzwischen war mein Hintern das Schönste an mir. Unter meinem Kittel zeichnete er sich knackig ab, manchmal mußte ich den Kittel sogar etwas weiter machen, aber der Generaldirektor weigerte sich, mir Kredit zu geben, damit ich mir einen neuen kaufen konnte. Er sagte, die Ladenkette stehe am Rande des Abgrunds, es sei kein Geld da. Wir Mädchen brachten alle große finanzielle Opfer, wir hatten Angst, die Firma könnte bankrott gehen und wir unsere Arbeit verlieren. Meine paar Freundinnen unter den Verkäuferinnen sah ich sehr selten; sie sagten immer, ich hätte Glück, einen so anständigen Mann wie Honoré zu haben, der mich im Notfall unterstützen würde. Sie waren eifersüchtig, vor allem auf meinen Hintern. Was sie nicht sagten, war aber, daß sie fast alle Geld von den Kunden nahmen, Geld für sich selbst. Ich habe das immer abgelehnt, man hat ja doch seinen Stolz. Ich war gar nicht so darauf aus, meine Kolleginnen zu treffen, die waren ein schlechter Umgang, gelinde gesagt. Meine Kunden wußten immer, daß es zwischen uns nicht ums Geld ging, ich gab alles direkt an die Firma weiter und bekam meinen Anteil, und damit basta. Ich war stolz darauf, meinen Laden mit sauberen Methoden zu führen, den saubersten vom ganzen Unternehmen. Meine Kolleginnen zogen über mich her. Außerdem spielten sie dem Generaldirektor gegenüber mit hohem Risiko. Die können von Glück sagen, daß ich sie nicht angeschwärzt habe, der Generaldirektor hatte nämlich seine eigenen Methoden für unehrliche Mädchen. Er fand eigentlich immer einen unzufriedenen Kunden, der auspackte und dann bei der Umerziehungsmaßnahme dabeisein wollte. Aber ich machte meine Arbeit gut. Meine Parfümerie war anständig. Ich nahm bloß Komplimente und Blumen an, sonst nichts. Eines gebe ich allerdings nur ungern zu, und doch muß ich es tun, denn ich weiß, daß es zu den Symptomen gehört: Ich aß die Blumen auf. Ich ging ins Hinterzimmer, stellte sie in eine Vase und betrachtete sie lange. Und dann aß ich sie auf. Das lag bestimmt an ihrem Duft. Der stieg mir zu Kopf, all dieses Grün und dann noch die vielen Farben. Da kam die Natur von draußen in den Laden herein, das rührte mich gewissermaßen. Ich schämte mich, vor allem, weil doch Blumen so teuer sind. Mir war wohl bewußt, daß sich die Kunden dieses Geschenk vom Munde absparten, und deshalb bemühte ich mich immer, ein oder zwei Blüten aufzuheben und mir ins Knopfloch zu stecken. Dazu mußte ich ruhig Blut bewahren, es war wie ein kleiner Sieg über meinen inneren Schweinehund. Die Kunden wußten es aber zu schätzen, wenn sie ihre Blumen so nah an meinem

Busen wiedersahen. Es beruhigte mich richtig, daß sie sie auch aufaßen. Sie beugten sich über mich, und zack, hatten sie mit einem Haps die Blüte aus meinem Dekolleté gepflückt. Dann kauten sie mit gierigen Blicken darauf herum und schauten zu mir hoch. Im allgemeinen fand ich sie reizend, meine Kunden, einfach süß. Nur daß sie sich immer mehr für mein Hinterteil interessierten, das war das einzige Problem. Ich will sagen – und allen empfindlichen Seelen möchte ich hiermit nahelegen, diese Seite aus Rücksicht auf sich selbst zu überspringen –, ich will sagen, daß meine Kunden von seltsamen Gelüsten gepackt wurden, von absolut widernatürlichen Einfällen, wenn Sie verstehen, was ich meine. Die ersten Male sagte ich mir, schön, wenn die Firma durch meine Arbeit zusätzlich verdient, dann kannst du stolz darauf sein und dafür sorgen, daß alles noch viel besser läuft. Aber mir war nicht recht klar, ab wann die Kunden anfingen, es wirklich zu weit zu treiben, in gewisser Weise wußte ich nicht, wo mein Vertrag an die Grenzen der guten Sitten stieß. Ich brauchte einige Zeit und viel Mut, um mich dem Generaldirektor offen anzuvertrauen. Seltsamerweise mußte er sehr lachen und nannte mich *kleines Mädchen,* ich fand, in dieser Anrede lag eine gewisse Zärtlichkeit, ich war fast zu Tränen gerührt. Und als der Generaldirektor mir sogar eine Creme von Yerling schenkte, die die empfindlichen Hautpartien pflegt und alles weicher macht, fing ich gleich an zu schluchzen. Der Generaldirektor muß aber auch wirklich sehr stolz auf mich gewesen sein, daß er so gut zu mir war. Und dann hat er ja auch viel Geduld gehabt und sich noch Zeit genommen, um meine Ausbildung zu vollenden. Jedenfalls trocknete er meine Tränen, setzte mich auf sich und schob mir irgend etwas in den Hintern. Das tat mir noch mehr weh als bei den Kunden, aber er sagte, es sei nur zu meinem Besten, danach würde alles gutgehen und ich hätte keine Probleme mehr. Ich habe viel Blut dabei verloren, aber mit meiner Regel hatte das nichts zu tun. Seit der Abtreibung war meine Regel noch kein einziges Mal wiedergekommen. Der Generaldirektor sagte, ich müsse immer sehr höflich zu den Kunden sein. Dann passierte etwas ganz Merkwürdiges und Unpassendes, und an dieser Stelle bitte ich den empfindlichen Leser noch einmal, nicht weiterzulesen. Ich hatte plötzlich große Lust auf, nennen wir die Dinge ruhig beim Namen, auf Sex. Dem Anschein nach hatte sich nichts verändert, die Kunden waren immer dieselben, Honoré ebenfalls, und es hatte auch nichts mit der Fortbildung zu tun, die mir der Generaldirektor bewilligt hatte. Als sich die Kunden sämtlich nur noch über mein Hinterteil hermachten, wäre es mir übrigens durchaus lieber gewesen, wenn sie sich auch anderweitig für mich interessiert hätten. Ich machte heimlich Gymnastikübungen, um mein Fahrgestell zu verkleinern, ich besuchte sogar einen Aerobic-Kurs, aber es wollte mir nicht gelingen, die Größe meine Hinterns zu verringern. Im Gegenteil, ich hatte dort schon wieder zugenommen. Von mir war sonst kaum noch was zu sehen. Also ließ ich absichtlich mein Dekolleté platzen, um die Kunden mit der Nase auf was anderes zu stoßen, und nahm die Dinge selbst in die Hand. Als ich mich zum erstenmal rittlings auf einen Kunden setzte, kam das ganz schlecht an. Er warf mir Schimpfwörter an den Kopf, die ich hier nicht wiederzugeben wage. Ich begriff, daß es schwierig sein würde, den Kunden nicht die Initiative zu überlassen, also auch schwierig, das zu bekommen, was ich haben wollte. Deshalb machte ich es wie im Kino. Ich fing an, zu schäkern und die Kokette zu spielen. Davon wurden die Kunden ganz wild. Vorher hatte ich immer strenge Umgangsformen an den Tag gelegt, makellos in Fragen des Geschmacks, schließlich war man in einer schicken Parfümerie. Aber als ich dann meine eigenen Ideen einbrachte, wurden die Kunden wie die Hunde, es tut mir leid, das sagen zu müssen. Zwar habe ich einige verloren, die anscheinend den alten Stil des Hauses vermißten und die Metamorphose schlecht ertrugen, aber die Lust war einfach zu groß, Sie verstehen. Zu Beginn hatte ich Angst, daß mir zu viele Kunden davonlaufen würden und man es womöglich nachher in der Kasse merkte. Doch zu meiner großen Überraschung kam nun eine neue Sorte Kundschaft, sicher dank der Mund-zu-Mund-Propaganda. Diese neuen Kunden schienen genau so eine Verkäuferin wie mich zu suchen, die wirklich Lust hatte, die herumzappelte und so, na, ich erspare Ihnen die Einzelheiten. Später wurde mir klar, daß ich bei der Klientel gewisser anderer Parfümerien der Ladenkette gewildert hatte und dadurch einiges durcheinandergekommen war, worauf mir der Generaldirektor mit wenig galanten Worten nahelegte, mich gefälligst zu beruhigen. Als ich ihn fragte, ob er vielleicht selber interessiert sei, kriegte ich sogar eine geknallt. Dabei hatte er sich vorher nie lang bitten lassen. Jetzt waren mir die Kunden am liebsten, die zu ihrer Massage festgebunden werden wollten. Das war mal was anderes. Ich konnte sie mir nach Lust und Laune vornehmen. Im Spiegel fand ich mich schön, ein bißchen rot, klar, ein bißchen plump mit meinen Wurstfingern und allem, aber irgendwie wild, ich weiß auch nicht, wie ich es sagen soll. Eine Art Stolz lag in meinen Augen und meinem Körper. Und wenn ich wieder aufstand, hatte der Kunde auch einen ganz losgelassenen Blick. Wie im Dschungel geradezu. Manche Kunden waren derart erschreckend, daß ich sie hätte fressen können. Und diejenigen, die unbedingt bei ihren alten Gewohnheiten bleiben wollten, die noch nicht begriffen hatten, daß sich der Stil des Hauses geändert hatte, die immer noch das Gezierte, das Scheue und das Hinterteil geboten kriegen wollten, na, die habe ich aber zurechtgestutzt, das hätten Sie sehen sollen. Ich habe allerdings auch einiges abgekriegt, vor allem von denen, die sich angewöhnt hatten, mich vor ihrer Spezialmassage zu schlagen. Aber das war mir egal. In mir ereignete sich etwas Außergewöhnliches. Selbst als mich der Generaldirektor erneut ins Gebet nahm, und zwar wieder so hintergründig wie beim letztenmal, gab ich nur ein paar Schreie von mir. Er fand mich jetzt allzu frech, ich hätte mir einen üblen Stil angewöhnt, *rollige Katzen* könne man in diesem Hause nicht brauchen. Kunden hatten sich beschwert. Der Generaldirektor nahm mich für drei Tage übers Wochenende mit, zusammen mit seinem Schatzmeister und seinen Dobermännern, er glaubte, damit könne er mir ein für allemal die Hemmungslosigkeit austreiben. Er glaubte, die alte Kundschaft könne wie früher ein braves, folgsames *klei-*

nes Mädchen dazu zwingen, mit gesenkten Augen und ohne einen Muckser seine Arbeit zu tun. Da hatte er sich aber geschnitten. Das Außergewöhnliche war nämlich, daß ich es inzwischen mochte, ich meine, nicht nur die Massagen, die man draußen im Schaukasten anbieten kann, und die Vorführung der Kosmetika, nein, auch alles andere, jedenfalls wenn ich selber die Initiative ergriff. Klar, es gab immer noch Kunden, die an den alten Gewohnheiten festhielten. Ich konnte ihnen doch schlecht alles abschlagen, und außerdem mußte ich mich am Riemen reißen, wenn ich nicht vom Generaldirektor ins Umerziehungslager geschickt werden wollte. Er sagte, es sei wirklich ein großen Unglück, daß selbst die besten Angestellten auf die schiefe Bahn gerieten, man könne sich ja auf nichts mehr verlassen. Er sagte, ich sei, entschuldigen Sie, eine *echte Hündin,* das waren seine Worte. Honoré jubilierte. Er sah seine Theorien bestätigt. Die Arbeit hatte mich verdorben. Von nun an stöhnte ich unter ihm. Doch sehr bald wollte er nichts mehr von mir wissen; er sagte, ich würde ihn anekeln. Das war ärgerlich für mich, jetzt war ich diejenige, die immer Lust hatte, und ich mußte mir meine Befriedigung in der Parfümerie suchen. Honoré war es, der mich in die Arme der Schande getrieben hat. Heute frage ich mich auch, inwieweit Honoré nicht doch irgendwie die Veränderungen meines Körpers bemerkt hatte. Vielleicht ekelte er sich vor meinen Fleischwülsten und meinem immer rosigeren, leicht gräulich gefleckten Teint. Für mich war es richtig unpraktisch, mein Sexualleben nur noch auf die Parfümerie zu konzentrieren, denn erstens fand ich keineswegs immer Kunden, die für meine neuen Touren empfänglich waren, und zweitens durfte ich bei den alten Kunden auch nicht vergessen, wie früher zu simulieren. Ich will versuchen, mich so klar wie möglich auszudrücken, denn ich weiß, daß es nicht leicht zu verstehen ist, vor allem nicht für Männer. Mit den Neuen, insbesondere denen, die sich bequem festbinden ließen, konnte ich nach meinem eigenen Rhythmus arbeiten, mich gehenlassen und soviel schreien, wie ich wollte. Doch auch bei den Stammgästen kam ich, obgleich ich meine Leidenschaft zügeln und ihre widernatürlichen Marotten hinnehmen mußte, durchaus auf meine Kosten. Einige von ihnen wiesen mich mit vorwurfsvoller Miene darauf hin, daß sich meine Art zu schreien geändert habe. Na, kein Wunder, vorher tat ich ja auch immer nur so, können Sie mir folgen? Kurz, ich mußte daran denken, genau dieselben Schreie wie früher von mir zu geben. Ich mußte mich an die einen Kunden erinnern, die es gern hatten, wenn ich schrie, und an die anderen, die es nicht mochten. Nun simuliert es sich aber sehr schwer, wenn einem gleichzeitig echte Gefühle durch den Körper fahren. Ich weiß nicht, ob ich mich verständlich mache. Ich will gern zugestehen, daß es schockierend und unerquicklich sein muß, wenn sich eine junge Frau so ausdrückt, aber ich muß auch sagen, daß ich inzwischen nicht mehr ganz dieselbe bin wie früher und mir derartige Rücksichten allmählich abgehen.

Margaret Diehl

Herbe Kräuter des Septembers

Ich setzte Häufchen roter Paprikabutter auf Lachsfilets und arrangierte grüne Nudeln auf den Tellern, als ich aufsah und direkt in eine Kamera blickte, deren Verschluß klickte. Ein weiteres Bild wurde aufgenommen, dann noch eines. Diese Seite, jene Seite, aus der Nähe, aus größerer Entfernung. Es war, als würde ich von Insekten umschwirrt. »Schon in Ordnung«, sagte ich zu dem Burschen hinter der Linse, schlank, blond, mit schwarzer Jacke und Turnschuhen. »Was soll das bedeuten?« Er machte noch ein paar Aufnahmen und nahm dann die Kamera runter.

Ich war verblüfft. Sein Blick wirkte nach innen gekehrt, als habe er ein Geheimnis mit sich selbst, etwas, das mit Vergnügen zu tun hatte und ihn von anderen unterschied. Und doch wirkte dieser Blick auch offen. Der Bursche lehnte sich an den Tresen und betrachtete mich aus hellbraunen Augen. Sein Gesicht war schmal und spitz, er war vermutlich ein paar Jahre älter als ich, und er hatte die Nase eines Renaissancefürsten.

»Ich wollte Sie unbemerkt aufnehmen. Die Köchin in ihrer Küche. Ich fotografiere jetzt Küchen. Eine ältere Frau in dem Raum, in dem sie den größten Teil ihres Lebens verbracht hat. Ein Kerl vor einem offenen Kühlschrank. Alle Hunde in einer Reihe stehend, wie sie darauf warten, gefüttert zu werden. Meistens Privatküchen, aber ich dachte, ich sollte auch mal was anderes ausprobieren. Sie sind jünger, als ich erwartet hatte, und das ergibt einen schönen Effekt mit all diesem Zeug.« Er deutete auf die Ansammlung von technischen Geräten. »Ihr Chef, wie hieß er doch gleich, George, hat mir erlaubt, Aufnahmen von Ihnen zu machen.«

»Dazu hatte er kein Recht.«

»Er schien das aber doch zu glauben.« Das konnte ich mir gut vorstellen. George lachte über meine Abneigung gegen zusätzliche Leute in der Küche. Er neckte mich damit, wenn er Gäste nach hinten brachte, die mir zusehen wollten.

»Was werden Sie mit den Bildern machen?« fragte ich. Sein Blick war so intensiv, daß es mir kalt den Rücken hinunterlief.

»Kommt drauf an.« Sein Ton war abrupt, aber diese Abruptheit kränkte mich nicht. Im Gegenteil. Ich schaute auf die Kamera, die ihm an einem Riemen um den Hals hing, und stellte mir vor, wie meine Bilder geisterhaft durch den schwarzen Plastikkasten fuhren, um sich in sein Fleisch zu graben.

»Möchten Sie kosten, was ich mache?«

»Okay.«

Ich hielt ihm einen Finger hin, den ich in die würzige rote Butter getaucht hatte, und er leckte ihn ab. »He, das ist gut. Kann ich noch ein bißchen haben?« Ich streckte nochmals den Finger aus. »Danke. Normalerweise muß man mich nicht füttern. Ich heiße Frank Mardano.« Ich sagte ihm meinen Namen, und wir gaben uns die Hand, was mir ein bißchen absurd vorkam, nachdem er meinen Finger abgeleckt hatte. »Haben Sie was dagegen, daß ich hier hinten bin?«

»Wollen Sie bleiben?«

»Ich würde Ihnen gern zusehen.«

»In Ordnung.«

»Ich werde Sie nicht stören.« Das tat er natürlich doch. Seine Augen folgten jeder meiner Bewegungen, und ich wurde verlegen. Ich vergaß, wie lange es dauerte, eine Hühnerbrust zu garen, ich konnte nicht mehr mit den Gemüsen umgehen. Und doch war es eine angenehme Verlegenheit. Ich wollte langsamer arbeiten und meine Fehler genießen. Aber ich mußte das Essen ausgeben. Um seine Aufmerksamkeit von meinem Körper abzulenken, begann ich zu reden. Ich erzählte ihm von der Küche meiner Großmutter. Plötzlich war mir klar, daß mein Leben aus einem Guß war. Wie konnte ich etwas anderes werden als Köchin, nachdem ich dort aufgewachsen war? Plötzlich wurde mir bewußt, wie lebhaft mir diese Jahre in Erinnerung waren. Ich dachte nicht wehmütig an diese Zeit zurück, sondern war dankbar, daß sie immer mir gehören würde. Frank hatte mit seiner Aufmerksamkeit bewirkt, daß mir dies bewußt wurde. Es war sein Geruch, den ich gerade noch wittern konnte – nach Holz und Kräutern, den herben Kräutern des Monats September. Vielleicht verliebte ich mich am meisten in seinen Geruch.

»Tomaten wurden früher Liebesäpfel genannt«, sagte ich, während ich einige kleinschnitt, um sie zu sautieren. »Jungfrauen durften sie nicht essen. Ist das nicht eine herrliche Idee? In der Hochzeitsnacht ein Mahl aus Köstlichkeiten zu essen, die man nie zuvor probiert hat?«

Er antwortete nicht, sondern lächelte nur, als wollte er sagen: Hochzeitsnacht? Fest? Köstlichkeiten? Als wolle er mir bewußtmachen, wie warm und süß sein Mund aussah, seine blühende Haut. Meine Verlegenheit kam zurück, und ich tauchte wieder in meine Kindheit ein. Frank hörte zu, den Kopf verträumt geneigt, als lese ich ihm eine Geschichte vor. Ich erzählte ihm Dinge, an die ich mich selbst kaum erinnerte: »Meine Mutter und ich sammelten Pilze in den Wäldern und trugen sie in einem Korb zu Großmutter, die sie klugerweise wegwarf.

»Waren sie giftig?«

»Wer weiß? Meine Mutter liebte Risiken. Sie pflegte in ihrem Schlafzimmer Kerzen anzuzünden und einzuschlafen, während sie noch brannten. Sie brachte mir bei, wie man schnell mit dem Finger durch die Flamme fährt.«

»Eine gefährliche Dame.«

»Sie war schön.«

»Das sind Sie auch«, sagte er, und für einen Augenblick klang seine Stimme anders. Feurig. Er warf mir einen verstohlenen Blick zu.

Ich zögerte. »Sie auch.«

Wir redeten weiter. Einmal kam George in die Küche und war überrascht, Frank immer noch bei mir zu sehen. Frank sagte nichts zu ihm, und ich sagte auch nichts. Er warf uns einen vielsagenden Blick zu und ging wieder nach vorne. Ich konnte seine Stimme ärgerlich anschwellen hören, und Judy und Leo gingen kichernd hin und her. Wir alle lachten, wenn George mürrisch wurde, denn es schien die Reaktion zu sein, die er wollte.

Um elf schaltete ich den Grill und die Herde ab, räumte die Lebensmittel weg und wischte die Messer ab. Es war ein ruhiger Abend gewesen, und ich war dankbar dafür. »Kann ich Sie nach Hause fahren?« fragte Frank.

»Wehe, wenn Sie das nicht tun.« Ich ging nach vorn, um mich zu verabschieden.

»Trink ein Glas Wein, Goldlöckchen«, sagte George und streckte seinen massiven Arm nach mir aus.

»Nein, danke.« Mein Ton ließ ihn aufhorchen, und er schaute hinüber zu Frank, der an der Küchentür wartete. Vielleicht hätten wir durch die Hintertür hinausgehen sollen, dachte ich. George wandte heftig den Kopf ab. Leo zog die Augenbraue hoch und grinste mir zu. Ich zuckte die Achseln. George wußte, daß ich mit anderen Männern schlief. Wir machten oft Witze darüber. Ich sagte gute Nacht und ging, nicht ohne zu bemerken, daß George an seinem Ehering nagte.

»Wissen Sie«, sagte ich, als ich in Franks schwarzen Chevy kletterte, »Sie sehen eigentlich wie der Typ aus, der ein Fahrrad fährt.

»Nein, ganz daneben. Ich bin in New York aufgewachsen, und da haben die Leute keine Fahrräder. Das heißt, einmal hatte ich eins, aber das wurde mir am nächsten Tag gestohlen. Nein, normalerweise fuhr ich mit der U-Bahn. Ich empfinde es als großen Luxus, ein Auto zu haben. Ich fühle mich wie ein König.«

Ich lachte über die Mischung aus Aufrichtigkeit und Selbstironie in seinem Ton. Daß er sich wie ein König fühlte, konnte man sehen – oder vielmehr wie ein New Yorker Junge, der es zu etwas gebracht hat, der sich zurücklehnt und mit zwei Fingern fährt, den linken Ellbogen auf den Fensterrand gestützt. Unter seiner schwarzen Jacke trug er ein weißes Button-down-Hemd und eine schwarze Lederkrawatte, die locker gebunden war. Ich hatte schon Besitzergefühle gegenüber diesen Kleidungsstücken. Ich wollte meine Wange an das kühle Leder seiner Krawatte legen, meine Zunge zwischen die Knöpfe seines Hemdes schieben – und mir gefiel auch die Koketterie des Abstandes zwischen uns. Ich fühlte, was ich nie zuvor gefühlt hatte – nicht das Verlangen, der Abend solle auf eine bestimmte Weise verlaufen, sondern einen Wunsch, zu spielen und weiterzuspielen, meinen Kopf in seinen Schoß zu legen oder auch nicht, in eine Bar unten am Wasser zu gehen und etwas zu trinken, nach Hause zu fahren, zu ihm zu fahren, die ganze Nacht zu fahren.

Als hätte er meine geheimsten Wünsche erraten, begann er, langsamer zu fahren. Er legte seine linke Hand auf das Steuerrad und griff mit der rechten nach meiner Hand. Ich hielt seine Finger, kühl, schlank und trocken, und schaute in einer Art Trance aus dem Fenster auf die vertrauten Straßen des südlichen Zentrums von Berkeley, wo die Häuser bunt gestrichen sind, die Hunde ohne

Leine über die Gehsteige laufen und die Pflaumenbäume ihre gelben Früchte fallen lassen, die eine so süße, dicke Marmelade ergeben. »Fahren Sie oft in die Hügel hinauf?« fragte Frank.

»Nein, ich habe kein Auto.«

»Ich bin dauernd da oben. Was wäre Berkeley ohne die Hügel?« Er war plötzlich begeistert. »Es gibt sogar Kühe da oben.«

Ich lachte. »Ich habe in meinem Leben jede Menge Kühe gesehen. Ich bin in New Hamsphire aufgewachsen.«

»Tja, nun, ich habe nie Kühe gesehen. Einmal fuhren wir nach New Jersey und kamen an ein paar Pferden vorbei, und ich sagte: ›Schaut euch bloß mal die Kühe an.‹ Damit necken sie mich noch heute.«

»Hört sich auch ziemlich dämlich an«, sagte ich scherzend. »Ich meine, Sie hätten den Unterschied wenigstens von Bildern her kennen müssen.«

»Ja, und ich wußte, wie Pferde aussehen. Ich hatte im Central Park welche gesehen. Aber ich war einfach so darauf erpicht, Kühe zu sehen.«

Wir waren bei meinem Haus angelangt, und ich bat ihn herein. Er war zerstreut – er folgte mir, als sei er schon hundertmal dagewesen –, als ich ihn durch den Flur in den Wohnraum führte. Callie saß auf der Couch und las ein Comic-Heft. Ich bin nicht einmal sicher, daß Frank sie sah, als sie sich davonmachte.

Ich setzte mich. Er ging eine Minute lang im Zimmer umher, hob seine Kamera und richtete sie hierhin und dorthin. Ich stellte mir vor, dies sei sein wahres Gesicht –

ein glänzendes schwarzes Objektiv und eine Glaslinse. Er hätte mir trotzdem gefallen. »Machen Sie die Bilder beruflich?«

»Sie meinen, ob ich dafür bezahlt werde? Ich habe schon welche verkauft und war auch in ein paar Ausstellungen vertreten. Es spielt keine Rolle. Irgendein Idiot denkt, das Stück gehöre ihm und hängt es an die Wand … na und? Sobald es einmal gemacht ist, ist es Geschichte. Uninteressant. Das müßten Sie doch wissen.«

»Meine Arbeiten werden nach ein paar Stunden sehr uninteressant«, sagte ich trocken. Er lachte und legte einen Arm um mich, wobei er sich über meinen Sessel beugte.

»Kann ich etwas zu trinken haben?« sagte er in mein Ohr. Sein Atem war wie ein Geist, wie ein Kobold, der in mein Gehirn schlüpfte.

»Ja«, sagte ich, so gedehnt ich konnte. »Möchten Sie gern ein Glas Wein?«

»Nein, nichts Alkoholisches. Haben Sie Limonade?«

»Ich kann welche machen.«

»Ich werde Ihnen helfen.« Wir gingen in die Küche, und als ich das Licht einschalten wollte, legte er eine Hand auf mein Handgelenk. »Wir brauchen nicht mehr Licht.« Ich hielt inne und sah aus dem Fenster. Zwischen den Zweigen des Zitronenbaumes ging der Mond auf.

»Sehen Sie diesen Baum?« fragte ich. »Nachmittags ist er voll mit kleinen schwarzen Mädchen. Ungefähr drei von ihnen kommen regelmäßig und stehlen die Zitronen. Sie sind schamlos. Meine Mitbewohnerin Callie versucht, ihnen Angst einzujagen, aber sie ist nicht sehr furchterregend.«

»Ich glaube, ich habe diese Mädchen gesehen.«

»Sie lachen und schwatzen, schauen uns durch die Fenster an und pflücken unsere Rosen, wenn sie gehen.«

»Und wenn sie um die Ecke sind, verwandeln sie sich in Amseln«, sagte er.

Ich nahm einen Krug vom Regal und gab ihm vier Zitronen und ein Messer. »Ein Koch, der im Dunkeln arbeitet und der Berührung und dem Geruch vertraut«, sagte er nachdenklich.

»Ich kann sehen. Können Sie nicht sehen?« Der Mond schien durch die dünnen weißen Vorhänge. Die Zitronen lagen als schattige Flecken auf der glänzenden Platte. »Die Zitronen sind so hell.«

»Sie sind eigenartig hell. Sie sehen aus, als würden sie brüten«, sagte er.

»Nein, eine Zitrone ist kein Ei. Eine Zitrone denkt in Tropfen und neigt zur Hexerei. Sie hat auch ihre erotische Seite und wird gern über dem Haar junger Mädchen ausgepreßt, die blond sein möchten.«

»Sie hatten das nie nötig.«

»Nein.«

»Sie haben schönes Haar. So lang.« Er nahm es in beide Hände und ließ es durch seine Finger gleiten, während ich still dastand, unfähig, mich zu bewegen. Dann lehnte ich langsam den Kopf zurück, und er umschloß ihn mit seinen Händen. Ich wollte mich nach hinten fallen lassen, ihm völlig vertrauen.

Ich sagte: »Es gibt ein Märchen über lange Haare, das

ich liebe. Immer, wenn das Haar der Prinzessin geschnitten wird, wächst es doppelt so schnell nach. Bald ist es viele Meilen lang.«

»Wie endet das Märchen?«

»Oh, das habe ich vergessen. Etwas mit einer Fee, die hereinkommt und alles in Ordnung bringt. Dann reicht ihr das Haar nur noch bis auf die Füße, und sie heiratet.«

»Sie klingen enttäuscht«, sagte er.

»Nun, sie hätte ihren Kopf aufs Fensterbrett legen können. Mit einem Kissen darunter, und ihr Haar wäre im Wind geflattert.«

Nachdem ich das gesagt hatte, folgte ein Schweigen. Wir wußten beide nicht so recht, wie es weitergehen sollte. Schließlich hob Frank seine Hand, die klebrig von Zitronensaft war, und ich legte meine dagegen. Fingerspitzen gegen Fingerspitzen. Wir lächelten einander an, als unsere Hände zusammenklebten, und lösten sie dann mit einem schmatzenden Geräusch voneinander.

»Sollen wir zurück ins Wohnzimmer gehen?« sagte ich.

»Nein, ich bin lieber in Ihrer Küche.«

Es war eine hübsche Küche. Callie hatte sie gelb gestrichen, und ich hatte auf einem Flohmarkt einen kleinen, abgenutzten Eichentisch gekauft. Es gab viele Fenster und ein altmodisches, hohes Spülbecken, groß genug, um ein kleines Kind darin zu baden. Großmutter hatte mir ein paar von unseren Kupfertöpfen geschickt, und ich hatte geblümte Krüge, blaue und weiße Dosen, ein Waffeleisen und eine Eismaschine besorgt. Im Halbdunkel sahen sogar die Kunststoffplatte und der Linoleumfußboden gut aus, gaben dem Raum einen gewissen Glanz.

Wir setzten uns mit unseren Limonadengläsern an den Tisch. Franks Gesicht lag im Schatten. Alles, was ich sehen konnte, waren der weiße Schimmer seines Hemdes und seine blonde Mähne. Ich stellte mir vor, ich wäre eine Köchin in einem großen Haus, verbrächte meine Tage in diesem Zimmer und empfinge nachts meinen Liebhaber hier. Ich würde für ihn Obst und Fleisch aufheben. Wir müßten flüstern, damit die Dame des Hauses uns nicht hörte. Und wir würden nicht auf die anderen Menschen im Haus hören, würden uns nicht um sie kümmern.

Natürlich kannte ich ihn nicht wirklich. Ich kannte ihn fast gar nicht. Der Gedanke verursachte mir Unbehagen, als ob meine Aktivitäten des letzten Jahres ihn mir fremd bleiben lassen könnten. Ob er dasselbe Unbehagen spürte, oder ob es der Schutz des Schattens war, weiß ich nicht, aber er begann zu sprechen.

»Meine Mutter war eine lausige Köchin. Ich glaube, sie fürchtete sich vor der Küche. Mein Vater kaufte dauernd Geräte, die sie nicht benutzen wollte. Er regte sich über die Gerichte auf und weigerte sich, sie zu essen. Sie schüttete dann alles in den Mülleimer, und er ging mit uns Eis essen. Etwa auf halber Strecke – nein, wohl weniger – auf dem Heimweg von der Eisdiele gab es etwas, das er ›Test‹ nannte. Er fuhr irgendwohin, griff dann nach hinten, öffnete die Autotür und ließ meine Schwester Marva und mich in einem fremden Viertel aussteigen. Dann fuhr er weg. Wir waren allein. Egal, auf welche Weise wir nach Hause kamen, es war ihm immer recht, solange wir nicht in Panik gerieten. Das war der entscheidende Punkt, darin wurden wir getestet. Ich glaube, er hat sich irgendwo versteckt, uns beobachtet und jede Träne auf unseren Gesichtern gesehen. Einmal wurde Marva beinahe vergewaltigt. Wir haben es ihm nie erzählt, sondern angenommen, das gehöre zum Test.

»Hat Ihre Mutter nicht versucht, das zu verhindern?«

»Sie hatte Angst vor ihm. Ich glaube, sie hatte sogar Angst vor uns.« Er beugte sich vor und warf mir über den kleinen Tisch hinweg ein schiefes Lächeln zu. Wenn ich ihm näher gewesen wäre, hätte ich seine Wange gestreichelt.

»Und dann, eines Tages, 1965, gab es den großen Stromausfall in New York. Marva und ich kamen von irgendwo zurück. Beide Eltern waren bei uns. Wir waren in der U-Bahn-Station, als es passierte. Wir faßten uns sofort bei den Händen. Ich hörte meine Mutter schreien und meinen Vater fluchen. Er begann, nach Streichhölzern zu rufen. Ich hatte immer Streichhölzer bei mir. Marva und ich schlichen einfach auf Zehenspitzen davon. Wir fanden die Treppe und gingen nach oben. Auf der Straße zündete ich die Streichhölzer an, und da waren auch andere Leute, die Streichhölzer anzündeten – es war wie bei irgendeiner wunderbaren Zeremonie. Kleine gelbe Flammen und Autoscheinwerfer. Das war alles. Häuser, Gebäude, Schulen lagen im Dunkeln, die Leute riefen sich gegenseitig Dinge zu. Wo wir waren, gab es keine Plünderungen, nur Leute, die versuchten, nach Hause zu gelangen oder die ganze Sache zu genießen. Wir fanden ein Trio alter Trunkenbolde. Einer von ihnen hatte eine Kerze. Gott weiß, woher er sie hatte. Wir zündeten die Kerze an und setzten uns mit ihnen in einen Hauseingang. Sie boten uns von ihrem Schnaps an, und wir bekamen einen Schwips. Bald sangen wir alle unsere Schullieder. Ich hoffte, meine Eltern würden nie aus der Untergrundbahn herauskommen. Der Wunsch entsetzte mich, aber wir amüsierten uns so prima ohne sie.

Marva lernte an diesem Abend einen Jungen kennen, einen Rekruten von der Polizei, mit dem sie sich zwei Jahre lang heimlich traf. Er brachte uns gegen Mitternacht nach Hause. Meine Mutter lag im Bett, und mein Vater war wütend. Er war nicht sicher, ob wir sie absichtlich zurückgelassen hatten, aber er war sehr mißtrauisch. Zwei Stunden lang nahm er uns ins Gebet. Er wußte, daß ich Streichhölzer gehabt hatte.

Am nächsten Tag erklärte mir Marva – sie war damals fünfzehn und las psychologische Bücher –, daß unsere Eltern verrückt seien und daß wir mit Sicherheit auch verrückt werden würden, wenn wir uns ihnen nicht an allen Fronten widersetzten. Schuldgefühle würden uns zerstören. Sie war wunderbar überzeugend, und sie war der lebende Beweis dafür, daß man tatsächlich älter wurde, daß ich eines Tages frei sein würde.

Die nächsten vier Jahre verbrachte ich wie ein Gefangener, der sich auf einen Ausbruch vorbereitet. Im Ernst. Ich dachte so. Ich knüpfte Kontakte mit der Außenwelt – hing mit anderen Kindern herum –, lernte, soviel ich konnte, über das Überleben, und als die Zeit zum Weglaufen kam, war ich nicht überrascht, wie einfach es war. Marva hatte die Gefahren des Lebens bei meinen Eltern so lebhaft geschildert, daß daneben alles andere ungefährlich und einfach erschien.«

»Und was tat sie?«

»Sie lebte bei ihnen, bis sie ihren High-School-Abschluß hatte. Als sie dann ins College ging, ging ich auch. Ich ging ins East Village. Dort verbrachte ich ein paar Jahre mit Betteln und Drogenhandel, bis ich die ganze Szene satt hatte. Es war nicht mehr wie in den sechziger Jahren. Ich suchte mir einen neuen Job. Erst als Hilfskellner, dann als Schlosserlehrling. Das war fabelhaft. Ich mochte den alten Mann, den Vater meines besten Freundes Angelo, der mit Drogen zu viel Geld verdiente, um selbst in das väterliche Geschäft einzusteigen. Angelo senior schickte mich zu allen jungen Frauen, die neu aus dem Mittelwesten angekommen waren. Ich verbrachte eine Stunde oder so damit, ihre Sicherheitsschlösser und Fenstergitter zu installieren, und dann boten sie mir ein Bier an, und bis ich wieder ging, hatte ich gewöhnlich eine Verabredung.«

»Mit erwachsenen Frauen?«

»Sie müssen verstehen, ich war ein ziemlich cooler Junge. Immer noch sauer auf meine beschissene Kindheit, aber ich fühlte mich als harter Bursche, weil ich allein lebte. Ich hatte vor, mein Leben damit zuzubringen, andere Leute zu beobachten, einfach zu beobachten, und von einem Tag zum nächsten zu leben. Ich brauchte niemanden, nur einen Platz zum Schlafen und etwas zu essen ... Ich meinte das ganz ernst.«

Er lächelte mir zu, als sei das alles lange her. Ich lachte. Er lachte auch. »Ja, sie fanden mich faszinierend, weil ich so aufrichtig war – von aufrichtiger Gleichgültigkeit der Welt gegenüber, aber bereit, über diese Gleichgültigkeit die ganze Nacht zu reden. Und in gewisser Weise stimmte das auch. Ich wußte noch nicht, was ich wollte, und ich fürchtete mich vor gar nichts. Meine Familie waren die einzigen Menschen gewesen, die wirklich einen Eindruck auf mich gemacht hatten, und Marva war in Maine, und meine Eltern sah ich nie ... Also schlief ich, wann immer ich wollte, mit einer Menge verschiedener Frauen. In vieler Hinsicht das perfekte Leben für einen Jungen dieses Alters. Ich dachte, es würde immer so weitergehen.«

»Und was passierte?«

»Ich wurde von einem Auto angefahren.«

»O nein!« Ich starrte ihn an, als sei er plötzlich vor meinen Augen lahm geworden.

»Ich hatte beide Beine gebrochen. Einen Monat lag ich im Krankenhaus. Meine Mutter fand das heraus und kam mich besuchen. Die ganze Stunde, die sie da war, verbrachte sie damit, sich darüber zu beklagen, daß ich sie im Stich gelassen hätte, über ihre Arthritis zu jammern und über die anderen Frauen meines Vaters herzuziehen ... Wie auch immer, entscheidend ist, daß ich den Typ verklagte, der mich angefahren hatte – Angelo hat mir diesen wirklich knallharten Anwalt besorgt –, und fünfzigtausend Dollar bekam. Er machte einen wirklich traurigen Fall aus mir, einen kleinen Ausreißer auf Krücken. Ich war achtzehn, sah aber jünger aus. Nachdem ich dem Anwalt seinen Anteil gegeben hatte, blieben mir immer noch etwas über dreißigtausend. Ich wußte nicht, was ich damit machen sollte. Ich wußte nur, daß ich es nicht vergeuden wollte. Eigentlich wollte ich es überhaupt nicht ausgeben. Also redete ich mit ein paar Burschen in einer Bar,

Typen in Geschäftsanzügen, wissen Sie, und fragte sie, wie ich das Geld investieren sollte. Die meisten rieten mir zu Aktien, aber dazu hatte ich keinen Bezug. Einer meinte, ich sollte es in Gold anlegen. Das war 1975. Ich dachte also eine Weile darüber nach, kaufte dann das Gold und außerdem eine hölzerne Piratentruhe, um es aufzubewahren.«

»Sie haben doch nicht so viel Gold in Ihrer Wohnung aufgehoben?«

»Am Fußende meines Bettes. Die Piratentruhe hatte ich aus einem Geschäft für Theaterbedarf. Sie war mit gekreuzten Knochen und einem Totenschädel bemalt, der im Dunkeln leuchtete.« Er grinste.

»Hatten Sie keine Angst, man könnte Sie bestehlen?«

»Eigentlich nicht. Meine Bude war ziemlich sicher. Angelos Vater hatte sie für mich verbarrikadiert. Sicher war es ein Risiko, aber Sie können sich nicht vorstellen, wieviel Spaß es machte, das Gold zu haben: manchmal mitten in der Nacht aufzuwachen und aufzustehen, nur um diesen Schädel anzusehen, der mich in der Dunkelheit anstrahlte. Ich fand es herrlich.«

»Haben Sie es nie jemandem gezeigt?«

»Manchmal Frauen. Ich ließ sie schwören, daß sie nicht darüber reden würden. Das war aber nicht nötig. Sie glaubten nicht, daß es echtes Gold war. Sie meinten, ich spielte mit ihnen.«

»Haben Sie das nicht getan?«

Er lehnte sich zurück und schaukelte mit seinem Stuhl. »Ich weiß nicht. Ich wollte es verstecken, aber gleichzeitig wollte ich, daß alle davon wußten. Ich wollte Goldmünzen in die Menge werfen und konnte mich trotzdem nicht davon trennen. Ich arbeitete weiter. Aber je länger ich es hatte und je beschissener die Jobs wurden, die ich bekam, desto weniger erschien es wie Märchengold. Es war wirklicher Reichtum.«

»Natürlich. Und dann stieg der Goldpreis, und Sie haben es verkauft?«

»Ja. Und bin ein reicher Mann geworden.« Er lächelte mir zu, und ich verstand, warum Leute gern mit erfolgreichen Spielern zusammen sind. Vielleicht brachte ich meine Empfindungen durcheinander, aber ich glaubte, ich könne das Glück sehen, das ihn umgab, die Gegenwart einer in ihn vernarrten Fortuna spüren.

»Also haben Sie jetzt kein Gold mehr.«

»Nein, jetzt habe ich Aktien und Anleihen.«

»Ein richtiges Kapitalistenschwein.«

»Besser, als für eines zu arbeiten.«

»Wahrscheinlich. Wie fühlt man sich, wenn man so viel Geld hat?«

»So, als wenn da oben jemand sagen würde: ›Überarbeite dich nicht Jack.‹« Er lachte. »Wenn ich mein Gold noch hätte, würde ich Ihnen eine Halskette machen, passend zu Ihrem Haar.«

Ich stellte mir eine Halskette aus Goldmünzen vor, schwer wie ein Pferdegeschirr. Ich konnte das kalte, runde Gewicht an meinem Hals fühlen. Aber er hatte kein Gold mehr, er hatte nur noch Geld, und das brauchte ich nicht. Er begann mir zuzulächeln, mit diesem absichtlich sexy wirkenden Lächeln, und ich fühlte mich plötzlich eingeengt durch den Tisch zwischen uns. Ich stand auf.

»Gehen wir nach oben.«

Er sah verblüfft aus, dann folgte er mir. Ich ging schnell, und er holte mich erst auf dem Treppenabsatz ein. Er drehte mich um und zog mich in seine Arme. Ich vergrub mein Gesicht an seinem Hals. Ich fühlte sein Herz klopfen, während sein Penis sich regte und sich gegen mich drückte. Ich liebe diesen Augenblick: Er ist lebendig. Wir standen so, umarmten uns heftig, dann gingen wir in mein Zimmer. Das Fenster stand offen, und ein leichter Windhauch hüllte uns ein.

Ich zog mich aus und setzte mich aufs Bett. Frank kniete vor mir, sein Gesicht zwischen meinen Schenkeln. Ich beugte mich über ihn, mein Haar floß über seinen Rücken, mein Gesicht lag an seiner Wirbelsäule, und ich fühlte mich merkwürdig allein in diesem kühlen Raum. Dann wanderten meine Hände zu seinen Brustwarzen, zu seinem Bauch und seinem Penis, und da war er ganz warm und gegenwärtig.

Plötzlich legte ich mich zurück. Er hob den Kopf, sah mich an, und dann lag er mit einem Satz neben mir, sein Bein über meinen. Sein Atem war in meinem Mund, als er sagte: »Ich möchte dich ficken.«

»Niemand hindert dich daran«, antwortete ich und ließ den Kopf zurücksinken, so daß er mir folgen mußte, seinen Mund auf meinem. Unsere Zungen trafen sich zu einer langsamen, süßen Begegnung. Sein Schwanz glitt in mich wie ein Boot ins Wasser.

Juli I. Huss

Fleischeslust

Ich kam zwanzig Minuten zu spät im Hotel an. Ich fuhr im Aufzug mit zwei japanischen Geschäftsleuten, die beide die gleichen schwarzen Anzüge trugen. Sie waren sehr klein, höflich, und sie verbeugten sich, als ich im elften Stock den Aufzug verließ. Ich drehte mich um und verbeugte mich ebenfalls und sah zu, wie sie hinter den sich schließenden Metalltüren verschwanden. Es war ein sehr ergreifender Augenblick ... Ich fühlte mich, als hätten sie mir ein Zeichen des Himmels gesandt, mich um den Verstand zu bumsen. Und ich erwiderte ihr himmlisches Nicken, um sie damit zu ermuntern, dasselbe zu tun. Eine Art Abkommen, zu jeder Schandtat bereit sein zu dürfen. Das Überschreiten der internationalen Kondomzone. Sehr bedeutungsvoll.

Bucky öffnete die Tür mit einem Handy am Ohr. Sein weißes Oberhemd war nachlässig in die Jeans gestopft. Sein Gürtel war offen, und auf seinen sonnengebräunten Füßen war nicht das kleinste Härchen zu sehen. Ich betrat das Zimmer und begann, meinen tropfenden Regenmantel abzulegen, während er mit Daddy Snorkel sprach. Er trat hinter mich und zog mir den Mantel von den Schultern. »Entschuldige, ich versuche nur, dir aus dem Mantel zu helfen«, flüsterte er und sprach dann wieder zu seinem Vater. Er war in sein Gespräch vertieft, was mich ein wenig beruhigte. Ich warf einen Blick in den Spiegel, der über dem Ahorntisch hing. Ein gutes Klima heute nacht für mein Haar! Ein richtig ekliger, nasser Abend, mein Haar war ganz kraus. Ich ging ins Badezimmer, während er sein Ferngespräch fortsetzte. Ich bändigte meine krause Mähne, indem ich das Haar mit seinem Reisefön trocknete. Ich gebe es nur ungern zu, aber während ich meine splissigen Haarspitzen frisierte, lugte ich so ganz zufällig in seine karamelbraune, lederne Rasiertasche. Es befand sich folgendes darin:

1 Rasierer mit Doppelscherkopf und schwarzem Griff
1 *Barbasol*-Rasiercreme im Taschenformat
1 *Neutraderm*-Hautcreme
1 After-shave *Royal Lyme* – mit Sprühdosierer
1 offene Packung Kondome, Normalgröße – es fehlten drei
1 ungeöffnete Packung Kondome, extra groß (Welche Größe hat er nun? Normal oder extra groß?)
1 Tube *Colgate*-Zahnpasta
1 *Mitchum*-Deodorantroller (offensichtlich umweltfreundlich)
1 schwarzer Kamm – Taschengröße (ohne Toupierspitze)
1 Packung Aspirin
1 Reiseflasche *Flex*-Shampoo

1 Zahnbürste aus Sterlingsilber (Geschenk irgendeiner dämlichen Schlampe, da wett' ich 100 Dollar)

Augenblick – im Mülleimer wird sich die Wahrheit finden ... Nichts für ungut ... Es ist ein (ich beuge mich vor) leeres Fläschchen Badeschaum, mit den besten Empfehlungen aus dem Hause Waldorf-Astoria. Hmmmmmmmm. Mit wem wird er wohl gebadet haben?????

»Machst du dich hier drinnen trocken?« fragte er und klopfte an die Badezimmertür. Ich sprang auf, als ich seine Stimme hörte. Ich hatte noch nicht damit begonnen, mein Make-up aufzufrischen. Ich sah nicht besonders aus. Wenn sie mich fragen, ich sah sogar absolut grauenhaft aus; daher versuchte ich einen vollkommen neuen Look zu konstruieren. Das war nicht so leicht. »Oh, hallo. Ich habe mich nur ... ein wenig in Ordnung gebracht«, zwitscherte ich, als ich die Tür öffnete. Er sah so süß aus, wie der da am Türrahmen lehnte, seine Hand in die Hüfte gestützt. Er hatte sein »allerliebstes« Kleinjungengesicht mit einem hintergründigen Lächeln aufgesetzt. Ich tat es ihm gleich.

»Und du willst also wieder in diesen Regen hinaus? Oder sollen wir den Zimmerservice bestellen und uns heute abend einen Film im Fernsehen anschauen? Es hängt ganz allein von dir ab. Ich stehe dir die ganze Nacht zur Verfügung«, sagte er, lehnte sich zu mir herüber und küßte mich auf die Wange. (Ach, er ist so ein richtiger *Eric Estrada* der Männlichkeit geworden. Dieser verdammte Charmeur. Er hat diese Unschuldstour drauf, von wegen guter, süßer Junge, der dir nichts tun wird, du fühlst dich wohl und entspannt ...

Wie eine hinterhältige Blindschleiche mit Banjo und Südstaatenakzent. Er flirtet so, wie es Glen Campbell wahrscheinlich tun würde. Sooo schön altmodisch und irgendwie provinziell. Ich werde ihn 'ne Weile betteln lassen.)

»Na ja, wir können ruhig hier essen, wenn du willst«, sagte ich und nickte abrupt mit dem Kopf. »Das können wir ruhig machen.« (Also gut, ich habe ihn lange genug betteln lassen.)

Bucky machte einen Satz auf den Waschtisch, während ich mein Make-up auffrischte. Seine Füße baumelten in der Luft. »Das hast du gar nicht nötig. Du siehst auch ohne Schminke super aus«, sagte er, als ich meine Augenbrauen nachzog. (Nur weiter so, Bucky, und du siehst vielleicht schon eine Brust, bevor der Krabbencocktail da ist.) Während ich mir das Gesicht puderte, spielte er mit der Aspirinpackung herum. »Du hast so ein großes, weißes, weiches, fettes Katzengesicht – ganz angenehm und niedlich.« *(Sagte er fett? Sagte er gerade, ich hätte ein FETTES Gesicht?* Die Brust ziehe ich zurück; keine Tätlichkeiten an der Brust und nach diesem Ausrutscher nicht einmal einen Handschlag.) Wegen dieser letzten Bemerkung zeigte ich ihm die kalte Schulter, während ich meine Lippen mit *Brandy Frost* Lip Gloss von Elizabeth Arden nachzog. »Ich meine, du hast ein hübsches, volles Gesicht wie eine Katze, Junie ... Ich habe nicht gesagt, du seist fett. Du hast so richtige Katzenaugen ...« (Reite dich nur immer weiter rein, mein

Lieber, nur weiter so. Reite dich nur immer weiter rein – keine Brüste und keine anderen Tätlichkeiten. Jetzt hat er's vermasselt. Wann immer ein Mann etwas von Fett sagt, kann er sich schon mal verabschieden.) »Ach, komm schon. Ich finde, du bist das hübscheste, intelligenteste, lustigste, strahlendste ...« (Na gut, vielleicht eine halbe Brust vor dem Abendessen.)

Einen Augenblick, bitte.

✂ ✂ ✂ ✂ ✂ ✂ ✂ ✂ ✂ ✂ ✂ ✂ ✂ ✂ ✂ ✂ ✂

(LIEBE MUTTI, LIEBER DAD:

Ich hoffe, Euch gefällt diese Geschichte. Aber Ihr braucht sie wirklich nicht lesen! Die Kochtips sind lausig, ebenso die Rezepte. Hört lieber ein bißchen Radio, da kommt eine tolle Sendung. Ach, und danke für den Scheck.

IN LIEBE JUNIE)

✂ ✂ ✂ ✂ ✂ ✂ ✂ ✂ ✂ ✂ ✂ ✂ ✂ ✂ ✂ ✂ ✂

Also gut, wir machen jetzt weiter. Jetzt kommt eine Sexszene. Wir müssen meine Eltern nur irgendwie davon abhalten, sie zu lesen, sonst bin ich erledigt ... Wenn sie diesen Teil hier lesen, wollen sie vielleicht den Scheck zurückhaben. Natürlich ist das mit dem Radio nur ein billiger Bluff, doch so sind sie wenigstens eine Weile beschäftigt.

Bucky folgte mir zurück ins Zimmer. Ich ging zum Schreibtisch und nahm die Menükarte für den Zimmerservice heraus. »Bestell uns ein paar Flaschen Champagner, wenn du willst, Junie.«

Heute nacht will er aufs Ganze gehen. Er denkt, ich habe die Bemerkung mit dem FETT vergessen. Das zeigt, wie wenig er von den modernen Frauen versteht. Eine moderne Frau wird dieses Wort mit in ihr Grab nehmen und in seines vielleicht auch.

»Bucky, ich trinke nichts mehr. Komm, laß uns mal auf die Speisekarte schauen.«

Männer und Frauen bestellen sehr unterschiedlich. Männer halten sich meist streng an die Karte. Keine Extras ..., höchstens die leise Bitte, keine Butter oder weniger Salz zu verwenden; eine Frau jedoch ist eine total andere Spezies. Ich zeig's Ihnen mal.

✂ ✂ ✂ ✂ ✂ ✂ ✂ ✂ ✂ ✂ ✂ ✂ ✂ ✂ ✂ ✂ ✂

BUCKYS
ABENDESSEN

Vorspeise

Jumbo Shrimp Cocktail – eisgekühlt – mit klassischer Meerrettichsauce $ 14,50

(Ich wußte, er würde das nehmen)

Hauptgericht

Hüftsteak vom Black-Angus-Rind – blutig bis medium $ 28,00

Pommes frites »ohne Salz« $ 3,50

Rahmspinat $ 4,75

Dessert

Warmer Pekannußkuchen mit Vanilleeis
»Nein, danke, ich möchte keinen Kaffee.« $ 6,75

Getränke

Amstel Light, Importbier
Drei Flaschen à $ 5,00

JUNIES ABENDESSEN

Vorspeisen

Rindfleischbrühe mit feinen Kräutern
»Am liebsten ohne Butter zubereitet.« $ 5,25
Parmaschinken und Melone

»Gibt es Brot dazu?«
»Ja, zum Brot hätte ich gerne Butter, in der Suppe aber nicht.« $ 9,75
Gemischter grüner Salat mit Vinaigrette
»Keine Anchovis bitte, lieber eine Extraportion Blauschimmelkäse.«
»Dann nehme ich etwas zerbröckelten Blauschimmelkäse dazu.« $ 5,75

Hauptgericht

Gebackene Kartoffel
»Ja, ganz richtig, ich hätte gerne Butter und Sauerrahm.«
»Doch, ich möchte beides.« $ 3,75

Rahmspinat
»Nein, ich möchte mir keinen mit Mr. Snorkel teilen, ich hätte gerne meinen eigenen.«
»Ich werde das schon schaffen.«
»Ich hätte gern etwas Parmesan obendrauf.« $ 5,75

Spargel Polonaise
»Wenn er mit Butter zubereitet ist, möchte ich ihn nicht.«
»Ah, in Ordnung, schicken Sie ihn hoch.«
»Bitte bringen Sie mir eine Scheibe Zitrone dazu.«
»Zwei Servierwagen sind nicht nötig. Sie können die Sachen ruhig stapeln.« $ 5,00

Dessert
»Oh, Gott, ich kann doch keine Nachspeise essen. Ich bin auf Diät.«
»Was für 'ne blöde Frage.«
»Augenblick ..., schicken Sie mir ein Stück Käsekuchen.«
»Nein, ich laß dich nicht abbeißen. Bestell dir ein eigenes Stück.«
»New-Yorker Käsekuchen.« $ 6,75

Getränke
Cola Light 3 Dosen à $ 3,75
»Was soll das heißen, du hast noch nie ein Mädchen gesehen, das so viel ißt?«
»Dann bist du immer mit Transvestiten ausgegangen.«
»Ich glaube doch ... Stell dir vor, wir essen auch ...«

✂ ✂ ✂ ✂ ✂ ✂ ✂ ✂ ✂ ✂ ✂ ✂ ✂ ✂ ✂ ✂ ✂

Bucky streckte sich auf der gemusterten Bettdecke aus, wobei er mir seine große Zehe in die Rippen bohrte. »Und, was sollen wir jetzt bis zum Essen machen? Willst du einen Film ansehen? Ach, übrigens, wann hast du mit dem Trinken aufgehört?« fragte er und kaute auf einem Filzstift herum.

»Komm, wir gucken CNN. Ich setze mich in den Sessel. Mit dem Trinken habe ich vor mehr als zehn Jahren aufgehört.«

»Warum eigentlich? Hattest du Probleme damit?«

»Nun ja, ich habe generell Probleme mit dem Leben, und ich hatte das Gefühl, ich müßte einen möglichst klaren Kopf behalten, um sie alle zu bewältigen«, sagte ich und lächelte gleichmütig.

»War es schwer für dich? Ich meine, war es eine schwere Zeit ohne das Trinken?«

»Ja.«

»Warum kommst du nicht her und erzählst mir alles? Du hättest mich doch anrufen können, Junie. Komm her ...«, sagte er und klopfte neben sich aufs Bett.

Ich hörte in meinem Hinterkopf Evies Stimme schreien: *»Kommst du wohl sofort von diesem verdammten Bett herunter!«* Ich krabbelte neben ihn und legte mich flach auf den Rücken. Ich sagte nichts. Kein Mann hatte mich je gefragt, warum ich nicht mehr trinke. Mir stiegen Tränen in die Augen, als ich an all die Beziehungen dachte, die ich im Laufe der letzten zehn Jahre hatte und in denen es nie einen Mann interessiert hatte, welche Probleme mich beschäftigten. Wann immer ich jemandem von meinen schrecklichen Angstzuständen und Wahnsinnsattakken erzählte, die mich jeden Morgen überkamen, spürte ich, wie sie langsam von mir abrückten. Als wäre mein Leiden ansteckend. Die meisten Männer wollen von persönlichen Tragödien nur die Kurzfassung hören. »Oh, Mann, da ist es dir aber dreckig gegangen.« Und der Rest der Geschichte wurde schnell in peinlichem Schweigen erstickt. Jedesmal, wenn ich dieses Schweigen spürte, sagte ich mir: »Laß dich da nicht weiter ein, Junie, sonst flippst du nachher noch aus. Behalt es lieber für dich.« Ich weiß, daß ich in all den Jahren eine Mauer um mich herum gebaut habe und niemanden mehr an meine Seele heranlasse. Ich war in Gesprächen mit Männern immer vorsichtig mit dem, was ich sagte, damit niemand die Risse in meiner Mauer entdeckte. Es wäre ein leichtes für mich, gleichgültigen Männern dafür die Schuld anzuhängen, doch diese Erklärung wäre nicht präzise. Tatsächlich hörte ich auf, Männern Einblicke in die Schattenseite meiner Psyche zu gewähren, als ich meine Leidenschaft zum Essen entdeckte. Essen übt keine Kritik an den Fehlschlägen im Leben. Lange Zeit hat meinen Beziehungen etwas gefehlt. Es fehlte die Vertrautheit. Es hat etwas mit Sex zu tun. Die Männer müssen sich kaum noch anstrengen, um mit einer Frau Sex haben zu können. Sie bekommen ihn, ohne sich binden oder Verpflichtungen eingehen zu müssen. Ich habe die Bedeutung der körperlichen Liebe unterschätzt. Ich hielt mich für eine moderne Frau, die Sex praktizieren konnte und ihre Erfahrungen vollkommen nüchtern wegsteckte. »Männer mögen keine problembehafteten Frauen. Sei lustig und heiter. Sprich mit ihnen über Sport.« Ich weiß nicht mehr, wer mir diese Worte sagte, doch sie stecken schon von jungen Jahren an tief in mir.

»Weißt du, Bucky, nicht alle Mädchen sind so unbeschwert und leichtlebig mit knackigem Hintern. Viele von uns schleppen etwas mit sich herum, und das ist nicht nur das PMS-Syndrom«, sagte ich und starrte zur Decke.

»Das weiß ich. Glaubst du nicht, daß ich im Zusammenleben mit Mama und Sharon begriffen habe, daß Frauen ... sensibel sind? Weißt du, ich erinnere mich noch an Mama, wenn Daddy mit einer seiner Freundinnen ausgegangen war. Dann lief sie immer im Haus herum und hatte dabei diesen frostigen Gesichtsausdruck.« Er drehte sich zu mir und sah mich an.

»Und was glaubst du, hat sie durchgemacht?«

»Ich denke, es waren viele unterschiedliche Gefühle. So regte sie sich beispielsweise auf, daß er es über lange Zeit ganz offen getan hat. Ich glaube, sie hatte Angst davor, daß man Sharon und mir etwas erzählen könnte, und es verletzte sie wirklich, als wäre sie ein wertloser oder unattraktiver Mensch, mit dem man nicht zusammensein wollte«, sagte er und nahm meinen Arm.

»Und was hast du dabei empfunden?«

»Ach, weißt du, ich habe immer versucht, viel Zeit mit ihr zu verbringen. Sie redete gern bei der Hausarbeit. Daddy verbrachte wenig Zeit zu Hause. Und so sprachen wir über alles mögliche, was sie interessierte.«

»Aber was hast *du* dabei empfunden?« fragte ich noch einmal und strich über seine Hand.

»Ich weiß nicht, Junie, ... ich glaube, ich habe Daddy dafür gehaßt. Ich hatte immer das Gefühl, er behandelt sie schlecht. Ich meine, sie bekam alles, was sie wollte. Er hat sie auch nie angeschrien oder geschlagen, aber er schien auch niemals seine Zeit mit ihr verbringen zu wollen. Weißt du, Daddy ist manchmal ein richtiges Arschloch. Das einzig Gute an Mamas Krebserkrankung war, daß er die Finger von diesen Puppen ließ – ich glaube, er hatte richtig Angst, sie könnte vor ihm sterben. Du glaubst es vielleicht nicht, weil sie so sanft ist, doch im Grunde ist sie viel stärker als er.«

»Ich weiß, Bucky. Deine Mutter ist eine sehr starke Frau. Und Sharon auch.«

»Ja, aber sie ist heute ganz anders als damals. Ich glaube, Daddy hat sie zu sehr verwöhnt. Zu mir war er immer sehr streng, und für Sharon hätte er alles getan. Aber Sharon hat in den letzten Jahren so viel durchgemacht, daß sie einfach erwachsen werden mußte.«

Der Zimmerservice unterbrach unser Gespräch. Der Hotelpage rollte den Wagen herein, der beladen war mit Bergen von Platten und metallenen Wärmeschutzhauben. Bucky half ihm, in einer Ecke des Zimmers den Tisch aufzubauen. Ich stand auf und schaute zum Fenster auf die *Park Avenue* hinaus. Die Straßen waren schwarz und naßglänzend, rote Bremslichter leuchteten in der diesigen Nacht. Die Fensterscheibe fühlte sich kalt an, als ich meine Handfläche dagegenpreßte. »Möchtest du gleich essen, oder willst du noch etwas warten?« fragte Bucky und gab dem Pagen ein Trinkgeld.

»Laß' uns essen«, lächelte ich.

Ich setzte mich auf eine Ecke des Bettes und überließ Bucky den Sessel, damit er besser mit seinem saftigen

Black-Angus-Steak hantieren konnte. Wir mußten einige kleinere Teller auf den Boden stellen, damit wir genug Platz zum Essen hatten. Ich tauschte meinen Spargel gegen seinen Rahmspinat. Der Rahmspinat war weich und warm in meinem Mund. Bucky fand den Spargel ein wenig zu lange gekocht. Er aß ein paar Stangen und machte sich dann an meine gebackene Kartoffel. Ich drückte ein paar Tropfen frischen Zitronensaft auf einen saftigen Bissen Fleisch und streute noch ein wenig schwarzen Pfeffer drauf, bevor ich ihm die gefüllte Gabel in den Mund schob. Steak schmeckt absolut köstlich, wenn es mit Zitrone und schwarzem Pfeffer gewürzt ist. Bucky fand es herrlich und bat mich, ihm noch ein Stück zu würzen. »Du bist eine großartige Köchin, Junie. Es schmeckt phantastisch. Ich werd' es jetzt immer so essen. Was für ein Genie du bist«, sagte er und griff nach meinem Knöchel, um mir den schwarzen Ledermokassin auszuziehen.

Bucky rieb mir den Spann, während ich ihn mit einem weiteren Stück Steak mit Zitrone und Pfeffer fütterte. Er zog mir den Strumpf aus und wärmte meinen Fuß in seinen Händen. Ich seufzte auf, als er die Kartoffel in die Hand nahm und mit den Zähnen hineinbiß. Ich trank meine Rindfleischbrühe, indem ich die Tasse an beiden Henkeln hielt. »Wenn du so trinkst, erinnerst du mich an ein Kätzchen, das Milch aus einer Untertasse trinkt«, sagte er und blinzelte mir zu.

Bucky schob seinen Sessel neben mich. Ihm lief Sauerrahm an den Fingern hinunter, und er steckte sie mir in den Mund, damit ich sie ableckte. Dabei biß ich ihm zart in den Zeigefinger. »Den kannst du nicht haben. Damit muß ich noch unterschreiben.« Bucky lehnte sich zu mir herüber und küßte mich auf den Mund. Es war der leichteste Kuß, den ich je gespürt hatte – so sanft. Langsam erhob er sich aus dem Sessel und drückte mich aufs Bett. Ich knöpfte ihm die obersten drei Knöpfe seines weißen Hemdes auf. Bucky hat auf der Brust ein Fleckchen Haare in Form eines winzigen Baseballfeldes. Seine Haut ist braungebrannt und unheimlich weich ... Ich frage mich ...

»Bucky, gehst du ins Sonnenstudio?« fragte ich und unterbrach dabei unseren Kuß. »Nein, Junie, ich geh' nicht ins Sonnenstudio. Warum rutschen wir nicht aufs Kissen hoch, dann können wir uns ausstrecken?« fragte er und richtete sich auf. Ich lächelte ihn an und schob mich zum Kissen hin. Bucky bringt mich immer zum Lächeln. Ich schleuderte meinen anderen Schuh weg und trat mit dem Fuß in irgend etwas Kaltes und Feuchtes. »Ohhhh, Goattttt, Bucky, ich bin gerade in irgendwas Klebriges getreten. Ich glaube, ich hab' deinen Kuchen mit Vanilleeis erwischt. Mein ganzer Fuß ist voll davon.« Ich setzte mich auf. »Zieh deinen Strumpf aus und komm sofort hierher«, befahl er. Ich kletterte auf ihn und küßte die Ader, die ihm seitlich den Nacken hinunterlief. Meine Zunge schmeckte nach Zitronenöl. Bucky faßte mir am Rücken unter meinen schwarzen Pullover und versuchte, meinen ausgepolsterten BH aufzuhaken. »Der Verschluß ist vorne, Liebling«, sagte ich und rieb meine Nase an seiner. »Mein Gott, es ist leichter, nach Fort Knox durchzukommen als zu dir, Junie. Warum ziehst du nicht deinen Pullover aus und machst es mir ein bißchen leichter, dich zu berühren?« Ich setzte mich auf und zog meinen Pullover aus. Bucky öffnete den Verschluß mit den Fingerspitzen. Ich knöpfte die letzten vier Knöpfe seines Hemdes auf und half ihm, es auszuziehen. Es war ein wunderbares Gefühl, auf ihm zu liegen und meine Haut auf seiner zu spüren. Er drückte mich fest an sich, so daß ich es im Rükken spürte. »Ich möchte dich einfach aufheitern und nie mehr zulassen, daß dich irgend etwas je wieder verletzt, Junie. Es bricht mir das Herz, wenn ich sehe, wie sehr man dir weh getan hat«, sagte Bucky und rieb mir den Rücken. Wie er mich so hielt, liefen Tränen über meine Wange und fielen auf seine. Es war, als werde eine unerträgliche Traurigkeit von mir genommen. Ich hatte vergessen, wie wundervoll es war, in den Armen eines Mannes zu liegen. Nein, ich hatte es nicht vergessen. Von seinen Armen umfangen, wurde mir schmerzhaft klar, wie einfach es wäre, sich fallenzulassen und sich zu verlieren. Mich einfach in ihn wegsinken zu lassen und mich ganz und gar zu verlieren. Es ist so schmerzhaft für mich, etwas für ihn zu empfinden und dabei nicht das Gefühl zu haben, zurück in diese gesichtslose Leere zu stürzen. Ich schwanke zwischen solchen Extremen. Entweder fühle ich mich eingezwängt in einen dicken Panzer aus Angst und Wut, oder ich ersticke in den Armen von jemandem, den ich so sehr mag.

Obwohl ich glaube, daß ich schon ein feineres Gespür für mich entwickelt habe, empfinde ich noch immer Angst. Es wird niemals einfacher, nicht wahr? Ich warte noch immer auf den Zeitpunkt in meinem Leben, an dem ich meinen Seelenfrieden finde. Das ist es. Nur etwas

Seelenfrieden. Ich muß langsam weiterkommen ..., sehr langsam.

Bucky hat diese Art, mir Geborgenheit und Verständnis zu vermitteln. Wir küßten uns eine Ewigkeit. Wenn mich jemand fragen sollte, was ich den Rest meines Lebens tun wollte, so würde ich ihm antworten: »Bucky Langston Snorkel küssen. Es ist mir gleichgültig, ob ich in meinem Beruf Karriere mache oder was mit dem Regenwald geschieht, mir ist egal, wer gerade Präsident ist oder ob ich in dreißig Tagen schlankere Hüften habe – ich möchte einfach nur Bucky küssen, den ganzen Tag lang ...« So gleite ich also dahin.

An einem Punkt wurde es mir ein wenig mulmig. Meine Hand landete auf den Silberknöpfen seiner Jeans. *»Laß die Finger davon!«* hörte ich Evie aus voller Brust schreien. Ich bekam einen solchen Schreck, daß ich den Kopf hochriß. »Was ist los?« fragte Bucky und sah mich verwirrt an. »Bucky, ich muß jetzt nach Hause. Ich kann nicht länger bleiben. Ich will nicht irgendwas anfangen und dich dann später noch mehr vermissen, als ich's jetzt schon tue. Ich war lange mit niemandem mehr zusammen, und ich kann nicht einfach wieder in eine Sache hineinschlittern. Ich kann's nicht mehr. Ich kann einfach nicht«, sagte ich und rollte von ihm herunter.

(Bitte keine Vorwürfe jetzt, weil ich diese herrliche Liebesszene abbrechen mußte. Ich sag' Ihnen, es war phantastisch. Absolut phantastisch. Ich wünschte, Sie hätten dabeisein können. Ich wünsche jeder Frau einen Mann, der so küßt wie Bucky. Es ist einfach wahnsinnig. Ich hätte liebend gern noch hundert Seiten in purer Sinnlichkeit weitergemacht. Wollen Sie jemanden dafür verantwortlich machen? Dann beschweren Sie sich bei Evie, sie ist diejenige, die dieses Kapitel hat platzen lassen.)

Regina Nössler

Wie Elvira ihre Sexkrise verlor

♥ 1 ♥

Im Großraumwagen des Intercitys Köln – Berlin grübelte Elvira, die arme Elvira, über gutes und schlechtes Küssen nach und überhörte die Frage nach zugestiegenen Fahrgästen.

Allzu zarte Küsse, bei denen gar nichts zu spüren war, keine Lippen und keine Zunge, hinweghuschende Küsse, die weder richtig feucht, noch wirklich vorhanden waren, die mochte sie nicht.

Elvira beruhigte ihr angeschlagenes Ego: *So schlecht schneide ich doch gar nicht ab!* Erleichtert atmete sie auf und stellte ihren Sitz in Schräglage. Ihr Ego hatte Beruhigtwerden auch bitter nötig.

All die armen Teufel, die ziellos mit ihren schweren Koffern und Taschen an ihr vorbeiächzten, weil ihnen die Platzreservierung fehlte. Elvira empfand keinerlei Mitleid, denn das brauchte sie ganz allein für sich selbst und für niemanden sonst, sie konnte davon kein auch noch so kleines Stückchen abgeben. Elvira war stolze Besitzerin einer Reservierung. Wenigstens die hatte sie. Küsse, die sich wie Baggerschaufeln vorwärtsgruben und hineinschaufelten, mochte sie nicht.

Und noch während sie auf ihrem sicheren Platz, der nur ihr gehörte, hinwegglitt, hinein in einen tiefen Zungenkuß, der unwillkürlich zum Stöhnen verleitete, bei einem solchen Kuß war Aufstöhnen einfach unumgänglich, während sie die Dauer dieses Kusses dehnte und das Lekken, Saugen und Eindringen tatsächlich zu spüren vermeinte, während sie in Gedanken so unheimlich gut küßte, während ihre Zunge über fremde Zahnreihen strich und glatte Gaumen ertastete, stellte die Schaffnerin die Frage nach zugestiegenen Fahrgästen erneut, diesmal direkt neben ihr.

Elvira schreckte aus der bequemen Schräglage hoch und griff nach ihrer Tasche, eine von diesen großen, unübersichtlichen, und beim Herumwühlen stieß Sie zunächst auf ihren Reiseproviant: Geleebananen und Marzipankartoffeln. Immer, wenn etwas von ihr verlangt wurde, reagierte Elvira sofort panisch, und gar nichts klappte mehr; zu ihrem Leidwesen war das auch beim Sex so. Aus Versehen zerdrückte sie eine Geleebanane, die Marzipankartoffeln waren auch ganz schön klebrig, und dann, als sie in der großen, unaufgeräumten Tasche endlich weit unten die Fahrkarte entdeckte, beförderte sie mit ihren Geleefingern dieses ganz spezielle Foto, das nur für ihre Augen bestimmt war, gleich versehentlich mit an die Öffentlichkeit.

Das Foto landete neben den blaubehosten Beinen der

Schaffnerin auf dem Boden. Es zeigte Silke Hackenbergs Hintern.

Worum bin ich nicht wie die anderen? Andere Leute verreisen mit Gesichtern! Mit Fotofix-Porträts ihrer Lieben! Und ich? Ich verreise mit einem Hintern!

Elvira schloß daraus, daß sie zwanghaft und pathologisch an Sex denken mußte, auch jetzt, wo sie an diesem schlimmen Liebeskummer wegen Silke Hackenberg litt, oder vielleicht gerade jetzt.

Aber obwohl sie Silke die Pest an den Hals wünschte, schalteten sich ihre Beute-Instinkte wieder ein, und sie wollte Silkes Hintern vor fremdem Zugriff retten.

Die Schaffnerin indes war schneller. Viel schneller. Während Elvira sich noch in der betrüblichen Erkenntnis suhlte, daß ihre Geliebte Silke ein Schwein sei, ein richtiges Schwein, hatte sie sich längst gebückt und das Foto aufgehoben.

Elvira hatte inzwischen ordnungsgemäß ihre Fahrkarte nachgereicht, die jedoch von der Schaffnerin kaum beachtet wurde. Viel größeres Interesse zeigte sie für das Foto.

Es war ja nicht so, daß *nur* Silkes Hintern auf dem Foto abgebildet gewesen wäre – Elvira kannte das Foto wie auch die Realität genau. Gleich würde die Schaffnerin alle Reisenden um Aufmerksamkeit bitten: Sehen Sie mal her, was für Fotos diese Frau hier in der Tasche hat, und sie würde es herumzeigen, und alle würden erst den Hintern und dann Elvira betrachten. Irgendjemand würde sagen: Schweinerei! Was denken Sie sich eigentlich dabei? Sogar die ohne Platzkarte würden sich plötzlich wie etwas Besseres fühlen und nur darauf warten, endlich Elviras Reisetasche herunterreißen zu können. Nach einiger Zeit würde der Zugführer über den Lautsprecher mitteilen, daß in Wagen Nr. 253 eine Frau sitze, so eine Perverse, in deren Tasche der Hintern einer anderen Frau aufgefunden worden sei, allerlei getuschelte, aber nur schlecht verborgene Iiiieeh's würden folgen, guck mal die da. Vielleicht würde Elvira sogar ihren Platz verlieren.

Nein, nicht nur der Hintern war zu sehen, sondern auch Teile des Rückens; es war ein ästhetisches Foto von durchaus künstlerischem Wert, das sofort in jeden erotischen Fotoband aufgenommen worden wäre. Das Zentrum, an dem die Augen der Schaffnerin immer noch hafteten, wurde jedoch eindeutig dominiert von diesem Fleisch, das sich der Betrachterin aus dem Foto heraus geradezu plastisch entgegenstreckte.

»Kann ich bitte auch die Bahncard sehen?«

Durfte Elvira auf einen fairen und diskreten Austausch hoffen? Dokument gegen Hintern?

♥ 2 ♥

Der Zug passierte Duisburg. Elvira sah, wie die Schaffnerin am anderen Ende des Großraumwagens gewandt durch den Mittelgang schritt, hier und da lächelte und Fahrkarten abknipste, und auf einmal war ihr so, ja doch, wenn sie sich das Baskenmützchen wegdachte, als würde sie diese Schaffnerin von irgendwoher kennen. Ein klitzekleines, aber wohltuendes Gefühl signalisierte ihr das.

Natürlich bildete Elvira sich allerhand auf ihr phänomenales Personengedächtnis ein, denn sie brauchte etwas, worin sie sich auszeichnete. Irgend etwas, worin sie gut war. Bei Silke, ihrer Geliebten, zeigte sie keine überragenden Leistungen. Sie konnte sich abstrampeln, wie sie wollte. Bei Silke Hackenberg konnte Elvira sich einfach nicht gehen- und treiben-, nicht in die Gefilde jenseits des Denkens, von denen sie schon gehört hatte, hineinfallen lassen. Sogar das Küssen schien sie verlernt zu haben, oder war Küssen womöglich so wie Fahrradfahren?

Es gab ein gravierendes sprachliches Problem zwischen ihnen. Silke nämlich war eine Verfechterin der harten Tour, was sich in *Ich mach dich völlig fertig, du kleine geile Sau* und ähnlichen Anfeuerungen äußerte, die Elvira eher nicht zu schweißtreibenden Höchstleistungen anspornten; und was war dagegen ein dahingehauchtes *Schön!* oder ein schwer und tief geseufztes *Ja!* oder die gefühlvolle Kombination aus beidem, *Jaaa, schön!* – wie sollte das vor einer kleinen geilen Sau bestehen können?

Die Schaffnerin kam näher, elegant fing sie jedes Rukkeln des Zuges ab, und entfernte das Reservierungsschild über Elviras Kopf.

Woher kannte Elvira sie nur? Der peinliche Zwischenfall mit Silkes Hintern war gottseidank glimpflich verlaufen und gehörte der Vergangenheit an. Die Schaffnerin – woher kannte Elvira sie nur? – schrieb etwas auf die Rückseite des Schildchens und übergab es ihr.

Lächelte sie ihr immer noch wegen des Fotos so frech ins Gesicht?

Pssschhh. Die Tür, die die Waggons voneinander trennte, öffnete sich, und die Schaffnerin verschwand dahinter.

ES HÄTTE SCHÖN WERDEN KÖNNEN, SO SCHÖN, stand auf der Rückseite der Reservierung. Eine seltsame Mitteilung für eine Schaffnerin.

Und da fiel es Elvira endlich ein. Ihr Personengedächtnis ließ sie nicht im Stich.

Die Schaffnerin und sie waren sich in einem anderen Leben schon einmal begegnet. Vor einem Monat. Auf einer dieser großen Parties, ladies only. Die Schaffnerin hatte damals Zivil getragen, eine kurze schwarze Lederhose und eine schwarze Strumpfhose mit riesigen, obszönen Laufmaschen, und sie hatte Elvira eindeutige Angebote gemacht. Elvira erinnerte sich so genau, wie sie vor einem Monat durchaus nicht abgeneigt war, ihr unter den eifersüchtigen Augen Silkes aber die Hände gebunden waren.

Elvira rutschte vor Aufregung auf ihrem Sitz hin und her, sie wiederholte genüßlich den Zungenkuß, den sie sich schon während der ganzen Zugfahrt vorgestellt hatte, omeingott, wo hast du nur so gut zu küssen gelernt? wurde sie in Gedanken gelobt, sie wiederholte ihn innig; und nachdem sie erst einmal die kurze schwarze Lederhose geöffnet und über den Hintern gestreift und die schwarze Strumpfhose zerfetzt hatte, einem wilden und hungrigen Tier ähnlich, das Fleisch witterte, küßte sie noch ganz andere Orte, OMEINGOTT! wo hast du nur so gut Lecken gelernt? – bis ihr mittendrin Silkes niederschmetternder Satz einfiel. Es gibt Sätze, die immer bleiben.

Silke hatte nicht gesagt: Los, schalt um! Ich kann *Verbotene Liebe* nicht ausstehen! – obwohl das Elviras Lieblingsserie war. Silke hätte statt dessen ohnehin sofort die Fernbedienung an sich genommen. Nein, in einer schwachen Stunde hatte Elvira mit heißen Ohren und klopfendem Herzen ihren brennenden Wunsch zart angedeutet. Leck mich, o bitte leck mich. Der Wunsch war so leise über ihre Lippen gekommen, daß sie ihn selbst kaum hatte wahrnehmen können, aber Silkes Gehör war scharf.

Ihre Antwort lautete.: »Mit Oralsex hab ich's nicht so, ich steh mehr auf Ficken.«

Heute ist heute. Elvira saß im Intercity Köln – Berlin und ermahnte sich, an die Gegenwart zu denken. Schließlich war das Leben doch gerecht, der Himmel hatte ihr die kurze schwarze Lederhose als Schaffnerin in diesen Zug geschickt. Konnte das noch Zufall sein?

Wenn du meinst, es geht nicht mehr, kommt von irgendwo ein Lichtlein her.

In Essen drapierte Elvira reviermarkierend ihre Jacke über ihren Platz, packte ihre Süßigkeiten zusammen, nahm sie mit und machte sich auf den Weg.

In Bochum war sie davon überzeugt, daß die Schaffnerin und sie füreinander bestimmt waren.

Zwischendurch blieb sie irgendwo im Gang stehen, sah aus dem Fenster, aß mehrere Marzipankartoffeln und schob eine Geleebanane hinterher, damit es besser rutschte.

In Dortmund dann endlich, als der Zug in den Bahnhof einrollte, erblickten sie sich. Die Schaffnerin lächelte, und Elvira fuhren heiße Schauer durch den Körper. Feindlich gesinnte Menschen mit Koffern drängten sich zwischen sie und trennten sie voneinander. Die Schaffnerin machte sich daran, die Tür zu öffnen, drehte sich vorm Aussteigen kurz um und lächelte Elvira erneut an, verheißungsvoll und ungeheuer charmant, so daß Elvira fürchtete, ihre Beine würden ihr den Dienst versagen. Diesmal fuhren die heißen Schauer ihr direkt in die Möse.

Der mehrminütige Aufenthalt im Dortmunder Bahnhof schien endlos; mit diesen schwappenden, heißen Wellen dort unten, dort unten war es so heiß und so naß, wartete Elvira neben der Tür und stand den Zusteigenden im Weg.

Jedes Warten hat ein Ende. Die Schaffnerin schwenkte draußen ihre Kelle und stieg wieder ein.

Elvira nannte sie inzwischen im geheimen *meine Manuela,* wie Manuela von Meinhardis in *Mädchen in Uniform.* Was sind Jahrhunderte gegen den Augenblick, wo zwei Wesen sich ahnen und nahn?

Ihre Manuela raunte ihr im Vorbeigehen zu: »Komm in fünf Minuten zum Behindertenklo!«

♥ 3 ♥

Fünf Minuten waren längst vergangen. Vielleicht wartete Elvira vor dem falschen Klo? Aber es war eindeutig als Behindertenklo ausgewiesen, und es war frei. Kurzerhand entschloß sie sich, das Klo zu betreten. Vielleicht waren es nur leere Versprechungen gewesen, und ihr Ego, das es bitter nötig hatte, war darauf hereingefallen?

Elvira sah sich um, türkisfarbene Wände und ein dunkelgrüner Boden mit kleinen silbernen Glitzerpünktchen. Im Gegensatz zu den übrigen Klos war es geräumig, geradezu großzügig. Und so sauber. Plötzlich schloß sich die automatische Schiebetür von selbst. So würden sie nie zueinanderfinden!

Aber gerade, als Elvira zu verzagen begann und auf den Türknopf drückte, um unverrichteter Dinge zu ihrem Platz zurückzuschleichen und dort den Rest der Geleebananen alleine aufzuessen, gerade, als der Zug auch noch auf freier Strecke pausierte, half der Himmel ihr ein zweites Mal; hinter der Tür erwartete sie die Schaffnerin mit den Worten: »Wir haben Verspätung.« Ihre Manuela.

Sie drängte sie zurück ins Klo. Mit Hilfe ihrer Körperkraft und eines Tricks brachte die Schaffnerin die Tür dazu, sich schneller zu schließen.

Sie stellte ihre Tasche auf den Boden. »Als ich dieses Foto mit dem Hintern sah«, sagte sie, »da wußte ich, du bist eine ganz Schlimme.«

Sie drängte Elvira an die türkisfarbene Wand und küßte sie.

»Laß mich nicht schon wieder abblitzen, nicht noch einmal!«

Es lag gar nicht in Elviras Absicht, sie abblitzen zu lassen. Warum wohl stand sie sonst in diesem Klo? Jetzt geht's zur Sache, Manuela! Und um daran keinen Zweifel zu lassen, küßte sie die Schaffnerin zurück, zog ihr dabei die Baskenmütze vom Kopf und griff in ihr Haar, einen Moment lang dachte sie: hätte ich das nur vorher gewußt, dann hätte ich bestimmt problemlos schwarzfahren können, aber dann war er plötzlich wieder da, gerade als es anfing, schön zu werden, dieser Selbstzweifel – konnte sie denn überhaupt küssen? So richtig gut? Da ihr solcherlei

Zweifel leider noch während des Kusses in den Sinn kamen, entwickelte Elvira blitzschnell eine Strategie: sie zeigte sich als kleine Schüchterne, huch nein, doch nicht so schnell, ich brauche Zeit, um Vertrauen fassen zu können und mich ganz hinzugeben.

»Willst du eine Geleebanane?« fragte sie, um von all diesen Unsicherheiten abzulenken.

Aber eigentlich war ihr nicht nach HUCH und HILFE. Eigentlich war ihr danach, ihrer Manuela von Meinhardis die Uniform vom Leib zu reißen.

»O ja, ich will!« sagte die Schaffnerin.

Elvira verstand nicht.

»Eine Banane! Eine Geleebanane!«

Also nahm Elvira eine aus der Tüte heraus und gab sie ihr. Die Schaffnerin lutschte, bevor sie abbiß, so ungeheuer genüßlich an dieser Banane im Miniformat herum, daß Elvira ganz heiß wurde, besonders dort unten, und sie sich die altbekannte Frage stellte: ISST SIE SO, WIE SIE SEX MACHT? Macht sie Sex so, wie sie ißt? Die Schaffnerin hatte Schokolade im Mundwinkel kleben, das sah rührend aus, Elvira traute sich und leckte die Schokolade ab, sie wollte zur Sache kommen, und sie dachte nur noch eins: Vögeln! Sie wollte in diesen Körper hinein, sie wollte sie begnadet vögeln. Und sie wollte mit Stöhnen für das begnadete Vögeln belohnt werden.

Aber erst einmal leckte sie weiter, obwohl gar keine Schokolade mehr da war.

»War das deine Freundin, mit der du auf der Party warst?« fragte die Schaffnerin in einer Lücke zum Atemholen.

»Ja«, stammelte Elvira und begann, die Knöpfe der roten Uniformjacke und auch die darunterliegenden zu öffnen. Unter der weißen Bluse trug die Schaffnerin nichts. *Macht sie Sex so, wie sie Geleebananen ißt?*

»Hey, nicht so schnell«, sagte die Schaffnerin und hielt Elviras Hände fest. »Ich weiß, daß du so heiß bist wie das Pflaster in Las Vegas, aber was ist denn mit deiner Freundin?«

»Eigentlich tue ich so was nicht«, sagte Elvira, die inzwischen in der Tat so heiß war wie das Pflaster in Las Vegas, »eigentlich tue ich so was normalerweise nicht«, und dann fiel ihr plötzlich ein, wie Silke ihre Kartoffeln zermanschte, »eigentlich bin ich treu«, wie Silke die Gabel mit der Breitseite fest auf die Kartoffel quetschte, so daß die arme Kartoffel als Brei zwischen den Zinken der Gabel hervorquoll, aber sie wollte diese Erinnerung jetzt nicht haben, was interessierten sie Silke Hackenbergs Kartoffeln, oGott – und wenn sie es gar nicht konnte: begnadet vögeln?

♥ 4 ♥

»Was ist denn da drin los?« vernahmen sie eine Stimme von draußen, »wieso ist denn da so lange besetzt?«

Die Schaffnerin hatte Elvira einfach die Hosen heruntergezogen. Ehe sie sich versah, war Elvira die Gevögelte.

»Jemand sollte den Schaffner holen!«

Die Schaffnerin vögelte Elvira von hinten.

»Der Schaffner ist eine Dame«, kam eine andere Stimme.

»O fuck!« sagte die Schaffnerin, »in Hannover ist Personalwechsel.«

»Und was sind das für komische Geräusche da drin? Da stöhnt doch jemand!«

»Wie lange ist es noch bis Hannover?« keuchte Elvira, vor deren Augen es zu flimmern begann. Die Schaffnerin tat es so gut. Aber sie ließ Elvira nicht kommen, sondern hörte mittendrin auf und begann, sie zu lecken, und Elvira, die die ganze Zeit gestanden hatte, mußte sich hinlegen, das war ihr mittlerweile auch völlig egal; die Schaffnerin ging mit zu Boden und flüsterte ihr dort ins Ohr, daß frisch geputzt sei und das Behindertenklo sowieso von niemandem benutzt würde, der Tumult draußen sagte darüber zwar etwas anderes, aber das war ja auch egal – wie weit ist es noch bis Hannover?

»Ich werde das so lange tun, bis du nicht mehr kannst«, sagte die Schaffnerin leise, sie kniete vor Elvira und leckte sie; gleichzeitig stieß sie erst einen, dann zwei, dann drei Finger in sie hinein, so daß Elvira schon jetzt nicht mehr zu können glaubte. »Und was ist mit deiner Freundin?« kam es Elvira in den Sinn und über die Lippen.

»Die ist in Tirol«, sagte die Schaffnerin.

Elvira blickte zur Wand, wo sie einen dicken, roten Alarmknopf sah, der sie flüchtig an ihren Körper in seinem jetzigen Zustand erinnerte.

»Da stöhnt doch jemand«, sagte eine Frauenstimme von draußen, »da ist doch was nicht in Ordnung!«

Die Finger glitten so leicht in sie hinein, und Elvira wünschte sich mehr, sie wußte, daß die Hand, die ganze Hand und noch viel mehr in sie hineinpassen würde. Die Schaffnerin stellte das Lecken ein und vögelte sie in gleichbleibendem Rhythmus. Tirol, Tirol, Tirol, dachte Elvira, und dann dachte sie: Hannover! Ihrem Mund entfuhr ein Schwall mehrerer Ojas hintereinander, oja oja oja – »Da stimmt doch was nicht!« kam es von draußen –, und gerade, als sie zu kommen glaubte, ja, jetzt sofort, verlangsamte die Schaffnerin den Rhythmus und begann wieder, Elvira zu lecken. Der rote Alarmknopf. Der dicke, rote, geschwollene Alarmknopf da unten.

Der Zug verlangsamte auch sein Tempo, denn sie erreichten Hamm in Westfalen.

Von draußen wurde zaghaft an die Klotür geklopft.

»Ich geh jetzt den Schaffner suchen!«

Elvira war ihren ehrlichen Gefühlen gefolgt. Das war sowieso stets das Beste. Es war einfach so über sie gekommen.

»Der Schaffner ist eine *Dame.*«

Elvira war ihren Gefühlen gefolgt und hatte sich auf das Gesicht der Dame gehockt, oja, jaaa schön! – *o fuck! Hannover!* – oja oja oja; und ihre Möse von oben an diesem Gesicht zu reiben, sich daraufzusetzen, sich daraufzupressen, gab ihr in Sekundenschnelle den Rest.

Inzwischen wuchs das Klopfen an der Tür zu mächtigem Hämmern an.

»Hallo? Hallo?«

Elvira legte sich schwer atmend auf den Boden. Alles war von vielen kleinen silbernen Glitzerpünktchen übersät. Die Schaffnerin kroch ganz nah an sie heran.

»Du bist nicht auf meiner Zunge gekommen«, kicherte sie – wo hatte sie nur so gut zu küssen gelernt? Von ihrer

Freundin in Tirol? –, »du bist nicht auf meiner Zunge gekommen, sondern auf meiner Nase.«

»HALLO! HALLO! IST DA JEMAND?«

Elvira errötete. Und tatsächlich: die Nase der Schaffnerin war von einem verdächtig glänzenden Film überzogen.

»Ich wußte gar nicht, daß meine Nase so potent ist!«

Die Schaffnerin fummelte eine Geleebanane aus der Tüte am Boden und schob sie langsam in Elviras Mund, der sich bereitwillig öffnete; sie flüsterte: »Gleich zeigst du mir, was *du* alles kannst«, und ebenso langsam zog sie die klebrige Banane wieder heraus.

»Da ist bestimmt jemandem schlecht geworden!«

Diandra Stone

Die Prüfung

Das Zucken ihrer Mundwinkel machte ihn fast verrückt. Sie lächelte nicht, nein, keinesfalls, sie wirkte nachdenklich, entrückt. Bernsteinen gleich schimmerten ihre leicht mandelförmigen Augen. Das dunkle Haar fiel wie ein Schleier aus schwarzem Samt über ihre Schultern. Sie trug ein honigfarbenes Seidenkleid, das jede Wendung, jede Biegung, jede Rundung ihres entzückenden Körpers nachzeichnete. Sogar der Abdruck feiner, sich kräuselnder Härchen im Schoß ließ sich erahnen. Sie trug keine Unterwäsche. Harte, rötliche Knospen drückten sich durch den zarten Stoff. Das pfirsichfarbene Fleisch der herrlich ebenmäßig geformten Früchte quoll appetitlich unter den dünnen Riemen und dem gespannten Stoff des Kleides hervor. Fest, weich, straff und elastisch, zum Reinbeißen schön. Entspannt lehnte er sich im Stuhl zurück.

Sie schaute zur Theke. Ein kleiner Wink genügte, um den Kellner herbeieilen zu lassen, der nur darauf gewartet zu haben schien, daß sich ihre Lippen leicht bewegten. Er schwebte fast zu ihr hin. Es war laut im Lokal, aber nicht laut genug, als daß er sich zu ihr hätte hinunterbeugen müssen. Er tat es trotzdem und sein Blick rutschte dabei tief in ihr Dekolleté. Als er sich wieder aufrichtete, zeichnete sich ganz deutlich eine kleine Beule in seiner schwarzen Hose ab. Schützend hielt er sich die Speisekarte vor und machte sich davon.

Eduard lächelte. Er lächelte der Frau zu. Sie nahm sein Lächeln auf und reagierte mit einem sanften Erröten. Abrupt entzog sie sich schließlich seinem Blick und starrte auf ihre schmalen, langen Hände. Sie bewegte sich nervös auf dem unbequemen Bistrostuhl. Ihr Kleid verrutschte. Bis über das Knie. Heiß war es in dem Lokal. Glühende Sommerhitze. Ein Flimmern über dem Asphalt vor den offenen Türen und Fenstern des Bistros.

Einen Moment später lag sein Blick wieder auf ihr. Fast wäre es ihm entgangen, aber nun sah er es. Sie hatte ihre Schenkel geöffnet und fächerte sich mit dem Rock Kühlung zu. Der Kellner hinter der Theke schaltete die Ventilatoren auf Hochtouren. Ein Windzug erfaßte ihren Rock, ließ ihn in die Höhe flattern. Ihre Schenkel, ihre wundervollen, glatten, glänzenden Schenkel, in deren Mitte das betaute Tal, der Wald aus Haaren, benetzt mit dem süßen Honig seiner Träume. Schnell zog sie den Rock wieder über die Knie und legte die Beine übereinander. Feurige Hitze, die den Saft in ihrem Inneren zum Kochen bringen würde und aus ihr hinausströmen ließe. Auf dem feinen honigfarbenen Kleid hatte sich ein erster dunkler Fleck gebildet. Sie nahm das Glas Wasser, das vor ihr stand, und besprenkelte ihr Gesicht, den Ansatz ihrer Brüste, die glatten Beine. Die Wassertropfen vertuschten die sichtbare Feuchte in ihrem Schoß. Doch die Hitze war zu groß. Bald stellte sie ihre Beine wieder nebeneinander und spreizte sie langsam, von Minute zu Minute ein wenig mehr. Der kühle Wind der Ventilatoren streichelte sie. Er sah es an der Art, wie ihr Mund zuckte. Sie genoß diese subtile Liebkosung.

Endlich, die Bestellung kam. Gazpacho. Samtige, eisgekühlte, rote Suppe aus Tomaten und Paprika. Umständlich stellte der Kellner den Teller auf ihrem Tisch ab. Sein Blick war dieser Welt entrückt. Der Stachel in seiner Hose spitzte leicht empor. Er berührte ihr Knie. Sie zuckte zurück. Entsetzt, aber nicht entsetzt genug für eine tugendhafte Frau. Es lag etwas in ihren Augen. Ein Funkeln, ein Glitzern – wie bei einem dahinschmelzenden Eisberg.

Die Suppe schmeckte köstlich. Ihre roten, vollen Lippen umschlossen den Löffel und tranken ihn zärtlich aus. Ihre Wangen brannten. Der Rock rutschte höher. Es schien, nein, unmöglich, er glaubte fast, er könne ihre Gedanken erahnen. Aber nein, es war zu ungehörig! Und doch …

Seine Serviette segelte zu Boden. Er bückte sich danach. Rote, geschwollene Engelsflügel, saftig-feuchte Blütenblätter, in deren Mitte sich der Venushügel erhob. Ein pulsierender Vulkan, kurz vor dem Ausbruch, hitzespeiend und nach Kühlung lechzend.

Ihre Augen verfolgten sehnsüchtig, wie er sich wieder gerade auf einen Stuhl setzte. Sie bot ihm von ihrer Suppe an. *Unmöglich!* Nein, sie sah ihm direkt in die Augen. Der

Unschuldsblick ließ keinen Zweifel zu. Fast eifersüchtig beobachtete der Kellner hinter der Theke, wie sich Eduard von seinem Platz an der offenen Tür erhob und sich zu ihr setzte.

Sofort umgab ihn eine Wolke ihres nach Zitrusfrüchten und Regen duftenden Parfüms. Sie lächelte. Grelles, blendendes Licht, reinste Glückseligkeit, floß durch seinen Körper. Sie ließ den Löffel in der Suppe kreisen. Die Gipfel ihrer wundervollen Berge berührten fast den Tellerrand. Keck verfolgten seine Augen den weichen Bogen. Zum Verkriechen schön. Weich und wohlig wie ein Kissen, auf das er sich nach einem ermüdenden Tag hätte betten wollen. Ein breiter, roter Vorhof, in dessen Mitte eine erhaben gerötete Venus den Himmel bedeutete. Ihr Haar fiel seidenweich. Die Ventilatoren wirbelten einzelne Strähnen auf, spielten mit dem Kontrast der Schatten auf ihrem vornehm blassen Gesicht. Ein Hauch von Rouge auf ihren Wangenknochen. Klassisch schön die Nase, gerade und sanft gerundet. Im Gesicht freche Sommersprossen. Unergründlich ihr Blick, die vollen Lippen, der verheißungsvoll geöffnete Mund. Sie nahm einen Löffel Suppe und führte ihn an ihre Lippen. Ihre Hand zitterte. Die Suppe schwappte über. Ein Tropfen landete im feuchten Spalt zwischen ihren Brüsten. *Köstlich!*

Herrlich unschuldig ihr Blick. Die winzige, rührende Geste, mit der sie ihren Rücken geradebog, um die Brüste herauszustrecken, seinen hungrigen Lippen entgegen. Er brauchte sich nur über sie zu beugen, um von der Hitze ihres Körpers verbrannt zu werden. Was tat er? Was tat er nur?

Sie hielt ihm den Löffel mit Suppe hin. Er öffnete den Mund, ließ zu, daß sie ihn fütterte. Herrliche Kühle breitete sich in seinem Mund aus. Feine Nadelspitzen auf der Zunge. Winzige Brausepulverexplosionen. Nicht unangenehm. Belebend. Das Aroma eines ganzen sonnigen Sommers erfüllte seinen Mund. Er konnte es nicht einfach hinunterschlucken. Es mußte auf seiner Zunge verdampfen, sich in winzige Teile auflösen, zerstäuben wie Sternensand. Er schloß die Augen, um sie sogleich wieder zu öffnen. Ein Traum, es konnte unmöglich wahr sein!

Doch da waren ihre bezaubernden Brüste, eine lag schwer auf seiner Hand. Ganz deutlich spürte er die harte Brustwarze durch den Stoff hindurch. Ein Träger ihres Kleides war über die Schulter gerutscht und ließ einen tiefen, unverhüllten Blick auf eine ihrer saftigen Früchte zu. Honigmelonen, obwohl die zarte Gänsehaut eher dem weichen Flaum einer Aprikose glich. Der Duftgarten aus Limone, Orange und Zitrone, gemischt mit dem Aroma frischer Tannenzweige machte ihn schwindelig. Vor seinen Augen der rote Fleck im feuchten Tal ihrer leicht bebenden Erhebungen. Schreckliche Höhenangst befiel ihn. Hilfe, er stürzte ab!

Und landete in der Tiefe ihrer federzarten Weichheit. Seine Zunge schnellte heraus wie das zweigeteilte Riechorgan einer Schlange. Gierig leckte er den roten Fleck Gazpacho aus dem salzigen Spalt und rieb dabei sein Ohr an ihrer Brust.

Fast grob schob sie ihn weg. Ihr Gesicht leuchtete, sie blitzte ihn an. Wut? Zornige Augen schossen Pfeile auf ihn, die sich tief in seine Lenden bohrten. Ihr Mund zuckte spöttisch, als der kleine Lümmel in seiner Hose sich aufrichtete und energisch gegen den dünnen Stoff pochte.

Sie lehnte sich zurück, schlug die Beine übereinander. Schweißtröpfchen glitzerten auf den glatten, langgestrekkten Loipen ihrer Schenkel. Sein Atem ging stoßweise. Es fiel ihm schwer, gelassen zu wirken. Der Schweiß brach ihm aus, er schwamm beinahe in seinen unbequemen Kleidern. Verzweifelt klammerte er sich an das Glas Wasser, das er mit an den Tisch gebracht hatte, und leerte es in einem Zug. Bettelnd legte sich sein Blick auf ihre Lippen. Ihr fester, geschwungener Mund öffnete sich leicht. Schneeweiße, nahezu ebenmäßige Zähne, nur die beiden oberen Vorderzähne überschnitten sich. Reinste Perfektion, die durch den kleinen Schönheitsfehler noch unterstrichen wurde. Sein Blick glitt zu ihrem Schoß und blieb dort hängen, wo sich ihre Scham erahnen ließ. Ein leicht katzenartiger Geruch, gemischt mit Ananas, strömte in seine Nase. Ihre Lippen formten ein mädchenhaftes Lächeln. Ihre Augen glänzten, schauten verschämt und neugierig. Sie wußte, daß er sie mit seinem Blick anbetete. Ein Wort, eine winzige Geste und er würde sich ihr zu Füßen werfen. *Bitte, bitte … erhöre mich!*

Jede ihrer Bewegungen traf ihn wie ein Stromschlag. Die dunklen Haare auf seinen Armen und Beinen knisterten vor Spannung. Allein ihr Lächeln konnte seinem Körper ein Gewitter entlocken. Er war gefangen von ihrem aphrodisischen Duft, ihren rosigen Lippen, ihrer seidigen Haut, ihrem sündigen Unschuldsblick.

Anmutig, fast fließend war die Bewegung, als sie die

Beine wieder nebeneinander auf den Boden stellte. Sie trug flache Sandalen. Die Nägel schwarz lackiert. Kleine, winzig kleine Füße, beinahe wie die eines Kindes. Ihre langen Fingernägel krallten sich in den Stoff des dünnen Kleides, schoben ihn langsam über die Knie, die Schenkel hoch, so weit, daß er vor Begierde fast nicht mehr sehen konnte. Ihre Nägel hinterließen helle Striemen auf der Haut. Gerne hätte er die flüchtigen Male weggeküßt, bevor es der Wind tat. Noch ehe er die dunklen Kräuselhaare erkennen konnte, hatte sie das Kleid züchtig zurechtgerückt. Doch die Bilder in seinem Kopf ließen ihn Höllenqualen leiden.

Sie griff nach dem Löffel, füllte ihn mit Gazpacho und führte ihn zum Mund. Ihre Lippen saugten die Suppe auf. Wieder ein Löffel voll. Sie fütterte ihn wie zuvor und sah amüsiert zu, wie er sich geschickt mit seiner Zungenspitze die Suppe einverleibte.

Sie spreizte die Beine. Ihre Hand glitt an der Seite des Kleides hinab und legte sich auf ihren Schoß. Dort blieb sie.

Sollte er sie bitten, mit ihm zu gehen? Sollte er überhaupt etwas sagen? – Herrje, sie war so jung und schön, so unerhört sexy. Er verzehrte sich nach ihrem heißen, glitschigen Leib! Er traute sich nicht, sich zu regen, fürchtete, allein der Laut seines Atems könne sie zurückweichen lassen. Ihre herrlichen Brüste hoben und senkten sich. Die Brustwarzen, hart wie Stein, kritzelten von innen kleine Striche auf das Kleid. Sein Mund wollte nach ihnen schnappen. Der Anblick machte ihn fast wahnsinnig vor Lust. Er schwamm in einem Meer aus Milliarden

Ameisen, deren kleine Beinchen jeden einzelnen Sinnesnerv seiner Haut massierten. Reizstrom aus Düften, ihrem Lächeln und der Hand auf ihrem Schoß.

Langsam beugte sie sich über den Tisch und bot ihm einen Löffel Gazpacho an, wie um ihn zu trösten. Seine trockenen Lippen lechzten nach ihrem Mund. *Meine Göttin, ich stehe im Garten Eden voller verbotener Früchte und verhungere ohne dich!* – Sonnenreflexe auf ihren Mandelaugen, als sie sich näherbeugte und ihr Geruch ihm jede Aussicht auf Rettung nahm. Ihre Lippen, feinste Blütenblätter, duftend zart und samtig, hauchten die Ahnung eines Kusses auf seinen spröden Mund. Er spürte die kleine warme Zungenspitze, die nach Tropfen der köstlichen Suppe suchte. Jede Berührung ein Schock. Kitzelnde Energiefäden von den Lippen bis hinunter in seine Lenden. Entzücken, als ihre Hand auf seinem Schenkel flatterte und den Weg hinauf zu seinem brennenden Geschlecht fand. Ihre Zunge zauberte kleine Lichtbögen auf sein Gesicht. Ihr Atem perlend wie Champagner. Er wollte von ihr trinken, sie in sich aufsaugen, ein Teil von ihr sein!

Verwegen ließ er seine Hand auf ihr Knie sinken. Er erwartete jeden Augenblick, von ihr zurückgewiesen zu werden. Aber nein, ihre Zungenspitze kitzelte seinen Mundwinkel, bat um Einlaß. Er spitzte die Lippen, saugte ihre Zungenspitze ein. Ihre Zungen, muskulöse, biegsame Leiber, kämpften miteinander, balgten, tanzten, kosteten vom Speichel des anderen. Dies hier war kein Kuß, sondern die Speisung Hungernder. Seine Hand bewegte sich unter ihrem Kleid langsam den Schenkel hinauf. Sie stöhnte in seinen Mund, als seine Fingerspitzen den Weg durch das sich kräuselnde Haar fanden und sich ihrer feuchten Höhle näherten. Der Venushügel, bebend und zuckend unter der sanften Berührung seiner Hand. Glitschig, das rote Tal, ihr süßer Mund. Sein Finger rutschte tief, tief in sie hinein. Ihr Aufstöhnen. Ein leichter Biß auf seiner Zunge. Sie zog sich aus seinem Mund zurück, widmete sich der Suppe, ganz so, als hätte sein Finger nicht den Weg in jene geheime Höhle gefunden.

Der Löffel sank in die Suppe. Ihre Augen funkelten. Diamantenblitze trafen direkt in sein Herz. Was sollte er nur tun? – Die Hand zurückziehen?

Sie preßte die Schenkel zusammen, gegen seine Hand. Sie schloß ihn in sich ein und fütterte ihn mit der kühlen Suppe. Sein Finger ruhte in ihr, in der feuchten Bruthitze ihres Körpers. Keine Bewegung möglich. Er spürte, wie ihr Unterleib seinen Finger umschloß. Er öffnete den Mund, sie lockerte die Muskeln um den Finger, er saugte am Löffel, sie zog ihre Vagina zusammen und ließ die Spannung Muskel für Muskel an seinem Finger entlangkriechen. Wie eine gierige Schlange, die ihr Beutetier verspeist.

Der Kellner hinter der Theke beobachtete ihr seltsames Spiel gespannt. Längst hatte er Eduards Hand zwischen ihren Beinen entdeckt. Längst war seine eigene Hand unter die Theke gerutscht.

Eduard erlebte die Szene wie in Trance. Schauer der Lust durchfuhren ihren Körper. Ihre Muskeln schnappten zu und ließen los. Feuchtigkeit überschwemmte seine Hand und lief ihre Schenkel hinab. Mal machte sie sich so eng, als wolle sie seinen Finger zermalmen, mal war sie so weit, als gelte ihre Einladung gleich mehreren Besuchern.

Schließlich berührte sie ihn, und ihre Hand drückte sich gegen die prächtige Beule. Der Schatten ihres Körpers verbarg das Spiel ihrer Finger vor neugierigen Zuschauern. Sie öffnete den Reißverschluß seiner Hose und berührte feuchte Baumwolle. Der rote Kopf seiner Eichel lugte frech unter dem Bund des weißen Slips hervor. Sie packte ihn, befreite ihn aus diesem Gefängnis und holte ihn vorsichtig aus der Hose heraus.

»Nicht hier!«, flüsterte er heiser. Es war das erste Mal, daß einer von ihnen etwas sagte. Sie schaute ihn mit einem kalten Lächeln an. Die Muskeln in ihrem Inneren massierten seinen Finger nun so stark, daß er glaubte, sie würde vor Lust laut aufschreien und er müßte vor Hitze vergehen. Aber weit gefehlt! – Sie fuhr mit der Zunge über ihre Lippen, nahm einen Löffel Gazpacho und ließ die Suppe langsam auf das sichtbare Zeichen seiner Leidenschaft tropfen. Entsetzt bemerkte er den Spiegel an der gegenüberliegenden Wand, sah sein gerötetes Gesicht und seine glänzenden Augen. Doch der Bistrotisch verbarg das Gesicht seiner Tischnachbarin, die sich nun hinabbeugte, um von der Suppe auf seinem Glied zu kosten. Delikat, das heiße Erschaudern bei jeder feuchten Berührung an seiner pochenden Eichel. Er sehnte sich nach ihrer Zunge, ihrem festen Griff, der die Erregung zur Detonation bringen würde. Doch dann wurde er sich bewußt, wie irrsinnig sein Verlangen war – zu spät.

Ihre Muskeln umschlossen fest seinen Finger. Sturzbäche einer duftenden Essenz flossen an ihm hinab, benetzten ihre Schenkel und seine Hand. Endlich ließ sie ihn frei, doch nun war es ihre Zunge, die ihn mit federleichten Zärtlichkeiten quälte. Ein Stöhnen entwich seinen Lippen. Er bemühte sich, unbeteiligt in die Ferne zu starren. Ihr zuzusehen wäre unerträglich gewesen. Der Kellner und er sahen sich an. Noch immer befand sich dessen eine Hand unter der Theke. Mein Gott, er wußte Bescheid, alle wußten Bescheid ...! *Na und?*

Sein Körper loderte vor Entzücken. Erste Wogen reinsten Liebesschmerzes durchfluteten seinen Körper, ließen seine Bauchmuskeln vibrieren. Sie ließ nicht locker, sie forderte es geradezu heraus. Er konnte nicht mehr. Die Explosion schleuderte jeden Fetzen seines Verstandes aus ihm hinaus. Langsam richtete sie sich auf. Schweißtropfen funkelten auf ihrer Haut. Er erhaschte einen Blick auf ihren feuchten Busen, den er so gerne mit seinen Händen geknetet hätte, während er seine Hose in Ordnung brachte.

Erst saß sie da mit verträumtem Blick, dann zog Sie den Träger ihres Seidenkleids zurecht und erhob sich abrupt. »Ich fand diese Unterhaltung sehr anregend«, verabschiedete sie sich mit dunkler, geheimnisvoller Stimme. Eine Frau wie aus dem Götterhimmel. Sie stand auf und ging in Richtung Theke. Ihr appetitlicher Hintern zeichnete sich unter dem dünnen Stoff ihres Kleides ab.

Sie zückte ihr Portemonnaie und bezahlte. Der Kellner hätte sie beinahe eingeladen, doch ihr Blick war vernichtend. Ein Hauch ihres Parfüms hing noch immer in der Luft, als sie schon lange aus dem Bistro verschwunden war. Was für ein Nachmittag!

Frisch geduscht, umgekleidet und von den Anstrengungen des Nachmittags erholt, traf Eduard am Abend im Waldpark ein. Sein Herz pochte erwartungsfroh, als er die vielen Menschen auf der Wiese liegen sah. Der heiße Sommertag lud zum kühlen Bad im See ein. Halbentblößte Leiber, duftende Haut, nackte Brüste, einander umarmende Pärchen und lesende Menschen, wohin man auch sah. Seine Erregung wuchs, als er sich fragte, was sie sich wohl diesmal für ein Spiel ausgedacht hatte.

Er trug eine Badehose unter den Shorts, ein T-Shirt aus Wildseide, bequeme Sandalen und hatte einen Picknickkorb in der Hand. Anne saß auf dem Bootssteg, die Arme um die Knie geschlungen, und blickte auf das silbrig glänzende Wasser. Sie sah hinreißend aus mit ihren hochgesteckten Haaren und ihrem weißen Badeanzug. Jeder einzelne Wirbel ihres Rückens zeichnete sich ab. Zerbrechlich wirkte sie, zart wie Schmetterlingsflügel. Atemberaubend schön.

Eduard suchte sich einen Platz unter einer Platane, von wo aus er Anne gut beobachten konnte und sie beide später gut zu sehen wären. Er breitete die Decke auf der Wiese aus, entkleidete sich bis auf die Badehose und legte sich auf den Bauch. Das Buch in seiner Hand diente nur als Vorwand. In Wahrheit ruhte sein Blick auf ihr.

Verträumt starrte sie ins Wasser. Die abendlichen Sonnenstrahlen zeichneten eigenartige, wäßrige Strukturen auf ihre Haut. Mit ihr gab es keine Zeit. Es gab nur das Jetzt, immerzu, immerwährend. Eifersüchtig beobachtete er, wie jemand sie ansprach. Auf ihrem Gesicht der Anflug eines Lächelns, als sie antwortete. Sein Magen zog sich zusammen und Begehren stieg in ihm auf.

Sie stand auf. Nein, das war es nicht: Sie entfaltete sich wie eine Lilienknospe, die lange auf diesen großen Augenblick gewartet hatte. Ihre harten Brustwarzen drückten sich deutlich durch den dünnen, weißen Stoff, als sie sich erhob und streckte. Eine majestätische Rückenlinie, ihr Hintern wie von Künstlerhand geformt. Der Mann starrte in den Ausschnitt ihres Badeanzugs und versuchte, ein Gespräch zu führen. *Lächerlich!* Allein die Nähe ihres Körpers, der Hauch ihres Parfüms, ihr süßer Atem, ließ seinen besten Freund anschwellen. Die Wölbung in seinem knappen Männerstring zu überspielen war unmöglich, seine Hand viel zu klein. Eduard hörte Anne auflachen, hell mit einem fast grausamen Unterton. Sie streckte sich, auf ihrem Körper tanzten Lichtreflexe. So stand sie da und er konnte nichts weiter als staunen, daß ihm mit ihr ein solches Glück widerfahren war.

Auf Zehenspitzen wirkte sie wie eine Primaballerina, drahtig und zugleich voller Anmut und Grazie. Sie sprang und beschrieb eine vollendete Bewegung, bevor sie kopfüber in das kühle Naß eintauchte. Er schloß kurz die Augen, stellte sich ihren im Wasser dahingleitenden, wendigen Delphinkörper vor. Eduard wußte, was der Mann auf dem Bootssteg bei diesem Anblick empfinden mußte. Tiefste Bewunderung für ein unerreichbares Ideal. Eine Meerjungfrau hätte nicht mehr Bewunderung hervorzurufen vermocht. Schließlich tauchte ihr Kopf auf. Wassertropfen glitzerten auf ihren Wangen. Ganz kühl ihr Blick, wie immer, ganz kühl. Langsam schwamm sie auf das

Ufer zu. Scheinbar losgelöst von allem Irdischen, als sie aus dem Wasser stieg. Der weiße Badeanzug klebte auf ihrer Haut. Der Stoff war so dünn, daß sich alles darunter abzeichnete, der karmesinrote Vorhof ihrer Brustwarzen, das mit dunklen Haaren bedeckte Delta ihrer Scham und die herrlichen Rundungen ihrer Kehrseite.

Langsam ging sie über die Wiese. Dutzende von Augenpaaren verfolgten atemlos jeden ihrer Schritte. Annes Mundwinkel zuckten. Es machte Eduard wahnsinnig, sie so zu sehen. Die vielen Blicke, die sie liebkosten, die vielen Hände, die sie in Phantasien entkleideten und über ihren kühlen Körper tasteten. Die vielen Zungen, die ihr das Salz von der Haut leckten, deren Finger sich in ihr Fleisch krallten, die sie anstarrten und besitzen wollten. Anne genoß jeden einzelnen Blick, der über ihre Haut strich und Schauer reinster Lust in ihrem Körper auslöste. Gänsehaut bildete sich auf ihren Armen. Kein Wunder, denn sie stand unter Strom.

Als sie vor ihm stehenblieb, fielen Wassertropfen von ihr herab. Er drehte sich auf den Rücken und fing die Tropfen mit der Zunge auf. Himmlisch, diese Frau von dort unten zu sehen! Die langen Beine, der schwarze Pelz, zwischen dem sich die rosigen Blätter entfaltet hatten, die kleine Vertiefung des Bauchnabels und dann die üppige Landschaft ihres Körpers. Nichts an ihr konnte obszön oder anstößig wirken. Sie zog Ihren Badeanzug zurecht. Dabei verrutschte er und verschaffte Eduard einen unerhörten Blick auf Ihren Venushügel. Sie liebte es, sich zur Schau zu stellen. Sie mochte verrückte Orte, und sie war süchtig nach Sex in der Öffentlichkeit. Das zu akzeptieren, war anfangs nicht leicht für ihn gewesen, doch nun bereitete es Eduard mehr und mehr Spaß.

Die krausen Härchen schauten unter dem Badeanzug hervor, am liebsten hätte er sie kraulen wollen. Anne beugte sich zu ihm hinunter. Er schloß die Augen, spitzte die Lippen und fühlte schon ihren heißen Kuß auf seinem Mund – doch weit gefehlt. Sie öffnete den Picknickkorb und nahm eine Rispe Weintrauben heraus. Ihr Busen schwebte über ihm, als sie ihn mit den Trauben neckte. Er schnappte nach ihnen, biß hinein und ließ den zuckersüßen Saft in seinen Mund strömen, während seine Augen sich an den kleinen Erdbeerspitzen der anderen Früchte festsaugten. Gerne hätte er Anne gepackt und zu sich hinuntergezogen, doch sie wollte ihn und die Augen, die an ihrem Körper klebten, noch ein wenig reizen. Ihr provokant nach vorn gebeugter Rücken und dessen Verlängerung waren stramm gespannt. Das Taschenbuch auf seinem Schoß, unter dem er seine Erregung versteckt hatte, führte eigenartige Bewegungen aus. Seine Lippen glänzten vom Saft der Trauben, die er von der Rispe gezupft hatte. Sein bettelnder Blick flehte, daß sie ihn doch endlich von der Qual erlöse, die sie ihm und all den anderen bereitete. Schließlich hatte sie Mitleid mit ihm. Sie kniete sich neben seinen Kopf, lächelnd, und beugte sich über ihn. Ihre Brustwarze streifte seine Nase. Sie neckte ihn damit wie zuvor mit den Trauben. Gehorsam schnappte er danach. Schon stand sein Körper in Flammen. Nie zuvor hatte er diese Art von Ekstase erlebt! Lächelnd schob sie den Träger des Badeanzugs von ihrer Schulter. Es war hier nicht ungewöhnlich, Frauen oben ohne zu sehen, doch bei Anne kam es einer skandalösen Sensation gleich. Ihr prachtvoller Busen bot sich ihm dar. Er wollte ihn küssen. Es war fatal, zum Sterben schön. Ein kleiner Tod, ihr Lachen, mit dem sie ihn um den Verstand brachte.

»Ich will dich!« flüsterte er heiser, auch wenn das gegen die Abmachung war. Ihre Augen funkelten ihn spöttisch und boshaft an. Sie legte ihren Finger auf seinen Mund, gebot ihm zu schweigen. Sofort nahm er den Finger zwischen die Lippen, saugte daran, liebkoste ihn mit der Zungenspitze. Er streichelte ihre langen Beine. Neidische Blicke, von ihrem Anblick entflammt. Anne lächelte. Es bereitete ihr größtes Vergnügen, ihn mit ihrer Sinnlichkeit zu foltern. Schließlich zog sie eine Banane aus dem Picknickkorb, schälte sie, als entkleide sie sein besten Stück, und nahm sie in den Mund. Allein dieser Anblick ließ sein Herz rasen. Sie biß zart in die Banane und saugte daran, bis jeder Mann sich wünschte, diese Frucht zu sein. Schließlich ließ sie ihn davon kosten. Sie fütterte ihn, das tat sie gern, sie beschenkte ihn mit Wohltaten. Ein Leben ohne Anne war wie ein Sommer, in dem nie die Sonne schien, ein Frühling ohne Blumen. Ohne sie konnte er, wollte er nicht mehr sein.

»Habe ich bestanden?«, keuchte er. Sein Zustand ließ normales Atmen nicht mehr zu. Wieder sah er das Zukken ihrer Mundwinkel. Diese kleine Geste, die sein Herz mit Glückseligkeit überflutete. Das Paradies aller Empfindungen. Mit süßer Grausamkeit schüttelte sie den Kopf. »Noch eine Prüfung.« – Ihre Stimme glich einem Regenschauer, der kalt und hart auf ihn niederprasselte.

Egal, er wollte nichts anderes mehr, als sich ihr völlig zu ergeben.

»Willst du mich wirklich heiraten? Überlege es dir gut!« flüsterte sie, als sie nach dem Glas Honig im Picknickkorb griff und es aufschraubte. »Ohne diese Blicke kann ich nicht leben. Ich bin süchtig danach …«

»Ich bin süchtig nach dir! Ich will dich! Für immer und ewig …«, stöhnte er. Ihre Hände verteilten den Honig auf seinem Körper. Anne zeichnete seine Lippen mit Honig nach. Er lechzte nach diesen Berührungen, leckte den Honig wie ein hungriger Bär. Ihre Brüste wippten leicht, als sie die Lippen auf seinen Bauch senkte, ihn mit ihrem warmen Atem erzittern ließ. Ihre kleine Raubkatzenzunge wuselte über seinen Körper. Er streichelte ihr feuchtes Haar. Sehnsüchtig wünschte er ihre Berührungen herbei. Der sanfte Hauch ihrer Lippen. Ihre Finger, die sich den Weg zu seinen Lenden ermogelten. So würde es immer sein, hatte sie gesagt. Sie könne sich an keinen Mann binden, der nicht bereit sei, ihre Wünsche zu akzeptieren. Wenn er sie wirklich heiraten wolle, dann wäre dies seine Prüfung. Herrgott, was für ein Genuß, was für ein vergnügliches Attentat auf seine Sinne!

Sie berührte ihn unter dem vermeintlich schützenden Taschenbuch und alle wußten, ahnten, was passierte, gierten nach weiteren Einblicken. Die Welt hatte sich versammelt, um ihr Liebesspiel zu bekunden!

Ihre Zunge fand seine Lippen. Sie berührten sich. Tausend Volt pure Energie. Er saugte an ihrer Zunge, schmatzend, gierig … Enttäuschtes Stöhnen, als sich ihre Hand sanft von ihm löste. Schmerzhaft dieser Verlust und erregend zugleich. »Laß uns hinter die Büsche gehen ...«, sagte sie mit dunkler Stimme. Die letzte Prüfung ...

Umständlich setzte er sich auf. Sein klebriger Oberkörper glänzte im Abendrot. Als er aufstand, hielt er sich den Picknickkorb vor den Bauch, damit niemand sehen konnte, wie erregt er war. Anne schaute ihn liebevoll an, während sie die Decke zusammenrollte. Ihr Busen hüpfte ausgelassen wie ein spielendes Kind. Hinter der Platane zog sich eine dichte Hecke entlang, durch die ein schmaler Weg in eine kleine Blätterhöhle führte. Dort hinein verschwanden sie und alle sahen es, wußten was dort passieren würde. Sie knieten sich voreinander hin. Annes Augen glänzten. Sie nahm sein Gesicht in die Hände, und er konnte nun endlich ihren wundervollen Busen berühren. Allein die Blicke des einen ließen den Körper des anderen erzittern. Sie zog ihn an sich und küßte ihn mit Inbrunst. Ihre Hände befreiten ihn von der lästigen Badehose. Sie wollte ihn in sich spüren.

»Wir haben nicht viel Zeit ... was glaubst du?« flüsterte sie. Ihre Hände krallten sich in seinen Körper, streichelten ihn überall.

»Nein, viel Zeit haben wir nicht ...«, murmelte er. Er war viel zu beschäftigt, ihren Badeanzug so zu verschieben, daß er ihre Höhle liebkosen konnte. Sie hielten inne, umarmten sich für einen Moment, schöpften Atem in atemloser Spannung.

»Worauf wartest du?« wollte sie wissen.

»Auf eine Antwort.«

»Eine Antwort?«

»Wirst du meinen Antrag annehmen, habe ich die Prüfung bestanden?«, flüsterte er heiser vor Lust.

»Mir fehlen die Worte …«, stöhnte Anne. »Ich werde dir die Antwort zeigen.«

Langsam ließ sie sich auf den Rücken sinken. Sie spreizte die Beine und lud ihn ein. Er glitt in sie und seufzend schlang sie ihre Beine um seine Taille. Ganz eng wurde es in ihr. Eng und warm und kuschelig für seinen schmerzenden Freund, der sich in sie bohrte. Ihre Körper ineinander verschlungen, bewegten sie sich gemeinsam, bis sie eins waren, für einen unendlich schönen Augenblick.

Stimmen drangen in ihr Liebesnest. Gesprächsfetzen, Lachen, Geräusche, die er wie in Trance wahrnahm. Um sie herum hatte sich eine eigenartige Luftblase gebildet, die sie und ihre Wonnen umschloß. Unvorstellbar, Anne in einem Bett, einem abgeschiedenen Schlafzimmer fern von anderen Menschen zu lieben! Sie war eine Madonna, die von allen angebetet werden sollte! Doch er, er durfte mehr, als sie nur anbeten. Er durfte sie lieben …

Laura Esquire

Unbeschreibliche Wonnen

ZUTATEN

1/4 Mulato-Pfefferschote
3 Pasilla-Pfefferschoten
3 Ancho-Pfefferschoten
1 Handvoll Mandeln
1 Handvoll Sesamsamen
Puterbrühe
1 Croissant
Erdnüsse
1/2 Zwiebel
Wein
2 mexikanische Schokoladentaler
Anis
Schmalz
Nelken
Zimt
Pfeffer
Zucker
Chili-Samen
5 Knoblauchzehen

ZUBEREITUNG:

Zwei Tage nach dem Schlachten werden die Puter gut abgewaschen und in Salzwasser gekocht. Bei sorgfältigem Mästen erhält das Puterfleisch ein besonders feines und saftiges Aroma. Dazu müssen die Tiere in Gehegen gehalten werden und reichlich Mais und Wasser bekommen, wobei auf peinliche Sauberkeit zu achten ist.

Zwei Wochen vor dem angesetzten Schlachttermin beginnt man, die Truthähne mit kleinen Nüssen zu mästen. Am ersten Tag gibt man ihnen eine Nuß zum Futter hinzu, am zweiten Tag bekommen sie zwei in den Schnabel, und so steigert man die Ration in den folgenden Tagen bis zum letzten Abend, wobei man sie soviel Mais fressen läßt, wie sie wollen.

Tita wachte strengstens darüber, daß die Mast vorschriftsmäßig durchgeführt wurde, war ihr doch mächtig daran gelegen, ein so einmaliges Familienfest, wie es ihnen aus Anlaß eines so freudigen Ereignisses demnächst ins Haus stand, zum Erfolg werden zu lassen: Es sollte nämlich die Taufe ihres frisch geborenen Neffen, Pedros und Rosauras ersten Kindes, gefeiert werden. Diese Begebenheit verdiente es, mit einem entsprechend spektakulären Festmahl begangen zu werden, wobei der obligatorische Mole unter keinen Umständen fehlen durfte. Es war sogar eigens ein Tongeschirr angefertigt worden, das den Namenszug Roberto tragen sollte, so hieß der begnadete Nachwuchs, dem Verwandte und Freunde der Familie pausenlos mit Taufgeschenken ihre Aufwartung machten. Tita hatte entgegen allen Erwartungen die kleine Kreatur im Handumdrehen liebgewonnen; ja, Robertito hatte ihr Herz im Sturm erobert und sie jäh vergessen lassen, daß er immerhin der Verbindung zwischen ihrer Schwester und Pedro, dem Mann ihres Lebens, entstammte.

Voller Enthusiasmus schickte sie sich bereits am Vortag an, den Mole für das Bankett anzurühren. Als Pedro sie dabei vom Wohnzimmer aus hörte, überkam ihn unverhofft ein äußerst befremdliches Gefühl. Das Geräusch der klirrenden Töpfe, der Duft der auf dem Comal goldgelb röstenden Mandeln, Titas melodischer Singsang beim Kochen hatten plötzlich seine männliche Begierde entfacht. Ihm ging es nicht anders als Liebenden, die in der Nähe des geliebten Menschen dessen ureigenen Geruch einatmen, sich mit Liebkosungen in Stimmung bringen und die Vorfreude auf den zu erwartenden Liebesakt genießen, nur daß Pedro von jenen verlockenden Geräuschen und Düften, besonders des röstenden Sesamsamens, betört wurde, die ihm das unmittelbare Bevorstehen einmaliger kulinarischer Sinnesfreuden versprachen.

Mandeln und Sesamsamen werden auf dem Comal geröstet. Nach Entfernen der weißen Rippen werden die Ancho-Pfefferschoten ebenfalls geröstet, doch nur so lange, daß sie keinen bitteren Beigeschmack annehmen. Da bei diesem Vorgang etwas Schmalz benötigt wird, sollte man eine gesonderte Pfanne benutzen. Danach werden die Chilis mit Mandeln und Sesamsamen auf dem Metate zerdrückt.

Tita kniete über den Metate gebeugt und wiegte sich in sanftem Rhythmus, während sie die Mandeln und den Sesamsamen zerkleinerte.

Unter der Bluse wippten ihre Brüste keck hin und her, trug sie doch grundsätzlich kein Leibchen. Dabei traten an ihrem Hals Schweißtropfen hervor, die allmählich hinabglitten und sich schließlich einen Weg durch den Spalt zwischen den wohlgeformten, festen Brüsten hindurch bahnten.

Unfähig zu widerstehen, folgte Pedro den betörenden Duftschwaden, die aus der Küche hereinzogen, und blieb, als er Tita in solch aufreizender Pose gewahrte, wie angewurzelt im Türrahmen stehen.

Tita schaute auf, ohne freilich in ihrer Bewegung innezuhalten, und sah direkt in Pedros Augen. Da entflammten beider Blicke so heftig, daß sie schier miteinander verschmolzen und ein heimlicher Beobachter bloß einen einzigen Blick, ein einziges rhythmisches, sinnliches Wogen, einen einzigen beschleunigten Atem und eine einzige Wollust wahrgenommen hätte.

Für eine Welle verharrten sie in ihrem Liebesrausch gefangen, bis Pedro schließlich den Blick senkte und auf Titas Brüste heftete. Tita hielt im Stampfen inne, richtete sich auf und reckte stolz ihre Brüste vor, damit Pedro sie auch in ihrer vollen Pracht bewundern konnte. Die Prüfung, der er sie alsdann unterzog, sollte unwiderruflich ihr Verhältnis zueinander verwandeln. Nach diesem forschenden Blick, der die Kleidung durchbohrte, würde nichts mehr so sein wie bisher. Bei dieser Gelegenheit erfuhr Tita am eigenen Leib, wie die Berührung mit dem Feuer die Elemente verändert, wie ein Teigball zur Tortilla wird, warum eine Brust, ohne durch das Feuer der Liebe gegangen zu sein, eine leblose Brust bleibt, eine völlig nutzlose Masse. Wenige Augenblicke genügten, und schon hatte Pedro Titas Brüste vom Zustand der Keuschheit in den der Wollust versetzt, ohne sie auch nur im geringsten zu berühren.

Wäre just in diesem Augenblick nicht Chencha vom Markt heimgekehrt, wo sie Ancho-Pfefferschoten besorgt hatte, wer weiß, was sich zwischen Pedro und Tita noch alles ereignet hätte; vielleicht wäre Pedro am Ende gar der Versuchung erlegen, Titas Brüste, mit denen sie ihn lockte, zu streicheln, doch leider kam es nicht mehr so weit. Pedro gab hastig vor, er sei hereingekommen, um ein Glas Limonade mit Chía-Samen zu trinken, griff danach und stürzte Hals über Kopf aus der Küche.

Tita zitterten noch die Hände, als sie sich krampfhaft bemühte, den Mole fertigzumachen, als wäre nichts geschehen.

Sind die Mandeln und der Sesamsamen fein genug gemahlen, verrührt man sie mit der Brühe, in der zuvor der Puter gegart wurde, und salzt dann nach Geschmack. Schließlich werden Nelken, Zimt, Anis, Pfeffer und zu guter Letzt Zwiebel und Knoblauch gehackt sowie das in Schmalz geröstete Croissant im Mörser zerstoßen.

Alles wird sogleich untergemischt und zum Schluß der Wein hinzugefügt.

Während Tita die Gewürze zerstieß, bemühte sich Chencha vergebens, Titas Aufmerksamkeit zu erregen. Wie beharrlich sie auch den Zwischenfall schilderte, der sich auf dem Marktplatz ereignet hatte, und in allen Einzelheiten die Grausamkeit der im Dorf tobenden Kämpfe ausmalte, es wollte ihr nicht gelingen, Tita auch nur für einen Augenblick zu fesseln.

Den ganzen Tag lang sollte Tita nichts anderes mehr im Sinn haben als die unbeschreibliche Wonne, die sie soeben verspürt hatte. Warum Chencha derlei Dinge erzählte, war ihr ohnehin kein Geheimnis. Seit sie nämlich nicht mehr das Kind war, das man mit Geschichten von Gespenstern, vom schwarzen Mann oder von Hänsel und Gretels Hexe oder derlei Gruselmärchen in Angst und Schrecken versetzen konnte, versuchte Chencha nun, sie mit allen möglichen Horrorgeschichten von Erhängten, Erschossenen, Gevierteilten, Geköpften und sogar von armen Teufeln, denen man das Herz herausgerissen hatte, und noch dazu mitten auf dem Schlachtfeld, aus der Fassung zu bringen! Bei anderer Gelegenheit hätte sich Tita auch gebührend von Chenchas schauriger Phantasie in den Bann ziehen lassen, ja diese farbigen Lügenmärchen am Ende sogar geglaubt, einschließlich der Beteuerung, Panchio Villa lasse sich die blutigen Herzen seiner Feinde bringen, um sie auf der Stelle zu verschlingen, doch im Moment war sie wahrlich nicht zu solchem Unsinn aufgelegt.

Pedros Blick hatte ihr nämlich zu verstehen gegeben, daß sie der Liebe, die er ihr einst geschworen hatte, wieder gewiß sein durfte. Monatelang hatte sie sich vor Gram verzehrt, weil sie fürchten mußte, Pedro habe sie, als er ihr am Tag der Hochzeit seine Liebe gestand, entweder aus purem Mitleid belogen oder mit der Zeit Rosaura tatsächlich liebgewonnen. Diese Zweifel waren aufgetaucht, als Pedro aus unerfindlichen Gründen von einem

Tag zum anderen aufgehört hatte, ihre Gerichte zu loben. Von den schlimmsten Befürchtungen gepeinigt, hatte sich Tita daraufhin alle nur erdenkliche Mühe gegeben, von Mal zu Mal besser zu kochen. In endlosen Nächten hatte sie sich dann, wenn sie ein gutes Stück an ihrer Decke weitergehäkelt hatte, aus purer Verzweiflung neue Rezepte ausgedacht, in der Hoffnung, die Innigkeit, die sich mit Hilfe ihrer Gerichte zwischen ihr und Pedro entwickelt hatte, auf diesem Weg wiederherstellen zu können. Während dieser sorgenvollen Monate entstanden ihre besten Kochrezepte.

Nicht anders als der Dichter mit Worten spielt, hatte Tita je nach Lust und Laune mit Zutaten und Mengen experimentiert und damit prächtige Resultate erzielt. Der ersehnte Erfolg war freilich ausgeblieben, alle ihre Mühe umsonst gewesen. Es hatte ihr einfach nicht gelingen wollen, Pedros Lippen auch nur ein Sterbenswörtchen der Anerkennung zu entlocken. Was sie allerdings nicht wissen konnte, war, daß Mama Elena Pedro unmißverständlich aufgefordert hatte, Tita nicht mehr zu loben. Sie hatte das für nötig gehalten, weil Rosaura sich schon aufgrund ihrer Leibesfülle, ihrer im Laufe der Schwangerschaft zunehmenden Plumpheit mit Selbstzweifeln quälte und ihr zumindest die Komplimente erspart bleiben sollten, die Pedro Tita unter dem Vorwand machte, die gälten ihren vorzüglichen Kochkünsten.

Marianne Weissberg

Die Gib's-mir-Zitronencremeroulade und andere erotische Höhepunkte

Haben Sie auf dem Gipfel der Lust auch schon mal an Zitronencremeroulade oder an eine Panettonebombe gedacht? Dann wissen Sie bereits, daß das Naturschauspiel Orgasmus unbedingt mit kulinarischen Genüssen verglichen werden sollte. Und die schmecken, je nachdem, wie, mit wem oder ob man sich gar alleine an den Tisch setzt, immer anders, dito Orgasmus.

»Ich kann mir vorstellen, was ihr das ganze Wochenende so tut ...«, stellte mein Jüngster sachkundig feixend fest, als ich mit einem neuen Liebhaber aufkreuzte. Und der Sohn drohte, ein Loch in die Wand meines Schlafzimmers zu bohren. Siamkatze Daisy wußte genau, was los war, durfte nicht mehr auf meinem Duvet schlummern und maunzte beleidigt. Hund Timmy hatte es aufgegeben, vor der Schlafzimmertür zu warten, und stöhnte nur noch hin und wieder traurig.

Sie ist bekannt, diese erste Phase des Verliebtseins, die auch von der Umgebung von in- bis sehr brünstig kommentiert wird. Diese Phase eins, wenn zwei sich auffressen könnten – überall, jederzeit, nonstop. Nur schon der Gedanke an den Liebsten läßt einen im Bus aufseufzen, im Laden verträumt die dicksten Gurken streicheln. Der Blick auf die Uhr findet alle dreißig Sekunden statt. Höchstens der sündhaft teure Einkauf im Dessous-Geschäft lenkt ein wenig vom Bangen und Warten ab. Dann, endlich der Abend – das Objekt der Begierde naht, trifft ein, Vorhang zu, die Vorstellung beginnt. Kurz, es herrscht absolute Hochfrequenz.

Nun ist ja schon viel geschrieben worden über dieses Naturschauspiel, wie es entsteht, wo genau es sich aufbaut, über einen kommt und sich dann wieder abbaut. Darum brauchen wir uns hier nicht zu kümmern, das haben wir im Biologieunterricht gelernt und bereits wieder vergessen. Es gibt nur eine befriedigende Antwort: Sex ist eine Plackerei, und ohne das Schmankerl Orgasmus würde ihn niemand betreiben. Ergo gäbe es uns schon lange nicht mehr.

Wir haben ihn also aus reinem Überlebenstrieb in unser Repertoire aufgenommen. Doch ist Ihnen auch schon aufgefallen, daß jeder Orgasmus anders ist – vergleichbar mit dem vielfältigen Geschmack von Eßbarem? Nein? Bei Ihnen säuseln in der Ohrmuscheln bloß Geigen oder Fanfaren schmettern, wenn er anrückt? Dann geht es bei Ihnen ziemlich geschmacklos zu. Ich denke, Sie brauchen etwas Nachhilfeunterricht! Falls Sie aber schon immer ahnten, daß noch etwas anderes gebraucht wird für die hinreißende bis megageile Nacht mit ihm, dann verrate ich Ihnen auf den folgenden Seiten die notwendigen Kulinarien. Sexmal.

Aber auch denjenigen, die noch nicht soweit sind – was mir leid tut –, könnten die Zubereitung und der Genuß meiner Orgikulinarien auf die Sprünge helfen. Wenn dann noch eine Zunge, ein netter Vibrator, die elektrische Zahnbürste oder ein geschickter Finger zugange sind, sollte es endlich klappen. Auf die Pimmelstoßkraft allein sollten Sie nicht vertrauen, auch wenn sein Träger das fest und wahrscheinlich nicht sehr steif behauptet.

EINS. Fangen wir beim Turbobetrieb in Sachen Sex an. Seine Höhepunkte rollen ab wie endlose, mächtige Wogen, die einen, schließlich nach Luft schnappend, am Strand wieder aus ihren Fängen entlassen. Ich kann nicht mehr, schreit man, oh, nein, gib mir noch davon! Es handelt sich um den sogenannten gut gefüllten Zitronencremerouladenorgasmus.

DIE OH-JA-GIB'S-MIR-ZITRONENCREMEROULADE – *sie setzt sich aus einem Biskuitteig zusammen und einer ziemlich schweinischen Zitronenbuttercreme. Die Zubereitung dauert, doch beim Turbosex werden ja auch Sekunden zu Stunden und umgekehrt.*
ZUTATEN TEIG: *80 Gramm Zucker, 4 Eigelb, Schale von zwei Zitronen, 4 bis 6 Einschnee, 60 Gramm Mehl.*

Die Eigelbe turbomäßig mit dem Zucker und der abgeriebenen Zitronenschale aufschlagen, bis die Masse schaumig wird, jetzt erst die Eiweiße ganz, ganz steif schlagen und schichtenweise mit dem Mehl auf die Eimasse geben, mit einem Gummischaber vorsichtig darunter heben. Ein Backblech mit Backpapier belegen, die Masse einen Zentimeter dick so ausstreichen, daß eine Flache von ca. 35 mal 30 Zentimetern entsteht. Backen bei sehr guter Hitze in der Ofenmitte exakt 10 Minuten. Zum Auskühlen ein zweites Backblech oder Alufolie über die Teigfläche legen, so trocknet sie nicht aus.

ZUTATEN CREME: *120 Gramm Butter, 50 Gramm Puderzucker, 1 Eigelb, Schale von 2 Zitronen, 1 Eßlöffel Zitronensaft.*

Die weiche Butter mit den übrigen Zutaten mit einer Gabel gut durchmischen.

Jetzt erkaltete Roulade dünn mit Aprikosenmarmelade bestreichen, nun mit der Buttercreme bedecken – beim Endstück nicht ganz bis außen – und sehr satt einrollen. Mit reichlich Puderzucker bestreuen. Ganz Raffinierte machen noch regelmäßig kleine Einschnitte und stecken Zitronenscheibchen hinein. Man kann die Roulade gut mit ins Bett nehmen und zu zweit von beiden Seiten her bearbeiten.

ZWEI. Geben Sie es zu. In Ihren erotischen Träumen spielt das Davor die tragende Rolle. Auch bei mir. Diese

Phantasien, wie man ihn (den Chef, den Maler, Prince, den Reitlehrer, den Gärtner etc.) endlich kriegt. Vielleicht spielt man im Traum auch erst eine Partie Schach als Prélude für das, was danach unweigerlich kommt. Nein, das ist gar nicht so abwegig.

Die erotischste Filmszene aller Zeiten findet im Film »Thomas Crown ist nicht zu fassen« zwischen Faye Dunaway und Steve McQueen statt. Er ist ein Edelgauner, sie eine hartgesottene Versicherungsexpertin. Zwischen den beiden und dem Bett steht sozusagen nur noch das Schachbrett. Und trotzdem spielen die beiden das Spiel genüßlich zu Ende, kosten jeden Zug aus. Diese Spannung, diese kleinen Gesten, die alles sagen. Diese Sekunden, bevor *es* passiert.

Alles wird dann unendlich cremig, und wunderbar süß. Deshalb kann des Crescendo nur heißen:

> CHOCOLATE-CREAM-ORGASMUS – *dieser Schokoladentraum ist luftig und deftig zugleich, er nährt gut, was wichtig ist, denn nur zu oft schwinden im Sextaumel die Kräfte.*
> ZUTATEN: *2 Eier, 60 Gramm Zucker, 100 Gramm beste dunkle Schokolade, 400 Gramm Schlagsahne.*
> *Eier mit dem Zucker sehr schaumig schlagen, danach die Schokolade mit 4 Eßlöffel warmem Wasser und einer guten Prise ganz fein gemahlenem Kaffee langsam schmelzen. Auskühlen lassen und gut unter die Eimasse mischen. Jetzt die Sahne flaumig schlagen und mit*

dem Rest kurz mischen, daß noch Schlagsahnespuren sichtbar bleiben. Falls die Vorfreude von geistvollen Gesprächen und Getränken begleitet war, darf auch noch ein Schuß Kirschwasser in die Chocolate-Cream. Einige Stunden in den Kühlschrank stellen, nicht mehr mit dem Finger hineinstechen, das läßt sich schlecht wieder ausbessern. Mit sehr großen Löffeln gemeinsam und gierig essen.

Was ich in puncto geiler, feuchter Träume – gepflegter: erotischer Phantasien – noch sagen wollte: Unser ganzes menschliches Streben zielt doch nur auf diesen Moment hin, wo zwei Begehrende ineinandersinken dürfen. Und hoffentlich nie mehr voneinander lassen müssen. Ja, da bin ich altmodisch. Oder beziehungsgestählt. Sex macht auf die Dauer einfach mehr Spaß, wenn jedes Mal nicht das letzte Mal sein könnte. Denn letzteres artet in Streß aus, auch wenn Unsicherheit prickelnde Hochfrequenz hervorrufen kann.

Ich hatte einmal einen Liebhaber, der war buchstäblich immer auf dem Sprung. Deshalb mußte es *jedes Mal* geschehen, wenn wir uns trafen, natürlich mehrere Male, mal oben, mal unten, mal von ... Und natürlich hatte es mir noch keiner vor ihm so besorgt wie er. Sagte er. Verdammt anstrengend.

Obwohl ich so tat, als ob es immer noch ganz toll war, zählte ich bald heimlich unter dem Schrank die Staubmäuse, gähnte hinter dem Abrollen der Kondome und unterdrückte den knurrenden Magen. Und ich war froh, als er mich wegen »mangelnder Libido«, so sagte er, fallenließ. Endlich konnte ich im Bett wieder Spaghetti essen und in Ruhe schlafen.

Dieser Mann, nennen wir ihn mal Toni, war ein typischer Macker. Denen verfällt man auch als emanzipierte Citylady ganz gerne mal. Als ich kürzlich eine Umfrage las, was Männer beim Sex denken, war ich gar nicht erstaunt, das paßte so gut zu Toni & Co. Männer denken, während sie sich mit uns vereinigen, an Sport, Probleme im Geschäft und an Geld. Hin und wieder an andere Frauen. Bitte schreien Sie nicht auf. Denn Frauen haben meist folgendes im Kopf: Bin ich ordentlich enthaart, was machen die Kinder und der Abwasch? Das ist auch für uns, die wir ja so sensibel sind, kein Ruhmesblatt und stützt meine Überlegungen, daß man Sex als eine ganz normale Beschäftigung unter vielen anderen betrachten sollte.

DREI. Zurück ins Bett mit Toni. In solchen schweißtreibenden Affären wird man vom Höhepunkt erschlagen wie von einer

> PANETTONE-BOMBE – *sie kommt rasend schnell daher, trifft einen mit einem Knall und läßt einen zwar orgasmusmäßig befriedigt, aber ernüchtert zurück.*
> ZUTATEN: *Ein italienischer Panettone aus dem Italo-Markt. Ein Becher gutes Vanilleeis.*
> *Dem Panettone wird oben ein Deckel abgeschnitten, dann wird er so ausgehöhlt, daß*

eine Vanilleeisfüllung darin Platz findet. Haben Sie einen großen Becher besorgt, muß die Höhle größer sein, aber so, daß der Panettone nach dem Füllen noch gut zusammenhält. Das Eis sollte zum Reinlöffeln ziemlich weich sein. Nun den Deckel aufsetzen, ins Gefrierfach stellen, einige Zeit wieder durchfrieren lassen.

Schmeißen Sie ihm die ganze Bombe an den Kopf, oder servieren Sie sich selbst ein schönes Stück, nachdem Sie ihn, wenn Sie der bombigen, aber auf die Dauer kräftezehrenden Orgasmen leid sind, endgültig rausgeworfen haben.

VIER: Nach solchen Zeiten voller Sex und null Gefühlen ist erst einmal Enthaltsamkeit angesagt. Nie war ich glücklicher als alleine mit meiner Katze. Das Bett wird vom Sportplatz wieder zum Lebensmittelpunkt. Man kann darauf Magazine türmen, daraus Frisuren ausschneiden und sie auslegen, um zu vergleichen, ob Erdbeerblond, Auberginenviolett oder Schneewittchenpechschwarz besser ist. Hat man ein Bett mit Ablage, stapeln sich darauf Bodies, BHs, Bettsocken, Bettflaschen. Es ist egal, wenn halb ausgegessene Pfirsichhälftendosen auf dem Boden stehen, der Hund auf dem Bettvorleger aus dem Maul mieft und schrecklich haart. Die Ritterpornos, in denen schwarzlockige, grünäugige, vermeintlich mausarme, in Wahrheit hochadlige Muskelmänner schmachtende, schwache und zugleich kecke Frauen retten, biegen sich schamlos. Gute Literatur auf dem Nachttisch? Die braucht man doch bloß, um bei Männern Eindruck zu schinden.

Nach genau dreieinhalb Wochen ohne denkt man, die erste Woche war schon schlimm, was aber, wenn man immer alleine, solo, Single, einsam und verlassen bliebe? Man wartet auf den hohl tönenden Nachhall dieser Frage und wartet. Nein, es gibt doch so vieles, das man sexlos leben und genießen kann. Nichts dürfte das schmackhafter orchestrieren als der

> ANSTATT-TORTEN-TRAUM – *dafür kann man nämlich alles verwerten, was schon vorhanden ist, und phantasievoll hinzufügen, was bei Frauen alles noch so herumsteht.*
> ZUTATEN: *Der halbgegessene Marmorkuchen oder ein ähnliches, bereits staubtrockenes Fabrikat. Eine halbgeleerte Büchse Birnen. Und die zwei schon überreifen Bananen in der Obstschale. Haben Sie in der Batterie geleerter Liköre noch einen Rest Eierlikör? Nehmen Sie, was Sie finden: den Becher Schokoladencreme, den Sie sich aufsparen wollten als Belohnung für die halbtägige Crashdiät, oder den Schlagsahnebecher, mit dessen Inhalt Sie früher anstrengende Sexspiele veranstalteten.*
> *Kuchenreste in flache Stücke schneiden. Den letzten sauberen, flachen Teller damit auslegen. Den Saft der Birnen darübergeben, so daß der Kuchen gut getränkt ist. Jetzt die Birnen und die der Länge nach geschnittenen Bananen hübsch*

darüber drapieren. In alle Lücken den Likör gießen. Absolut flächendeckend mit der Schokoladencreme oder ähnlichem begießen. Alles im Kühlschrank gut anziehen lassen.

Dazu paßt ein uraltes, aber immer noch messerscharfes Video, das Sie sich zu zweit nie ausleihen würden, wie zum Beispiel »Dirty Dancing« oder »Atemlos« (natürlich mit Richard Gere), zu dessen Höhepunkten Sie den Tortentraum ganz unelegant mampfen. Nach diesem Anstatt-Orgasmus ist es ziemlich schwierig, wieder zu einem einigermaßen geregelten Handbetrieb zurückzufinden.

Der muß sein, sonst trocknet die Frau aus. Außerdem spornt nicht so sehr die Libido an wie die Zeiten ohne Mann oder ohne Frau. Herrschaften, sage ich Ihnen, ich könnte in solchen Zeiten glatt ein ganzes Hollywood-Studio mit Ideen, ganzen Drehbüchern, was sage ich, Filmen in voller Länge versorgen. Im Unterschied zu den erwähnten Phantasien, die sich um ein genau definiertes, zu eroberndes Sex-Objekt drehen, ist für die Ankurbelung und den erfolgreichen Ablauf des Handbetriebs alles mögliche verfilmbar.

Sie sind die Regisseurin eines unglaublich seichten Softpornos, eines Sado-Maso-Knallers oder von Starfukker, Teil 66. Manchmal ist es schwierig, sich zu entscheiden, ob man vor oder hinter der Kamera stehen sollte. Ob man bloß zusehen oder es mittreiben will. Und wie schnell die ganze Chose ablaufen darf. Soll es ein künstlerisch wertvoller Kurzfilm sein, oder ist volle Spielfilmlänge angesagt? Drehen wir einen rasanten Video-Clip oder vielleicht einen pompösen, aber ultrakurzen Werbefilm, der, die eigenen Vorteile schamlos im Vordergrund, dann gleich zur Sache kommt?

Hauptsache, Sie haben Ihre Ausrüstung – Ihr inneres, erotisches Auge – immer parat. Denn wenn Sie schon länger vom automatischen Beziehungssex auf die sportliche Handschaltung umgestellt haben, kann das Begehren Sie überall und jederzeit überfallen. Und Sie werden männlich unbeschwert. Ihre Kollegen holen sich im Salon nebenan ja auch schnell über Mittag ihre entspannende Massage, während wir glauben, sie nähmen einen Zahnarzttermin wahr.

FÜNF. Darf ich Ihnen im folgenden einen eigens für Sie komponierten Porno vorstellen, der bei Anfängerinnen erst garantiert zu einem Lachanfall – Humor gehört zum Sex wie die Himbeere in den Himbeerflip –, dann aber wie eine libidinöse Lawine mitreißt zum *Himbeerflip-Handbetrieb-Höhepunkt.*

Aber lesen Sie erst, was die zarte, leidenschaftliche Rebecca mit ihrem unglaublich gut bestückten Sir Ruppert Ravenhurst, Knight of Wellhaven, erlebt. Stellen Sie sich eine armselige Hütte vor. Sie kauert dicht gedrängt mit anderen schäbigen Behausungen an einem mächtigen Schloßhügel. Wir schreiben das Jahr 1212 nach Geburt unseres Herrn Jesus. Das Land liegt seit Jahrzehnten in einem Krieg, der die Menschen und Dörfer entzweit. Und das nur, weil König Desmond der Bärtige von seinem schurkischen Schwager Wallmond gefangengehalten wird. Eine kleine Schar aufrechter Adliger hält noch dem in einem Kerker schmachtenden Desmond die Treue. Zufälligerweise ist dieser Kerker im trutzigen Wachturm des Schlosses, das wie ein Adlerhorst die ärmlichen Hütten beäugt.

Eines nebligen Morgens pflückt Rebecca Waldbeeren. Auch ihre ärmliche Kleidung kann ihren schwellenden Busen, den wohlgeformten, herzförmigen Hintern nicht verbergen. Gerade bückt sie sich zu einer besonders reifen Himbeere. Ihr rotblondes, wallendes Haar verdeckt ihr die Sicht auf die Umgebung. Was Verderben bringen könnte, denn in diesen Zeiten ist solches an der Tagesordnung. Und da ereilt sie auch schon das Unglück. Ein Landsknecht des schurkischen, also des bösen Wallmond stürzt sich auf die unschuldige Rebecca, lüpft mit seiner eisenbehandschuhten Hand ihre Röcke, unter denen sie, wie damals üblich, nichts trägt, zieht aus seiner Rüstung seinen mindestens dreißig Zentimeter langen Mannespfahl, rückt die wimmernde Rebecca auf einem Baumstamm noch schön zurecht und will sein grausames Werk verrichten.

Wer gerne Geschichten hört, in denen Frauen von Bösewichten genötigt werden, kann hier selbst weitermachen. Bei mir geht es anders weiter.

Ein gutturaler Schrei! Der Schurke bricht zusammen. Rebecca, der die Sinne geschwunden sind, wird von einem glänzenden Ritter auf sein schneeweißes Streitroß gezogen. Er donnert die hölzerne Ziehbrücke hinauf ins Schloß. Von mitleidigen Händen wird die immer noch ohnmächtige Rebecca in ein Bett gelegt, das nach frischer Kernseife und ein wenig Lavendel riecht.

»Oh, wo bin ich, wer hat mich hierher verschleppt?«

Rebecca richtet sich mit einem Ruck auf. Sie springt aus dem Bett. Ihre fein ziselierten Füßchen hasten über die schweren Bohlenbretter, die mit exquisiten Teppichen belegt sind. Sie sucht ihre Lumpen, denn die Arme ist splitterfasernackt. Da geht die Türe auf, eine hohe Gestalt in schwarzen Seidengewändern schreitet herbei. Rebecca zuckt zusammen.

»Aye, Sir, Ihr seht mich nackt und schutzlos, bitte geht von dannen!«

Eine verzweifelte Träne rollt über Rebeccas elfenbeinbleiche Wangen, ihre rosenroten, vollen Lippen zittern. Wieso kommt ihr diese Umgebung so bekannt vor? Ist sie doch bei ihrem armen Mütterlein aufgewachsen und nicht in einem Schloß. Im Dorf munkelt man freilich, daß sie ausgesetzt und von eben diesem Mütterlein in einer Baumhöhlung gefunden wurde.

»Magd, Ihr schuldet mir einen Gefallen!«

Nur unmerklich öffnen sich die kühn geschwungenen Lippen der vermummten Gestalt. Weiße Zähne blitzen. Sie kommt näher. Rebecca flüchtet sich ans Fenster. Vergeblich. Die Milchglasscheiben sind nicht zu öffnen.

»Sir, sagt mir, was Ihr wollt, ich gebe Euch alles. Nur nicht meine Unschuld«, schluchzt Rebecca. »Man wird mich im Dorf verstoßen.«

Sie hört den Mann ungläubig lachen, ein Rohling. Doch sie kann nicht umhin, seine edle Gestalt zu bewundern. Unter den Gewändern zeichnen sich Muskeln wie Stahl ab. Und da, zwischen den Lenden, erhebt sich eine Wölbung. Rebecca erschauert. Unbekannte Gefühle überwältigen sie.

»Nein, laßt mich! Was wollt Ihr von einer armen Magd?«

Rebecca schleudert ihm ihre Worte ins Gesicht. Ihr liebreizendes Gesicht rötet sich, ihre amberbraunen Augen blitzen. Ganz hat sie vergessen, daß sie nackt ist.

»Vor Euch steht Sir Ruppert Ravenhurst, Knight of Wellhaven, und ich brauche einen Erben, den ich am Ende dieses Jahres dem schmachtenden Desmond vorweisen kann. Er wird ihn überzeugen, sich endlich zusammen mit uns zu widersetzen.«

»Und was wollt Ihr von mir? Ich bin doch nur eine arme, kleine Magd, soll Euer Sohn ein Bastard sein?«

»Wißt Ihr es denn nicht, Lady, Ihr seid von edlem Geblüt. Ihr wurdet ausgesetzt. Ihr seid Wallmonds ermordeten Cousins Tochter. Er fürchtete Euren Liebreiz, der schon damals sichtbar war.«

Mit Kennermiene mustert er jede Wölbung ihrer zitternden Gestalt. Sir Ruppert nähert sich wie ein schwarzer Panther der sprachlosen Rebecca. Er hebt sie in seine Arme und sinkt auf das weiche Bett. Mit ihren kleinen, weißen Fäustchen hämmert die Hinweggelüpfte verzweifelt an seine eisenharte Brust. Doch seine verlangenden, lavaheißen Lippen haben sich auf Rebeccas Mund gepreßt. Seine heiße Zunge beginnt, ihren Mund zu erforschen. Vermessen und genüßlich. Da, ein leises Stöhnen entwischt ihrer Kehle, die wie bei einer Nachtigall pocht. Wie gelähmt läßt Rebecca es zu, daß er ihre pfirsichfarbenen Brüste erforscht, mit seinen fordernden Händen ihren seidenweichen Bauch massiert, schließlich ihre bebenden Schenkel öffnet. Rupperts Atem wird heftiger, als er ihre Muschel vom weiblichen Nektar des Verlangens glitzern sieht.

»Lady, laßt es zu, ich kann nicht mehr, gebt Euch hin!«

Ruppert reißt mit einer einzigen Bewegung seine Gewänder herunter. Rebecca erblickt, erschreckt aufschreiend, sein mächtiges Liebesschwert und bereitet sich auf einen Stoß vor. Tief in ihr läßt Sir Ruppert, der immer noch seine Maske trägt, seine seidige, heiße Manneskraft los. Und die von einer Woge der Lust überwältigte Rebecca hebt sich ihm entgegen, um ihn noch besser empfangen zu können.

Beinahe schwinden ihr die Sinne, und ein heißer Strom trägt sie an den Rand der Ohnmacht. Ein Schrei von Ruppert, und sie, die vor Minuten noch völlig ahnungslose Magd, wird hinweggehoben in einen tiefblauen Himmel. Und während sie noch schwebt und ihre mit Liebesnektar überfließende Muschel zuckt, betrachtet Ruppert hingerissen seine Zukünftige, die in dieser Nacht den Samen für seinen Erben empfangen hat.

Zurück zu Ihnen: Solche selbstgestrickten Geschichten um maskierte Lüstlinge bringen also Himbeerflip-Höhepunkte empor. Schnell fabriziert, heftig und erfrischend süß. Danach ist man gleich wieder einsatzbereit für den harten Alltag.

HIMBEERFLIP. Zutaten:
Milch, Himbeeren, Zucker.

Für ein großes Glas braucht es drei Deziliter kühlschrankkalte Milch, schöne, reife Himbeeren, ca. 150 Gramm. Den Mixer so lange mixen lassen, bis die Himbeermilch gleichmäßig rosa aussieht, je nach Frustrationspegel einen bis zwei Eßlöffel braunen Zucker hinzugeben. Nochmals kurz mixen.

Augen schließen. Kopf nach hinten, langsam und genießerisch schlucken. Ein kurzer, aber intensiver Spaß. Kann öfters als kleine Zwischenmahlzeit, in der Arbeitspause oder als Einschlafhilfe angerührt und genossen werden. Verschafft Lust auch ohne seidenglänzenden Ritter.

SEX. Wie ich anfangs schon erwähnte, herrscht zum Beginn einer Liebe Hochfrequenz, danach nimmt man die Lust, wie sie einen überkommt. Meist wunderselten, weil sie nicht beide gleichzeitig trifft.

Auch die Umwelt kümmert sich nicht mehr, auch Hund und Katze nicht, es herrscht allenthalben Niederfrequenz. Ich habe Buch geführt, bald gibt es jeden Tag einen Grund, warum es nicht paßt. Und dann, wenn wir in dieser Zeit der gemütlichen Niederfrequenz doch endlich buchstäblich übereinkamen, erlitt ich einen typischen *Eingeklemmten.*

EINGEKLEMMTER –
das sexte Rezept der Zahl nach.
Zutaten: Zwei große, knusperfrische Scheiben Brot. Butter, Schinken, Gurkenscheiben.

Man bestreicht die Brote mit der weichen Butter, legt reichlich Schinken auf eine Scheibe, belegt das mit ganz vielen Gurkenscheiben, die ruhig überhängen dürfen, klappt die zweite Brothälfte darüber.

Wahrscheinlich ist Ihnen während der Vorbereitung das Wasser im Mund zusammengelaufen, angesichts dieser herzhaften Einfachheit, zu der Sie gar kein Rezept gebraucht hätten. So ein Brot macht man sich ja, wenn man ziemlich ausgehungert ist und man unbedingt etwas zwischen die Zähne braucht. Vielleicht klingelt das Telefon, die Kinder rufen, der Hund bellt, draußen geht ein Autodiebstahlalarm los. Man streicht weiter, da fällt eine Brotscheibe hinunter, direkt auf die gebutterte Seite, man fängt verbissen nochmals an. Wortlos. Endlich ist das Eingeklemmte fertig, man verschluckt sich vielleicht vor dem letzten Bissen noch kurz, hat endlich wirklich genug, wischt sich den Mund und fragte sich danach: War es das schon?

Trösten Sie sich. Sie haben ja noch 1001 Nächte vor sich, in denen Sie essen, Sex haben oder vielleicht doch viel Dringenderes erledigen können. Zum Beispiel diese Geschichte lesen.

Guten Appetit!

Isabel Allende

Colomba und die Natur

Weil wir gerade von ländlichem Gemüse sprechen, nutze ich das Stichwort für die wahre Geschichte, die eine Freundin von mir erlebt hat, deren Namen ich aber nicht nennen darf, sonst bringt sie mich um. Sagen wir, sie heißt Colomba. Sie war damals ein blühendes junges Ding, sommersprossig, mit reichlich rosigem Fleisch und langer roter Mähne, von dem Rot, das in der Renaissance durch Tizian in Mode kam und das man heute als fertige Lotion kauft. Ihre feinen Nymphenfüße konnten kaum die kräftigen Säulen ihrer Beine und die aufreizenden Hinterbacken tragen, darüber prangten die perfekten Melonen ihrer Brüste, der Hals mit den sinnlichen Rundungen des Doppelkinns und die drallen Walkürenarme. Wie man es in solchen Fällen häufig antrifft, war meine mollige Freundin Vegetarierin. – Um das Fleisch zu umgehen, füllen sich solche Leute mit Kohlehydrahten voll. – Auf der Universität hatte Colomba einen Kunstprofessor, der die Augen nicht von ihr wenden konnte, er war verrückt nach ihrer milchzarten Haut, ihrem venezianischen Haar, ihren Rundungen, den Grübchen, die er unter den weiten Ärmeln erspähte, und anderen, die er sich in der Folter seiner schlaflosen Nächte im ehelichen Bett vorstellte, neben einer langen, dürren Gattin, einer jener eleganten Frauen, denen die Kleider immer bestens auf die Knochen passen. – Mir sind die Dicken lieber. – Der arme Mann stellte sein Wissen in den Dienst seiner Besessenheit und erzählte Colomba soviel von Rubens' *Raub der Sabinerinnen*, von Rodins *Kuß*, von Picassos *Liebenden* und von Renoirs *Badender*, las ihr so viele Kapitel aus *Lady Chatterley's Lover* vor und packte ihr so viele Pralinenschachteln auf den Schoß, daß sie, die ja schließlich eine Frau war, seine Einladung zu einem ländlichen Frühstück annahm. Kann es etwas Unschuldigeres geben? Ah! aber der Professor war nicht der Mann, der eine solche Gelegenheit ungenutzt hätte vorbeigehen lassen. Er entwickelte seinen Plan, wie es Machiavelli nicht besser hätte machen können. Ihm war klar, daß sie niemals einwilligen würde, ihn bei der ersten Verabredung in ein Hotel zu begleiten, und ob es eine zweite geben würde, war fraglich: er mußte seine Karten mit einem einzigen meisterhaften Streich ausspielen. Er besaß nur einen 2 CV, eines dieser Schächtelchen, mit denen Frankreichs Mittelklasse seit den sechziger Jahren durchs Land schaukelte, ein Gefährt, daß aussah wie eine Kreuzung zwischen einer Keksdose und einem Stuhl auf Rädern, in dem nur ein zwergwüchsiger Schlangenmensch Liebe machen könnte. Eine Frau vom Colombas Umfang in einem Mini-Citroën zu verführen, wäre ganz und gar unmöglich gewesen. Das Picknick bot eine ebenso romantische wie praktische Lösung. Seine Strategie bestand darin, die Verteidigung seiner Schülerin von der schwächsten Seite aus anzugreifen: der Verfressenheit. Unter tausend Vorwänden und mit viel Drumherumgerede bekam er die Lieblingsspeisen seiner Angebeteten heraus, ließ sich von der Sache mit dem Vegetarierfutter nicht einschüchtern und füllte einen schönen Korb mit aphrodisischen Leckerbissen: zwei Flaschen vom besten Rosé, gut gekühlt, harte Eier, Landbrot, Pilzquiche, Salat aus Sellerie und Avocados, gekochte Artischocken, zarter gerösteter Mais, aromatische Früchte der Saison und jede Menge Nachspeisen. Als Verstärkung, für den Fall, daß er zu extremen Mitteln greifen müßte, nahm er eine kleine Büchse Belugakaviar mit, die ihn ein halbes Monatsgehalt gekostet hatte, ein Glas kandierte Maronen und zwei Marihuanajoints. Als umsichtiger Mensch – Sternzeichen Jungfrau – packte er auch ein großes Sofakissen, eine Decke und ein Insektenmittel ein.

An einer Ecke der Plaza de los Libertadores erwartete ihn Colomba, ganz in weißen Musselin gekleidet, gekrönt von einem italienischen Strohhut, den eine breite Seidenschleife schmückte. Von weitem sah sie aus wie ein Segelschiff und von nahem auch. Als der Professor sie erblickte, fühlte er, wie das Gewicht der Jahre von ihm abfiel, die Erinnerung an seine distinguierte Gattin und die Angst vor den Folgen dahinschwanden; nichts gab es mehr auf dieser Welt als dieses köstliche in Musselin gehüllte Fleisch, das bei jeder Bewegung zitterte und eine wilde Lust in ihm wachrief, von deren Existenz er nichts gewußt hatte. Schließlich war er Akademiker, ein gebildeter Mensch, ein Kunstwissenschaftler, ein Ehemann, ein Theoretiker. Lust hatte er bislang nicht gekannt. Colomba quetschte sich mit einiger Mühe in die Ente, die gefährlich in die Knie ging, und einen Augenblick schien es, als wären die Räder für immer in den Asphalt eingegraben, aber nach einigen Bocksprüngen setzte sich das Gefährt in Marsch und machte sich auf den Weg hinaus aus der Stadt. Während der Fahrt sprachen sie über Kunst und über Essen, über das zweite mehr als über das erste. Und so, bezaubert von der Unterhaltung und von dem herrlichen Tag, kamen sie endlich an den Ort, den der Professor vorher ausgesucht hatte, eine schöne grüne Koppel neben einem von Trauerweiden gesäumten Bach. Es war ein einsames Plätzchen ohne weitere Zeugen ihrer Liebe als die Vögel in den Zweigen der Weiden und eine uninteressierte Kuh, die in einiger Entfernung Wiesenblüten kaute. Der Professor sprang aus der Ente, und Colomba stieg mit einiger Schwierigkeit ebenfalls aus. Während er sich eifrig abmühte, die Decke im Schatten auszulegen, das Kissen aufzuschütteln und gefällig zu drapieren und die Schätze aus seinem Korb auszupacken, hatte seine Schülerin sich die Schuhe ausgezogen und vollführte zaghafte kleine Hüpfer am Bachufer. Es war ein bezaubernder Anblick.

Der Professor verlor keine Zeit, er plazierte Colomba auf der Decke, halb gegen das Kissen zurückgelehnt, und breitete vor ihr die schmackhaften Speisen aus dem Korb aus. Er schenkte ihr Wein ein, um sie zu erfrischen, und pellte ein gekochtes Ei ab, in das er sie dann hineinbeißen ließ, wobei er mit ihren rundlichen Zehen spielte und dabei einen Kindervers aufsagte: »Dieser Winzling kaufte ein Ei, dieses Kerlchen tat's in den Topf, dieses Kerlchen pellte es ab, dieses Kerlchen tat Salz drauf, und dieses dikke Schweinchen aß es auf!« Colomba bog sich vor Lachen, und der Professor, der sich ermutigt fühlte, fütterte sie nun Stück für Stück mit den Blättern einer zarten Artischocke, und nachdem er eine weitere für sie entblättert hatte, verabreichte er ihr die Pilzquiche und dann die Erdbeeren und danach die Feigen und die Weintrauben, und die ganze Zeit unterhielt er sie mit allerlei Scherzen, zwickte und kitzelte sie hier und da, und schwitzend vor Ungeduld, trug er ihr Pablo Nerudas leidenschaftlichste Verse vor. Ihr schwindelte der Kopf von der Sonne, dem Wein, den Versen und einem Marihuanajoint, den er anzündete, als sie kaum die letzten Kaviarkörner heruntergeschluckt hatten unter den ungenierten Blicken der Kuh, die sich inzwischen der Szene genähert hatte. Dies war der Zeitpunkt, in dem die ersten Ameisen auftauchten, vom Professor sehnsüchtig erwartet: Hier kam der Vorwand, den er brauchte. Er versicherte Colomba, nach den Ameisen kämen unvermeidlich die Bienen und die Mücken, aber sie brauche keine Angst zu haben, sie hätten ja das Insektenschutzmittel. Er wolle nur ihr kostbares Kleid nicht mit Insektizid beschmutzen ... Erinnerte sie sich vielleicht an das berühmte Gemälde *Déjeuner sur l'herbe* von Manet mit diesem Picknick, auf dem die Frau nackt ist und die Männer bekleidet? Nein, Colomba wußte nicht, wovon er sprach, also mußte er ihr das Bild genau beschreiben, was er dazu nutzte, ihr die Knöpfe des Musselinkleides einen nach dem andern zu öffnen. Kurz gesagt, schon bald war Colomba ihrer Hüllen beraubt, und die Sonne liebkoste die glatten Hügel ihres üppigen Körpers. Mit den Fingern steckte sie sich die kandierten Maronen in den Mund, ohne auf das Saftrinnsal zu achten, das ihr vom Kinn auf die Brüste träufelte, ein Rinnsal, das der Professor keuchend und völlig außer sich anstarrte, bis er nicht länger widerstehen konnte und sich auf diesen Berg leuchtenden, pulsenden Fleisches warf, um die Süßigkeit aufzulecken und alles, was er erreichen konnte, wobei er sich wie besessen die Kleider vom Leib riß, bis auch er nackt war. Colomba wand sich, kitzlig wie sie war, und erstickte fast vor Lachen – noch nie hatte sie ein so mageres, haariges Männlein gesehen mit einem so dreisten Schwänzchen unter dem Bauchnabel –, aber sie öffnete die Beine nicht, im Gegenteil, sie wehrte sich mit ein paar koketten Schubsern, die bei ihr eher Elefantenhiebe waren. Schließlich gelang es ihr, sich aus der linkischen Umarmung des Kunstprofessors zu befreien, sie sprang auf und lief davon, lachend und aufreizend wie jene mythischen Geschöpfe der Wälder, die immer von Faunen begleitet werden. Und einem Faun glich der Professor, als er versuchte, sie einzuholen.

Inzwischen hatte die Kuh, die keine Kuh, sondern ein Stier war, entschieden, nun sei Schluß mit dem Unfug in seiner Koppel, und er machte sich daran, hinter den Verliebten herzutrotten, die sich zu Recht von dem mächtigen Tier angegriffen fühlten und davonrannten wie arme Seelen, denen der Teufel im Nacken sitzt, und in einem nahen Wald Zuflucht suchten.

Sie mußten dort mehrere Stunden zubringen, bis der

Stier sich weit genug entfernt hatte, daß die unglücklichen Ausflügler nackt und zitternd zurückkehren konnten. Die Wirkung von Marihuana, Wein, Kitzel und Essen war längst verflogen. Colomba, hysterisch geworden, stieß Beleidigungen und Drohungen aus, während der Professor, niedergeschmettert und das welke Schwänzchen mit beiden Händen bedeckend, erfolglos versuchte, sie mit Versen von Rubén Darío zu besänftigen. Als sie zu ihrem Picknickplätzchen kamen, mußten sie feststellen, daß ihnen nicht nur die Kleider, sondern auch die Ente gestohlen worden waren. Neben der Trauerweide, in der die Vögel tirilierten, lag nur noch der italienische Strohhut …

Christian von Pappenheim

Trüffel

In den ersten Ausläufern des Spätherbstes gönnen wir uns meist eine verlängerte Wochenendreise nach Italien. Genauer gesagt ins Piemont. Zu unserem kulinarischen Liebling: der Trüffel. Und zu unseren dort längst zu Freunden gewordenen Trüffelsuchern natürlich. Manches Mal durften wir sie auch schon auf ihrer verwegenen und ein wenig mystisch anmutenden Jagd begleiten. Unblutig und ohne einen sich bewegenden Gegner ist sie mindestens so spannend und doch ungleich weniger gefährlich für Leib und Seele als beispielsweise das Gemetzel einer Treibjagd. Ob die Seele tatsächlich nicht gefährdet ist, ließe sich zwar anzweifeln, aber das zu entscheiden, will ich doch lieber den Kirchenfürsten oder unseren Freunden, den Trüffelsuchern, überlassen. Ihr Aberglaube und ihr Wissen vermischen sich zu einem Können, bei dem wir immer wieder in tiefstes Erstaunen verfallen. Gleichzeitig steht es außer Zweifel, daß der Duft der Trüffel durchaus geeignet ist, süchtig zu machen. Tief anrührend, obwohl anfangs in ihrer Intensität auch etwas abstoßend, verbunden mit dem lang schon in uns verwurzelten Instinkt der Jäger und Sammler, zieht uns die Trüffel immer stärker in ihren Bann.

Wenn wir uns dann wieder losreißen können, oder vielmehr müssen, denn hier von können zu sprechen, würde den Tatsachen keinesfalls gerecht, sind unsere Sinne angefüllt mit Gedanken an Essen und voll von Gerüchen und der Sucht nach dem edelsten aller Pilze. Unsere Taschen und Beutel prall von Trüffeln und Spezereien aus und mit derselben. Unsere Herzen überfließend vor Gier, Lust und dem verzweifelten Wissen über die Unstillbarkeit jeglichen Verlangens. Und unser innerstes Gekröse bis hinauf in den Raum ober- und unterhalb der Zunge übervoll mit Geschmäckern und Rezepten.

So ist es denn nicht verwunderlich, daß der viel zu kurzen Reise ein um so ausgedehnteres Essen folgen muß. Eine kleine Feier zu zweit. Ein Menü für Genießer. Um die Trüffel dort zu suchen, wo wir sie trotz allem bisher am liebsten fanden: in den verschiedenen Speisen auf unseren Tellern.

Ein gelungener Abend. Erfüllt und zufrieden strecken wir uns in den Wolken unseres Bettes aus. Leicht schwebend vor Wein und Freude drehe ich mich auf die Seite, um nicht den Kontakt zur Erde zu verlieren. Nur wenig später schlafe ich ein. Ich falle in eine lang anhaltende Leere, die mich sanft trägt und nicht abstürzen läßt.

Irgendwo gleißt ein Schein und blitzt im Augenwinkel meines Verstandes. Mitten in einem lichtdurchfluteten

Wald erwache ich plötzlich. Ich fühle mich nicht ungewohnt, aber dennoch nackt. Eichen, ein paar Fichten, Buchen. Es ist Spätherbst: Der Boden unter meinen Füßen federt leicht. Ich bin seltsam erregt. Die Sonne bricht golden durch das letzte Laub der Bäume. Hell schimmert das Grün vereinzelter Fichten in ihren Strahlen, doch tief und satt, fast nächtlich dunkel im Schatten. Die Blätter der Eichen verfärben sich gelblich, leuchten noch, wenn sie nicht schon ins erdige Ocker spielen. Letzte rote Buchenblätter, herzförmig, dunkel pochend wie meine Gedanken, fallen neben bereits verwesende. Ich scheine zu rennen. Auf der Flucht vor den vielen Gerüchen und sie dennoch einsaugend, sie, die doch nur auf den einen, den letzten verweisen, den Duft der Trüffel. Ich bin auf der Jagd.

Wo, wo, wo? Ich rieche nichts als Unzulänglichkeiten: Feuchtes Laub mit Spuren von Pilzen, aber eher niederen Schimmelsorten, die in keinerlei Konkurrenz treten können, weder mit dem feinen, würzigen Duft etwa von Pfifferlingen, dem etwas feuchteren und dunkleren Geruch von Steinpilzen oder Maronenröhrlingen, noch mit dem ätherisch durchdringenden, fast stechenden Aroma des Schimmels, der, im Käse gefangen, sich zu edelstem Pilzgeschmack aufschwingt.

Eichenrinde duftet wohlig in Helios' Strahlen, nach staubigem Holz und sich sonnenden Käfern. Jeder Spalt, jede Falte, jeder Riß eigen, anders entwickelt, anders besonnt. Blind könnte ich nur nach dem Geruch die Struktur einer von Wärme verwöhnten Eichenrinde zeichnen (wenn ich es nur könnte mit den zwei Zehen meiner

Hufe). Nach Westen hin und von Nordost sich anschleichend: feuchtes Moos. Dunkelgrüne Gerüche. Erst noch erdig mit feinen Flechten überzogen, dann immer nasser, fast wie das Innere eines Brunnenschachtes. Darunter allgegenwärtig die feine Nase des Eichenholzes, in der Feuchtigkeit leicht gequollen, aus allen Fugen der Rinde bricht die strenge, aber feine Gerbsäure hervor. Einer Wurzel folgend, kommt mir die Erde entgegen und gibt ihren Geruch preis. Zu naß, zu naß. Meine Schnauze zuckt hektisch umher, um wenigstens eine herabgefallene Eichel zu ergattern. Besonders lecker sind die noch grünen. Frisch vom Baum gefallen (hinauf komme ich ja nicht, und wer würde schon Eicheln für mich pflücken?) sind sie innen noch ganz zart und weiß bis elfenbeinfarben. Knackig weich lassen sie sich einfach zerbeißen, schmecken zwar herb, aber eher wie bitterer Salat, nicht wie Kaffee, wenn sie trocken werden. Etwas zerrt an meinem Hals, zieht mich nach hinten. Die Eichel versucht sich mir wieder zu entwinden. Zuckt zurück, als ich vorsichtig zubeiße. Nein, jemand – ich entsinne mich meines Herrn, des Trüffelsuchers – hält mich zurück, während er versucht, mir die Eichel zu entziehen. Ich knabbere noch ein bißchen herum, bis sich mir Aroma und zarte Struktur erschließen und ich schon trunken bin von der Mischung aus Weichheit, Intensität und elastischer Härte. Denkt er wirklich, daß ich eine Trüffel gefunden habe? Doch nicht an dieser Stelle. Wie dumm er manchmal ist in seiner Gier. Aber er weiß eben um meine Gefräßigkeit. Er zerrt mich weiter. Auch in mir erwacht wieder das Fieber der Jagd. Der Jagd nach dieser

Knolle, nach Ihrem Duft, der mich um den Verstand bringt, der mich gleichzeitig riechen, lecken, essen lassen möchte. Die kurze Explosion der Düfte, der Geruchs- und Geschmacksnerven in meinem Gehirn, die sich entladen wie viele kleine Blitze zu einem großen Gewitter der Erkenntnis, das alles je erlebte Glück aufblitzen läßt. Mich zurückläßt in Leere und mit dem Bedauern, die Trüffel gegessen zu haben. Vorbei der Geruch, der ersehnte, wäre da nicht mein Herr, der mich rechtzeitig zurückreißt, die Trüffel mir entwindet, mich auf eine neue Suche schickt. Meine Gier nach dem Duft wächst und entlädt sich in neuen Gefühlsexplosionen. Mein Geruchssinn steigert sich in noch feinere Wahrnehmungen. Die Rinde der großen Rotbuche riecht glatt und abweisend. Ein wenig nach Papier, pergamenten fast. Die Erde darunter: lehmig, viel zu fest.

Mein Herr wird ungeduldig. Nicht Bäume soll ich beschnüffeln, Boden, Pilze, Erde soll ich analysieren (welch treffende Wortkomposition für einen Riecher wie mich, dem sich selbst – oder gerade? – im Analen die feinsten Gerüche eröffnen). Ich bin in der Lage, die Potenz des Odeurs von Kot und Exkrementen, die sie ungeübteren Nasen als Gestank erscheinen läßt, zu verstehen. Ich weiß, die einfachen Riecher sind schwach, können die Stärke und Intensität nicht aushalten. Weil sie nicht um die verborgenen Feinheiten wissen. Nur labberiges Essen. Die verschiedenen Küchenabfälle, die mir vorgesetzt werden, genügen mir, um die schlichten Gemüter dahinter erahnen zu können. Stinkt nicht einigen sogar meine geliebte Trüffel zum Himmel?

Weiter treibt mich die Raserei durchs Unterholz. Feines Reisig peitscht meine Schnauze, streift und zerkratzt meine Flanken, mein Herr stöhnt. Doch ich habe Witterung aufgenommen. Nur kurz berühren mich die Gerüche der hohen Gräser, die schon fast nach vertrocknetem Stroh und Getreide duften. Ein verwesender Fliegenpilz bleibt unbeachtet liegen. Dort, wo das Gras endet, die ersten Wurzeln einer mächtigen Eiche sich aus dem Erdreich erheben, ist die Erde locker genug. Dort führt uns meine Nase hin. Ich stoße erst vorsichtig mit dem Rüssel hinein. Ein Grunzer entfährt mir. Vereinzelte Halme und Büschelchen kitzeln meine Sinne. Gezielter und fordernder stupse ich Blätter, Ästchen, Eicheln und loses Erdreich beiseite. Hellere Krume umbröselt meine Nase, als ich ein wenig stoße, hineinschnobere und scharre. Ich versuche die Erde zu spalten, damit sie sich allmählich mir und meinem Suchen ergibt. Vorsichtig schiebt meine Schnauze sich tiefer, um das erste Knöllchen nicht zu verletzen. Aber ich weiß, tiefer liegt noch eine größere, intensiver riechende Frucht. Ich schiebe und stoße, drohe zu ersticken. Der weiche Rand meiner Schnauze verformt sich, stülpt sich fast um. Vorsichtig versuche ich mit meinem Unterkiefer, meinem kleinen, aber muskulösen Zünglein und schließlich sogar mit meinen Zähnen, mir einen Weg zu bahnen. Erde und haarige Gräser verstopfen meine Nasenlöcher. Schnaubend versuche ich freizukommen, den göttlichen Geruch wiederzufinden, ihn aufzusaugen, mich in ihm zu suhlen.

Plötzlich öffnet sich mein Bewußtsein. Klarheit überkommt mich. Ich rieche nur noch Trüffel in der Erde und

Erde in der Trüffel. Die ganze Erde, die ganze Welt liegt in dieser einen Trüffel. Drängend sauge ich durch meine weit geöffneten Nasenlöcher (habe ich nun eine Schnauze oder eine Nase?) die duftende, trüffelgeschwängerte Luft ein. Durch diese abgeflachte Spitze meines Körpers lernte ich die Welt verstehen. Verstehe ich sie immer wieder, kurz bevor ich die Trüffel finde, und zerberste in Glückseligkeit. Die Wülste des Waldbodens öffnen sich. All die Düfte der Welt eröffnen sich mir. Diese große Kugel, die so weit, so viel zu groß ist, konzentriert sich in diesem einen Punkt. Die viel zu vielen Gerüche, alle unvollkommen, vereinigen sich in ihrer Vollendung wie die Farben des Regenbogens zu weißem Licht. Mein Geruchssinn, mein Geschmack, meine weitestverstreuten Gefühle, meine Schnauze, mein gesamter Körper bis hin zur äußersten Spitze meines Ringelschwänzchens implodieren. Ein langer Kugelblitz, in dessen Ausklang ich gerade noch bemerke, wie mein Herr mir die geliebte Trüffel entreißt.

Ich erwache schlagartig und liege halb auf dem Boden neben unserem Bett. Das rechte Bein meiner Geliebten über der Decke, der Fuß fest gegen die Wand gedrückt. Er hat sich in meinem Hemd verfangen, das mir über die Schultern gerutscht ist und mich zu strangulieren droht. Ihr linkes Bein hängt an der anderen Seite des Bettes herunter und gibt aufgewühlte Rosigkeit preis. Vom Rutschen über die Bettkante habe ich brennende Striemen auf Bauch und Brust. Mein rechtes Knie schmerzt vom Aufprall. Im Aufwachen befreien wir mich aus meiner mißlichen Lage, schauen uns verdutzt in erschöpfte, aber leuchtende Augen. Wir sind schweißüberströmt und naß, besonders mein Gesicht. Der ganze Raum ist angefüllt mit den feinen Trüffelaromen meiner Geliebten.

ANGELIKA JOVAL

Das Märchen vom Feuerschlucker und der Prinzessin Siebenschön

Es war einmal ein reicher Mann, dem zu seinem Glück nur ein Kind fehlte. Nach vielen Jahren erfüllte sich die Hoffnung, aber seine Frau starb bei der Geburt der Tochter, die der Vater dann alleine großzog. Er liebte sie abgöttisch und nannte sie seine Prinzessin Siebenschön, weil sie sieben herausragende Schönheiten ihr eigen nannte: die Bronzefarbe des Haares, die vollendete Form der Ohrmuscheln, die perlengleichen Zähne, den stolzen Schwung des Halses, die rosig schimmernden Fingernägel, die zierlichen Füße und schließlich die bedeutsamste – die von innen her strahlende Schönheit ihres Charakters.

Der reiche Mann hat keinen sehnlicheren Wunsch, als einen treusorgenden Schwiegersohn zu finden, der seiner wunderschönen jungen Tochter auch wirklich würdig war, aber leider starb er, bevor seine emsige Suche von Erfolg gekrönt war …

Immer, wenn ein neuer Mann in ihr Leben trat, nahm Regina Siebenschön sich vor, den Wunsch ihres Vaters zum passenden Zeitpunkt zu erwähnen, denn jedesmal wieder war sie davon überzeugt, die richtige Wahl getroffen zu haben. Aber ebenso regelmäßig stellte sich heraus, daß der jeweilige Ehekandidat nicht auf ihre Schönheiten, sondern nur auf ihr Geld aus war, so daß das glückliche Ende der Geschichte ein weiteres Mal in der Zukunft zu suchen war.

Ihre Hoffnung, doch noch einen würdigen Gefährten zu finden, belebte sich auf wunderbare, wenn auch nur ihr selbst verständliche Weise, als sie den Feuerschlucker sah. Er hieß eigentlich Karl Mettkowski, trat aber unter dem Namen Señor Fuego in einem kleinen Wanderzirkus auf.

Er schluckte nicht nur Feuer, er war auch Fakir und stieg mit bloßen Füßen eine aus scharfen Klingen bestehende Leiter hoch oder legte sich auf die Scherben von Glasflaschen, ohne daß seine Haut auch nur den kleinsten Ritzer erhielt.

Diese letzte Darbietung hatte Frau Siebenschön bei ihrem Zirkusbesuch so begeistert, daß sie Señor Fuego nach der Vorstellung in seinem Wohnwagen aufsuchte.

Er war vom Körperbau her kräftig und muskulös, ansonsten aber ein schüchterner, unbeholfener junger Mann. Er wußte nicht, wie er reagieren sollte, als seine Besucherin, ein zwar gut gekleidetes, aber unscheinbares Wesen aus dem Niemandsland jenseits der Fünfzig ihn für den nächsten Abend zu einer Privatvorstellung in ihr Haus einlud.

Der Preis, den sie ihm dafür zahlen wollte, war jedoch so hoch, daß es dumm gewesen wäre abzulehnen.

Vorsichtshalber wollte er noch Erkundigungen einholen und trank zu diesem Zweck in der einzigen Kneipe des kleinen Ortes, in dem der Zirkus gastierte, ein Bier. Möglichst beiläufig fragte er den Wirt nach der Dame namens Siebenschön.

Sie wohnte etwas außerhalb des Ortes in einem Haus, das allgemein »die Villa« genannt wurde, und lebte von den Zinsen des Vermögens, das ihr der Vater, ein Fabrikant, vererbt hatte. Sehr zurückgezogen und trotz ihres Reichtums bescheiden, erfuhr er.

Allerdings – ihr Verschleiß an Männern war alles andere als bescheiden, erklärte der Wirt mit schmierigem Grinsen: drei- oder viermal verlobt und wieder entlobt, von mehreren Fast-Verlobten ganz zu schweigen.

Karl Mettkowski war froh, daß er die Einladung nicht erwähnt hatte, und wechselte hastig das Thema. Er kam ganz sicher nicht als Verlobter oder gar als Ehemann für diese Dame in Frage.

Frau Siebenschön hatte an alles gedacht. Ein großer Raum im ersten Stock der Villa war für den Feuerschlukker ausgeräumt worden, ein CD-Player mit Begleitmusik stand bereit, in einer Plastikwanne lagen Glasscherben, und sie hatte sogar Feuerlöscher und Erste-Hilfe-Kasten bereitgestellt.

Dem Zirkuskünstler blieb vor Verblüffung der Mund offenstehen, aber nicht wegen dieser Vorkehrungen, sondern wegen der Aufmachung seiner Gastgeberin. Sie trug ein schulterfreies, kurzes Abendkleid und war von oben bis unten herausgeputzt wie für ein großes Fest, seltsamerweise aber barfuß.

Sie hatte darauf geachtet, daß die von ihrem Vater so geliebten und gelobten Schönheiten zur Geltung kamen, aber davon ahnte ihr Gast noch nichts.

Er führte seine Nummern vor, mit Ausnahme derer, die in dem niedrigen Raum hätten gefährlich werden können, und er arbeitete genauso konzentriert und souverän wie im Zirkuszelt vor einem großen Publikum.

Frau Siebenschön assistierte ihm, wenn es nötig war. Bei der letzten Nummer hinderte er sie jedoch daran, so wie die zehnjährige Tochter des Zirkusdirektors auf dem über seinen Bauch und seine Brust gelegten Brett herumzuspazieren, während er rücklings, nur mit einem Lendenschurz bekleidet, auf einem Scherbenteppich lag. Statt dessen einigten sie sich auf einige dicke Bände von Meyers Konversationslexikon, die den Zweck auch erfüllten.

Hinterher begutachtete sie die unversehrte Haut seines Rückens und klatschte heftig Beifall, was zwar etwas lächerlich wirkte, ihn aber durchaus freute.

Er wollte seine Sachen zusammenpacken, aber Frau Siebenschön meinte, daß er sich nach dieser Anstrengung erst stärken müsse, sie hätte nebenan einen kleinen Imbiß vorbereitet.

Der kleine Imbiß erwies sich als ein opulentes kaltes Buffet, das der Menge nach für zehn ausgehungerte Gäste gereicht hätte. Die Köstlichkeiten reichten von anthrazitfarben schimmerndem Beluga-Kaviar bis zu einem knusprig gebratenen Spanferkel, das sein petersiliengeschmücktes Schnäuzchen in die Luft streckt, als wolle es den Appetit auf sich selbst demonstrieren.

Die Gastgeberin bemerkte zufrieden lächelnd die Wirkung dieses Anblicks auf den jungen Mann, das gierige Funkeln seiner Augen, den halbgeöffneten Mund, in dem die Zunge unruhig hin- und herfuhr. Er stand mit leicht vorgeneigtem Oberkörper da, als warte er wie ein Läufer nur auf den Startschuß, um sich auf den Tisch stürzen zu können.

Sie hatte den Zirkusdirektor gefragt, womit sie Señor Fuego eine Freude machen könne, und kurz und bündig hatte er geantwortet: Essen! Er ißt für sein Leben gern. Daß es bei ihnen nicht jeden Tag Kaviar satt gäbe, sei bei so einem kleinen Unternehmen ja wohl klar, fügt er mit unfrohem Lachen hinzu.

Als Frau Siebenschön sah, daß ihre Gegenwart den Gast verunsicherte, ließ sie ihn taktvoll allein. Er lud sich hastig den Teller voll, als fürchte er, daß dieses Tischchendeck-dich-Wunder gleich wieder verschwinden würde. Er aß ebenso hastig, nein, er fraß – Fleisch, Salat, Fisch, Käse, alles durcheinander, mit einem Auge schon nach den Platten und Schüsseln schielend, von denen er sich noch nicht bedient hatte.

Zwischendurch goß er sich ein Getränk unbestimmter alkoholischer Natur aus einer Karaffe in ein Wasserglas, das er jedesmal auf einen Zug leerte. Und er hörte erst auf, als er so voll war, daß sich die überschüssige Luft in seinem Magen ihren Weg wie durch einen Geröllhaufen bahnte, um sich dann in einer gewaltigen Rülpskanonade zu entladen.

Er konnte nicht wissen, daß sein unbeherrschtes Verhalten durch einen Vorhangspalt hindurch aufmerksam beobachtet worden war. Frau Siebenschön wartete nach dem Rülpsen höflicherweise einen Moment, ehe sie hereinkam und fragte: Hat's geschmeckt?

Karl Mettkowski, durch die unerwarteten Genüsse euphorisch gestimmt, bedankte sich überschwenglich und wollte nun endlich gehen, aber sie hielt ihn zurück.

Sie sind doch sicher todmüde, Sie können im Gästezimmer schlafen, und morgen früh lasse ich Ihnen dann ein Taxi kommen.

Ein verlockendes Angebot. Er war tatsächlich vor Müdigkeit ganz benommen, fiel mehr auf das Doppelbett im Gästezimmer, als daß er sich darauf legte, und war sofort eingeschlafen.

Gegen Morgen wachte er auf, meinte geträumt zu haben, daß jemand an seinem Schwanz herumgefingert hatte. Er erschrak, als er Frau Siebenschön in einem kurzen, durchsichtigen Nachthemd neben sich entdeckte. Obwohl es so aussah, als wache auch sie gerade erst auf, war sie über die unerwartete Bettnachbarschaft nicht erschrocken, sondern im Gegenteil sehr erfreut.

Sie schien anzunehmen, daß allein ihr Anblick das gleiche feurige Verlangen in ihm weckte, das in ihr brannte, was aber nicht der Fall war. Statt einer zügellosen Liebesschlacht, ähnlich seiner Freßorgie am Buffet, wurde ein mühsames Gerangel daraus, bei dem er buchstäblich mehrmals schlappmachte, bevor sie auf ihre Kosten kam. Allerdings war sie erstaunlich kunstfertig, was das Anheizen seiner männlichen Energie betraf. Unwillkürlich kamen ihm ihre Verlobten und Fast-Verlobten in den Sinn.

Einfallsreich war sie auch, denn war vorher alles wortlos, wenn auch nicht lautlos von sich gegangen, so keuchte sie am Schluß hervor: Du kriegst ein tolles Frühstück! Eier – und Speck – und Brötchen – und Mettwurst – und Schinken ...

Er stieß bei jeder Ankündigung heftiger zu und brachte sie bei »und Kaviar« endlich zum Orgasmus.

Sie hielt Wort, aber während sie ihn liebevoll lächelnd über den Frühstückstisch hinweg betrachtete, konnte er diesmal vor Verlegenheit fast nichts essen.

Er hatte es dann so eilig wegzukommen, daß er das Kuvert mit seinem Lohn liegenließ. Das brachte Regina Siebenschön erneut zum Lächeln. Sie schickte es ihm nach, denn sie hatte sich über die Route, die der Zirkus durch die Ortschaften der Umgebung nahm, informiert. Gleichzeitig lud sie ihn zu einer Wiederholung seiner Vorstellung im nächsten Monat ein. Ihr Brief enthielt präzise Angaben: Tag und Uhrzeit, zu der ihn ein Taxi abholen würde, die noch erhöhte Lohnsumme, Essen und Übernachtung frei.

Außerdem schickte sie ihrem »liebsten Feuerschlukker« weniger präzise als poetisch auf einem gesonderten Blatt das Märchen von der Prinzessin Siebenschön, dem immer noch der Schluß fehlte.

Karl Mettkowski hatte nicht vor, der zweiten Einladung Folge zu leisten. Warum er dann an dem besagten Tag doch mit allen seinen Utensilien in das pünktlich vorgefahrene Taxi stieg, war ihm selbst nicht ganz klar. Er schob die Schuld auf den Direktor, der die Hälfte des Siebenschönschen Geldes kassierte, mußte sich aber auch eingestehen, daß schon ein flüchtiger Gedanke an das in Aussicht gestellte Buffet ihn so erregte, daß er kaum so schnell schlucken konnte, wie der Speichel sich in seinem Mund sammelte.

Frau Siebenschön hatte diesmal bei der Gestaltung des Abends die Reihenfolge verändert, so daß auf die Vorstellung erst das Bett und dann das Essen folgte.

Zum Auftakt des Liebesspiels forderte sie ihn auf, die im Märchen angegebenen Schönheiten aufzuspüren. Mit Ausnahme der letzten hatten sie aber alle während des natürlichen Alterungsprozesses gelitten und erwiesen sich als untaugliche Lockmittel. Daraufhin peitschte sie in mit Beschreibungen der kulinarischen Genüsse, die ihn erwarteten, hoch. Das wirkte.

Die Besuche des Feuerschluckers in der Villa liefen nun jeden Monat nach eingespieltem Muster ab. Jedesmal nahm er sich vor zu widerstehen, das Taxi wegzuschikken, und jedesmal erlag er aufs neue: der Liebesgier Frau Siebenschöns, der Geldgier des Direktor, seiner eigenen Freßgier. Und jedesmal verachtete er sich ein Stück mehr dafür.

Wie in jedem Jahr wurde die Situation für die Zirkusgemeinschaft zum Winter hin kritisch. Frau Siebenschön wußte das und meinte, die Zeit für eine endgültige Entscheidung sei gekommen. Karl Mettkowski wußte es auch.

Die Alternative, vor die ihn der Direktor stellte, war

vollkommen klar: entweder stand er wie seine Kollegen mit dem Zirkusesel und einer Sammelbüchse in der Fußgängerzone der nächsten Stadt herum und bettelte um Spenden – oder er saß im warmen Nest der »Prinzessin« und erarbeitete sich und dem Zirkus einen weit höheren Betrag, als die Sammelbüchsen je hergeben würden.

Frau Siebenschön nickte zufrieden, als sie sah, daß der Feuerschlucker eine Tasche mit seinen persönlichen Habseligkeiten mitgebracht hatte. Er solle nicht glauben, daß er nun jeden Tag eine Vorstellung geben müsse, beruhigte sie ihn, nur heute noch einmal, zur Feier dieses besonderen Tages.

Er lag auf dem Scherbenteppich, voll konzentriert, und wartete darauf, daß sie das Brett und die Lexikonbände auf ihn legen würde. Was immer sie dazu bewog, statt der gewohnten Dinge sich selbst auf ihn zu legen, dazu noch nackt – es war kein guter Einfall gewesen. Als würde ein straff gespanntes Seil plötzlich durchschnitten, so fielen Karl Mettkowskis aufs äußerste angespannten Kräfte in sich zusammen, und die scharfen Kanten der Scherben schnitten in die Haut und das Fleisch seines Rückens.

Seine Schmerzensschreie brachten Regina Siebenschön zur Besinnung, und entsetzt versuchte sie, sich hochzustemmen. Aber er umklammerte sie mit seinen Armen, stand mühsam und schwankend mit ihr auf und ließ sie zu Boden fallen, direkt auf die Scherben. Dann warf er sich selbst auf sie. All dies mit solcher Geschwindigkeit, daß ihre Schmerzensschreie sich gleichsam nahtlos an seine fügten, nur eine Oktave höher.

Mit einer Hand hielt er sie fest, mit der anderen zog er seinen Lendenschurz herunter, und von einem explosiven Gemisch körperlicher und seelischer Schmerzen zu wütender Erregung getrieben, stieß er sich in sie hinein. Wie als Antwort auf ihre durchdringenden Schreie keuchte er: Und das ist für die Haare – die Ohren – den Hals – die Zähne – die Fingernägel – die Füße ... bei der »inneren Schönheit« erreichte er den Höhepunkt.

Als er wieder zu sich kam, hatte sie aufgehört zu schreien. Nachdenklich betrachtete er ihre geschlossenen Augen und ihr weißes Gesicht. Es war plötzlich so still, daß er das Sickern des Blutes zu hören glaubte, wie ein kaum wahrnehmbares Flüstern: Und wenn sie nicht gestorben sind, dann leben sie heute noch.

Kathrin Kaufmann

Dinner for two

Gedankenverloren ließ Kim warmes Wasser über ihre Hände laufen. Sie seufzte leise. Sie war müde, in der vergangenen Nacht hatte sie kaum schlafen können. Sie nahm eine Haarspange und steckte ihre langen, dunkelblonden Haare zu einem Knoten zusammen. Dann richtete sich ihr Blick auf den Berg von dreckigem Geschirr, der sich seit vorgestern auf der Spüle angesammelt hatte, und sie machte sich an den Abwasch.

»Guten Morgen«, begrüßte Ray sie, als er in die Küche kam. Er trug nur eine grau-weiß gestreifte Pyjamahose, sein muskulöser, schlanker Oberkörper war deutlich zu sehen. Die glatte Brust und seine leicht gebräunte Haut fand Kim besonders anziehend, aber in diesem Moment hatte sie dafür keinen Blick.

Es war jetzt gut ein Jahr her, daß sie sich ihren Kinderwunsch erfüllt hatten. Für Kim war von Anfang an klar gewesen, daß sie dann zu Hause bleiben und sich um das Kind und den Haushalt kümmern würde. Doch sie hatte sich den Alltag mit einem Baby etwas einfacher vorgestellt. Das wurde ihr vor allem dann bewußt, wenn Lennard nachts häufiger aufwachte und aus Leibeskräften schrie, so lange, bis sie wach wurde und zu ihm ging.

Kim gähnte und machte sich lustlos an die Arbeit. Ray betrachtete sie, ohne etwas zu sagen. Sie trug das passende Pyjamaoberteil zu seiner Hose. »Darunter wahrscheinlich nichts«, dachte Ray und betrachtete ihren knackigen Po in dem knappen Slip. Langsam ging er auf sie zu und umarmte sie. Dann ließ er seine rechte Hand über ihren Bauch gleiten und strich über ihre Brüste. Er hauchte einen Kuß auf ihren Nacken. Diese Stelle gefiel ihm ganz besonders gut, weil sie so weich war und es dort ganz besonders nach Kim roch.

»Hättest du vielleicht Lust, mit mir ins Bett zurückzugehen?« fragte er sie leise.

»Laß mich bitte«, wies Kim ihn unfreundlich ab und versuchte, sich rasch aus seiner Umarmung zu befreien.

»Was ist denn nur los mit dir?« Seine Stimme klang enttäuscht. »In letzter Zeit willst du gar nichts mehr von mir wissen.« Theatralisch kniete Ray sich vor sie hin und riß die Arme hoch, als wollte er sie anflehen.

»Bitte«, flüsterte er mit einem Augenzwinkern. »Ich halte es nicht mehr lange ohne deine Nähe aus. Dabei will ich doch nur bei dir sein«, sagte er dann aber mit ernster Stimme.

Kim lachte und umarmte ihn zärtlich.

»Ray, du bist zwar tagsüber nicht hier, aber du merkst doch wohl auch, wie anstrengend Lennard manchmal ist, oder? Besonders seit er nachts nicht mehr durchschläft. Und wahrscheinlich meldet er sich ohnehin in ein paar Minuten wieder.«

»Willst du mir einen Vorwurf daraus machen, daß ich nicht immer hier sein kann, weil schließlich einer von uns beiden das Geld verdienen muß, oder was? Hervorragend!« Ray macht eine energische Bewegung mit der rechten Hand. »Wir können ja tauschen, wenn du keine Lust mehr hast, ich bleibe hier und du gehst arbeiten, wie wäre denn das?« Er sah Kim grimmig an.

»Sei nicht albern, du weißt ganz genau, daß das nicht geht, weil ich mit meinem Job nie soviel verdienen kann wie du.« Kim stand ihm gegenüber und stemmte die Arme in die Hüften. Auch sie wurde langsam wütend.

»Ach, es ist doch sowieso egal.« Ray drehte sich abrupt um. »Wir streiten uns immer wieder über dasselbe Thema. Ich für meinen Teil habe darauf einfach keine Lust mehr«. Er ging zur Garderobe, nahm seine Jacke und den Autoschlüssel und verließ die Wohnung.

Kim sah ihm hinterher, als er mit dem Auto davonfuhr. Sie setzte sich an den Küchentisch, goß sich noch eine Tasse frischen, starken Kaffee ein und starrte Löcher in die Luft. »Wir streiten uns zu häufig in den letzten Tagen«, dachte sie bedrückt. Sie legte ihre Hände um die Kaffeetasse, als ob sie sich daran wärmen wollte. Sie fand es nun selbst schade, daß sie so abweisend reagiert hatte. Sie mußte Ray recht geben, in letzter Zeit hatte sie ihn wirklich schon einige Male abblitzen lassen. Und jedesmal, das mußte sie ihm zugestehen, hatte er sehr verständnisvoll reagiert.

Vielleicht sollte sie ihm doch ein wenig entgegenkommen. Kim lächelte plötzlich. Sie erinnerte sich daran, wie alles angefangen hatte. Vor gut zwei Jahren hatten sie sich kennengelernt und schon bald war ihnen klar geworden, daß sie den Partner fürs Leben gefunden hatten. Während der ersten Zeit der Verliebtheit hatten sie wie in einem Rausch gelebt. Nur sie beide waren wichtig gewesen, alles andere um sie herum hatten sie vergessen. An manchen Tagen hatten sie stundenlang an einem einsam gelegenen, kleinen See gepicknickt, die warmen Sonnenstrahlen auf der Haut genossen und lange Zeit miteinander geredet. Viele Male hatten sie engumschlungen getanzt, und die Musik dazu war nur in ihren Köpfen.

Sie konnten nie genug voneinander bekommen. An einigen Wochenenden hatten sie das Schlafzimmer gar nicht erst verlassen. Oder sie waren zum Essen gegangen und hatten sich den ganzen Abend lang durch intensive Blicke und flüchtige Berührungen so heiß aufeinander gemacht, daß sie nur selten noch ein Dessert bestellten. Oft hatte Ray schon nach dem Hauptgang eilig die Rechnung verlangt und dann für den Weg nach Hause eine Route gewählt, die durch ein bewaldetes Gebiet führte – um dann das Auto auf einem abseits gelegenen kleinen Pfad zu parken, wo sie völlig ungestört waren.

Lennard schrie plötzlich aus Leibeskräften und riß sie aus ihren Erinnerungen. Und er gab Kim damit Recht, daß sie ohnehin nicht mehr viel Zeit füreinander gehabt hätten.

Erst gegen Mittag kam Ray wieder nach Hause und Kim fand, daß er ziemlich wortkarg war.

»Alles in Ordnung?« fragte sie ihn vorsichtig, um zu testen, ob er noch verärgert war. Ray sah sie an und lächelte.

»Ich habe eine gute Nachricht«, sagte er mit sanfter Stimme und breitete die Arme aus, als wolle er seine Ankündigung damit unterstreichen. »Also, Lennard wird heute Abend bei Ingrid und Ben übernachten. Ich habe gerade mit ihnen geredet und kann ihn heute Nachmittag schon dort abliefern. Dann haben wir endlich einmal wieder einen Abend nur für uns allein. Wir können in Ruhe Essen gehen oder etwas anderes unternehmen, was immer du willst. Und am Samstagmorgen haben wir noch Zeit, um in Ruhe einkaufen zu gehen. Was sagst du dazu?«

Kim strahlte. »Wie schön, daß deine Eltern Lennard nehmen und wir zwei Zeit für uns haben.«

»Und außerdem«, dachte sie, »habe ich dann endlich einmal wieder die Muße, mich richtig schön zu machen.« Zwar bemühte sie sich auch sonst darum, sich hübsch anzuziehen und herzurichten, doch mit einem kleinen Kind war dies oft vergebliche Liebesmüh. Kurzum: Sie würde endlich einmal wieder die Gelegenheit nutzen, sich in die gutaussehende Frau zu verwandeln, die Ray kennengelernt hatte.

Am späten Nachmittag war Lennards Tasche gepackt, der Kleine umgezogen und bereit zur Abfahrt. Kim ging mit einer großen Tasse frischem Kaffee ins Bad, um es sich dort gemütlich zu machen und sich zu pflegen.

Ray war von dem Ergebnis ihrer Schönheitskur sichtlich beeindruckt. Ihr langes Haar fiel in weichen Locken auf ihre Schultern und umrahmten ihr hübsches Gesicht.

Sie trug einen kurzen, schwarzen Rock und ein dunkles, enganliegendes Oberteil. Und dazu diese eleganten italienischen Schuhe mit den schmalen Riemchen und dem hohen Absatz, die sie, wenn es nach Ray ginge, gar nicht mehr ausziehen dürfte.

»Komm her«, sagte er so leise, daß sie ihn gerade noch verstehen konnte – offensichtlich hatte ihr Anblick ihm die Sprache verschlagen. Er stand auf, um sie zärtlich zu umarmen. Sanft strichen sein Hände über ihren Rücken und weiter über die Rundung ihres Pos.

»Laß uns gehen«, unterbrach sie seine Zärtlichkeiten und küßte ihn auf die Wange.

»Also gut«, murmelte er, zuckte mit den Schultern und ging schon voraus zum Wagen.

Sie hatten beschlossen, das Lokal aufzusuchen, in das sie vor Lennards Geburt regelmäßig gegangen waren. Es war brechend voll. Anfangs fühlten sie sich in dem Gedränge und Trubel ein wenig unwohl, weil sie es nicht mehr gewohnt waren, von so vielen Menschen umgeben zu sein. Doch nach kurzer Zeit genossen sie es. Ray hatte in der Menge einen alten Kumpel entdeckt und unterhielt sich angeregt mit ihm.

»Wie schön, dich auch mal wieder hier zu sehen.«

»Finde ich auch, Helen«, Kim begrüßte ihre Freundin aus vergangenen Tagen herzlich. Bald waren sie in ein Gespräch vertieft, lachten immer wieder und tauschten Fotos ihrer Kinder aus. Die Zeit verging wie im Flug, schon war es nach Mitternacht und Kim blickte sich suchend nach Ray um.

»Hallo, schöne Fremde.« Ray stand plötzlich hinter ihr

und schmiegte sich an sie. »Ich hätte jetzt große Lust, nach Hause zu gehen«, flüsterte er ihr zu.

Er umfaßte ihre Hüfte und drängte sich sanft an sie, Kim konnte seine Erregung deutlich spüren. Sie drehte sich um, küßte ihn auf den Mund und sagte: »Ich möchte sehr gerne mit dir nach Hause fahren«.

»Was hältst du davon, wenn wir uns erst mal einen Kaffee kochen?«, fragte Kim, als sie die Haustür aufschloß und ein Gähnen unterdrücken mußte.

Ray nickte. »Und um uns auf eine lange Nacht einzustimmen, schlage ich eine entspannende Rückenmassage vor. Leg dich ruhig schon auf das Sofa und mach es dir dort bequem.« Ray ging in die Küche, sie hörte die Kaffeemaschine und das Geschirrklappern. Dann kam er mit zwei Tassen in der Hand ins Wohnzimmer. Kim kuschelte sich auf die weiche, große Couch und schloß die Augen. Dieser Abend war wunderschön.

»So.« Ray setzte sich neben sie. »Nein, bleib liegen und entspann dich.« Er zog ihr das T-Shirt aus und massierte ihr mit langsamen, sanften Bewegungen den Rücken. Kim fühlte sich vollkommen entspannt, wohl und geborgen.

Ein kühler Luftzug fuhr über ihren Körper, Kim öffnete die Augen. Zunächst begriff sie nicht, was passiert war. Sie lag immer noch auf der Couch, doch im Zimmer war es dunkel. Wo war Ray? Langsam erhob sie sich, ging ans Fenster und zog die Vorhänge auf. Draußen war es schon hell. Erschrocken schaute sie auf die Uhr: es war halb acht morgens. Kim spürte, daß ihr Herz schneller schlug. Das letzte, woran sie sich erinnerte, war, daß Ray sie auf dem

Sofa massiert hatte. Und dabei, stellte Kim betrübt fest, war sie wohl eingeschlafen. Sie faßte sich an die Stirn.

Ray trat ins Zimmer. »Schön, daß du wenigstens jetzt wach bist«, begrüßte er sie unfreundlich und lief in die Küche, um eine Zigarette zu rauchen.

»Ray, es tut mir leid«, rief Kim ihm hinterher und zuckte hilflos mit den Achseln.

»Na ja, die Gelegenheit ist jetzt sowieso vorbei«, meinte Ray, drehte sich um und sah sie an. Unvermittelt grinste er. »Ich hätte mir fast denken können, daß so etwas passiert. Der Abend war einfach zu perfekt.«

Er nahm sie liebevoll in den Arm und sagte nur leise: »Schade!«

Vormittags fuhr Ray los, um Lennard bei den Großeltern abzuholen. Das war Kim genau recht, denn was sie nun brauchte, war ein bißchen Zeit und Ruhe, um zu telefonieren und einige Dinge zu organisieren. Sie legte einen Kugelschreiber, ein Blatt Papier und das Telefonbuch bereit. Mit einigen Telefonaten hatte sie alles vorbereitet, was für den heutigen Abend nötigt war.

Ray und Lennard kamen schon bald wieder nach Hause. Am Nachmittag spielten Ray und Kim mit Lennard im Sandkasten und schauten sein Lieblingsbilderbuch einige Male von vorne bis hinten gründlich durch. Doch Kim konnte sich nicht richtig konzentrieren, sie war abwesend und in Gedanken versunken. Sie hoffte, daß ihre Idee ein Erfolg werden würde.

Lennard hatte an diesem Abend brav sein Abendbrot gegessen und war anschließend gleich in seinem Bettchen friedlich eingeschlummert. Kim sah auf die Uhr, doch noch war es ein wenig zu früh. Sie beschloß, ins Bad zu gehen und sich frisch zu machen. Sie zog gerade ihr weites, gelbes T-Shirt und die Jeans aus, als es klingelte. »Zu früh«, schoß es ihr durch den Kopf. Sie streifte sich schnell den Bademantel über und flitzte zur Tür. Ray, der vor dem Fernseher saß, durfte auf keinen Fall etwas mitbekommen.

»Ich geh schon«, rief sie deshalb Ray hastig zu, als sie zur Tür eilte. Dabei gab sie sich Mühe, ihre Stimme wie immer klingen zu lassen. An der Haustür nahm sie dann das große, sperrige Paket in Empfang und stellte es sofort in die Abstellkammer hinter sich, weil sie erst noch Streichhölzer aus der Küche holen wollte.

»Sag mal, so gehst du zur Tür?« Ray stand plötzlich hinter ihr und betrachtete sie mit kritischem Blick. Kim erschrak, zuckte zusammen und stieß einen kleinen Schrei aus.

»Hast wohl ein schlechtes Gewissen, oder?« fragte Ray sie und grinste.

Weil ihr keine gute Antwort darauf einfiel, zuckte sie nur mit den Schultern. Dann ließ sie ihn einfach stehen und ging noch mal ins Bad, um ihr Make-up zu überprüfen.

Mit ihrem Aussehen sehr zufrieden, ging sie ins Schlafzimmer und rief Ray einige Zeit später. Sie hörte ihn kommen, kurz darauf stand er im Türrahmen und glaubte, seinen Augen nicht zu trauen. Rund um das Bett hatte Kim brennende Teelichter arrangiert, die warmes Licht verbreiteten. Auf den beiden Nachttischschränkchen standen silberne Schalen, gefüllt mit feinsten Köstlichkeiten. Dunkelrote Kirschen mit Schlagsahne, Vanillecreme, Weintrauben, Pfirsiche und anderes Obst, dazu etwas Mousse au chocolat. In einer anderen kleinen Schale sah Ray Kaviar, angerichtet auf einer feinen Creme. Daneben standen, hübsch arrangiert, zwei Gläser, in denen Champagner perlte, und eine auf Eis gelegte Flasche eines besonders guten Jahrgangs.

»Das soll eine kleine Wiedergutmachung für gestern sein«, flüsterte Kim leise. Während sie das sagte, ging sie auf Ray zu. Dabei streifte sie ihren Morgenmantel ab und ließ ihn zu Boden sinken. Sie trug einen schwarzen, engen Slip, der ihren Po verführerisch betonte, dazu ein schwarzes, hauchdünnes Spitzenoberteil mit schmalen Spaghettiträgern. Ray schluckte und atmete tief durch.

Sie ging auf ihn zu, strich über seine Brust und zog ihm das T-Shirt aus. Ray legte den Arm um sie, seine Lippen berührten ihre, sie küßten sich erst zaghaft, dann leidenschaftlicher. Sanft hob er sie hoch, um sie auf das Bett zu legen. Er nahm eine Erdbeere aus der Schale, drückte sie zusammen und träufelte den Saft über Kims Brüste. Dann tauchte er einen Finger in die Sahne und verteilte auch diese langsam auf ihren Brüsten. Über ihren Körper gebeugt, leckte er die Köstlichkeiten genüßlich von ihrer Haut. Er griff zu den Weintrauben, pflückte eine von der Rispe ab und legte sie in Kims Bauchnabel. Ihren Bauch garnierte er mit der Schokoladencreme. Diese Stellen küßte er, nahm die Weintraube mit den Zähnen auf und ließ sie zerplatzen. Saft spritzte auf ihren Bauch.

Kim nahm ebenfalls etwas von den Leckereien und berührte damit spielerisch seinen Körper, bevor sie sie von ihm naschte. Sie versanken in ihrer Lust und ließen sich von ihren Gefühlen treiben, vergaßen alles andere um sie herum. Sie liebten sich eine lange Zeit, verschmolzen zu einem Körper.

Erschöpft und noch etwas benommen lagen sie nebeneinander. Kim schloß die Augen und seufzte leise. »Es war …«

»Schscht«, machte Ray und legte ihr zärtlich den Zeigefinger auf den Mund. »Wenn man einen Moment erlebt, den man nicht beschreiben kann, sollte man ihm nicht durch Worte das Besondere nehmen.«

Gernot Gricksch

Ein stiller Mann

Er machte Ayse nervös. Seit sie Goran als neuen Kollegen im Putzdienst zugeteilt bekommen hatte, waren die Nächte im Luxusrestaurant *Clavigo* von Anspannung bestimmt.

Vor einigen Wochen noch hatte sie hier gemeinsam mit Mehna die Fußböden geschrubbt, die Tische gewischt, den Tresen poliert und die manchmal fast unerträglich besudelte Küche gereinigt. Mehna war immer fröhlich, sie redete fast ununterbrochen. Und anders als Ayse, die mit ihren einundzwanzig Jahren noch zu Hause wohnte und deren Vater sie zwar nicht zum Tragen eines Kopftuchs zwang, sie aber als Muslimin erzogen hatte, war Mehna ein modernes Mädchen. Sie hatte einen deutschen Freund, und letztes Jahr war sie mit ihm nach Ibiza gefahren, wo sie oben ohne gebadet hatte. »Das solltest du auch mal tun«, hatte Mehna gelacht und Ayse unverblümt auf die Brust gestarrt. »Du hast doch einen Riesenvorbau. Die Männer wären richtig verrückt nach dir.«

Ayse war rot geworden, als Mehna das sagte. Und das war es natürlich, was Mehna hatte erreichen wollen.

Ein paar Wochen später heiratete Mehna, und ihr Mann sagte, sie brauche nicht mehr zu arbeiten. So wurde Goran Ayses neuer Kollege.

Goran war still. Sehr still. Als sie ihn an seinem ersten Tag fragte, woher er komme, hatte er seine Antwort regelrecht geflüstert: »Mazedonien«. Seitdem hatten sie nicht mehr als ein paar Sätze miteinander gesprochen – und es waren stets nur pragmatische Dinge über Bohnerwachs, Wischlappen oder den Aufbewahrungsort bestimmter Reinigungsmittel. Und doch: Ayse wußte, daß Goran sie beobachtete. Wenn er glaubte, sie würde es nicht bemerken, lehnte er sich an die Wand und sah ihr zu. Es waren keine aufdringlichen Blicke, eher verträumte. Goran sah sie an, als wäre sie eine Skulptur. Als wolle er herausfinden, was sie bedeute. Ayse, die sich selbst nicht sehr schön fand, ertappte sich in diesen Momenten dennoch dabei, daß sie versuchte, sich besonders grazil zu bewegen und sich mit einer Aura des Eleganten zu umgeben. Sie mußte sich eingestehen: Goran bewunderte ihre Erscheinung.

Und bei ihr war es nicht anders: Wenn sie gewollt hätte, wäre es ihr möglich gewesen, einem Maler jedes Detail von Goran zu beschreiben, so daß dieser ein Bildnis von extremer Präzision würde schaffen können. Ayse hatte noch nie einen Mann gesehen, den sie schön fand. Nicht gutaussehend, nicht attraktiv. Nein, schön! Schönheit, fand Ayse, war, wenn man nicht erklären konnte, warum etwas so dermaßen bestechend war. Wenn es nicht bloß um die Augen ging, den Körperbau, das Lächeln, sondern um das Zusammenspiel verschiedener Einzelheiten, angereichert mit einer ganz speziellen Ingredienz, die sofort aufhören würde, ihren Zauber zu verbreiten, wenn man sie benennen könnte.

Einige Male schon waren peinliche Momente entstanden, weil Ayse Goran zu lange betrachtet, sich in seiner für einen Mann so ungewöhnlichen Anmut regelrecht verloren hatte, und dann – als er sich ihr unvermutet zuwandte – nicht schnell genug den Kopf zur Seite hatte drehen können. Goran hatte dann immer gelächelt. Nicht neckisch, weil er sie ertappt hatte. Nicht arrogant, weil er es vielleicht gewöhnt war, daß Frauen ihn anstarrten. Nein, auch sein Lächeln war schön. Sanft. Zart.

Ayse fand es anstrengend, mit Goran zu arbeiten. Was sie auch tat, stets war sie sich seiner Präsenz bewußt. Sie wischte nicht einfach die Tische – *sie wischte die Tische im selben Raum wie Goran*. Sie trug den Müll heraus – *und würde dann zu Goran ins Restaurant zurückgehen*. Sie spürte, daß sie sich beide umkreisten. In denkbar großer Entfernung und doch stets in Sichtweite. Und keiner von beiden unternahm etwas.

Ayse war noch Jungfrau. Sie hatte nahezu keine Erfahrungen mit Männern, weil sie während der ersten sechzehn Jahre ihres Lebens nur zur Schule und anschließend direkt nach Hause gegangen war. Und weil sie seit fünf Jahren tagsüber meist daheim blieb, schlief, las, sich um ihre Geschwister kümmerte und nachts dann im *Clavigo* putzte. Ihr Vater war nicht so streng, daß er ihr das Ausgehen verboten hätte. Aber er hatte sie zu einer Scheu gegenüber Männern erzogen, die ihr längst in Fleisch und

Blut übergegangen war. Es war auch nicht so, daß sie keine Triebe hatte. Ayse spürte Lust und Verlangen, wie jeder Mensch. Doch Männer waren Ayse fremd – und je länger sie sich von ihnen fernhielt, desto obskurer erschienen sie ihr.

Aber Goran war irgendwie anders.

Vielleicht war es tatsächlich seine Zurückhaltung, die ihr gefiel. Ayse hatte vier Brüder, einer lauter als der andere. Eine türkische Familie, in der der Geräuschpegel auf den Durchschnitt sank, in der stimmte etwas nicht. Doch irgendwie hatte das Gebrüll, das Gepolter, die demonstrative Männlichkeit, mit der ihre Brüder durchs Leben rumpelten, sie immer gestört. Ein Mann, den sie lieben konnte, durfte nicht so sein wie ihre Brüder. Liebe war für Ayse Zärtlichkeit. Und Zärtlichkeit war still.

Deshalb mochte Ayse Gorans Schweigen. Und gleichzeitig verfluchte sie es, denn insgeheim wartete sie darauf, daß er sich ihr näherte. Daß er sein offenkundiges Interesse an ihr endlich in Worte faßte. Nicht viele Worte, keine Liebeserklärung oder ähnliches. Aber die Andeutung eines Flirts. Von dort aus könnte es mit ihnen beiden irgendwie weitergehen. Doch Goran schwieg beharrlich. Und Ayse verkrampfte sich immer mehr. Sie liebte seine Nähe und sie haßte seine Anwesenheit. Er nahm ihr das Alltägliche. Er war in ihrem Kopf.

»Irgendwann«, dachte Ayse, »werde ich mich direkt vor ihn stellen und schreien, so laut ich kann: ›Sag was! Verdammt noch mal, sag was!‹«

Der Montag war Ayse am liebsten. Da hatte das *Clavigo* Ruhetag. Sie mußte am Sonntag nicht nachts putzen, sondern konnte am Montag im Laufe des Tages kommen, meistens fing sie gegen fünf Uhr an. Und Goran, der noch nicht lange genug bei der Putzfirma war, als daß man ihm die Schlüssel der Kunden anvertraut hätte, stand dann immer schon vor der Tür. Die beiden nickten sich zu, Ayse lächelte ihn an – nicht zu offensichtlich natürlich, aber doch so, daß es hoffentlich nicht nur aussah wie bloße Höflichkeit –, und sie betraten wortlos das Restaurant.

An diesem Montag bemerkte Ayse, als sie um die Ecke bog: Goran war nicht da! Sie spürte einen regelrechten Stich im Herzen. Und es ärgerte sie, daß sie so fühlte. Als sie vor der Eingangstür des *Clavigo* stand, sah sie sich noch einmal um, schaute, ob Goran vielleicht gerade die Straße hochkäme, doch sie sah ihn nirgends. Also schloß sie die Tür auf und ging ins Lokal.

Das erste, was sie bemerkte, war der Geruch! Süßlich. Und dann sah sie, daß das Lokal vor Sauberkeit blitzte. Selbst wenn Goran und sie besonderen Arbeitseifer an den Tag legten, sah der Raum doch nie so perfekt aus. Der Boden schimmerte regelrecht. Die Spiegel hinter der Bar glänzten wie Kristall. Ayse ging zaghaft ein paar Schritte weiter, schaute um die Ecke, wo der große Speisesaal war – und hielt inne. Einer der Tische war gedeckt! Nicht mit einer der Tischdecken des Restaurants, sondern mit einem rotbraun schimmernden Tuch aus Seide. Orchideen standen in einer Vase. Und aus Stoffservietten hatte jemand kunstvoll zwei Schwäne gefaltet.

»Hallo?« rief Ayse zaghaft. Sie fragte sich, ob der Besitzer vielleicht einen Privatgast hatte und sie heute womöglich gar nicht erwünscht war. Natürlich, das war es! Deshalb war Goran nicht da! Man hatte ihm abgesagt. Und Ayse hatte man aus irgendeinem Grund nicht erreicht.

»Hallo?« rief sie noch einmal, diesmal etwas lauter.

Und da sah sie Goran aus der Küche kommen. Er trug eine Schürze über einem Anzug, der zwar perfekt saß, aber an den Ärmeln schon deutlich abgewetzte Spuren zeigte.

»Goran!« rief Ayse. »Was ...?«

Goran lächelte sein mildes Lächeln, legte den Zeigefinger an die Lippen und machte »Pst«. Dann wies er mit einer weit ausladenden Geste, fast schon der Karikatur einer Einladung, auf den gedeckten Tisch. »Ayse«, flüsterte er. »Ayse.« Als wolle er sich selbst versichern, daß sie es war.

»Goran. Was soll das? Du kannst doch nicht einfach ...«

»Pst«, machte er noch einmal, lächelte weiter und schob sie in Richtung Tisch. Er berührte sie nicht dabei. Er hob seinen Arm, bewegte ihn in ihre Richtung, doch kurz bevor er sie tatsächlich angefaßt hätte, hielt er inne. Er führte sie zum Tisch, ohne sie zu berühren. Und doch war es Ayse, als spüre sie seine Hand auf ihrem Rücken.

Als sie sich setzte, sah sie, daß die Terrassentür des *Clavigo* aufgebrochen worden war. Das mußte Goran gewesen sein. Sie drehte sich zu ihm um, doch er war schon wieder verschwunden.

»Was mache ich hier?« fragte sich Ayse. »Was soll das?«

Aber sie stand nicht auf.

Nach einigen Minuten kam Goran zurück. Er hatte

seine Schürze abgelegt und trug ein Tablett. Auf dem standen eine Flasche Wein und zwei Teller, von denen jener süßliche Geruch aufstieg, den Ayse bereits beim Hereinkommen registriert hatte. Goran stellte die Teller auf den Tisch und Ayse betrachtete neugierig, was darauf lag: Paprika, überbrüht und sorgfältig gehäutet, blanchierte Zuckerschoten und gegrillte, kleine Scampi – eingelegt in ein gewürztes Öl.

Goran hatte den Wein geöffnet, doch Ayse hielt eine Hand über ihr Glas. »Ich möchte keinen Wein«, sagte sie und lächelte.

»Ah«, machte Goran und grinste. »Allah. Allah ist weit, Ayse.«

Ayse lächelte, hielt die Hand aber weiterhin über das Glas. Goran zuckte mit den Achseln, stellte die Weinflasche auf den Nebentisch und holte aus dem Kühlschrank hinter dem Tresen eine Flasche Mineralwasser. Er schenkte Ayse und sich selbst ein, dann setzte er sich ihr gegenüber.

Ayse hatte begriffen, daß Fragen nichts brachten. Und tatsächlich begann sie fast, das stille Spiel langsam fast zu genießen. Sie nahm einen Bissen auf ihre Gabel, probierte – und rollte mit den Augen. Es war unglaublich! Es sah so simpel aus, doch es schmeckte großartig. Süß und scharf zugleich, eine ganz besondere, perfekt gelungene Mischung aus ... Ayse wußte es nicht. Da war Safran drin, und Zimt? Nie zuvor hatte Ayse so etwas gegessen wie diese Köstlichkeit.

»Das ist wunderbar, Goran!« sagte Ayse und schob sich gleich einen weiteren Bissen in den Mund.

»Ich war mal Koch«, flüsterte Goran.

»Hm?« Ayse, die lustvoll und sogar ein wenig schmatzend gegessen und Goran nicht verstanden hatte, schaute auf. »Wie bitte?«

»Ich hatte mal ein Restaurant«, sagte Goran etwas lauter.

»Oh«, machte Ayse und sah ihn erwartungsvoll an, offenbar überzeugt, daß jetzt eine längere Geschichte folgen würde.

»Der Krieg«, sagte Goran aber nur und drehte die Handflächen nach oben, als hätte er dort etwas versteckt gehalten, was er nun freiließ.

Ayse wollte etwas sagen, doch Goran erhob sich und verschwand wieder in Richtung Küche.

»Der Krieg«, dachte Ayse. »Natürlich, in Mazedonien hatte es Krieg gegeben.« Ayse schämte sich ein bißchen, daß sie die schrecklichen Bilder aus dem Fernseher nie mit Goran in Verbindung gebracht hatte.

Als Goran diesmal aus der Küche kam, brachte er einen neuen Duft mit. Wieder war es ein Aroma, das Ayse nur ungefähr einordnen konnte. Kräftig. Kräuter. Ein bißchen wie Oregano. Thymian? Goran stellte einen Teller vor Ayse, auf dem ein kleines, gegrilltes Lammkotelett zischte. Daneben ein Häufchen in Paprikabutter geschwenkter Reis und gedünstetes, weißes Gemüse, das Ayse noch nie gesehen hatte. Sie zeigte darauf, sah Goran an und zuckte mit den Achseln.

Goran – offenbar amüsiert, daß Ayse seine Wortlosigkeit imitierte – sagte: »Pastinaken.«

Ayse aß. Und es schmeckte großartig. Nicht ganz so

spektakulär wie der erste Gang, aber sehr lecker, sehr sensibel gewürzt. Und ganz abgesehen davon: Normalerweise kochte Ayse zu Hause oder ihre Mutter. Noch nie hatte ein Mann für Ayse gekocht. Und sie genoß allein schon diesen Umstand.

Goran und Ayse saßen sich gegenüber. Während des ganzen Essens sprachen sie nicht ein Wort. Für Ayse war es nicht leicht, sich zurückzuhalten, doch sie hatte das Gefühl, daß sie Gorans Spielregeln akzeptieren sollte. Tatsächlich stellte sich nach einer Weile sogar eine gewisse Entspannung bei ihr ein. Wie oft hatte man das Gefühl, eine peinliche Stille durchbrechen zu müssen und verlor sich dann in langer, sinnloser Plapperei. Mit Goran aber konnte sie schweigen. Sie genoß das Essen. Und je länger sie zusammensaßen, desto öfter sahen sie sich an. Aus zögerlichen Blicken wurden schon bald lange Momente, in denen sich ihre Augen ... ja, in denen ihre Augen miteinander zu sprechen begannen.

Es war draußen bereits dunkel geworden, als Goran den Nachtisch brachte. Er hatte frische Erdbeeren, Pfefferminzblätter, Granatapfelkerne und dünne Birnenscheiben auf kleinen Tellern angerichtet und eine Soße darübergegeben, die nach Vanille, aber auch fruchtig nach Pfirsich oder Apfel schmeckte.

Und wieder schmeckte es Ayse großartig. Und wieder hatte sie mit Goran einen langen Blicke getauscht. Und dann hatte Goran plötzlich seine Hand auf die ihre gelegt! Es war das erste Mal, daß Goran sie berührte, es fühlte sich an wie ein kleiner Stromschlag. Gorans Hände waren ein wenig rauh – kein Wunder bei einem Mann, der seinen Lebensunterhalt erst in der Küche und dann bei einer Reinigungsfirma verdiente –, doch Ayse erstaunte es trotzdem. Es war das erste Mal, daß sie bei Goran etwas entdeckte, das nicht sanft, nicht weich war. Ayse bewegte ihren Daumen langsam über Gorans Handrücken. Goran drückte, ganz leicht, ganz zärtlich, ihre Hand.

Dann sahen sie sich an. Goran wirkte jetzt zum ersten Mal ein wenig nervös. Und überrascht stellte Ayse fest, daß sie selbst ganz ruhig geworden war. Sie war glücklich. Sie fühlte sich sicher. Goran hob jetzt seine andere Hand, strich Ayse sanft über die Wange, die Stirn, den Mund. Er beugte sich langsam über den Tisch und Ayse kam ihm ebenso langsam entgegen. Und dann küßten sie sich. Sehr zaghaft, als wären Lippen zerbrechlich wie Porzellan. Ein einziger Kuß nur. Dann ließen sie sich wieder zurück auf die Stühle sinken, ließen sogar ihre Hände los.

»Ich hatte gedacht, du stotterst vielleicht und magst deshalb nicht reden«, sagte Ayse jetzt. Es war der längste Satz, den sie an diesem Abend gesprochen hatte.

»Ich glaube an nichts mehr, was gesagt wird«, flüsterte Goran. »Ich glaube nur noch, was ich fühle.« Und dann stand er auf, etwas unsicher, verlegen, nahm die Teller vom Tisch und brachte sie in die Küche.

Ayse blieb sitzen, atmete tief aus. Und lächelte. Als Goran nach ein paar Minuten immer noch nicht zurückgekommen war, ging sie ebenfalls in Richtung Küche, die ein ganzes Stück vom Speisesaal entfernt lag. Als Ayse die Küche fast erreicht hatte, glaubte sie, ihren Ohren nicht zu trauen! Sie hörte eine Stimme, einen Gesang, sehr leise nur, aber so klar und schön, daß sie zuerst dachte, es müßte das Radio sein. Doch als sie im Türrahmen der Küche stand, sah sie Goran am Spülbecken stehen. Er wandte ihr den Rücken zu, weichte das Geschirr ein, und ... sang! Eigentlich nur ein Summen, so leise war es, aber melodiös und mit Hingabe. Ayse verstand kein Wort – es war wohl ein altes Volkslied oder ein Schlager aus Gorans Heimat –, aber sie verstand, woher diese Stimme kam. Sie hörte Goran singen und wußte, daß sie gerade mehr über ihn erfahren hatte, als wenn er sich überwunden und ihr stundenlang erzählt hätte.

Leise drehte sich Ayse um, schlich zurück in den Speisesaal und ließ dort die Jalousien vor den Fenstern hinunter. Dann knöpfte sie langsam, aber ohne zu Zögern ihr Kleid auf, ließ es auf den Boden fallen und zog auch ihren BH und den Slip aus.

Sie lächelte und wartete.

Almudena Grandes

Malena, ein Leben auf Sparflamme

5. Dezember 1949
Im Grunde steht die Lust zu vögeln nicht über der, zu essen. Wenn Essen so verboten wäre wie das andere, so wäre eine ganze Ideologie entstanden, eine Leidenschaft des Essens mit ritterlichen Normen. Das, was die Leute Verzükkung nennen – das Sehen, das Träumen, wenn du vögelst –, ist um nichts mehr als die Lust, in eine Mispel oder eine Weintraube hineinzubeißen.

Cesare Pavese, Das Handbuch des Lebens

Dieses Mal mochte sie sich nicht mehr anmutig hinsetzen, diesmal nicht. Sie ließ sich mit ihrem ganzen Gewicht auf den Stuhl plumpsen und stieß einen wohligen Seufzer aus. Mit einer müden Geste schraubte sie den Füllfederhalter auf, um zu prüfen, ob er genug Tinte enthielt, zog auf ihrer linken Hand am Daumen entlang einen feinen blauen

Strich und dachte, daß sie jetzt das letzte Mal dieser absurden, bisher nicht abzustellenden Kindheitsmarotte nachgegeben hatte. Sie legte das Briefpapier mit dem Bild der berühmten Alice von John Tenniel – letztes Geschenk von Aleister – genau in die Mitte und sagte sich, daß es vielleicht vernünftiger wäre, einen solchen Brief auf ein ganz gewöhnliches Papier zu schreiben, verwarf diese Möglichkeit aber sogleich wieder. Schließlich schien eine Nicht-Geburtstagsfeier die ideale Einleitung für eine Abschiedsbotschaft wie die ihre zu sein. Sie warf einen flüchtigen Blick auf den Mann, der lautstark in ihrem Bett schnarchte, und verglich die sich unter dem Bettlaken abzeichnende voluminöse Silhouette mit dem Totgewicht eines berühmten, für immer und ewig aufgedunsenen, schwachsinnigen alten Boxers. Sie seufzte erneut und begann zu schreiben:

> *Sehr geehrter Herr Richter!*
> *Ich, Magdalena Hernández Rodríguez, Spanierin, Witwe, von Beruf Chemikerin, 46 Jahre alt, im Vollbesitz meiner körperlichen und geistigen Kräfte, habe heute, am 7. Mai 1990, entschieden, freiwillig aus dem Leben zu scheiden, das für mich keinen Sinn mehr hat ...*

Vor knapp drei Monaten hatte sie ihn wiedergetroffen, als sie schon nicht mehr damit gerechnet hatte, ihn jemals wiederzusehen, als sie sich schon eingeredet hatte, ihn endlich vergessen zu haben, als er ihr schon fast gleichgültig geworden war – gerade in dem Augenblick fiel auf einer Party ein dicker, bärtiger und fast kahlköpfiger Mann über sie her, erstickte sie fast mit seiner heftigen Umarmung, überzog ihr Gesicht mit einem nach kanarischen Zigarren riechenden Geifer, küßte sie so ungeschickt, daß sich einer ihrer Ohrklipse löste und zu Boden fiel, wo jemand unabsichtlich darauftrat und ihn sauber in der Mitte zerbrach. »Malena, ich bin's Andrés, freust du dich nicht, mich zu sehen?« Sie glaubte zu spüren, wie sich der Boden unter ihr auftat; in ihrem Innern kämpfte ein immer schwächer werdendes Stimmchen tapfer, aber vergeblich darum, eine letzte Hoffnung aufrechtzuerhalten, und flüsterte: Nein, das kann nicht sein, das muß ein anderer sein, ein anderer Andrés vielleicht, aber nicht der, nicht ihrer, es konnte nicht ihr Andrés sein, auf gar keinen Fall …

Selbstverständlich war es Andrés. Als es ihr gelungen war, der feuchten Lawine Einhalt zu gebieten, die sie für so viele Jahre des Wartens grausam strafte, statt sie zu entschädigen, fand sie in diesem aufgedunsenen und vom Alter herabgewürdigten Gesicht flüchtige Spuren des faszinierenden Jungen, den zu lieben sie nie aufgehört hatte. Da waren, unter einem häßlichen graumelierten Dickicht verborgen, diese so feingeschwungenen, sich kaum abzeichnenden Lippen, die sie immer als diskretes Zeichen eines treulosen, erfahrenen Liebhabers hatte deuten wollen, Lippen, deren bloßer Anblick ihr früher kalte und warme Schauer über den Rücken gejagt hatte. Und da waren auch die zarten Schatten unter den Augen – die sich in ein, zwei, drei Tränensäcke verwandelt hatten –, das spitze Kinn – das zu einem runden, weichlichen Doppelkinn wurde –, die riesigen knochigen Hände mit langen Fingern – aber so angeschwollen wie nordafrikanische Entenmuscheln – und der Körper, dieser zerbrechliche, vergötterte Körper von damals, einziges Objekt ihrer schmerzhaften Begierde, so dickflüssig und dunkel wie Blut, die sie insgesamt fast dreißig Jahre lang einsam gehegt hatte und die sich jetzt, angesichts dieser dikken, schlecht verarbeiteten Wurst, die Andrés geworden war, von einem Augenblick auf den anderen endlich auflöste.

Dennoch flirtete sie die ganze Nacht mit ihm und lauerte auf jedes Zwinkern, jedes Augenleuchten, jeden Strohhalm, an den sie sich hätte klammern können, um den verlorengegangenen Taumel wieder heraufzubeschwören. Sie fand nichts von ihrer ewigen Liebe an ihm wieder. Trotzdem akzeptierte sie sein schäbiges, absolut ungewöhnliches Angebot – »Warum lädst du mich nicht zu dir nach Hause ein, und wir trinken das letzte Glas im Bett?« –, denn sie glaubte, es sich selbst und ihrer verräterischen Erinnerung schuldig zu sein. Es war die totale Katastrophe. Er erwies sich nicht nur als wenig treulos und verheerend unerfahren, sondern er verhielt sich darüber hinaus kaum wie ein Liebhaber. Noch bevor er sich ganz ausgezogen hatte, stürzte er sich auf ihren Körper, schien dann aber keinerlei Absichten zu hegen, die aktive Rolle zu übernehmen. Danach lächelte er zufrieden, hustete ein paarmal und schlief ein.

Sie konnte nicht so leicht einschlafen. Im Bett sitzend, rauchte sie eine Zigarette nach der anderen. Ihre Nieren brannten, und alle ihre Muskeln schmerzten, erschöpft von der Anstrengung, rhythmisch und ohne nennenswerte Hilfe diese Parodie eines Mannes nach oben zu pumpen. Sie hatte ihr ganzes Leben damit verbracht, auf Andrés zu warten, jetzt lag er schlafend neben ihr und schnarchte wie ein asthmakrankes Flußpferd. Die Zukunft schien nicht sehr vielversprechend. Sie versuchte, nicht daran zu denken, legte sich ab und zu hin, klopfte das Kissen auf, legte sich auf die Seite, dann auf den Rükken, probierte es auf der anderen Seite und setzte sich schließlich wieder auf, um sich verzweifelt die vorletzte Zigarette anzuzünden. Bis ein Lächeln ihr Gesicht erstrahlen ließ und gleich darauf ihren Körper belebte. Splitternackt und verschwitzt sprang sie mit einem Satz aus dem Bett, ging ins Bad, und statt, wie so oft, nur den einen Schalter, drückte sie mit einem Handgriff alle drei Schalter der grausamen Halogenlampen und musterte aufmerksam ihr Spiegelbild. Es gab keinen Grund mehr, sich im einschmeichelnden Halbdunkel des schwachen Seitenlichts zu betrachten. Jetzt brauchte sie genau das Gegenteil, sie wollte sich nicht nur deutlich sehen, sondern sie wollte den Verfall sehen. Sie hatte entschieden, daß sie genau so war, wie sie aussah. Vor sich erblickte sie den schwabbeligen, alternden Körper einer sechsundvierzigjährigen Frau, mit hängenden Brüsten, geblähtem Bauch, Krampfadern an den Beinen und mit schlaffen Hüften. Ihr Lächeln verbreiterte sich zur Fratze, während sie die rechte Hand in der Luft zur Faust ballte und laut und deutlich sagte: »Ab morgen werde ich wieder essen.«

Wissen Sie, ich habe mit fünfzehn Jahren aufgehört zu essen. Mit fünfzehn Jahren begann ich, mich nur mit dem Notwendigsten zu ernähren, gekochtes Gemüse, gekochtes Fleisch, gekochter Fisch, ein Leben auf Sparflamme. Und alles aus Liebe. Es ist schon traurig, wie dumm wir Frauen sein können, aber an jenem Nachmittag, ich weiß nicht, ob Sie das verstehen werden, aber an jenem Nachmittag beim Flaschenspiel glaubte ich, aus Kummer und Ekel und vor Begierde nach Andrés zu sterben …

Auf dem Zementfußboden kreiste und kreiste eine honigfarbene Bierflasche, ohne die Füße der zwanzig sonnengebräunten Jugendlichen zu streifen, die im Kreis auf dem Boden saßen und sie mit einer gewissen Beklemmung im Gesicht unverwandt anstarrten. Ein bißchen abseits, weil sie es beschämend fand, sich wie die anderen im Schneidersitz hinzusetzen, saß auch Malena, gerade fünfzehn geworden, einen Meter dreiundsiebzig groß, zweiundachtzig Kilo schwer, ein echtes Walroß. Sie trug ein weites Baumwollkleid mit einer winzigen Stickerei und einem sehr auffälligen Lätzchen auf der Brust, das ihre Freundinnen niedlich fanden, weil es wie ein Umstandskleid wirkte. Es *war* ein Umstandskleid, obwohl sie sich eher hätte umbringen lassen, als das zuzugeben. Sie kannte keine größere Qual, als einkaufen zu gehen, kein größeres Wunder, als einen Rock in ihrer Größe zu finden. Nur wenige Wochen zuvor war ihre Mutter, eine sehr schöne

Frau, in Tränen ausgebrochen, als sie in einer winzigen Umkleidekabine im Kaufhaus El Corte Inglés ihre nackte Tochter sich krampfhaft in einen schwarzen Badeanzug mit Körbchen und Hüftverstärkungen pressen sah, den sie im letzten Winkel der Damenabteilung – SONDERANGEBOTE! BADEMODE FÜR SENIORINNEN, WAGEN SIE ES, SEÑORA. LEBEN SIE JETZT – gefunden hatten. Ihre Mutter weinte, und Malena mit halb hochgezogenem Badeanzug, die Träger auf Hüfthöhe eingerollt und mit vor Anstrengung heraushängender Zunge sah sie an, ohne zu verstehen, was los war. »Aber schau dich doch an, mein Kind«, hörte sie schließlich aus den Schluchzern heraus. »Du siehst aus wie vierzig ...«

Draußen in der erstickenden Madrider Juliluft fing ihre Mutter wieder mit der üblichen Leier an: »Mach eine Diät, mein Kind, noch ist es Zeit, schließlich bist du noch jung, später wird es dir viel schwerer fallen, hör auf mich, bitte, Malena, laß uns zum Arzt gehen ...« Sie hatte sich wie immer taub gestellt, sich aber auch nicht getraut, um ihr Lieblingseis, Waffeleis mit Schokoladenüberzug, zu bitten, denn der mütterliche Anfall schien schlimmer zu sein als sonst.

Und jetzt saß sie in der Garage von Milagros' Eltern mit ausgestreckten Beinen auf dem Boden und verfolgte ängstlich, in welche Richtung der Flaschenhals zeigen würde, denn an diesem Nachmittag hatte sie sich rettungslos in Andrés verknallt.

Er zeigte schon wieder auf ihre Füße, und das Herz schlug ihr bis zum Hals, weil sie dran war, diesmal mußte sie dran sein, da gab es keine Ausflüchte mehr. Die Spielregeln erlaubten nicht, zweimal dieselbe zu küssen, und Andrés hatte die sieben anderen Mädchen der Clique schon geküßt, von der häßlichsten bis zur hübschesten, mit Ausnahme von Milagros, der Freundin seines Zwillingsbruders. Jetzt war es soweit, jetzt war sie dran, sie war als einzige übrig, und trotzdem wählte er ohne zu zögern zum zweitenmal Silvia. Jemand protestierte. Aber es ist doch keine mehr übrig, erklärte er. Natürlich, stimmte ja, die anderen gaben ihm recht, und sie wagte nicht zu widersprechen, weil niemand sie ansah, niemand sie erwähnte, niemandem aufzufallen schien, daß sie noch übrig war, unberührt, einsam und stumm. Andrés zog dieses dürre Exemplar der herkömmlichen Scharfmacherin vor, die unerklärlicherweise alle so verrückt zu machen schien, nahm sie bei der Hand und führte sie in eine Ecke, um sie zu küssen. Malena nutzte die Gelegenheit, um ungesehen zu verschwinden. Den restlichen Nachmittag verbrachte sie damit, auf einem Fels zu sitzen und nachdenklich in den Fluß zu schauen, und als sie viel früher, als sie gemußt hätte, nach Hause kam, traf sie ihre Mutter in der Vorhalle beim Legen eines nie enden wollenden Puzzles an. »Ich habe mich entschieden, eine Diät zu machen, Mama«, sagte sie nur. Diese lächelte sie an, nahm sie in die Arme und sagte leise zu ihr: »Du wirst sehen, daß alles gut wird, du wirst sehen, wie hübsch du werden wirst, Malena ...«

So fuhr ich schließlich mit Mama zu einem Arzt in Madrid, einem ganz jungen Endokrinologen, der mich mit einem Ausdruck des

Bedauerns ansah und mir klar und deutlich sagte: »Schau, mein Kind, dein Problem ist, daß du von Geburt an dick bist. Ich werde dir eine sehr harte Diät verschreiben. Wenn du sie eisern durchhältst, wirst du abnehmen und eine gute Figur bekommen, das ist sicher. Aber du mußt deine Einstellung und deine Lebensweise ändern, denn du hast einen negativen Stoffwechselindex. Er ist besser, wenn dein Organismus praktisch keinen Grundumsatz mehr hat, damit mußt du dich abfinden …«

Sonntag war der beste Tag, denn da gab es ein Drittel einer Coca-Cola mit einem Schinkenbrötchen am Spätvormittag und zum Mittagessen eine halbe Tomate, ein Viertel Brathähnchen und einen Apfel. Nein, die Sonntage waren nicht schlecht. Aber dienstags und samstags durfte sie nur Obst essen und zum Abendbrot gekochtes, ungesalzenes Gemüse als ersten Gang. Trotzdem hielt sie durch, erfüllte die eiserne Diät, ohne jemals schwach zu werden, und sie nahm ab, sie konnte es kaum glauben. Jeden Morgen nach der Dusche mit einem Anticellulitisgel auf Algenbasis,. das die Haut mit einem widerlichen Geruch tränkte, wog sie sich, und jeden Tag pendelte sich die Nadel der Waage etwas schneller auf die Zahl ein. Die anderen bemerkten noch nichts, noch nicht, denn sie trug noch dieselben Kleider, dieselben Umstandskleider, dieselben Badeanzüge für Frauen nach den Wechseljahren. Sie ging jeden Nachmittag trotz der sengenden Hitze eine halbe Stunde lang spazieren, um ihren Verdauungsrhythmus anzuregen, und sie betrachtete sich jeden Abend nackt im Spiegel und hüllte sich in einen glänzenden roten Vorhang, der sich wie ein Abendkleid um ihren Körper schmiegte, um sich an einer noch nie gekannten Taille zu erfreuen, einem Bauch, der flach zu werden versprach, Brüsten, die endlich sichtbar über ihren Bauch hervorragten und unter denen sie mit einem bißchen guten Willen ansatzweise ihre bisher unsichtbaren Rippen erahnen konnte. All das tat sie, und sie ertrug den Hunger, der nicht unerträglich war, noch nicht, denn das letzte Festessen, der Abschied – vier Hefegebäckstückchen, zwei Tafeln Vollmilchschokolade, eine Dose Sardinen in Tomatensoße und eine halbe Dose gezuckerte Kondensmilch –, war ihr noch ganz frisch in Erinnerung, eine unsinnige Mahlzeit, die sie am letzten Tag vor ihrer Diät in genau sechsundzwanzig Minuten verschlungen hatte, nachdem Andrés ihr ihre heldenhafte Entscheidung mit einer noch überraschenderen Neuigkeit vergolten hatte: »Am Montag gehe ich zum Bund, weißt du, nach Ceuta, freiwillig ...«

Anfangs dachte ich, daß es so besser sei, denn wenn er von der Armee zurückkäme, sähe ich schon großartig und überwältigend aus, wie eine Elfe eben. Wer hätte schon vorhersehen können, daß er sich so dumm anstellen würde? Und damals, als Andrés im Krankenhaus lag, begann ich, Hunger zu verspüren, einen schrecklichen, fürchterlichen, tödlichen Hun-

ger. Es war die Hölle, Herr Richter, eine Folter, die sich niemand vorstellen kann ...

Nun ja, in Tat und Wahrheit wurde sie nie eine Elfe. Schlank ja, aber immer noch innerhalb der Grenzen einer molligen Frau mediterraner Prägung. Sie begriff schnell, daß es dafür keine Lösung gab. Seit Beginn ihrer Qualen waren knapp anderthalb Jahre vergangen, als sie es wagte, endlich den Tempel höchster Glückseligkeit zu betreten, eine Boutique mit einem gigantischen Foto von Twiggy über der Tür, in der sie erneut den Urteilsspruch hören sollte, dem sie für immer entronnen zu sein geglaubt hatte: Tut mir leid, aber deine Größe führen wir nicht ...

Das Pflaster der Serrano-Straße überlebte wunderbarerweise ihre zornigen Schritte, während sie mit aller Macht einen grausamen Tod herbeiflehte, irgendeinen unendlich schmerzhaften Todeskampf für die bläßliche Verkäuferin mit Kleidergröße 36, die es gewagt hatte, sie mit bedauerndem Gesichtsausdruck anzusehen. Besser noch die Lepra, dachte sie, als der unverwechselbare Duft frischer Croissants sie mitten auf dem Gehweg innehalten ließ. Sie sah sich um und erblickte den Ursprung des Wohlgeruchs in der Schaufenstervitrine einer Luxuskonditorei. Jetzt geh ich rein und kaufe mir eine kandierte Dattel, ich gehe rein und esse sie auf, sagte sie sich, und es wird nichts passieren. Ich gehe rein, kaufe mir eine kandierte Dattel und esse sie dann, wiederholte sie flüsternd, aber sie bewegte sich nicht, sie blieb auf dem Gehweg stehen und kostete den Duft der auf dem Blätterteig schmelzenden Butter aus, bis sich der Zauber verflüchtigt hatte. Danach bestieg sie die Metro und ging, sehr zufrieden mit sich, nach Hause. Sie dachte an Andrés und labte sich schon an ihrem Sieg, den sie eines Tages bestimmt erzielen würde.

Es war wohl am selben Nachmittag, als Milagros sie anrief und ihr bis ins kleinste Detail von der Tragödie des freiwilligen Soldaten erzählte. »Du wirst es nicht glauben«, begann sie, und tatsächlich fiel es Malena schwer, die unfaßbare Ruhmestat dieses Idioten zu verdauen.

»Offensichtlich schnappten sie sich einen Neuling, zogen ihn aus, fesselten ihn mit den Armen an eine Säule und sagten ihm dann: ›Wir binden dich erst wieder los, wenn du dich uns anschließt, Schätzchen ...‹ Aber da Andrés ein unverbesserlicher Hornochse ist – so sehr er dir auch gefällt, Malena, und obwohl er mein Schwager wird –, ein Hornochse, ehrlich, vergaß er, dem Typen die Schuhe auszuziehen und seine Füße zu fesseln, tja, und als er ihm etwas zu nahe kam, verpaßte der andere ihm mit dem Springerstiefel einen Tritt in die Leber, so daß er hinfiel ... Dabei löste sich aus seiner Pistole ein Schuß, und eine Kugel drang in seine Brust. Jetzt liegt er halb tot im Militärkrankenhaus. Es wird noch eine Weile dauern, bis er wieder rauskommt ...«

Nach diesem Gespräch lief sie runter auf die Straße und kaufte sich in der Bäckerei an der Ecke eine kandierte Dattel. Sie verschlang sie mit drei Bissen und begann zu weinen.

Ich weiß nicht warum, aber in dem Maße, wie dieser Schwachkopf allen nur erdenklichen

Unfug trieb, verspürte ich größeren Hunger. Aber ich durfte doch nichts essen, verstehen Sie, ich durfte nicht, bevor er nicht zurückgekehrt war, doch er kehrte nicht zurück, er war so sehr damit beschäftigt, ins Guinessbuch zu kommen, den Rekord des größten Dummkopfs aller Zeiten zu brechen … Zu dem Zeitpunkt begann ich mit meinen Kompensationsmarotten, es ist schwer zu erklären, Sie verstehen das vielleicht nicht, aber ich tröstete mich damit …

Andrés starb nicht. Er verließ das Krankenhaus ziemlich übel zugerichtet, mit einem ewig langen Rehabilitationsprogramm vor sich, aber lebendig. Währenddessen hatte sie schon begonnen, jedem Menschen bestimmte Geschmäcker und Gerüche zuzuordnen, und rief sich diese jedesmal ins Gedächtnis, wenn sie auf einen ihrer Besitzer traf. Ihre Mutter roch nach Zitronentorte mit gebräunter Baiserhaube, ihr Vater nach frisch zubereiteten und etwas scharfen Innereien, ihr großer Bruder nach gebackenem Karpfen mit viel Knoblauch … Die Sinnestäuschung löste sich nur an Dienstagen und Samstagen zur Essenszeit auf, denn an diesen Tagen aß sie immer noch nur Obst, doch besonders im Winter, wenn es außer Orangen, Mandarinen, Birnen und Äpfeln nichts gab – Bananen und Weintrauben machen dick –, fiel es ihr schwer, das fade, kalte Fruchtfleisch zu kauen, wenn sie von einem echten Festschmaus, ihrer Familie, umgeben war.

Sie nahm nicht zu, und wenn doch, tat sie es ganz langsam, fast unmerklich. Sie begann ihr Studium und erntete gewissermaßen die Früchte ihrer Hartnäckigkeit. Anfangs war sie sehr überrascht, denn sie sah sich weiterhin als das dicke, wenig attraktive Mädchen, immer noch als die Jungfrau des Flaschenspiels, aber mit der Zeit und durch die hartnäckigen männlichen Blicke gewöhnte sie sich daran, zu den begehrenswerten Studentinnen ersten Ranges zu gehören. Einige ihrer Kommilitoninnen begannen sogar zu tuscheln, sie bekäme nur gute Noten, weil sie so hübsch sei. Eigentlich war ihr egal, was sie redeten, denn schließlich konnte niemand behaupten, ihre Schönheit wäre kein Verdienst.

Aber der Hunger wurde immer heftiger, und es gestaltete sich jedesmal schwieriger, ihn mit den erlaubten Nahrungsmitteln zu besänftigen, die inzwischen nach nichts mehr schmeckten, als hätten sie sich nach jahrelangem, ständig wiederholtem Verzehr abgenutzt. Tagsüber dachte sie ans Essen, nachts träumte sie vom Essen, sie kostete es, roch daran, verzehrte sich danach, sie gelüstete nach all diesen wunderbaren, schweren, gehaltvollen, zuckersüßen Lebensmitteln und Soßen, vor allem nach den Soßen ... Nur die Aussicht, nach Ceuta zu fahren – angeblich zu einer Studentenparty, in Wirklichkeit jedoch, um Andrés zu sehen –, ließ sie standhalten. »Mensch Malena, denk doch mal nach«, versuchte Milagros sie davon abzubringen. »Das glaubt doch kein Mensch, daß das ganze dritte Chemiesemester der Complutense-Uni nach Ceuta reist, ausgerechnet nach Ceuta, mein Gott! Das nimmt dir doch nicht mal der größte Dummkopf Nordafrikas ab, auch wenn er mein Schwager ist!« Malena hingegen tat, was sie für richtig hielt. Kurz bevor sie die Fahrkarte lösen wollte, rief Milagros sie an und teilte ihr mit, daß Andrés' Beschwerden seit seiner Entlassung aus dem Krankenhaus wohl daher rührten, daß jemand ein Skalpell in seinem Bauch vergessen hatte, so daß er noch mal operiert werden mußte. Also stürzte sie sich wieder ins Studium, in der Hoffnung, ihn nach dem Examen wiederzusehen. Entgegen allen Prognosen aber entzündete sich Andrés' Wunde, was erneut einen Krankenhausaufenthalt, den dritten, nötig machte. Malena war schon dabei, sich auf die Prüfungen des fünften Semesters vorzubereiten, als er, den klinischen Entlassungsschein in Händen, Ceuta verließ und schwor, daß er nie wieder einen Fuß auf afrikanische Erde setzen würde. Aber er kehrte nicht nach Spanien zurück. Sein Vater, ein Notar, zahlte ihm eine Erholungsreise in die Karibik. Malena reiste mit ihren Kommilitoninnen nach Rom, um das gerade bestandene Examen zu feiern.

Eines Abends zur Essenszeit, während sich ihre sorglosen Kommilitoninnen in einem piemontesischen Restaurant an der Piazza del Quirinale mit *cotechini caldi* – delikate »Wurst im Schlafrock« – vollstopften, setzte sie sich in ein Straßencafé vor die Kirche Santa Maria Maggiore, die sie als angemessen schlichtes Szenario einschätzte, und bestellte eine Tasse Tee ohne Zucker, um das Proteingranulat, das aussah wie Blütenstaub und ihr einziges Nahrungsmittel an diesem Tag sein würde, darin aufzulösen. Da kam ein dunkelhaariger Mann um die fünfundzwanzig auf sie zu, mit ganz schmalen Lippen, einer so großen Nase und so knochigen Händen, daß sie ihm ohne zu zögern einen Fünf-Sterne-Geschmack, zumindest Entenbrust in süßsaurer Pflaumensoße, zuordnete. Er wirkte römisch, war aber Schotte und hieß Aleister. »Ich mag das italienische Essen auch nicht«, gestand er ihr augenzwinkernd. »Wo gibt's hier eine gute Lammpastete mit Pfefferminzsoße?«

> *Ich heiratete ihn, Sie sehen schon, was für eine Dummheit. Da Andrés nichts Besseres eingefallen war, als nach Kuba abzuhauen, ging ich hin und heiratete Aleister. Denn, sagte ich mir, was das ekelhafte Essen anbelangt, das ihm so schmeckte, werde ich kaum Probleme haben. Ich hatte weder mit dem Hammelbraten gerechnet noch mit dem halbrohen Fleisch, auch nicht mit diesem scheußlichen Akzent, den der Arme hatte, der mich Magdalena nannte, wie das spanische Gebäck, und manchmal dachte ich sogar, daß er das nur tat, um mich zu kränken, denn wem würde sonst einfallen, mir den Namen eines Lebensmittels zu geben?*

Trotz allem begann nach der Rückkehr aus Rom eine gute Zeit für Malena. Sie bekam eine Stelle im Laboratorium einer multinationalen Firma für Fertigmahlzeiten und führte einen feurigen Briefwechsel mit ihrem Verlobten, der vom fernen Aberdeen aus seinem aromatischen Geschmack alle Ehre zu machen schien. Aber der Schlüssel zu ihrer Gelassenheit fand sich in einer ganz anderen Entdeckung; nach so vielen enttäuschten Annäherungen, Irrtümern und entmutigenden Fehlschlägen fand Malena endlich, was sie suchte: einen echte Ausweg zum Überleben.

Eines Nachmittags, als sie ihrem Vater widerwillig eine Vesper zubereitete und eine Dose süße Kondenzmilch aus dem Kühlschrank nehmen wollte, stolperte einer ihrer kleinen Brüder über sie und warf sie fast um. Beim Versuch, das Gleichgewicht zu halten, steckte Malena unabsichtlich einen Finger bis zur Hälfte in die süße, weiße und dickflüssige Creme, die sich kalt und weich anfühlte, und empfand dabei lustvolles Vergnügen. Der Geschmack der letzten, heimlich und ohne Gewissensbisse verschlungenen Portion Kondensmilch stieg in ihrer Erinnerung auf und erfüllte ihren Mund. Verwirrt nahm sie die Dose mit in ihr Zimmer und versuchte es mit der ganzen Hand; sie steckte sie bis zum Handgelenk in die Dose und zog sie dann langsam heraus, wobei sie zusah, wie sich die Tropfen von den Fingerspitzen lösten und mit dumpfem Gluckern zurücktropften. Das wiederholte sie ein paarmal, und dann, Vorsichtsmaßnahmen ergreifend, damit sie sich nicht bekleckerte, hob sie die Hand und schmierte sich das ganze Gesicht damit ein. So verharrte sie eine ganze Weile und genoß das verbotene Vergnügen, bis ihre Haut wie bei einer Gurkenmaske anfing zu spannen. Sie wusch sich gründlich mit kaltem Wasser und lächelte. An jenem Abend aß sie nichts, sie hatte keinen Hunger. Statt dessen gönnte sie sich anderthalb Gin-Tonic.

Seit damals bemühte sich Malena, den Geschmackssinn mit den anderen vier Körpersinnen zu ersetzen. Zuerst war es der Tastsinn; es gab mehrere Intensitätsgrade, vom einfachsten Festmahl – die Hände in eine Schüssel voller Russischen Salat stecken – bis zum üppigsten Galadiner – völlig nackt in einer Badewanne voller warmer und in viel Butter geschwenkter Spaghetti liegen. Später, als Aleister nach Madrid zog und anfing, sich vollkommen rücksichtslos zu verhalten, indem er darauf bestand, immer in dasselbe Restaurant zu gehen, wo er ganz allein einen Hammelbraten verschlang und dazu ohne ihre Erlaubnis auch noch ihren immergleichen grünen Salat, den sie als einzigen Gang bestellte, mit ihr teilte, reichte das Tastsinnexperiment nicht mehr aus, besonders, als sie erfuhr, daß Andrés in Havanna von einem Revolutionstribunal zu einer Mindeststrafe von zehn Jahren und acht Monaten Gefängnis verurteilt worden war, weil er Kubanern zur Flucht nach Miami verholfen hatte. Milagros erzählte es ihr am Telefon.

»Nun, offensichtlich ist Andrés einer Mulattin über den Weg gelaufen, die ihn zum Idioten machte. Denn als er mit seinem Quatsch kam – ›Ich begehre dich ja so, wenn du mit mir schläfst, hol ich dich hier raus‹ –, wartete sie eine passende Gelegenheit ab und sagte eines Nachmittags zu ihm: ›Schau, kleiner Spanier, du gehst heute nacht zu dem und dem Strand, soundso viele Kilometer entfernt, an der und der Stelle wirst du an einem Boot jede Menge Leute treffen. Du mußt nur hingehen, ihnen sagen, daß ich dich geschickt habe, und von allen die gleiche Summe kassieren. Wenn du das Geld hast, komm mich holen. Ich warte hinter den Dünen auf dich, nackt und brennend vor Begierde …‹ Nun ja, den Rest kannst du dir denken. Wer hinter den Dünen auftauchte, war die Polizei, und das Ende kennst du schon, zehn Jahre im Kittchen …«

Diesmal weinte sie nicht, als sie auflegte. Sie entschied lediglich, Aleister zu heiraten. Sie ging zum Kühlschrank, holte ein längliches, in Alufolie gewickeltes Päckchen heraus, schloß sich damit ins Badezimmer ein und stülpte sich eine Plastikhaube übers Haar. Sie stellte sich vor den Spiegel, öffnete ihre Beute und holte zwei große Zwiebelblutwürste heraus. Mit der rechten Hand quetschte sie eine davon zusammen und drückte mit den Fingerspitzen so fest auf den Naturdarm, bis er an mehreren Stellen platzte und eine rote Masse aus Blut und Speckstückchen hervorquoll, die sie sich über das ganze Gesicht schmierte. Dann zog sie die Bluse aus, preßte die zweite Blutwurst aus und verteilte den Inhalt sorgfältig über ihre Brust. Ein winziges Fettstückchen blieb an einer ihrer Brustwarzen kleben. Sie betrachtete es lächelnd, schloß die Augen und entdeckte überrascht die sättigenden Eigenschaften des Geruchs von Innereien und Wurstwaren aus Schweinefleisch. Als sie sich wenige Minuten später duschte, beschloß sie, daß die Hochzeitsreise die Geruchsphase eröffnen würde. Und so war es.

Nun, daß meine Ehe eine Katastrophe war, können Sie sich ja vorstellen. Die Hochzeitsreise verlief ganz gut, denn wir verbrachten sie in Griechenland, ein wunderbares Land, so schön, so lebendig, so lustig, dort war ich fast glücklich. Da die Griechen ihre Mahlzeiten gewöhnlich kräftig würzen, war meine Nase schon satt, wenn ich mich hinsetzte, um ein paar in Wein gekochte Weinblätter zu essen, die gar nicht schlecht schmeckten, wohl weil sie etwas Neues für mich waren ... Und Aleister mußte das Hackfleisch ertragen, ha, das war das Beste, denn es gibt keine Steaks in Griechenland, also, ich lachte natürlich nicht, und da er halbtot vor Hunger war, versüßte ich ihm die Siestas im Bett. Er roch noch immer nach Entenbrust, und das mochte ich noch immer, wissen Sie ... Aber dann kehrten wir hierher zurück, und er entdeckte Saubohnen mit Muscheln, und alles wurde noch schlimmer, bis er schließlich nach dem Porridge der vergangenen Woche zu riechen begann. Und dann hatte er diesen Gichtanfall und wurde Vegetarier ...

Aleisters Krankheit, jener schreckliche Anfall, den sie niemals würde vergessen können – ihr Mann fahl, unbeweglich, mit hervorquellenden Augen und schweißnassen Händen, die Venen fast am Platzen –, verlagerte Malenas Schlemmerei auf den Hörsinn. Alles begann in jener Nacht: eine Schüssel Saubohnen mit Muscheln und zwei Kilo Rinderfilets auf Holzkohle gegrillt, ein Krankenwagen, ein ungläubiger Notarzt, der eine Untersuchung nach der anderen anordnete, die Diagnose und die nachfolgende Behandlung. Tausend Kalorien am Tag, ein kleines, weißes Kalbsfilet aus dem Backofen alle vierzehn Tage – er hatte noch mal Glück gehabt. Anfangs war sie sehr zufrieden; sie wollte glauben, daß Aleisters Diät ihre Ehe retten würde, aber sie hatte sich geirrt. Erst da begriff sie, daß ihr Mann nie in sie verliebt gewesen war. Denn Liebe ist das einzige, was eine Diät erträglich macht; Malena wußte das sehr gut, und Aleister liebte sie nicht. Er wurde traurig, grau, schweigsam und schwermütig, und schließlich wurde er in seiner Unfähigkeit, maßzuhalten, zum Vegetarier, hielt eine Diät ein, die ihn langsam und unerbittlich zur Impotenz führen würde.

Eines Morgens, als er sich gerade einen Salat zubereitete, vernahm Malena ein knirschendes, lustiges Geräusch, das nur von einem Nahrungsmittel stammen konnte. Sie ging ihm nach und beobachtete verzückt ihren Mann, der ein Bund Radieschen in feine, durchsichtige Scheibchen schnitt. Am Nachmittag, als sie allein im Haus war, kochte sie einen großen Topf voll stark gewürzter Zwiebelleber, um danach ihr Gesicht hineinzuversenken. Sie atmete mit einem Handtuch über dem Kopf den köstlichen Bratengeruch ein, um nur ja nichts vom Aroma zu verlieren. Nachdem sie ein kleines Stückchen Fleisch gegessen und den Rest in den Müll geworfen hatte, kam ihr plötzlich eine Idee: Sie nahm ein scharfes Messer und probierte es an einem sehr harten Rotkohl aus. Ihre Ohren erfüllte ein wundervoller Klang, der fähig war, ihren Gaumen zu erklimmen, und in den folgenden Tagen wiederholte sie das Experiment mit verschiedenen Materialien. Besonders schätzte sie die klangvolle Zerstörung frisch gebackener Baisers, in Salzwasser gekochten

Fischs und eines Ferkelbratens mit einer dicken, goldgelb gebräunten Kruste, letztere eindeutig am unwiderstehlichsten beim Auseinanderbrechen.

An Andrés dachte sie nur selten, sie war ganz mit ihren eigenen Problemen beschäftigt und der mühseligen Aufgabe, mit Aleister zusammenzuleben. Währenddessen nahm die Grausamkeit ihres Körpers gegenüber ihrem Appetit stetig zu, und wenn sie wirkliches Essen zu sich nahm, kostete es sie immer mehr Kraft, die Linie zu bewahren, so daß sie fast unmerklich dazu überging, ausschließlich die Diätschweinereien aus der Apotheke zu schlucken: Shakes, die nach Talkumpuder schmeckten, Suppen, die nach Talkumpuder schmeckten, Schokoladenpralinen, die nach Talkumpuder schmeckten, Kekse, die nach Talkumpuder schmeckten ... Zum Ausgleich häuften sich die täglich perverser werdenden Laster, für die sie fast immer das Bad benötigte, denn es waren im wörtlichen Sinne schmutzige Laster. Am meisten liebte sie es, ganz langsam einen Krug heißer Schokoladensoße ihre Leisten hinablaufen zu lassen, während sie zurückgelehnt und mit gespreizten Beinen in der Badewanne lag und zusah, wie zwei kleine braune, glatte und glänzende Rinnsale über ihre Haut liefen und dabei ihren Bauch wärmten, wie damals, als Aleister noch nach Entenbrust schmeckte.

Sie wollte doch nur diesen Geschmack zurückgewinnen, Aleister zurückgewinnen, ihn nicht umbringen, sondern, ganz im Gegenteil, ihn ein bißchen ins Leben zurückholen. Deshalb stellte sie den Gartengrill wieder auf und schenkte ihm ein Kilo der berühmten Avila-Koteletts.

Sein Gesicht leuchtete, er lachte wie ein zufriedenes Kind. »Es ist dein Geburtstag«, ermunterte sie ihn, »los, einmal ist keinmal, es wird dir nichts geschehen ...« Ihre Worte stellten sich als Prophezeiung heraus, denn es geschah ihm wirklich nichts mehr, in der Tat, wirklich gar nichts, denn nach dem Nachtisch erstarrte er. Malena trauerte nicht sehr um ihn, sie war auch nicht wirklich von der Nachricht beunruhigt, die ihr Milagros beim Begräbnis, kurz nachdem sie eine Handvoll Erde auf den Sarg geworfen hatte, ins Ohr flüsterte.

»Ein starkes Stück, Mädchen, ernsthaft, verglichen mit dem, was Andrés in Miami wieder angestellt hat, ist der Tod deiner Vogelscheuche von einem Schotten eine Bagatelle, ernsthaft ... Stell dir vor, kaum ist er in den Vereinigten Staaten gelandet, läuft ihm diesmal ein Mulatte über den Weg, ein Hüne von einem Meter achtzig, du siehst schon, und das nach alledem, also wirklich, das mit meinem Schwager ist nicht normal, Malena, keineswegs ... Im Gefängnis erlitt er offensichtlich eine sexuelle Verwirrung, mit achtunddreißig Jahren fängt er an zu zweifeln, also so ein Idiot, ich kann dir sagen ... Kurz und gut, das gleiche wie in Havanna. ›Ich begehre dich so, ich brauche dich, du bist der erste Mann meines Lebens, wenn du mich zurückweist, bringe ich mich um.‹ Und der andere, genau wie die Kubanerin: ›Nimm dieses Päckchen, Schatz‹, sagt er zu ihm, ›steck es in die Hosentasche und bring es heute nacht in besagte Avenue, Ecke soundso, wo dich ein rothaariger Mann erwartet und dir eine Menge Knete gibt, wenn du ihm das Päckchen aushändigst. Wenn du die Moneten hast, komm mich holen, ich werde dich zu Hause erwarten und nur für dich Gewichte stemmen …‹ Du kannst dir vorstellen, was passiert ist, nicht wahr? Die Polizei. Spezialeinheit für Drogendelikte … Tja, die Liebe deines Lebens katte ein halbes Kilo Heroin in seinem Päckchen. Schön blöd. Sie haben ihn zu zehn Jahren Schwerstarbeit in einer Strafanstalt in Wisconsin verdonnert …«

> *So wurde ich mit fünfunddreißig Jahren und einer guten Figur, das ja, Witwe, und jetzt werden Sie mir gleich erzählen, was mir das alles genutzt hat. Weil ich nie aufgehört habe, auf Andrés zu waren, auch nicht, als ich von diesem Mulatten erfuhr – Perry hieß er, Sie sehen schon, was für ein geschmackloser Name –, niemals, ich konnte es schlicht nicht, ich schaffte es nicht, mich in einen anderen zu verlieben, nicht einmal, nachdem ich mich mit dem Jungen aus dem Supermarkt getroffen hatte …*

Vicente, der sie schon von Kindheit an kannte, als er noch am Wochenende mit seiner Mutter an der Kasse stand, starrte sie an, als wäre ihm auf einer Wolke schwebend die Jungfrau Maria erschienen. Malena wiederholte ihr Angebot: »Hast du wirklich keine Lust, dir fünftausend Peseten zu verdienen?« Da nickte er, auf, ab, wie ein Automat, als hätte jemand einen Knopf gedrückt. »Dann setz dich und iß«, befahl sie am anderen Ende des gedeckten Tisches, der mit Schüsseln dampfender Speisen überladen war. Der Junge, siebzehn Jahre alt, dünn, mit einem hübschen Gesicht und vermutlich einem Duft nach geschälten und gerösteten Erdnüssen mit weniger Salz als gewöhnlich, sah sie erst ängstlich an, setzte sich dann aber und fing an zu essen. »Muß ich alles aufessen?« fragte er eine halbe Stunde später, nachdem er einen gemischten Salat, eine Schüssel Eintopf, ein halbes Brathähnchen und zwei Stück Kuchen verschlungen hatte. Gemächlich an einem Stückchen getoastetem Vollkornbrot kauend, lächelte sie ihn offen an und schüttelte den Kopf. Sie war satt. Ihn essen zu sehen, einfach dazusitzen und ihm zuzuschauen hatte sie ausgiebiger gesättigt als erwartet. Sie hielt ihm einen Schein hin. »Vielen Dank«, sagte sie. »Dich essen zu sehen, hat mir sehr gutgetan.« – »Und ich muß nichts weiter tun?« fragte er ungläubig. »Nein, nichts weiter. Wenn du willst, können wir das am Freitag wieder machen.«

Er kam freitags und montags und mittwochs, und Malena gewöhnte sich daran, drei Tage in der Woche durch seinen Mund zu essen, sich durch ihn zu ernähren und sich dabei zu amüsieren, so sehr, daß sie ihre eigenen Mahlzeiten – eine Vielfalt an festen, löslichen und gashaltigen Nahrungspulvern – einstellte und sich darauf beschränkte, unbeweglich zu verharren, ihm, das Kinn auf die Hände und die Ellbogen auf den Tisch gestützt, mit halboffenen Lippen und einem aufrichtig zufriedenen Lächeln nur zuzuschauen. Vicente wunderte sich sehr; sie merkte, daß er sie merkwürdig ansah, und spürte seine Angst. »Was ist los mit dir?« fragte sie eines Tages, als die Spannung sich in der Luft breitmachte, und er antwortete mit einem Kopfschütteln, nichts, aber sie bohrte nach und erfuhr die Wahrheit. »Werden Sie bitte nicht böse«, so fing er an, »versprechen Sie mir, daß Sie nicht böse werden, denn um nichts auf der Welt möchte ich, daß Sie mir böse sind ... Also«, murmelte er schließlich zögernd, »ich dachte, sie befriedigen sich selbst, wenn Sie mir beim Essen zusehen, wissen Sie? Ich weiß schon, das klingt merkwürdig, aber es gibt so seltsame Leute, und mir ist das eigentlich egal, das schwör ich Ihnen, ich glaube, daß jeder die Freiheit hat, zu tun, was er will ... Kurz, ich hatte mich schon an die Idee gewöhnt, und jetzt ... jetzt haben Sie die ganze Zeit die Hände auf dem Tisch, ich weiß nicht, na ja, jetzt verstehe ich nichts mehr ...« – »Macht nichts«, antwortete Malena freundlich. »Ich bezahle dich dafür, daß du vor meinen Augen ißt, nicht, damit du mich verstehst.«

Kurz und gut, hier bin ich nun, sechsundvierzig Jahre alt, habe den dümmsten Mann der Welt im Bett und ein weißes Zettelchen von einem Arzt, den ich heute nachmittag aufgesucht habe, auf dem in etwa steht, daß sich mein Stoffwechsel schon vor vielen Jahren verändert hat und ich deshalb nur drei Kilo zugenommen habe, obwohl ich seit drei Monaten wie ein Scheunendrescher esse. Wie finden Sie das? Schön, nicht wahr? Dafür habe ich nun mein ganzes Leben lang gelitten. Deshalb bringe ich mich um, Herr Richter, noch heute nacht bringe ich mich um, ich ertrage es nicht mehr, ich schwöre Ihnen bei meinen Toten, daß ich mich umbringe ...

In diesem Augenblick wachte Andrés auf und sah sie an. »Was für ein angenehmes Schläfchen, Pummelchen«, rief er als einzigen Gruß. Dann rülpste er ein paarmal und fragte sie, wie es ihr im Krankenhaus ergangen sei. Malena antwortete ausweichend, gut, sie hatte keine Lust, diesem Tölpel Erklärungen abzugeben, denn das mit dem Arzt war einfach schlimm gewesen. Und das, obwohl sie eigentlich etwas Schlimmeres erwartet hatte, eine tödliche Krankheit, Krebs, irgend etwas, sie konnte es sich nicht erklären, sie begriff einfach nicht, was in letzter Zeit geschehen war. Seit ihrem Wiedersehen mit Andrés aß sie alles, oder besser gesagt, nur ausgesprochen kalorienreiche Nahrungsmittel in riesigen Mengen, aber sie hatte kaum zugenommen, zwei Kilo und neunhundertsiebzig Gramm, ihre Kleider paßten noch, alles blieb beim alten, es war nicht zu glauben. Und dann war ihr der Arzt mit den Stoffwechselveränderungen gekommen, und sie hatte wie ein Kind zu weinen angefangen, denn jetzt konnte sie sich nicht an Andrés rächen, nicht einmal mehr an sich selbst konnte sie sich rächen ...

Während er duschte, unterschrieb Malena den Brief, steckte ihn in einen Umschlag und legte ihn in eine Schublade. Sie hatte für ihren Selbstmord vage an die kommende Nacht gedacht, ohne die genaue Uhrzeit festzulegen. Nach Milagros' Party wäre es günstig, irgendwann, es war einerlei, schließlich war es nicht so schwierig, einen Strick an die Lampe zu hängen, einen kleinen Satz zu machen und tschüs. Sie ging in das jetzt immer hellerleuchtete Bad; da dies ihr letzter Auftritt in der Öffentlichkeit sein würde, schminkte sie sich sehr sorgfältig. Tatsächlich fand sie sich ausgesprochen attraktiv, was sie ärgerte, und daß Andrés verdutzt zu ihr sagte: »Du bist wunderschön!«, als er sie in dem dunkelblauen Paillettenkleid und mit hochgesteck-tem Haar sah, schien ihr noch schlimmer und höchst irri-tierend für eine zukünftige Selbstmörderin. Auf der Party, die sich als unerträgliches Ärgernis herausstellte, erhielt sie noch mehr Komplimente. Während Andrés darauf wartete, am Billardtisch an die Reihe zu kommen, schickte sie sich an, das Buffet zu plündern – das sie übrigens depri-mierend armselig fand für ihr letztes Essen. Als sie es schon fast leergeräumt hatte, raunte ihr eine sanfte Männer-stimme eine vertraute Bemerkung ins Ohr: »Was für ein Glück, alles essen zu können und nicht zuzunehmen ...« Malena drehte sich um und sah Andrés' junges Ebenbild vor sich, das sie noch immer liebte, aber niemals besitzen würde, einen Jüngling mit zerbrechlichem, bewunderns-wertem Körper, dessen feine, sich kaum abzeichnende Lippen einen treulosen und erfahrenen Liebhaber verhie-ßen, was ihr eine Folge von kalten und warmen Schauern über den Rücken jagte. Er war vollständig weiß gekleidet, genau wie der andere Andrés, der an jenem Nachmittag der Küsse und der Tränen verlorene Andrés, als sich die braune Flasche unaufhaltsam auf dem Zementboden drehte.

»Du mußt Andrésito sein, Milagros' ältester Sohn, der in England studiert hat, nicht wahr?« murmelte sie, wäh-rend ihre Beine wie Wackelpudding zitterten. »Genau der«, bestätigte er. »Und du bist Malena, die Freundin meines Onkels, oder?« Sie nickte, nahm ihn bei der Hand und zog ihn in eine Ecke. Sie hatte das Gefühl, zu schweben, ihr Körper war vor Ergriffenheit wie aufgelöst, ein zarter Schatten, flüchtig wie ein Gespenst. Sie verbrachten den ganzen Abend miteinander. Malena sagte wenig, er erzählte ihr alles mögliche: Daß er gerade angekommen sei, nicht auf die Universität gehen würde, sondern auf die Schauspielschule, daß er Schauspieler werden wollte und keine Arbeit fand, daß er nichts essen konnte, weil er so leicht zunehmen würde und Dicke im Kino niemals Erfolg hätten, daß er sich in Form halten müsse, nein, er hätte keine Freundin, nun ja, eigentlich würden ihm Mädchen nicht gefallen ... Malena lauschte dem allem, ohne einmal zu blinzeln, ihr war das egal, sie sah ihn nur an und lächelte, sie berührte ihn und lächelte, seit vielen Jahren hatte sie sich nicht so glücklich gefühlt. »Um ehrlich zu sein, ich langweile mich ziemlich«, sagte er schließlich. Sie dachte einen Augenblick nach, sah ihn aus den Augenwinkeln an, senkte den Blick, zögerte erneut, war noch unschlüssig, sah ihn wieder an und hatte sich endlich entschieden. »Hast du Lust, etwas Verrücktes zu tun?« fragte sie mit rauher Stimme und glänzenden Augen. Er war überrascht und antwortete nicht gleich. »Sündigst du gerne?« insistierte sie, während sie ihn fest am Arm packte. Schließlich gestand er, ja, das täte er gerne.

Da schleppte Malena ihn hinaus, schob ihn in ihren Wagen und fuhr, ohne auch nur eine einzige Frage zu beantworten, zu sich nach Hause. Sie öffnete die Tür, und nachdem sie ihm den Vorschlag gemacht hatte, ins Badezimmer zu gehen und sich auszuziehen, schloß sie sich in die Küche ein und räumte den Gefrierschrank leer, der seit drei Monaten mit Fertiggerichten vollgestopft war, die man nach kurzem Aufwärmen in der Mikrowelle servieren konnte. Wenige Minuten später gesellte sie sich, beladen mit einem Tablett voller zugedeckter Gefäße zu ihrem Gast ins Badezimmer. Andrésito saß noch vollständig angezogen und absolut verwirrt auf dem Rand der Badewanne. »Was hast du mit mir vor?« fragte er erschrokken. »Ich habe dir doch schon gesagt, daß ich keine Mädchen mag.« – »Ich bin kein Mädchen, Dummkopf«, antwortete sie. »Ich bin, was man eine reife Frau nennt, und ich werde dich nur füttern, also, zieh dich aus und setz dich in die Wanne, los.«

Malena zog sich auch aus, band sich und Andrésito große Plastiklätzchen um, setzte sich rittlings auf ihn und begann, ihn mit mit Seehecht gefüllten Paprikas zu füttern. »Also, Liebling, mach den Mund auf, ein Löffelchen für Mama …« Sie trennte die zartrosa Haut mit der Gabelspitze ab, hantierte vorsichtig herum, um mit den Gabelzinken ein Stückchen Gemüse und die entsprechende Portion Füllung aufzuspießen, und nachdem sie es in die Soße getaucht hatte, führte sie es zu seinem geöffneten Mund und säuberte ihm danach mit der Serviettenspitze die Lippen. Nachdem sie ihm einen Schluck Wein angeboten hatte, wiederholte sie den Vorgang. Sie aß nichts, sie brauchte das nicht, sie hatte genug davon, ihn anzusehen, sich an seinem Lächeln zu betrinken. Er wurde immer entspannter und gleichzeitig immer satter, sein Gesicht schwitzte zunehmend, seine Wangen leuchteten allmählich, während er alles verschlang, was sie ihm in den Mund schob, eine Pastete mit Spargel und Mayonnaise, eine Tasse Gazpacho, eine Quiche Lorraine, ein Stückchen gebratenen Seebarsch, einige überbackene Riesencrevetten, ein winzigkleines Stückchen gebratene Chorizo-Wurst mit Brot, ein kaltes gebratenes Hühnerbrüstchen, ein paar Lammfleischklößchen mit viel Soße, so viel, daß sie ihm aus beiden Mundwinkeln über das Lätzchen auf seine Brust tropfte, aber das war alles egal, er aß und war glücklich, und sie gewann augenblicklich ihre Geistesgegenwart zurück und entschied, sich nie umzubringen, nie Selbstmord zu begehen. Als erstes würde sie ohne Bedauern Andrés verlassen, und dann würde sie ihr Leben bis zum Ende voll ausschöpfen, solange sie noch Zähne hatte. So in ihre Gedanken versunken, passierte es ihr, daß sich ein Löffel Soße, dafür gedacht, mit einem Stückchen Wild im Mund ihres Gastes zu landen, auf dessen Körper ergoß. Sie bat ihn wegen ihrer Schusseligkeit um Verzeihung, aber er antwortete nicht, weil er nichts mehr sehen konnte mit seinen verdrehten Augen, seinen geschwollenen Lippen und bleichen, fast durchsichtigen, vor lauter Anstrengung eingefallenen Wangen. Und da, während sie sich mit dem Oberkörper aus der Wanne beugte und versuchte, den Löffel mit einer weiteren Portion Johannisbeersoße zu füllen, und sie erstaunt die noch unberührte Schokoladensauce auf dem Tablett gewahr wurde – denn sie waren noch nicht mal beim Nachtisch angekommen –, da spürte sie ihr Verlangen aufsteigen, ihr Körper brannte innerlich vor Verlangen, und in dem Augenblick begriff sie. Sie sah Andrésito an, der, todmüde, mit gespanntem Bauch und verrenktem Kiefer, mit schlaffen Beinen und den Magen zum Platzen voll, kaum wahrnehmbar vor- und zurückwippte, sich auf sie zu bewegte, in ihr bewegte. Und erst da fragte sie sich, wonach ihr unverhoffter Geliebter schmecken würde, welch köstlichen Geschmack er wohl hätte, und entschlossen, die Initiative zu ergreifen, ihn gemütlich zu reiten, sanft genug, um sein Leben nicht zu gefährden, beugte sie sich vor und küßte ihn. Doch obgleich der wirkliche Festschmaus doch gerade erst angefangen hatte, konnte sie in seinem Mund keinen anderen Geschmack als den des Speichels ausfindig machen.

Leon Fisher

Die Feigen von Kalamos

Georgios blieb unvermittelt stehen und prüfte mit seinen rauhen, schwieligen Händen beinahe liebevoll den Zustand der Früchte an einem der vielen Olivenbäume, deren längliche Blätter silbern im Licht der Morgensonne glänzten. »Baahhh«, er verzog das Gesicht und stapfte mißmutig weiter, den schmalen Trampelpfad bergan, der quer durch die Grundstücke der wenigen Bewohner von Kalamos führte. Wem welches Stück Land gehörte, war für Fremde wie mich kaum zu erkennen. Hier gab es einen Grenzstein, dort eine Wegmarkierung, an einer anderen Stelle wieder eine Reihe üppiger Feigenbäume oder einen Haufen wie zufällig aufgeschichteter Steine, die Grundstücksgrenzen anzeigten. Die Einheimischen waren mit ihren Oliven- und Feigenbäumen, ihren kleinen Kartoffeläckern und ihren wenigen Weideplätzen für die Ziegen so vertraut, daß Zäune nur ihr Freiheitsgefühl beleidigt hätten. Sie wußten auch so, wem welche Parzelle gehörte, wessen Urgroßvater welchen Baum gepflanzt hatte, aus welcher Quelle zu den verschiedenen Jahreszeiten das beste Trinkwasser zu holen war.

Mit dem schweren Fischernetz auf dem Rücken hatte ich Mühe, Georgios zu folgen, der, ebenso beladen wie ich, zielstrebig und mit kraftvollen Schritten vor mir herging. Ich spürte seinen Unmut über den wieder einmal dürftigen Fang der vergangenen Nacht, den wir heute morgen aus dem Meer gezogen hatten – nur wenige Fische, aus denen sich gerade mal eine Suppe kochen ließ, und ein paar handtellergroße Tintenfische, ein Mittagessen für uns beide. Nichts jedenfalls, was eine Fahrt auf den Markt lohnenswert gemacht hätte. Noch ein paar Fänge wie dieser und das Benzin für den Bootsmotor wäre aufgebraucht, und man würde die tägliche Strecke zu den Fischgründen hinaus aufs Meer rudern müssen. Doch das war es nicht allein, was den alten Griechen bedrückte. Er würde in diesem Jahr eine schlechte Olivenernte haben, und noch immer war kein Regen in Sicht, der ihm seine Zisterne auffüllte. Die seit Monaten anhaltende Trockenheit schien nur den Feigenbäumen nichts auszumachen, die jetzt, Mitte September, voller reifer Früchte hingen, die, teilweise aufgeplatzt, einen verführerischen, herbsüßen Duft verströmten. Selbst Georgios‘ Ziege, die wir jeden Morgen nach dem Melken an einem Olivenbaum festbanden, damit sie um den Baum herum grasen konnte, schien über die ungewöhnlich lang andauernde Dürreperiode erzürnt. So jedenfalls kam mir ihr täglich neu aufflammender Widerwille vor, wenn wir sie aus dem schattigen Verschlag hinter dem Haus holten, in dem sie die Nacht verbrachte. Kein Thymian, kein Rosmarin, kein wilder Majoran schien sie ins Freie zu locken, wo sie sonst die würzigen Kräuter und Gräser rupfte. Zu verdorrt, zu trocken waren sie, selbst wenn sie die Luft noch immer mit ihrem Duft erfüllten. Überhaupt schien die aufgeplatzte Erde durch die Risse an ihrer Oberfläche zu atmen und die Hitze zu verströmen, die sie während der letzten Monate aufgesogen hatte. Es war so, als hielte der Sommer noch einmal ein paar Tage inne, als schöpfte er noch einmal Kraft wie zu seinem Beginn, bevor der nahende Herbst ihn mit heftigen Stürmen und Regen für dieses Jahr endgültig vertreiben sollte.

Wir hatten die Terrasse vor Georgios' Haus erreicht und ließen die schweren Fischernetze zu Boden fallen. Ich wischte mir den Schweiß von Stirn und Nacken, setzte mich in den Schatten und schaute hinaus aufs Meer. Nur noch wenige Fischerboote waren zu sehen, daneben zogen einige Motorboote mit Wasserskifahrern im Schlepptau eine weiße Spur durchs Wasser, und eine Fähre dampfte behäbig in den Hafen von Volos. Von hier oben konnte man bei klarem Wetter beinahe die ganze Bucht überblicken. Heute jedoch machte sich die Hitze schon in den frühen Morgenstunden bemerkbar. Trüber Dunst ließ das Meer und die gegenüberliegende Küste fast miteinander verschmelzen. Es war, als hätte jemand einen bläulichweißen Schleier darüber gelegt.

»Komm«, rief Georgios plötzlich und legte einen Zettel vor mich auf den Tisch. Es waren ein paar flüchtig von Hand geschriebene Worte, die ich nicht entziffern konnte, aber irgend etwas in dem wettergegerbten Gesicht des Alten sagte mir, daß sie nichts Gutes bedeuteten. Noch während ich mich träge aus dem Stuhl erhob, war der Grieche schon die wenigen Treppenstufen hinaufgeeilt und hatte seinen alten, klapprigen Pick-up gestartet.

»Los, steig ein«, forderte er mich auf, bevor er den Wagen geschickt auf die unbefestigte Straße bugsierte. »Wir müssen zu meiner Mutter«, knurrte der Alte. »Sie ist oben bei meinem Bruder. Es geht wohl zu Ende mit ihr.«

Ich preßte die Lippen zusammen, nickte, schwieg jedoch. Sein Bruder Nikos wohnte im nur wenige Kilometer entfernten Argalasti, das über einen holprigen, staubigen und nur einspurig befahrbaren Weg bergauf zu erreichen war. Daß Georgios' Mutter überhaupt noch lebte, überraschte mich. Ich hatte mir nie Gedanken darüber gemacht, sondern war davon ausgegangen, daß seine Eltern schon längst gestorben waren. Schließlich war er selbst bereits in einem Alter, in dem der Tod leise an die Tür klopft. Ich zog zwei Zigaretten aus einer Packung, zündete sie an und reichte eine davon dem Alten.

Er griff danach, nahm einen tiefen Zug und ließ den Rauch durch die Nase ausströmen. »Danke«, sagte er und warf mir einen seiner vielsagenden Blicke zu, so als wollte er, der in den nächsten Stunden oder Tagen mit einer traurigen Nachricht zu rechnen hatte, mich trösten, weil er mich damit konfrontierte. Dann zuckte er mit den Schultern und deutete hinaus aufs Wasser. »Schau, da draußen, sie suchen wieder nach dem Hai.«

Ich blickte hinaus und sah mehrere Boote, die versetzt nebeneinander fuhren. »Es sieht so aus, als würden sie ihn vor sich her treiben, hinaus aus der Bucht ins offene Meer.«

Er nickte, wich dann in einem Bogen mehreren Schlaglöchern aus und hätte fast die junge Frau übersehen, die nach einer engen Kurve im Schatten eines Olivenbaums saß. Sie winkte, rief uns etwas auf Griechisch zu, das ich nicht verstand, und wies auf zwei größere Gepäckstücke, die an einem Baum lehnten. Georgios bremste, beugte sich aus dem Fenster, erklärte etwas und gab wieder Gas. »Sie will nach Kalamos«, sagte er. »Vielleicht nehmen wir sie später mit, wenn wir wieder zurückfahren.«

Es waren nur noch wenige Meter bis zur Hauptstraße und von dort aus keine fünf Minuten mehr bis Argalasti. Georgios wollte mich am Marktplatz absetzen, damit ich einige Einkäufe erledigen konnte, bevor ich ihn im Haus seines Bruders abholen sollte.

Ich ließ mir Zeit, genoß die ruhige Atmosphäre des Dorfes mit seinem von Platanen gesäumten Marktplatz, an dem vor den Kafenions Männer ihren Kaffee tranken, Backgammon spielten oder sich über die Dinge des Lebens unterhielten. Alles lief geruhsam, nachdenklich, träge ab. Es war so, als hätte sich der Geist Heraklits unter die Männer gemischt, um zu überprüfen, wie gemächlich alles dahinfließen kann, bevor es sich über die Jahrzehnte und Jahrhunderte unmerklich doch veränderte. Nachdem die Einkäufe erledigt waren – etwas Obst, Nudeln, Kaffee, Zucker und Zigaretten –, setzte ich mich vor ein Kafenion am Rand des Platzes, um nicht zu schnell bei Nikos aufzutauchen, und bestellte einen Kaffee. Ich beobachtete die Menschen, die zwischen den kleinen Läden und Geschäften hin und her gingen, um ihre täglichen Besorgungen zu erledigen. Aus unerklärlichen Gründen mußte ich plötzlich wieder an die junge Frau denken, die am Rand des Ziehwegs im Schatten gesessen und uns zugewinkt hatte. Waren es ihre Augen, dieser rätselhafte Zug um den Mund oder der edle Schwung ihrer Nase? Ich weiß es nicht. Wie lange schon hatte ich eine Frau nicht mehr so genau betrachtet? Drei Monate? Oder schon vier? Ein eigenartiges Ziehen machte sich in meiner Nabelgegend bemerkbar. Wenig später rutschte ich auf meinem Stuhl leicht nach hinten, schlug die Beine übereinander, beugte den Oberkörper vor und blickte verstohlen um mich. Doch niemand um mich herum schien etwas zu bemerken. Ich zahlte, stand auf, prüfte, ob mein Hemd weit genug über die Hose hing, und machte mich auf den Weg.

Die Tür zu Nikos' Haus stand offen. Von innen schlug mir ein Schwall dumpfer, muffiger Luft entgegen, so als wäre längere Zeit nicht gelüftet worden. Fischgestank mischte sich mit dem Geruch nach abgestandenem Fett, gedünsteten Tomaten, übergekochter Milch und Paprikaschoten. Unter dieser Wolke aus Gerüchen lagerte aber noch etwas anderes: ein schwerer, süßlicher Geruch, der Verfall und Tod bedeutete. Ich trat über die Schwelle in den abgedunkelten Raum, nickte Georgios und Nikos zu, die schweigend am Tisch saßen, jeder eine Tasse Kaffee vor sich, begrüßte dann die beiden Frauen, die sich leise unterhielten, während sie Gemüse schnitten und Fleisch würzten, und wäre beinahe über den Ball gestolpert, mit dem ein kleiner Junge um die Stühle in der Küche dribbelte. Mit einem Kopfnicken deutete Georgios in den Raum nebenan, in dem gerade genug Platz für ein schmales Bett und ein Nachtschränkchen war. Dort lag sie wie aufgebahrt. Ein ausgemergelter Körper, der einmal schlank und zugleich kräftig gewesen sein mochte. Die feingeschnittenen Züge des Gesichts ließen ahnen, wie schön diese Frau einmal gewesen war, aber auch wie stolz. Sie mußte weit über Achtzig sein. Ihre faltigen Wangen waren eingefallen, die geschlossenen Augen lagen tief in den Höhlen, die Hände übereinander auf dem Bauch. Mehrere Fliegen surrten durch das winzige, stickige Zimmer, setzten sich immer wieder auf das Gesicht der Alten, krabbelten an den Mundwinkeln entlang, an den Ohren, der Nase, so als könnten sie den Tod der Frau gar nicht erwarten. Nur ein beinahe unmerkliches Heben und Senken ihres Brustkorbs deutete darauf hin, daß sie noch lebte. Auf irgendeine Weise jedoch schien sie die Grenze bereits überschritten zu haben, denn die Atmosphäre im Raum hatte bis auf das Surren der Fliegen und die Geräusche aus der Küche nebenan etwas Stilles, Endgültiges, ja Heiliges.

Ich zuckte zusammen. Ohne daß ich es bemerkt hatte, war Georgios hinter mich getreten und hatte mir eine Hand auf die Schulter gelegt. »Wir können nichts mehr für sie tun«, murmelte er. »Aber es wird wohl noch ein, zwei Tage dauern. Sie ist zäh, war sie schon immer.«

Ich schaute mir die Frau genau an, so als wollte ich das Bild für immer in mein Gehirn brennen, drehte mich dann um und folgte Georgios nach draußen, wo die Mittagshitze drückend in den Gassen des Dorfes lastete und die Menschen Türen und Fensterläden vor der Glut der Sonne verschlossen hielten.

Schweigend legten wir die ersten Meter zurück, bis wir von der Hauptstraße auf den unbefestigten Feldweg abbogen, der sich bis Kalamos ans Meer hinunterschlängelte.

»Ob sie wohl noch dasitzt?« schoß es mir durch den Kopf, während Georgios versuchte, den tiefen Schlaglöchern, so gut es eben ging, auszuweichen.

»Wahrscheinlich ist sie noch keinen Kilometer weitergekommen«, sagte der Alte, als hätte er meine Gedanken gelesen. »Wer will bei dieser Hitze schon lange über staubige Straßen laufen?«

»Vielleicht hat sie jemand anderes mitgenommen«, wandte ich ein, als wir die Stelle passierten, an der die Frau vor einer guten Stunde noch im Schatten gesessen hatte.

Georgios grinste nur und wies, wie um mich eines Besseren zu belehren, auf Gepäckstücke, die neben dem Straßenrand hinter einem Stein standen. Er bremste, hielt an, und wir stiegen aus. Im Schatten eines Feigenbaums fanden wir die Frau. Sie lag auf der Seite und schlief. Leise traten wir näher. Ihre gewellten, braunen Haare verhüllten ihr Gesicht beinahe ganz. Unter dem verrutschten T-Shirt schaute eine Brust hervor. Ihre Haut hatte einen hellen Olivton, der Hof der Brustwarze war groß und dunkel. Die andere Brustwarze drückte gegen den weichen Baumwollstoff. Eine Hand hatte die Frau zwischen ihre Beine geklemmt. Ich spürte, wie es in meinen Lenden kribbelte.

In diesem Augenblick schreckte sie hoch und blinzelte gegen das Licht. Unwillkürlich schob ich mein Becken nach hinten und drehte mich leicht zur Seite. Sie sah mir mit ihren grünen Augen kurz ins Gesicht, und ein fast unmerkliches Lächeln zuckte um ihre Mundwinkel. Mir schoß das Blut in den Kopf. Von diesem Moment an schien sie keine Notiz mehr von mir zu nehmen. Sie stand auf, wandte sich an Georgios und wechselte ein paar Worte auf Griechisch mit ihm, die ich nicht verstand. Anschließend ging sie zum Pick-up und setzte sich wie selbstverständlich auf den Beifahrersitz. Ich hob ihr Gepäck auf die offene Ladefläche, hievte mich dann nach oben und versuchte, während der unbequemen Weiterfahrt durchs Rückfenster immer wieder einen Blick von ihr zu erhaschen. Die beiden vorne waren jedoch so intensiv in ein Gespräch vertieft, daß sie mich völlig vergessen zu haben schienen. Nur einige griechische Worte und unzusammenhängende Satzfetzen drangen an mein Ohr, so daß ich mir erst gar nicht die Mühe machte, etwas davon zu verstehen. Statt dessen versuchte ich an Dinge zu denken, die meine Erregung dämpften.

Als wir am Meer ankamen, deutete die Frau auf eine Hütte, und Georgios blieb stehen. Froh, meinen unbequemen Platz verlassen zu können, sprang ich ab, hob ihr Gepäck herunter und stellte es vor dem Eingang des Häuschens ab. Dabei rutschte eine deutsche Zeitschrift aus einer der beiden Reisetaschen. Ich hob sie auf, steckte sie wieder in die Tasche und sah die Frau irritiert an. Sie bemerkte meinen Blick, kam lächelnd auf mich zu, reichte mir die Hand und verabschiedete sich auf Deutsch von mir. Verlegen haspelte ich so etwas wie einen Abschiedsgruß, drehte mich dann um und stieg wieder ins Auto.

Nachdem wir uns aus dem kümmerlichen Fang der letzten Nacht etwas zu essen gemacht und ein Glas Wein getrunken hatten, zogen wir uns in die kühlen Räume des Hauses zurück und legten uns zur Ruhe, um der bleiernen Hitze des frühen Nachmittags zu entkommen. Sogar die Zikaden, deren Zirpen sonst Tag und Nacht die Luft erfüllte, schienen Siesta zu halten ...

Es waren vielleicht zehn Minuten vergangen, als sich die Tür öffnete und die Frau, die wir mitgenommen hatten, leise in mein Zimmer schlich. Sie trug nur ein glänzendes, rotes Seidenhemd, unter dem sich ihre festen Brüste abzeichneten und die Brustwarzen deutlich zu sehen waren. Das Hemd reichte gerade bis zum Ansatz ihrer Scham, und während sie auf mich zukam, schimmerte das dichte dunkelbraune Haar zwischen ihren Beinen feucht. Es sah aus, als hingen winzige Tautropfen in dem buschigen Dreieck, so als käme sie geradewegs aus dem Meer hierher. Sie lächelte mich wieder mit diesem geheimnisvollen Zug um den Mund an, legte, als ich etwas sagen wollte, den Zeigefinger an die Lippen und gebot mir zu schweigen. Dann streckte sie ihre Hand aus und reichte mir eine Feige. Der herbsüße Duft der lilafarbenen Frucht stieg mir in die Nase und ließ mir das Wasser im Mund zusammenlaufen. Erst jetzt merkte ich, wie ausgetrocknet meine Mundhöhle vor Erregung war. Ich nahm die Frucht, brach sie entzwei, gab der Frau eine Hälfte zurück und lutschte die andere selbst. Das klebrige Fruchtfleisch war zuckersüß, und voller Genuß schloß ich für einen Moment die Augen. Als ich sie wieder öffnete, war das Gesicht der Frau nur wenige Zentimeter von meinem entfernt, und ich blickte in ihre funkelnden Augen. Sie fuhr sich mit der Zunge über die Lippen, und ihr Mund kam langsam näher. Wieder drang süßlicher Feigengeruch in meine Nase und benebelte meine Sinne. Ihre Lippen, die sie jetzt auf die meinen preßte, waren genauso klebrig wie der honigsüße Saft der Feigen. Ich öffnete den Mund und ließ ihre Zunge eindringen. Sofort schlängelte sie sich tief in meine Mundhöhle, küßte mich mit wilden, kräftigen Bewegungen und biß mich immer wieder zärtlich. Dann ließ sie plötzlich von mir ab, hob das dünne Leintuch über meinem Körper an und warf einen prüfenden Blick nach unten. Wieder erschien dieses Lächeln um ihre Mundwinkel. Sie setzte sich rittlings über mein Gesicht und wartete, bis ich sie mit meiner Zunge so erregt hatte, daß die Säfte aus ihr herauszufließen begannen. Auch dort unten schmeckte sie süß und klebrig, so als hätte sie sich, bevor sie zu mir kam, eine Feige in die Vagina gesteckt, um mich vollends zu verwirren. Ich machte meine Zunge so dick und hart, wie es eben ging, und fuhr damit in ihre feuchte Höhle. Sie atmete tief ein und aus und bewegte sich, unterstützt von meinen Händen, mit denen ich ihren runden, festen Po hielt, rhythmisch auf und ab, bis sie ihre Haare nach hinten warf und ein letztes Mal bebend aufstöhnte. Nachdem sie gekommen war, blieb sie auf mir sitzen, beugte ihren Kopf nach unten und fing an, mit ihrer Zunge an meinem erregten Glied zu lecken. Erst zart, dann immer fordernder, und als sie merkte, daß ich kurz davor war, nahm sie mich in ihren von der Feige noch immer klebrigen Mund und begann kräftig zu saugen. Ich stöhnte laut auf und stemmte ihr meinen Unterleib entgegen. Als ich ausgelaufen war, legte sie eine Hand behutsam über meinen Penis, stand auf, zog das Leintuch wieder über mich und lächelte mir zum Abschied zu. Noch bevor ich etwas sagen konnte, war sie aus der Tür, und ich schlummerte ein ...

Georgios' Stimme riß mich aus dem Schlaf. Ich fuhr hoch und sah mich verwirrt um. Von der Frau keine Spur mehr, doch als ich das Leintuch zur Seite schieben wollte, mußte ich es erst von meinem Unterleib lösen. Das Sperma war beinahe völlig eingetrocknet und hatte sich wie ein dünner, klebriger Film netzartig über meinen Bauch gelegt. Ich sprang aus dem Bett, schlüpfte in Hose und T-Shirt und ging nach draußen.

Georgios stand auf der Terrasse, rauchte eine Zigarette und schaute nachdenklich hinaus aufs Meer, das unter uns in der milden Spätnachmittagssonne in kräftigen Blautönen schillerte. »Ich muß wieder hoch zu ihr«, sagte er, ohne den Blick vom Spiel der sich kräuselnden Wellen zu nehmen. »Und wahrscheinlich komme ich erst wieder, wenn alles vorbei ist.« Er zog an seiner Zigarette, so daß die Glut hell aufleuchtete, stieß den Rauch aus und wandte sich zum Gehen. Dann hielt er noch einmal kurz inne, wies mit dem Kinn in Richtung Ziegenstall und meinte: »Ich habe sie schon geholt und gemolken. Bitte kümmere dich um sie.«

Ich nickte, war jedoch mit meinen Gedanken noch ganz bei der Erscheinung, die mich vorhin heimgesucht hatte. Und irgendwie mochte ich nicht recht glauben, daß alles nur ein Traum gewesen sein sollte.

Nachdem Georgios gefahren war, kochte ich mir einen starken, süßen Kaffee. Danach nahm ich meine Badesachen und stieg den Pfad hinunter ans Meer. Ich sah die Frau schon von weitem. Sie lag unweit von der Hütte, an der wir sie am Mittag abgesetzt hatten, auf einem Handtuch am Strand und las in der deutschen Zeitschrift, die vorher in ihrer Reisetasche gesteckt hatte. Sie nahm mich erst wahr, als mein Schatten auf sie fiel. Überrascht setzte sie sich auf und sah mich herausfordernd an.

»Darf ich mich zu dir setzen und vielleicht ein wenig in deiner Zeitschrift lesen, damit ich wieder weiß, was so in der Welt vor sich geht?« fragte ich.

»Wenn ich dir damit helfen kann, gerne.« Sie reichte mir die Zeitschrift und beobachtete unverhohlen, wie ich mich auszog und umständlich in die Badehose schlüpfte. Dabei zuckte wieder dieses eigentümliche Lächeln um ihre Mundwinkel, und sie sah zur Seite.

»Mein Bauch!« schoß es mir durch den Kopf. Noch immer klebten Reste des Spermas auf meiner Haut. Ich spürte, wie ich zum zweitenmal in ihrer Gegenwart rot wurde und stürzte mich augenblicklich ins Meer. Mit kräftigen Zügen schwamm ich los und hielt erst inne, als das Ufer weit hinter mir lag. Als ich mich umdrehte, konnte ich die Frau nicht mehr sehen. Ich schwamm gemütlich zurück und genoß das kühle Naß an diesem heißen Tag. Am Strand lag nur noch die Zeitschrift. Ich setzte mich, blätterte durch das Magazin, las hier eine Reportage, dort einen Kommentar und versuchte, mir ein Bild vom Zustand der Welt zu machen. Doch so richtig war ich nicht bei der Sache. Immer wieder mußte ich an die Frau denken, an ihre Augen, ihre vollen Lippen, den hellen Olivton ihrer Haut, die Brüste mit den großen, dunklen Höfen, ihren schönen, runden Po und die kräftigen, hübschen Beine, und ich sah alle paar Sekunden auf, ob sie nicht doch wieder auftauchte. Als sie sich immer noch nicht blicken ließ und ich die Zeitschrift bis zum Ende durchgesehen hatte, entschied ich mich, zu der Hütte zu gehen, die nur wenige Schritte entfernt in einem schattigen Garten stand. Ich klopfte an die Tür. Nichts. Keine Reaktion. Ich versuchte es ein zweites Mal, diesmal lauter. Wieder nichts. Zögernd ging ich um das Haus herum, das vermutlich aus nicht mehr als einem Raum bestand. Ich entdeckte die Frau im hinteren Teil des Gartens in einer Hängematte zwischen zwei Feigenbäumen.

»Und? Geht es dir nun besser?« fragte sie, als sie mich kommen sah.

Ich wußte nicht genau, worauf sie anspielte und sah sie deshalb fragend an. Sie deutete auf die Zeitschrift in meiner Hand und grinste. »Ich meine, weißt du jetzt Bescheid?«

»Ach so.« Ich lachte. »Na ja, viel scheint sich in den letzten Wochen nicht getan zu haben. Trotzdem, vielen Dank.« Ich gab ihr die Zeitschrift zurück und fragte nach ihrem Namen.

»Paraskivi. Das bedeutet soviel wie Freitag«, erklärte sie. »Aber meine Freunde nennen mich Voula.«

»Voula?«

»Paraskivi, Paraskivoula, eine Koseform. Und du?«

»Jonas, ohne Koseform.«

Sie lächelte, setzte sich dann in der Hängematte auf und ließ die nackten Beine baumeln.

»Weißt du, was mir vorhin passiert ist?« begann ich zögernd.

Sie legte den Kopf schief und sah mich von unten an. Ihre Augen blitzten kurz auf, und um ihren Mund lag ein leicht spöttischer Zug. »Nein, was denn?«

»Ich glaube, ich habe von dir geträumt.«

»Du glaubst?«

»Ja, aber ich bin mir nicht ganz sicher. Du warst so ...« Ich schüttelte den Kopf. »Es war so real.«

»Was war es denn für ein Traum?« Ihre Stimme klang plötzlich verändert, hatte einen tieferen, vibrierenden Ton angenommen, so als erregte sie die Vorstellung, Hauptdarstellerin in einem Traum gewesen zu sein.

»Ißt du gerne Feigen, Voula?« wollte ich wissen und deutete dabei auf einen der beiden Bäume, an denen die Hängematte festgemacht war.

Sie zog die Augenbrauen zusammen. »Feigen?« fragte sie. »Ja, warum?«

»Weil sie eine wichtige Rolle in meinem Traum gespielt haben.«

»Jetzt machst du mich aber wirklich neugierig.« Sie sprang von der Hängematte, kam bis auf ein paar Zentimeter an mich heran und hauchte. »Erzähl!«

Ich roch ihren Atem. Er duftete verführerisch, leicht herb und dennoch süß, ganz so, als hätte sie erst vor wenigen Minuten eine Feige gegessen. Am liebsten hätte ich sie in diesem Augenblick an mich gezogen und geküßt. »Nicht jetzt«, erwiderte ich statt dessen. »Ich muß mich erst um Georgios' Ziege kümmern, sie braucht Futter für die Nacht. Aber wenn du Lust hast, bin ich in einer Stunde zurück, lade dich zum Essen ein und erzähle dir von dem Traum.«

Sie zögerte, überlegte. Dann nickte sie. »Na gut, einverstanden. Wohin gehen wir?«

»Laß dich überraschen.« Ich drehte mich um, hob zum Abschied die Hand und winkte ihr zu. »Bis gleich.«

Nachdem ich die Ziege mit etwas Grünzeug versorgt sowie Tomaten, Bohnen und die anderen Pflanzen in Georgios' Garten gegossen hatte, duschte ich, zog mich um und machte mich wieder auf den Weg hinunter ans Meer. Die Sonne war mittlerweile untergegangen, und der Mond war zu sehen. Er ließ den Nachthimmel in einem dunklen Blau erscheinen, und sein fahles Licht genügte, um den Trampelpfad durch die Olivenhaine gut erkennen zu können. Kurz vor Voulas Häuschen pflückte ich noch ein paar reife, duftende Feigen. In der Hütte brannte Licht, und ich klopfte an der Tür.

»Ich komme schon«, rief sie fröhlich, und kurz darauf stand sie vor mir. Sie sah wunderschön aus, hatte sich dezent geschminkt, den leicht katzenartigen Schnitt ihrer Augen betont und mit Rouge den hellen Olivton ihrer Haut unterstrichen. Ihre Lippen glänzten dunkelrot und bildeten einen faszinierenden Kontrast zum Grün ihrer Augen. Als sie meinen anerkennenden Gesichtsausdruck bemerkte, strahlte sie. »Ich bin soweit«, sagte sie. »Und ich habe richtig Hunger.«

»Hier, bitte, als kleine Wegzehrung.« Ich reichte ihr die Feigen und lächelte verschwörerisch.

»Oh, danke, die sehen aber gut aus.« Sie nahm mir die Früchte ab, legte alle bis auf eine auf einen einfachen Holztisch, brach diese entzwei und gab mir eine Hälfte. Die zweite Hälfte ließ sie sich selbst schmecken. Es war hübsch anzusehen, wie sie mit ihren weißen Zähnen das rötliche Fruchtfleisch von der Schale löste.

Dann hakte sie sich bei mir unter und ließ sich von mir zu einer kleinen Taverne führen, die erst wenige Wochen zuvor unten am Meer eröffnet worden war. Apostolis, der Wirt, brachte uns in die Küche und zeigte uns, was er an diesem Abend für seine Gäste vorbereitet hatte. Als Vorspeise wählten wir eine gemischte Platte mit verschiedenen Leckereien: Tarama, Weinblätter, in Olivenöl eingelegte Auberginen und Tsatsiki. Als Zwischengang empfahl uns Apostolis Sardinen, die er in Maismehl wenden und in Olivenöl, Zitrone und Knoblauch kurzbraten würde. Dabei schnalzte er so überzeugend mit der Zunge, daß wir nicht widerstehen konnten. Und als Hauptgang hatte der Wirt etwas Besonderes zu bieten: Zicklein, bei niedriger Temperatur langsam im Rohr gegart, so daß das Fleisch butterweich sein würde. Dazu bestellten wir einen leichten Weißwein für die beiden ersten Gänge, ließen für den Hauptgang schon einen kräftigen Roten entkorken und setzten uns unter ein lichtes Schilfrohrdach auf die Terrasse. Wenige Meter vor uns plätscherte das Meer, und auf den sich kräuselnden Wellen hüpften unzählige Lichter in einem bizarren, aber doch harmonischen Tanz. Für eine Weile saßen wir uns schweigend gegenüber, schauten hinaus aufs Wasser und ließen uns von den tanzenden Lichtern, der friedlichen Atmosphäre, der milden Luft des

Abends und der Mischung aus Meeresgeruch und verführerischen Küchendüften verzaubern.

»Jonas«, unterbrach sie schließlich die Stille. »Denk an dein Versprechen. Ich platze fast vor Neugier.«

Ich zögerte noch immer. »Beim Zicklein«, sagte ich, um sie auf die Folter zu spannen. »Erzähl du mir erst etwas von dir. Woher kommst du? Woher hast du den griechischen Namen? Was ist das für ein Haus, in dem du wohnst?«

Sie lachte. »Viele Fragen auf einmal. Aber nacheinander geht's vielleicht.« Und während wir uns nach der Vorspeise an die Sardinen machten, erzählte sie, daß ihre Eltern eigentlich Griechen waren, aber in Deutschland lebten, daß ihre Großmutter schon Paraskivi hieß und ihr Vater seiner Mutter damit eine Freude machen wollte. Und tatsächlich hatte sie zu ihrer Großmutter ein ausgesprochen inniges Verhältnis. »Und das Haus«, sie lachte, trank einen Schluck von dem kühlen, trockenen Weißwein, »nun, das gehört meinem Onkel. Er hat es vor Jahren gebaut, um hier fischen gehen zu können.«

»Und?« hakte ich nach.

»Wie das Leben so spielt.« Sie zuckte die Achseln. »Er hat eine Frau und drei Kinder, arbeitet auch in Deutschland und kommt kaum von dort weg. Aber ...«

»Aber?«

»Aber er hat einen Traum. Wenn die Kinder groß sind, will er für immer zurück nach Griechenland, hierher nach Kalamos, und fischen.«

»Das mit den Träumen ist so eine Sache«, meinte ich sibyllinisch, während Apostolis voller Stolz das Zicklein servierte.

Voula trank einen Schluck Rotwein, probierte von dem Fleisch, das weich und zart war und fast auf der Zunge zerging. Dann sah sie mich herausfordernd an. »Na los, jetzt erzähl schon. Und laß bitte kein Detail aus. Bei Träumen kommt es oft auf die Kleinigkeiten an.«

Mir wurde ganz heiß, aber schließlich gab ich mir einen Ruck und begann zu erzählen, wie sie am Nachmittag in mein Zimmer geschlichen war ...

Als meine Geschichte zu Ende war, hatten wir beide erhitzte Gesichter, und in Voulas Augen lag ein eigenartiges Funkeln. Dann spürte ich, wie sie einen Fuß langsam zwischen meine Oberschenkel führte und mit ihrer Fußsohle, die sie sanft gegen meinen Unterleib drückte, prüfte, was die Erinnerung an die nachmittägliche Erscheinung bei mir ausgelöst hatte.

»Jonas«, raunte sie mit belegter Stimme, als sie meine Erektion spürte, »du hast vielleicht Träume!«

»Voula, bitte, hör auf, ich komme gleich.« Ich rückte mit meinem Stuhl ein paar Zentimeter zurück, um mich nicht augenblicklich in die Hose zu ergießen.

Sie lächelte, und ein Anflug von Stolz huschte über ihr Gesicht. »Weißt du was«, sagte sie schließlich. »Ich glaube, ich habe noch nie so gut gegessen und mich dabei so ... so anregend unterhalten. Was hältst du davon, wenn wir den Nachtisch bei mir einnehmen. Diesmal lade ich dich ein, zu einem wunderbaren Feigendessert.« Über ihr Weinglas hinweg zwinkerte sie mir vielsagend zu.

»Keine schlechte Idee.« Ich nickte, winkte Apostolis heran und zahlte.

»Ich denke, die Feigen, die du mitgebracht hast, eignen sich hervorragend für meinen Nachtisch«, sagte Voula, nachdem sie die Tür ihrer Hütte hinter sich geschlossen und die Vorhänge zugezogen hatte. Wie selbstverständlich schlüpfte sie dann aus ihrem Kleid – darunter trug sie das gleiche Seidenhemdchen wie in meinem Traum – und machte sich daran, ein Dessert aus warmem Kakao, etwas Sahne und den Feigen zuzubereiten. Dabei drehte sie mir den Rücken zu und über ihrem prallen Po spannte sich aufreizend das glänzende, rote Seidenhöschen. Ich spürte, wie die Erregung mein Glied anschwellen ließ, ging langsam von hinten auf sie zu, legte zärtlich meine Arme um sie, streichelte ihren Bauch, kreiste mit den Fingerspitzen um ihre Brust, die großen Höfe, die aufgerichteten Brustwarzen, packte fester zu und preßte meinen Unterleib gegen ihren Po.

»Langsam«, hauchte sie. »Laß dir Zeit.« Sie griff mit ihren Händen nach hinten, öffnete meine Hose, zog mein Glied hervor und beugte sich nach vorne.

Ich schob ihr Höschen zur Seite, glitt mit den Fingern an ihrem Spalt entlang, der feucht und klebrig war, berührte sanft ihre Klitoris, bis sie aufstöhnte, die Beine ein wenig spreizte und mit einer Hand meinen pochenden Penis genau an den Eingang ihrer Vulva plazierte. Am Anfang nahm sie nur die Spitze in sich auf und begann, langsam mit dem Unterleib zu kreisen. Nach und nach drang ich immer tiefer in sie. Ihre Höhle war heiß, weich und naß. Und gleichzeitig war sie so eng, daß sie wie ein maßgeschneiderter Fingerhandschuh über meine Erektion paßte. So etwas hatte ich noch nie erlebt. Ich spürte, wie sich die Muskeln in ihrem Inneren zusammenzogen, als wollten sie mich aussaugen. Dann stöhnte sie laut auf, schrie fast in die Nacht hinaus und preßte dabei ihren Po gegen meinen Unterleib. Das war zuviel. Ich stieß noch ein paarmal zu, griff nach ihren Brüsten und entlud mich in ihr.

Schwer atmend verharrten wir beide eine Zeitlang über der Anrichte. Schließlich kam wieder Leben in Paraskivi. Sie tauchte einen Finger in die Soße, in der die Feigen lagen, hielt ihn mir vor den Mund und ließ ihn mich abschlecken.

»Mhmm, köstlich«, brummte ich.

»Ein Nachtisch nach deinem Geschmack?« fragte sie zweideutig.

»Ja, und genau in der richtigen Reihenfolge«, flüsterte ich ihr ins Ohr. Dann glitt ich aus ihr heraus, trug die Schalen mit dem Nachtisch ans Bett und setzte mich.

Voula kochte noch einen Kaffee, kam dann zu mir, und wir fütterten uns gegenseitig. Der leicht herbe Kakaogeschmack unterstrich die Süße der vollreifen Früchte. Das regte unsere Sinne erneut an. Wir küßten uns, ließen dabei kleine Feigenstücke zwischen uns hin und her wandern, und es dauerte nicht lange, bis sich in meinen Lenden erneut dieses Kribbeln bemerkbar machte und das Blut in meinem Glied zu pochen begann. Ihr war nicht entgangen, daß ich schon wieder Lust auf sie bekam. Sie drückte meinen Oberkörper nach hinten, so daß ich auf dem Rücken lag, setzte sich rittlings auf mich, damit ich mit meinen Lippen und meiner Zunge gut an ihre Vulva gelangen konnte, lachte erregt auf und sagte: »So, jetzt wollen wir mal sehen, wie nahe Traum und Wirklichkeit beieinanderliegen.«

Ich konnte nur noch wohlig brummen, denn schon suchte sie nach meinem Mund und ließ all das mit sich geschehen, was ich bereits am Nachmittag mit ihr gemacht hatte. Und nachdem sie ihren Kopf zurückgeworfen und ein letztes Mal laut aufgestöhnt hatte, beugte sie sich nach unten und begann, an meinem zuckenden Glied zu lekken, um schließlich ihre warme Mundhöhle darüberzustülpen und kräftig zu saugen. Es war wie wenige Stunden zuvor. Nur lagen wir anschließend beide entspannt nebeneinander und versanken in einen kurzen Dämmerschlaf, aus dem wir jedoch schon bald erwachten, weil die Lust, das wilde Tier, wieder gierig nach uns griff. Erst gegen Morgen fielen wir erschöpft für kurze Zeit in einen erholsamen Tiefschlaf.

Als wir kurz nach Sonnenaufgang erwachten, fielen wir gleich wieder übereinander her. So verbrachten wir den Tag, liebten uns zärtlich und wild, rauh und behutsam. Nur hin und wieder gönnten wir uns eine Pause, gingen baden, tranken eine Tasse Kaffee oder pflückten uns Feigen von den umstehenden Bäumen. Am Abend waren wir ganz wund vor Liebe.

Da fiel mir plötzlich Georgios ein, der Alte und seine Ziege. Mit einem Satz war ich aus dem Bett und suchte nach meinen Klamotten.

»Was ist mit dir?« wollte Voula wissen. »Wohin willst du?«

»Die Ziege«, gab ich zurück. »Ich hab' sie vergessen. Sie muß gemolken werden. Sie hat sicher Schmerzen.«

»Ach so.« Voula nickte. »Warte, ich komme mit. Vielleicht kann ich dir helfen.« Sie stand ebenfalls auf, zog sich lediglich ein dünnes Trägerkleid über und begleitete mich den Pfad hinauf.

Wir hörten die Ziege schon von weitem. Ihr Meckern klang fordernd und eindringlich. Als wir den Verschlag betraten, sahen wir, daß ihr Euter prall zwischen den Hinterläufen hing. Es sah aus, als würde es jeden Moment platzen. Voula reichte mir einen Eimer, ich kniete mich neben das Tier, das mich mit seinen reckteckigen Augen vorwurfsvoll – so schien es mir jedenfalls – anglotzte, und begann, mit beiden Händen abwechselnd an den Zitzen zu ziehen und gleichzeitig zu pressen. Augenblicklich spritzte die wäßrige Milch in einem dünnen, aber kräftigen Strahl in das Gefäß. Ich zog und drückte, zog und drückte, bis mir der Schweiß auf die Stirn trat und die Hände schmerzten. Schließlich bat ich Voula, mich abzulösen.

Wenige Minuten später waren wir fertig, und ich holte reichlich Grünzeug aus dem Garten. Als ich zurückkam, saß Voula noch immer in dem Verschlag, und ich entdeckte einen seltsamen Glanz in ihren Augen, ein schimmerndes, glühendes Verlangen.

»Koste mal«, lockte sie mich mit einem gutturalen Ton in der Stimme, schöpfte mit einer Hand Milch aus dem Eimer und streckte mir die Hand entgegen. »Sie ist noch warm.«

Ich beugte mich hinunter, trank die Ziegenmilch aus ihrer hohlen Hand und sah aus den Augenwinkeln, wie sie sich mit der anderen Hand über die Brust strich.

»Zieh dich aus«, sagte sie plötzlich in einem Ton, der keinen Widerspruch duldete. Sie hatte bereits ihr dünnes Trägerkleid ausgezogen. »Los, mach schon. Und dann leg dich da hin.« Sie deutete auf das Stroh, auf dem die Ziege gewöhnlich schlief.

Ich zögerte, zog dann Hemd und Hose aus und legte mich neben sie. Die Ziege unterbrach für einen Moment das Fressen, drehte sich zu uns um und meckerte leise. Sie schien zu ahnen, was da vor sich ging. Dann widmete sie sich wieder ihrem Salat.

Voula hob den Eimer mit der Milch an und ließ etwas von der Flüssigkeit auf mich hinabrinnen. Nun fing sie an, mich am ganzen Körper mit der Milch einzureiben, um sie anschließend Zentimeter für Zentimeter von meiner Haut zu lecken. Ein wohliger Schauer nach dem anderen strömte durch mich hindurch, und obwohl ich noch vor einer halben Stunde nicht gedacht hätte, daß ich schon wieder Lust verspüren könnte, packte mich erneut das Verlangen nach ihr.

»Noch nicht«. Voula hielt mich zurück, als sie merkte, was in mir vorging, und wies auf den Eimer. »Erst die Milch.«

Ich nickte, nahm das Gefäß und machte mit ihr, was sie mir zuvor gezeigt hatte. Mit der Milch benetzt, schmeckte Voula unvergleichlich: an manchen Stellen süß, an anderen wieder salzig, manchmal nach Thymian und Rosmarin, dann wie das butterweich gebratene Zicklein vom Abend zuvor. Am Brustansatz roch ich einen Hauch von

Knoblauch, zwischen ihren Beinen den Duft von Zitrone und Dill. Ich schaute ihr in die Augen und entdeckte dort ein solch flammendes Begehren, wie ich es noch bei keiner Frau gesehen hatte, und wir beide wußten, daß wir jetzt, hier in diesem Ziegenstall, in die verborgensten Winkel unserer erotischen Phantasien vorstoßen und uns unsere geheimsten Wünsche offenbaren würden. Wir kosteten von all unseren Körperteilen, tranken aus allen Poren unserer Haut. Es war ein ungezügelter, schamloser Tanz, ein furioses und hemmungsloses Liebesspiel, das in einem gemeinsamen orgiastischen Schrei mündete.

Als ich aufwachte, schimmerte bereits das Licht des anbrechenden Tages durch die Ritzen des Holzverschlags. Ich räkelte mich, zupfte mir das Stroh aus den Haaren und sah mich um. Von meiner Geliebten war nichts zu sehen. Die Ziege, die mich aus der Ecke anblinzelte, schien verwundert über meine Anwesenheit. Und nur der umgefallene, leere Milcheimer erinnerte daran, was sich vor ein paar Stunden hier ereignet hatte. »Vielleicht ist Voula schon vor längerer Zeit aufgewacht, wollte mich nicht wecken und wartet jetzt unten in ihrem Häuschen auf mich«, dachte ich. Ich stand auf, zog mich an und ging nach draußen. Die Luft war mild. Vom Meer wehte eine kühle Brise den Hang hinauf. Es roch nach Salzwasser, wildem Majoran, Thymian und trockener Erde. Dann molk ich die Ziege, band sie los und führte sie nach draußen. Dort kam Georgios auf mich zu. Er sah müde aus, übernächtigt und blaß.

»Sie hat es hinter sich«, sagte er knapp. »Heute nacht ist sie gestorben.«

Ich nickte und drückte ihm schweigend die Hand. Irgendwie bedrückte mich die Vorstellung, daß seine Mutter genau in dem Moment gestorben sein könnte, als Voula und ich uns im Ziegenstall geliebt hatten.

»Morgen wird sie beerdigt. Ich muß gleich wieder los.« Er zuckte mit den Schultern. »Es ist soviel zu erledigen.«

In diesem Augenblick spürte ich, daß auch für mich die Zeit des Abschieds gekommen war, daß mein diesjähriger Aufenthalt in Kalamos zu Ende ging und wir uns erst ein Jahr später wieder begegnen würden.

Georgios schien meine Gedanken zu lesen, denn er umarmte mich, wünschte mir eine gute Reise und versicherte, daß ich mir um die Ziege keine Sorgen zu machen brauchte. Er würde einen Nachbarn bitten, sich solange um sie zu kümmern. »Bis zum nächsten Jahr, Jonas«, rief er mir noch nach, als ich schon auf dem Weg nach unten ans Meer war, um Voula zu fragen, ob sie mit mir weiterziehen wolle.

»Ja, bis zum nächsten Jahr, Georgios.« Ich lachte, winkte zurück und wartete, bis er hinter dem Haus verschwunden war. Dann band ich die Ziege an einen der Olivenbäume und lief den Pfad hinunter ans Meer. Schon von weitem wirkte die Hütte verlassen und unbewohnt. Die Fensterläden waren geschlossen, am Haus und im Garten deutete nichts darauf hin, daß hier vor kurzem noch jemand gewesen war. Kein Stuhl stand vor der Tür, keine Wäsche war zum Trocknen draußen aufgehängt, auch die Hängematte hing nicht mehr zwischen den Feigenbäumen. Zögernd trat ich näher, klopfte an die Tür und lief ums Haus herum. Nichts. Voula war verschwunden.

Ich habe sie nie wiedergesehen, und irgendwie kommt mir noch heute alles wie ein Traum vor. Doch immer, wenn ich Feigen esse oder Ziegenmilch trinke, fallen mir die Stunden mit ihr wieder ein.

Barbara Bronnen

Milch und Fleisch

Warum stand ich nicht auf, sondern saß da, träumerisch und selbstvergessen?

Der Saal hatte sich längst geleert und Bertold sich verabschiedet, mit ein wenig vorwurfsvollem Blick, aber ich war noch dageblieben mit diesem Burschen an meiner Schulter, gebannt vom Anblick seines mit dunklen Löckchen bedeckten zarten Nackens, dem schönen Hinterkopf, der im Rhythmus des Schlafs fein erbebte. Ich versuchte, keine Bewegung zu machen, um ihn nicht zu wekken.

Der Junge atmete sanft, und ich neigte den Kopf, um sein weiches Gesicht, so still jetzt und so ernst, anzusehen, die langen dunklen Wimpern, den geschwungenen leichtsinnigen Mund. Ich genoß diese Nähe und Wärme seiner Gegenwart, seine Schwere, ja sogar den Schmerz, den meine Unbeweglichkeit mir zufügte: er stand unter meinem Schutz.

Ich hatte Mühe, mein Herzklopfen niederzuhalten,

während ich von anderen Umschlingungen träumte. Schon lange nicht mehr war mein Schoß so warm gewesen, und meine Brüste dehnten sich, als belecke er sie mit seinem Atem, und ich schluckte vor Begehren, mit trocken gewordenem Mund, während ich sonst fast zerfloß.

Angelo seufzte und atmete anders, das Ende seines Traums, schließlich schlug er die Augen auf und dehnte sich wohlig, weit davon entfernt, meiner Nähe zu entfliehen. Strahlend wandte er die Augen zu mir, und als ich etwas Rügendes sagen wollte, blieb mir das Wort in der Kehle stecken. Doch dann nahm ich seinen Kopf und schob ihn von mir, und ich lachte, als ich sein verblüfftes Gesicht sah. Er klammerte sich fest an meinen Arm und schaute mich an, sein Gesicht drückte strahlende Unbefangenheit aus, und er sagte, seine schönen Brauen runzelnd, mit Vorwurf in der Stimme: »Er sollte kürzere Sätze machen, und ab und zu einen Punkt. Und andere Inhalte, das war alles Geschwafel. Ehrlich gesagt, ich habe immer nur eins im Kopf gehabt: Spaghetti, Käse, Abhauen, Spaghetti, Vögeln, Spaghetti.«

Auf dem Weg zur Halle starrte er mich von der Seite an, und als ich vor ihm stand und sagte: »Gute Nacht, Milchgesicht«, mit einem Klaps auf seine Wange, da hielt er plötzlich meine Hand fest, mit einem Gesicht, so klein und so schmal, und er verkündete: »Nicht so frech, Picina. Picina, ich bringe Sie hoch.«

Wir nahmen die Treppen, und als wir oben waren, sagte ich: »Ich hätte nicht übel Lust gehabt, Ägid nackt zu knipsen, so, daß man ihn als Fleisch sieht …«

Er ließ meine Hand los und machte »Schschsch ... ein so obszönes Wort in diesen heiligen Hallen.« Sein freches Lächeln war voller Anmut: »So lassen Sie uns doch noch ein bißchen über Fleisch plaudern ... Was meinen Sie?«

Sein Haar war an einer Seite niedergedrückt, und seine Wangen trugen noch den Abdruck meines Kleides, aber für mich war er ein irdischer Engel vor blitzblauem Himmel mit Sonne und Blumen und einem gehäuften Teller Spaghetti, und deshalb nickte ich. Er rüttelte an den Pforten des Dachbodens und flog plötzlich, als die Tür nachgab, hinein, mit den Armen wedelnd, als wären es Flügel. Er knipste das Licht in. Wir traten ein.

Vielleicht war die spärliche Lampe schuld, daß mir die Umgebung so braungolden vorkam, in jedem Fall ist mir dieses Licht im Gedächtnis, so warmes, so vielversprechendes Licht.

Angelos Blick glänzte, als er den herrschaftlichen Dachboden umfaßte, auf dem es nach Stroh roch und Holz, und zusammen gingen wir auf Zehenspitzen durch den von Balken gehaltenen und damit unterteilten Raum, das Holz war schon wurmstichig und fleckig, an groben Nägeln baumelten Büschel getrockneter Blüten, Apfelschnitze, Peperoni, und viele Gewürze hingen an Schnüren herab.

Ich schlüpfte in ein paar alte, große Holzschuhe, die dastanden und zog sie gleich wieder aus, eingeschüchtert vom Lärm auf den Dielen, und Angelo ging vor den Tontöpfen in die Knie, jede Menge Tontöpfe, aus denen zarte

Grashälmchen wuchsen. Ich stolperte über einen alten hölzernen Schlitten mit schönen Beschlägen und hochgezogenen, an den Enden geschnitzten Kufen, in dessen Sitzfläche »Ägid« eingebrannt war, darauf standen Blumentöpfe, in denen kleine Schilder steckten; wir kamen an offenen Säcken mit Körnern und Nüssen vorbei und an Regalen voller Samen. In einem Fach glänzten porzellanene Nachttöpfe, mit goldenen Blättern verziert, Waschschüsseln und Krüge, gefüllt mit Allerlei. Ein Bottich stand im Wege, in dem das Sauerkraut gärte, und Angelo schlug mit seinem Füller auf die Töpfe und Gußeisenpfannen, die an der Wand hingen, und machte sich eine Melodie. Schließlich entdeckte er eine alte, mit Spinnweben bedeckte Flasche köstlichen Weins, die er mit einem rostigen Beil vortrefflich köpfte, und wir wuschen, ehe wir tranken, mit dem Wein ein leeres, beschlagenes Marmeladenglas.

Stumm kaute ich Kürbiskerne, während ich die Luft einsog, diesen Duft nach feuchtem Schoß, durchtränkter Erde, Blätterfäulnis, Farn, Pilz und Moos.

»Was für ein Ort in makrobiotischen Zeiten!« Angelo setzte sich mir gegenüber auf einen Sack mit Nüssen, und es raschelte und knackte unter seinem Hintern, während ich auf einer Woge rollender Kürbisse Platz nahm, umhüllt von seinem Jackett. Dann aßen wir mit den Fingern eingelegte Pflaumen, und Angelo stocherte mit einem Stöckchen in einer obskuren Kultur.

»Fleisch, davon kann man hier nur träumen, gleich fang' ich an zu keimen«, dichtete er, und eine Pflaume wölbte frech seine Wange.

»Apropos, Ihre ›nackten Schönen‹ ..., darüber möchte ich gern mehr wissen.«

Seine getönten Wangen leuchteten unter einem spinnwebendurchsetzten Büschel von Schafwolle auf, das er auf seinen Kopf gestülpt hatte wie eine Alongeperücke; gebannt sah ich ihn an und fuhr meinen inneren Bildern nach.

»Irgendwann«, sagte ich leise, »lag's auf der Hand, den enthüllenden Charakter der Photographie auf den Punkt zu bringen ... Ich hatte schon früher mal von einer Zeitschrift den Auftrag bekommen, eine Serie Männerbilder zu machen. Damals machte ich ein Dutzend erotischer Bilder und habe einen Blick für Körper gewonnen, ihre männlichen, aber auch weiblichen Seiten, ihre Schönheit, ihren Narzißmus, ihre Verkrampfungen.«

Ich spürte wohl, was er dachte, und fixierte ihn im Goldlicht, als er sein Kinn auf die Knie legte. »Verkrampfte Männer?« sagte er. »Unsinn!«

Ich mußte kurz den Kopf wegdrehen, um nicht zu lachen über seine entrüstete Miene unter dem Engelshaar, das ihm bis zur Schulter reichte.

»Weil sie's schwer mit sich haben«, sagte ich, »mit ihren Körpern.« Aber ich wußte, es hatte keinen Sinn, einem Italiener mit den weiblichen Seiten des Mannes zu kommen, da werden die stumm, taub und stocksteif.

Viel sagte er nicht dazu, sondern spielte mit einer Nuß: »Weiß nicht«, sein Lächeln war leicht verschreckt.

»Aber ich.« Seit langem hatte ich nicht mehr daran gedacht, jetzt brach es aus mir heraus. »Die Verherrlichung von männlicher Kraft und Willensstärke: so ein Quatsch.

Meine besten Bilder sind die, bei denen man vergißt, daß es ein Mann ist.«

Ich blickte ihn an, seine Augen waren klein geworden. »Männer sind am Anfang immer furchtbar männlich«, sagte ich, »man denkt, sie sind stark, aber je besser man sie kennenlernt, desto genauer sieht man, daß sie weich sind, schamhaft, schüchtern, ängstlich, irgendwie unschuldiger als Frauen, manchmal auch ein bißchen sehr naiv. Mit Frauen hab' ich so was nie erlebt, die sind freier, unkomplizierter in ihrem Narzißmus, die stehen dazu. All das suchen meine Photos rauszuholen, und zwar so deutlich wie möglich.«

Ich legte ein Fell, das da hing, über meine kalten Füße, und Angelo zog plötzlich ein langes, löchriges Herrenhemd über seinen Kopf. Ich sah ihn an und dachte: vierundzwanzig Jahre!

Ich mochte den schwachen und mädchenhaften Eindruck, den er jetzt machte, ein Engel im Hemd. Mag sein, daß ihn das Mütterliche meines Blicks störte, jedenfalls zuckte er die Achseln und warf plötzlich, in einem Anfall jugendlichen Übermuts, die Nuß auf mich; mit einem eigentümlich klaren Ton prallte sie auf meine Stirn, und ich erwachte aus meinen Träumereien.

Da hast du's, dachte ich. Nun sitzt du inmitten so gesunden Zeugs auf einem Kürbis, und ein unartiger Junge, verschnupft wie ein Kind, bewirft dich mit Nüssen. »Angelo, o Angelo«, sagte ich, »das ist blöd.«

»Und überhaupt«, setzte er nun, verlegen geworden, hinzu, »woher wollen Sie denn das alles wissen.« Und nach einer Pause: »Entschuldigen Sie.«

Er trat nach der Nuß, die vor seine Füße gerollt war, und sie platzte unter seinem Schuh, zwei vollkommene Hälften freigebend, wie winzige Gehirne.

»Okay.« Ich schwieg.

Die Scham hatte ihm vorübergehend den Übermut genommen und sogleich hatte ich das Gefühl, ihn trösten zu müssen. Unter seinem Wollfilz spähte er zu mir hin, als ich eine Weile ruhig von meiner ersten Kamera erzählte, ab und zu an einem Apfelschnitz saugend wie an einer Zigarette.

»Zwölf, ich war zwölf, als ich sie bekam – ein Geschenk meines Vaters. Er fand, Photographie habe nichts mit Kunst zu tun, sei so etwas wie Plattenspielen, etwas Künstliches, nicht Kunst. Aber ich habe immer Bilder gemacht, ohne mich an Kunst zu orientieren, für mich war die Kamera ein Werkzeug, um die Welt einzufangen, so etwas wie eine Übung in Sachen Realität.«

»Was wollten Sie eigentlich damals?«

»Bilder wie Vögel«, sagte ich, »leicht, locker, kraftvoll, Bilder wie die, die auf Rollen in den Nischen japanischer Tempel hängen – im Wind schwebend, halbverfließende Tusche – so was.«

»Wir wollten vom Fleisch sprechen, was ist Fleisch für Sie ...« Er sah mich, ernst jetzt, an.

»Ich bin eine Fleischphotographin«, sagte ich, »ich liebe nackte Gesichter, nackte Füße, nackte Brüste, Hell und Dunkel gegeneinandergeschnitten, wolkige Oberflächen, Hautsegmente. Liebe die schattigen Winkel der Körper, unter den Brüsten, der Achsel, der Scham. Liebe die Nacktheit chamoix-matt, hasse die Farbe und bleibe schwarzweiß. Verehre Abstände, Zwischentöne, brüchige Stimmen, den Tod, den Schlaf. Mag Fleischknoten, Brustwarzen, Nabel, Münder, das Geschlecht. Haare wie Gräser, Farne … Aber ich mag auch die Hüllen um diese Form, eine Reihe meiner Bilder sind Stilleben: zögernd gelöste Hemden, fortgeschleuderte Schuhe, gerollte Gürtel, Kleidergeriesel …«

Jetzt hatte ich ihn fast vergessen und wunderte mich, als er sprach. »Was Sie alles über Photos wissen«, sagte er, »das hat viel mit dem Leben zu tun, aber doch wenig mit der Liebe, oder?«

»Die Liebe«, sagte ich, »wird nicht mit den Augen gemacht. Außerdem muß man eine Menge von einer Sache verstehen, um ein gutes Bild davon zu machen …«

»Sie wollen doch nicht sagen, daß Sie nichts davon verstehen, von der Liebe?« Er versäumte keine meiner Gesten, keine Bewegung.

»Sie Dickschädel«, sagte ich, »man muß weglassen können, verdichten, so, als gebe man alles her und sinke im nächsten Augenblick ins Grab … die Liebe? Dazu habe ich auf Photos nichts zu sagen.«

»Liebe bis zum Grab; Liebe, für die man sterben möchte … das wäre doch etwas«, er ließ nicht locker.

»So romantisch«, ich mußte lachen. »Und wie geht's weiter? Daß man rumnölt und rumnörgelt und meckert, im Bett kommt einem das Gähnen, man setzt Fett an und geht immer öfter zum Friseur …«

»Sie sind grausam.«

»Ich habe Erfahrung.« Seine glatte Jugend schien sich zu umwölken, aber ich dachte nicht weiter darüber nach, sondern sah zu, wie er das Hemd auszog und die Wollperücke auf den Sack mit Saatkörnern legte. Er wurde wieder zu diesem dunkelhaarigen Lockigen, und als sich unsere Hände berührten, erhielt ich einen kleinen Schlag.

»Ich gehe jetzt«, sagte ich und betrachtete abschiednehmend das junge Männergesicht, »bin wirklich müde.«

»Schade«, sagte er mit rauher Stimme, »es war so schön.« Ich war gerührt: alle jungen Männer haben etwas Rührendes, zarte Zwiebelchen, ehe sie sich Haut für Haut verhärten.

Seinen feinen Kopf mir zugeneigt, spielte er noch mit dem Wollfaden, zog ihn über seinen Mund und zerbiß ihn sacht, dann füllte er noch einmal das Marmeladenglas mit Wein: »Nur noch eins«, während er weiterspielte. Ich setzte mich wieder, trank, schaute ihn an. Und als er plötzlich auf den Knien vor mir lag und mich umschlang und auf den Mund küßte, erschrak ich und fühlte mich nur müde, ängstlich und leer. Sein Gesicht lag leicht auf dem meinen, mit Gänsehaut empfand ich das feine Kratzen seines Barts, seine feinen, kindlichen Küsse; allmählich, vorsichtig, sanft öffnete sich etwas in mir, ich zitterte am ganzen Leib. Meine Hände suchten an seinen zarten Schultern Halt, und als er mit dem Küssen aufhörte, sah ich ihn an, sein Gesicht war fast bleich, und groß glänzten die dunklen Augen. Nun ließ er seine Finger über meine Wangen gleiten. Mir wurde heiß, als würde unter seiner Berührung meine Haut verbrennen. Ich spürte nur noch seinen Körper an meinem Körper, hob den Kopf und küßte ihn zurück, meine Wange herab glitt etwas Feuchtes.

Ein seltsames, fast scheues Lächeln war in seinem Gesicht, als er sich von meinem Mund atemschöpfend löste, und leicht schlüpften seine Hände unter mein Kleid und streichelten meine Brüste, ich zuckte unter der zarten Berührung seiner Fingerkuppen zusammen. Später stand er behutsam auf und zog zwei Säcke mit Körnern zu sich, aber dieses Bett wollte ich nicht, und der Mann, den ich gerade noch so liebevoll an mich gedrückt hatte, kam mir vor wie ein Fremder, das Ganze wie eine Verwirrung.

Besser, dachte ich, sich gleich diesen Jungen aus Milch und Ebenholz aus dem Herzen zu reißen, samt schwarzen Augen und zarten Gliedern, samt Engelsgesicht! Besser, sich klarzumachen, daß es nichts ist als Lug und Trug, ja eine vollkommene Lächerlichkeit, dieser Gedanke ans Liebemachen mit einem so jungen Mann!

Fast ruckartig sprang ich auf, stolperte und fiel mit aller Kraft auf die Kürbisse, einige sind wohl geborsten, denn unter mir wurde es feucht. Unsicher blickte ich in sein eigensinniges Gesicht, in seine unruhigen Augen. Ich hatte das nicht gewollt! Verlegen schlug ich nach dem Peperonikranz, der mich streifte, und mit heißen Wangen zupfte ich die Strohhalme von meinem Kleid.

Das erste, was ich sagte, als ich wieder zu sprechen begann, war, daß ich das nicht wollte, und mein Ton war praktisch geworden und mütterlich: »Gehen wir, bevor uns jemand entdeckt.« Und als ich seinen Augen ansah, daß er sich nicht um das kümmern wollte, was ich sagte, fügte ich noch blöde hinzu: »Vergessen Sie das alles, überschlafen Sie's. Sie sind ein lieber Junge.«

Er duckte sich unter meinen Worten, sprang zurück, und seine Augen funkelten mich an. »Ja, Mami«, fauchte er.

Tina Uebel

Return of Genzmer

Nicht, daß die Geschichte unserer Trennung nicht eine unter ästhetischen Gesichtspunkten zweifelhafte gewesen wäre. Ich erwartete Genzmer gegen Mittag, und hatte, ungewöhnlich für mich, die ich überzeugte Nichtköchin bin, ja, nicht mal über eine Küche verfüge, die eine solche Bezeichnung verdient, eine Art warme Mahlzeit aus grünen Bohnen, Schinken und Pellkartoffeln vorbereitet. Pellkartoffeln deswegen, weil ich zu faul zum Kartoffelschälen bin. Aber nichtsdestotrotz geht Liebe ja bekanntlich durch den Magen. Als Genzmer dann erschien, mit mehreren Stunden Verspätung, servierte er mir das Ende unserer Beziehung, was weniger Zeit in Anspruch nahm, als es gedauert hätte, die Kartoffeln doch noch zu schälen, und noch liebloser war, als ich zu kochen pflege. Nun könnte man vermuten, da ja Liebe durch den Magen gehe, daß hier ein ursächlicher Zusammenhang bestehe – Genzmers Magen wäre zu groß und meine Liebe, in Kochvermögen gemessen, sei ungenügend gewesen –, hätte ich Genzmer nicht zwei Jahre ernähren müssen. Da er zwar behauptete, kochen zu können, aber seit ich ihn kannte, niemals über Geld verfügt hatte, um sich Nahrungsmittel, Kochrohstoffe oder überhaupt irgendwas zu leisten. Ich ernährte ihn also im übertragenen Sinne mit Bargeld, außerdem bezahlte ich die Rechnungen in den Restaurants. Nicht nur mein Budget, auch ich wurde in diesen zwei Jahren schlanker, geteiltes Geld ist halbes Geld und geteilte Kalorien sind halbe Kalorien. Aber als Frau ist man ja selten zu dünn. Man muß dem Leben immer die positive Seite abgewinnen. Was ich auch tat, bis zu jenem Samstag, an dessen Vorabend Genzmer die neue Frau in seinem Leben kennenlernte, die er sich auch leisten konnte, da er wenige Tage zuvor zu eigenem Geld gekommen war. Lediglich rund 600 Mark wollte er noch von mir, schließlich müsse er ja zukünftig die Restaurantrechnung für die Neufrau bezahlen. Unter dieser Prämisse könne man gute Freunde bleiben. Wie gesagt, unsere Trennung verlief unter ästhetischen Gesichtspunkten zweifelhaft. Ob die in solchen Zusammenhängen gern gestellte Frage »Was hat sie, das ich nicht habe?« vielleicht mit »Sie kann kochen« zu beantworten gewesen wäre, kann ich nicht beurteilen. Nach meinem Kenntnisstand ließ sich aber bald schon sagen, daß, selbst wenn sie kochen konnte, sie doch wohl nicht viel mehr konnte als das, aber Liebe macht ja bekanntlich blind. Und doof. Wem sage ich das. Die Bohnen und die Pellkartoffeln warf ich eine Woche später in den Müll.

Wenn schon die Geschichte unserer Trennung eine unter ästhetischen Gesichtspunkten zweifelhafte war, so läßt sich die Geschichte der Rückeroberung Genzmers in einem Wort zusammenfassen: würdelos. Hatte ich anfangs noch auf die Nachfrage enger Freunde, was ich tun würde, sollte Genzmer eines Tages wieder auf der Matte stehen, überzeugt mit »Den Kammerjäger holen« geantwortet, begann ich zehn Monate nach dem Debakel mit der *Operation Genzmer.* Der Zeitpunkt war gut gewählt, der Reiz des Neuen bei Neufrau langsam am Abklingen. Die besonders würdelosen Details möchte ich mir ersparen, nur soviel: wir gingen Kaffee trinken, ich und Genzmer, ich ging nach der Gute-Freunde-Strategie vor, näherte mich behutsam dem Gegenstand und zeigte ein so ungeheures Verständnis, sogar Volkshochschulkurse könnte ich darin geben. Ich bin vielleicht nicht fähig zu kochen, aber im Verständnis haben bin ich den meisten eine Nasenlänge voraus. Apropos kochen: etwa zeitgleich erstand ich mein erstes Kochbuch: *Das Dr.-Oetker-Schulkochbuch*. Ich begann mit den Basics: Kartoffeln, das konnte ich ja schon ganz gut, Saucen und Fleisch, bislang ein Buch mit sieben Siegeln, Obstkuchen und Mürbeteige. Weitere drei Monate später waren Genzmer und ich zum gelegentlichen abendlichen Biertrinken übergegangen und ich übte *Cucina Italiana*. Langsam bekam ich Routine. Weitere zwei Monate später, als mir Genzmer nach einem Kinobesuch von seinen Problemen mit Neufrau erzählte, hatte ich bereits *Kreativ Kochen mit dem Wok* und *100 Fischgerichte aus aller Welt* hinter mir. Und als weitere drei Monate später Neufrau zur Ex-Freundin mutierte, konnte ich bereits

New Californian-Asian Cuisine und schneller Sushi rollen, als Genzmer gucken konnte, daß er sich wieder in meinem Bett befand. Mein Guter Freund Genzmer.

Vielleicht sollte ich an dieser Stelle ein paar Worte über meinen Guten Freund Genzmer verlieren. Nicht über sein Trennungs- und Finanzierungsverhalten, das erwähnte ich ja bereits, es wäre aber vielleicht an der Zeit, seine Physis zu beschreiben. Genzmer ist dick. Oder moppelig, wenn man zu einem etwas liebevolleren Vokabular greifen möchte, was ich seinerzeit unbedingt wollte. Nicht, daß er verfettet wäre, aber er hat diese wohl genetisch bedingte *Tendenz* zur Verfettung. Glauben Sie nicht den Frauenzeitschriftbeiträgen, die behaupten, wegen ihren andersgelagerten Fettreserven und ihrem schwächeren Bindegewebe bekämen nur Frauen Cellulitis, und Männer könnten das gar nicht kriegen. Die Autorinnen dieser Artikel haben noch keinen Blick auf Genzmers Oberschenkel geworfen. Genzmer hat Cellulitis. Und Genzmer hat auch zwei Kinne, von denen das untere mal mehr, mal weniger aufdringlich in Erscheinung tritt, latent aber stets seine Position behauptet. Mich hatte all dies nie gestört. Liebe macht ja nicht nur doof, sondern auch blind, wie man weiß. Nein, im Gegenteil, ich hatte Genzmer geliebt, also hatte ich auch seine Kinne und Schenkel geliebt, letztere vielleicht im Dunkeln etwas mehr als bei greller Beleuchtung, aber immerhin.

Im übrigen hatte Genzmer, wie ich bei unserer ersten Wiederbegegnung im Bett feststellen konnte, in den vergangenen anderthalb Jahren das eine oder andere Kilo zugelegt. Seit er einer ebenso bezahlten wie vorwiegend sitzenden Tätigkeit nachging, schienen die Hungertage rar geworden zu sein; Genzmer hatte ja sowieso immer schon eine Leidenschaft für gutes Essen gehabt, allein, es hatte ihm zu unserer Zeit der finanzielle Spielraum gefehlt. Ich entdeckte einen dritten ausgeprägten Ring um seine Mitte, den ich noch nicht kannte, sowie einen kommenden vierten, noch im embryonalen Zustand, aber für das Kennerauge unübersehbar. Am Morgen danach machte ich Frühstück, Bauernomelette mit Speck, frischen Kräutern und Bratkartoffeln. Wir redeten darüber, daß die vergangene Nacht ein Ausrutscher war, den wir nicht wiederholen sollten, um unsere Gute Freundschaft nicht zu gefährden. Ich tat Genzmer noch einen zweiten Nachschlag auf. Ich selbst bin nie ein großer Frühstücker gewesen.

Der nächste Ausrutscher ereignete sich zwei Wochen später, nach einem kleinen Rouladenessen, das ich im kleinen Freundeskreis veranstaltet hatte, und das Genzmer und mich und drei Flaschen Rotwein übrigließ. Wir kamen überein, beim Katerfrühstück mit Baked Beans, erwachsen genug zu sein, um die Dinge im Griff zu haben. Drei Wochen später kamen wir überein, es noch einmal miteinander zu versuchen.

Genzmer kann übrigens wirklich gut kochen. Ich vertrete ohnehin die These, daß Männer von Geburt an gute Köche sind, während Frauen das Kochen mühselig erlernen müssen. Männer haben ja auch diese Obsession mit Balsamico-Essig, aber das ist ein anderes Thema. In unserer neuen Beziehung etablierte sich eine Häuslichkeit, die dem ersten Durchgang nicht innegewohnt hatte. Da Genzmer nun einer geregelten Arbeit nachging und meistens erst spät und oft ziemlich kaputt nach Hause kam, machte ich es mir zur Gewohnheit, ihn mit einem Abendessen zu empfangen – manchmal bei mir, meistens bei ihm, da ich in Ermangelung einer anständigen Küche bei mir nach wie vor unter erschwerten Bedingungen kochte. Genzmers opulent ausgestattete Küche bewirkte einen weiteren Quantensprung meiner Kochfähigkeit. Besonders in den Desserts wurde ich richtig gut. Mein Tiramisu kann mit den besten der Stadt konkurrieren. Nach dem Essen sahen wir meist fern. Wenn Genzmer dann nicht zu müde war, fickten wir vor dem Einschlafen noch ein bißchen, nicht sehr oft und nicht sehr lange, aber Genzmers Talente liegen sowieso auf anderen Gebieten, auch wenn ich noch nicht herausgefunden habe auf welchen, irgendwo werden sie schon liegen. Der vierte Ring um seine Taille war inzwischen erwachsen geworden, aber mittlerweile verdiente er ja genug, um sich ab und an einen neuen Anzug leisten zu können. Vor dem Einschlafen gab ich ihm immer noch einen kleinen Kuß auf die Wange, die sich ein wenig, ein ganz klein wenig, über dem Kieferknochen auszubeuteln begann. Mein armer Guter Freund Genzmer und seine geschlechtsatypische Bindegewebsschwäche. Nachts schlief ich eng an ihn geschmiegt, die Matratze war zu seiner Seite hin so abschüssig, daß ich ihm sowieso automatisch entgegen rollte. Morgens stand ich gemeinsam mit ihm auf. Während er duschte und sich rasierte, machte ich ihm Frühstück. Ich selbst bin ja nie ein großer Frühstücker gewesen.

In den folgenden Monaten wuchs Genzmer ein drittes Kinn und die Beutelbacken waren selbst für das liebende Auge kaum noch zu übersehen. Ich begann beim Sex unter Atembeschwerden zu leiden, wenn ich unten lag, und bestand nun stets auf der Reiterstellung. So oft stellte sich das Problem aber sowieso nicht mehr, Genzmer schlief meistens vor dem noch laufenden Fernseher ein. Kniffliger gestaltete sich meine Zeitplanung. Meine freiberufliche Tätigkeit ließ mir da zwar einen gewissen Spielraum, aber ich hatte mir, nachdem ich damals, nach der Trennung von Genzmer, in einem halben Jahr fast zehn Kilo verloren hatte, regelmäßigen Sport angewöhnt, um mein Gewicht zu halten, und trainierte fast täglich ein bis zwei Stunden. Dazu kam seit Mitte November Robert, der natürlich auch Zeit beanspruchte, außerdem hatte ich eine neue Leidenschaft fürs Tangotanzen entdeckt. Trotzdem haßte ich es, die gemeinsamen Abende mit Genzmer ausfallen zu lassen. Zumeist stellte ich ihm wenigstens ein Abendessen auf den Herd.

Im Frühling machte ich meinen Segelschein und zog einen guten neuen Auftrag an Land. Trotz der nach wie vor oft schwer zu organisierenden zeitlichen Belastung fühlte ich mich gut. Ich hatte mehrere Verehrer in dieser Zeit, an denen ich aber nicht näher interessiert war; trotzdem, mein Ego fühlte sich gebauchpinselt. Wenn ich mit Genzmer ausging, glaubten die wenigsten Leute, die wir kennenlernten, daß wir ein Paar seien. Aber wir gingen sowieso nicht mehr oft aus, Genzmer und ich, und Genzmer hat noch nie besonders viele Leute gekannt. Den letzten Sex hatten wir im Februar. Genzmers Atemnot war erschrekkend gewesen.

Wenn ich mit Genzmer einmal die Woche ins Restaurant ging, ein kleiner Ritus, den ich eingeführt hatte, damit wir nicht immer nur zu Hause saßen, drehten sich immer häufiger die Leute an den Nebentischen zu uns um. Auch auf der Straße bemerkte ich die Blicke der Passanten, und in der U-Bahn, wo neben Genzmer auf der Bank nur noch ein knapper halber Platz frei blieb. Genzmers Rollen an der Taille, oder vielleicht eher am Äquator, hatten sich unlängst zu einem großen Ganzen vereint; die dadurch entstehende, anatomisch ungünstige Vorderlastigkeit hatte er aber innerhalb weniger Wochen durch Rückenspeck wieder ausgeglichen. Auf einer der seltenen Parties, die wir noch gemeinsam besuchten, überhörte ich das Gespräch zweier junger Frauen, die sich in meiner Gegenwart unvorteilhaft über Genzmers Erscheinungsbild äußerten. Ich unterließ es, die beiden auf meine Bekanntschaft mit Genzmer hinzuweisen, stellte mich aber demonstrativ zu ihm und hielt ihm auffordernd die Chipstüte hin.

Der Sommer in diesem Jahr war ungewöhnlich heiß. Nach der zweiten Woche bei über 35 Grad gelang es mir bei einem samstäglichen Einkaufsbummel, Genzmer zum Kauf einer kurzen Hose zu überreden. Ich konnte meinen Guten Freund Genzmer einfach nicht weiter in seinen langen schwarzen Beinkleidern leiden sehen. Mir schien es, als wäre ihm die Erleichterung anzumerken, er behielt das neue Stück gleich an. Ich kaufte mir im selben Laden ein leichtes, geblümtes Kleidchen. Genzmer wollte nach Hause, aber ich bestand auf ausgiebigem Flanieren in den belebten Fußgängerzonen der Innenstadt. Zur Belohnung lud ich ihn anschließend ins Steakhouse ein.

Mit dem Ende des Sommers und dem Einsetzen der ersten kühlen Nächte fühlte ich, daß auch in meinem Leben eine neue Phase anbrach. Ich hatte in den letzten Monaten viel gearbeitet und dachte über einen längeren Urlaub nach, vielleicht irgendwo, wo ich einen Tauchkurs machen könnte, das hat mich immer schon gereizt. Auch Robert setzte mir langsam die Pistole auf die Brust. Bislang hatte ich ihn auf Distanz gehalten, mit der Begründung, ich sei über eine vorangegangene Enttäuschung emotional noch nicht hinweg, aber inzwischen wollte er sich nicht mehr damit zufriedengeben, mich nur zwei, allerhöchstens drei Abende in der Woche zu sehen. Und wenn ich so nachdachte, mußte ich mir eingestehen, daß mir die Fernsehabende mit Genzmer, trotz aller Gemütlichkeit, doch ein wenig langweilig wurden. Ich buchte mit Robert einen Flug nach Venezuela für Anfang Oktober und organisierte zu Genzmers Geburtstag am 14. September eine Party. Er selbst hat für sowas ja sowenig Zeit, und ich wollte ihm doch eine Freude machen. Wir luden meine Freunde ein und seine Arbeitskollegen. Ich überredete ihn auch, Ex-Neufrau einzuladen, denn man soll schließlich nicht nachtragend sein, und wir wären ja nach unserer

Trennung auch wieder Gute Freunde geworden. Oder so ähnlich. Ich nahm mir zwei Tage frei, um ein atemberaubendes Buffet zu zaubern. Genzmer und ich feierten schon am Vorabend in seinen Geburtstag hinein, mit Sekt und Kerzenmeer. Ich schenkte ihm einen Videorekorder und einen besonders seltenen Balsamico-Essig. Beschwingt vom Sekt, unternahm Genzmer einen Beischlafversuch, allerdings von wenig Erfolg gekrönt.

Die Party am nächsten Abend war ein voller Erfolg, selbst Ex-Neufrau erschien, einen gebräunten Surfertypen im Arm, und gratulierte Genzmer mit Küßchen auf die Beutelwangen. Sogar mir gab sie die Hand. Die ganze Szene stimmte mich versöhnlich. Ich nutzte auch die Gelegenheit, Robert endlich meinen Freunden vorzustellen, sehr zur Beruhigung meiner besten Freundin, zu deren Charaktereigenschaften erfrischende Ehrlichkeit eher gehört als ausgeprägtes Taktgefühl, und die schon seit vielen Monaten meine Beziehung zu Genzmer im allgemeinen sowie die Entwicklung seines Nettogewichts im besonderen kritisch betrachtete. Gute Freunde sind schon sehr wichtig im Leben. Das sagte ich übrigens auch zu Genzmer, bevor ich, vom Sekt und Tanzen angenehm müde, gegen halb drei nach Hause ging. Gute Freunde zu bleiben, das ist schon eine schöne Sache, und an mir soll es nicht liegen. Robert und ich und ein paar Freunde zogen dann noch auf ein halbes Stündchen weiter in die nächste Kneipe. Wir befanden einstimmig, was für eine nette Party es doch gewesen sei, was mich freute, vor allem für Genzmer. Und übrigens, mein Tiramisu war die unbestrittene Krönung des Abends.

Helga Laugsch

Letzte Abenteuer

»Purpur«, sagt die beste Freundin, die jede Frau haben sollte, und nickt sich selbst zu. »Wie die Verführung in Person. Oder Lila. Und natürlich Samt.«

»Wie der letzte Versuch«, entgegne ich schwach, denn meistens ist sie es, die in den Dingen des Lebens den Durchblick hat und nicht ich. »Ist das gerade ›in‹? Ich dachte, es sei Schwarz oder Weiß, und vielleicht Leinen oder Polyester oder etwas dazwischen.«

»Erstens«, sagt sie, »heißt es nicht mehr ›in‹, sondern ›cool‹ oder ›megacool‹. Und zweitens soll er ja schließlich nur dich anschauen oder etwa nicht? Deshalb mußt du auffallen.«

»Und was soll an ›cool‹ neu sein? Den Ausdruck gibt's doch schon, seitdem ich denken kann.«

»Manchmal kannst du geradezu blödsinnig stur sein.« Sie wirkt genervt. »Und ich habe meine Zeit auch nicht gestohlen, wenn ich das mal anmerken darf, um dein Styling zu coachen. Also, tu's einfach.«

»Aber meinst du nicht, daß es eventuell, nur ganz eventuell, etwas übertrieben sein könnte? Der Anlaß viel zu geringfügig?«

»Bei dir geben sich die Lover ja nicht gerade die Türklinke in die Hand. Du triffst deine erste Liebe wieder, und das soll unbedeutend sein?« Wahrscheinlich habe ich einen Augenblick oder auch zwei, wie ich zugeben muß, zu lang nachgedacht, und habe jene Vergangenheitsbewältigung betrieben, die leicht in Träumerei ausartet, posthume Ritterschläge und Glориolen verleiht. Jedenfalls fügt sie auf mein Schweigen hinzu: »Wie ist er eigentlich, das heißt, wie war er denn?«

Vermutlich tritt ein leicht verzückter Ausdruck in meine Augen und meine Stimme wird sahnig: »Er hatte eine rote Honda und sah aus wie der Gitarrist von ›Status Quo‹, der blonde. Jede Menge Haare.«

»Ist das die Möglichkeit? Das sind ja Qualifikationen!« Weil sie mein Zögern bemerkt, wird sie energisch. »So viele Einladungen in Sterne-Restaurants erhältst du schließlich nicht, daß du darauf verzichten könntest.«

»Das kommt dazu«, sage ich unglücklich. »Vermutlich werde ich das Besteck durcheinanderbringen, oder die Teller und Gläser, und ich werde das Falsche bestellen oder so.«

»Nein, das wirst du nicht. Oder wenn doch, dann tust du das mit soviel Stil, daß es genial wirkt. Also, Schluß mit all deinen Skrupeln und rein ins Vergnügen.«

Und wie immer rede ich noch ein bißchen herum und sie dagegen, wir kennen uns lange, sind ein eingespieltes

Team. Meistens mache ich dann das, was sie mir vorschlägt.

So krame ich in Stapeln von alten Fotografien herum, auf denen sicher schon viele Spuren von Fingern sind. Ich versuche, den Duft eines Frühlings einzuatmen, der nun fünfundzwanzig Jahre zurückliegt, Zitrone und Moos, wühle in Tonträgern, die damals größere Scheiben waren als heute. Mitunter singe ich vor mich hin. Vor lauter Aufregung esse ich nicht viel, habe aber erstaunlicherweise auch keinen Hunger. Und nachts träume ich von Motorradfahrten in der Dunkelheit, nach Diskothekenbesuchen, die reichlich unschuldig waren. Davon, wie er den Lenker hochriß, wenn ein Bahngleis vor uns lag und wir einen Augenblick, der hätte andauern sollen, von der Erde abhoben, ich dabei näher an ihn gedrückt wurde und seine Haare über meine Schultern wehten.

Weil ich seitdem nicht mehr an Länge zugelegt habe, dafür aber an Volumen, steige ich in hochhackige Lacksandalen, die leise quietschen, und übe mich im sicheren Gehen. Auch das passende Kleid ist aufgetrieben worden, selbstverständlich von der besten Freundin, und laut ihrer Aussage, die ich nicht mehr anzweifle, könnte es von einem endgeilen Designerteam stammen, das noch keiner entdeckt hat – oder aber vom Flohmarkt, was der Realität entspricht. Ebenso habe ich mich durch eine ganze Abteilung von Literatur gelesen, die unbemerkt von mir schon immer existierte. Hochglanzbändchen mit appetitlichen Abbildungen, die Avocados zeigten, die eben, satt und poliert grün waren, Austern in Farben von teuren Dessous und alabasterweiße Spargelstangen. Zusätzlich erstellte ich Listen, welche Flüssigkeiten zu welchen Hors d'œuvres zu süffeln waren, fügte etwas Kulturgeschichte und Lifestyle in Stichpunkten hinzu, um lässig parlieren zu können. Insgeheim fand ich, daß wir es wirklich übertrieben.

Das kann er nicht sein, denke ich nur, als ich die Tür passiert habe, die ich selbst geöffnet hatte, was wohl bereits ein Fehler war, und weißgekleideten, dünnen Männern ausweiche, die sich mir fragend und überheblich in den Weg stellen. Und füge still hinzu: Das darf er nicht sein. Aber es ist kein anderer im passenden Alter, für Männer immerhin noch in der richtigen Hälfte der Vierziger, auszumachen. Alle Tische sind von Herren in Gesellschaft bevölkert, die entweder mit jungen, magersüchtigen Frauen mit gefärbten Haaren, ozeanbunten Augen und kurzen, schwarzen Fähnchen oder aber mit weiteren Herren in Anzügen, vor und hinter Köfferchen und Handys, zusammensitzen. Einen Augenblick ist mir sogar der Name entfallen, den ich damals so oft in mein Tagebuch schrieb, mit Herzchen, Ausrufe- und später leider nur noch Fragezeichen, dieser ganz außergewöhnliche Name, der stets ein Beben in mir auslöste. Gerade noch rechtzeitig fällt mir ein, daß die Männer meiner Generation meistens Michael, Peter oder, ja genau, jetzt hab ich's, Wolfgang heißen. Ein kurzes Aufatmen bei mir, diese Klippe wäre also umschifft. Und fast gleichzeitig meldet sich – wahrscheinlich das Erbe meiner bäuerlichen Vorfahren – ein geradezu widerlicher Hunger. Das gesamte menschliche Inventar dieses feinen Restaurants mustert mich, einen Moment lang schweben Messer, Gabeln und Gläser in der Luft, die Frauen bleiben mit manikürten Fingernägeln in ihren aufgeplusterten Frisuren hängen und die Kellner beziehungsweise Ober umklammern die Speisekarten vor ihrer Brust. Mein Magen knurrt anscheinend sehr laut und deutlich.

Wolfgang also. Wolfgang ist sehr braun für diese Jahreszeit und trägt einen grauen Anzug über einem T-Shirt (beides stammt offensichtlich von einem Designerteam, das schon längst Furore gemacht hat, aber da kann ich nur raten). Auch sein fast kahler Schädel wirkt sehr trendy. Wir starren uns an, ich stehend, er sitzend. Noch wäre Zeit, um einfach abzuhauen. Dann fällt mir der Make-love-not-war-Sticker auf seiner Jeansjacke ein, den ich damals so dicht vor Augen hatte.

»Hi«, sage ich. Sollen wir uns jetzt die Hände schütteln? Ich verlagere mein Gewicht vom linken auf das rechte Bein. Blöde Schuhe. Ich konnte schon vorher nicht darin stehen. Aber dann erhebt sich Wolfgang doch und scheint regelrecht erfreut zu sein, als er die Küßchen neben meine Ohren in die Luft drückt. Ich nehme einen dieser fruchtigen Düfte wahr, die nun auch Männer tragen.

»Mensch«, sagt Wolfgang und er knipst sein Lächeln wie eine große Lampe an, zu der sein ganzes Gesicht wird. »Mensch. Du hast Dich ja kaum verändert.«

Unwillkürlich und so wie immer grinse ich zurück. Das genügt erst einmal, und wir setzen uns beide hin, schauen uns eine ganze Zeitlang direkt in die Gesichter. Gerade will ich anfangen, sentimentale Sätze von mir zu geben, als Wolfgang feststellt: »Du hast zugenommen.«

»Ja«, sage ich und füge hinzu: »Aber du nicht.« Es soll wie ein Vorwurf klingen.

In diesem Moment tritt ein traumhaft schöner Jüngling an den Tisch, vermutlich ein Schauspieler, der gerade den Durchbruch anpeilt, und wendet sich an Wolfgang. Zierlich hält er einen Block in der Hand und gibt sich den Anschein, vor allem mir eine große Gunst zu erweisen.

Wieder gehen meine bäuerlichen Gene mit mir durch: »Sie kommen wie gerufen. Ich habe einen irrsinnigen Hunger.«

Beide Herren scheinen leicht irritiert. Wolfgang faßt sich als erster und läßt den Ober wissen, daß wir noch nicht genau wüßten, zunächst aber Wasser möchten und etwas ganz Exquisites, das zuerst frisch geerntet, pochiert, filetiert, moussiert und so weiter werden muß. Ich halte wissend meinen Mund. Als der Ober wieder abgeschwirrt ist, luge ich in den Brotkorb, in dem sehr dekorativ drei klitzekleine Scheiben Baguette ruhen, wie in ewigem Schlaf und unberührbar.

»Warum wissen wir noch nicht?« frage ich leise.

»Weil ein richtiges Mahl wie eine gelungene Komposition ist. Richtig kreativ. Die Auswahl, die Vorfreude. Eben die Zusammenstellung. Verstehst Du?«

Ich nicke unaufrichtig: »Ja.«

»Und – wonach steht dir der Sinn? Etwas Fisch, gedünstet, vorher vielleicht ein kleiner Salat an einer Vinaigrette mit Honig und Salbeiöl und danach ein bißchen Wachtel?«

»Um ehrlich zu sein«, entgegne ich. »Ich möchte eigentlich nicht nur ein bißchen oder etwas. Mir ist eher nach einer großen Portion, egal von was, mit viel Sahne, Käse und gerösteten Zwiebeln.«

»Mensch«, sagt Wolfgang. »Du hast dich echt nicht verändert. Immer noch so geradeheraus und unverdorben.«

Ich setze gerade dazu an, den Mythos des Naturkindes zu zerstören und ein, zwei, drei oder mehr Begebenheiten aus meinem Leben als Beweise anzuführen, schließe aber aus unerfindlichen Gründen meine Lippen wieder und begnüge mich damit, frisch und rosig zu lächeln. Der Ober kredenzt mit passenden Gesten durchsichtige Flüssigkeiten, die Wolfgang mit gespannter Stirnlinie absegnet.

»Du solltest auf deine Figur achten«, sagt Wolfgang danach zu mir. »Es wäre doch so schade um sie.« Er verzieht sein Gesicht auf eine Art und Weise, die mich auf einmal finden läßt, der Ausschnitt meines Kleides sei dann doch etwas zu tief. Ich bereite mich darauf vor, die Frage nach meinem Gewicht, die folgen könnte, mit für mich möglichst günstigen, aber dennoch glaubwürdigen Kiloangaben zu beantworten. Aber sein Blick wird feucht, was ich von ihm nicht kenne. »Du solltest etwas für dich tun. Deinen Körper in Form halten. Trainierst du eigentlich?«

»Sicher«. Ich klinge überheblich. »Ich mache gerade einen Spanischkurs. Du weißt ja, Sprachen lernen bringt's.«

»Daran dachte ich eigentlich nicht. Nein, ich meinte mehr deinen Body. Ich könnte dir ein Superprogramm zusammenstellen, ich bin sozusagen ein Experte. Ein bißchen Krafttraining, Spinning und Aerobic. Vielleicht auch Joggen.«

»Macht man das immer noch? Das kann doch so gefährlich sein, für die Gelenke und so weiter.«

»Aber woher denn? Schau mich doch an. Ich bin das beste Beispiel. Kein Gramm Fett auf den Rippen.« Wolfgang entledigt sich seines Sakkos und läßt Oberarmmuskeln tanzen, die sicherlich beeindruckend sind, für eine, die das mag.

»Oh, danke. Du brauchst dich nicht auszuziehen«, sage ich hastig. »Ich glaube dir aufs Wort. Ehrlich.«

Er versucht einen Blick der Sorte, die gefährlich sein können. »Na gut«, meint er und schwenkt die Augen durchs Lokal. »Jetzt nicht. Noch nicht.«

Von Ferne erblicke ich eine weiße Gestalt, die mit vielversprechend großen Platten direkt auf uns zueilt. Na endlich. Die Nerven liegen bloß, die Säume meines Magens fransen langsam aus und wenn ich jetzt etwas zu essen bekomme, finde ich diesen neuen Wolfgang vielleicht liebenswert oder ertrage ihn zumindest.

»Es ist ja auch gesundheitlich bedenklich. Das Fett, meine ich. Wie sind deine Cholesterinwerte?« Er nennt Buchstabenkombinationen, die mir im selben Moment, in dem ich sie höre, wieder entgleiten.

»Ach, die sind hervorragend«, sage ich lässig und verschweige, daß es schon Jahre her ist, daß mein Blut untersucht wurde.

»Naja.« Er sagt es zweifelnd. »Machen wir heute abend mal einen Anfang. Ja, ich stell' dir einfach ein paar Köstlichkeiten zusammen. Ganz lecker und leicht.«

»Ich will dir was verraten: Ich kann das Wort ›leicht‹ nicht mehr hören. Das hat mittlerweile einen geradezu inflationären Mißbrauch erlitten. Alles ist light, vom Käse bis zur Moral.«

»Ich habe ganz vergessen, wie intellektuell du bist. Warst du schon damals. Ich habe nie wieder jemanden getroffen, der derartig viel nachgedacht hat.« Wolfgang sagt es und seine Augen wandern dabei ganz automatisch zu einem Mädchen, das gerade vorbeigeht. Sie sieht nicht besonders gut aus, ist aber jung, schlank und trägt einen kurzen Rock.

»Achje«, sage ich, aber sicherlich aus den falschen Gründen. »Du weißt ja gar nicht, was ich noch alles getrieben habe.«

»Laß mich raten«, sagt Wolfgang und schließt seine Augen. Ich überlege, ob ich nicht kurz den Brotkorb plündern könnte, unterlasse aber derartige Versuche und beobachte weiter Wolfgang. Etliche Falten mehr, als karibische Sonne und Solarium eingebrannt haben können, erscheinen auf seiner Stirn. Ich zähle sie; er hat mindestens fünf mehr als ich, obwohl er mit Sicherheit weniger nachgedacht hat. Seine Handflächen bewegen sich langsam aufwärts, als hätte er einen Tusch vernommen. »Ich gebe es auf. Keine Bilder in mir. Vielleicht liegt das daran, daß du immer so geheimnisvoll für mich warst. So fern. Es hat mich fasziniert, wie unerreichbar ...«, und er erweckt den Anschein, als ringe er nach Worten, müsse sich aber geschlagen geben. »Ja, fern und einfach unerreichbar. Richtig faszinierend.«

»Mhm«, mache ich verdutzt. Im gleichen Moment stehen riesige Teller mit jeweils drei bis vier grünen Zweiglein, roten Kügelchen, Rouládchen und Häufchen vor uns, aufgetischt vom Oscarpreisträger des Jahres 2005, der stolz lächelt, oder vielleicht auch hämisch. Zögernd ergreife ich eine große silberne Gabel. Es kommt mir geradezu kannibalisch vor, damit die Minimalia in Angriff zu nehmen. Vielleicht werden noch Lupen verteilt. »Mhm«, wiederhole ich und lasse das Besteck wieder sinken. Dann meldet sich mein Widerspruchsgeist. »Das habe ich aber ganz anders in Erinnerung. Du hast mich sitzenlassen. Einfach so.«

Wieder schließt Wolfgang seine Augen, schmerzerfüllt ob seiner Erinnerungen oder meiner Taktlosigkeiten. Ich betrachte ihn ratlos, als er unmotiviert lächelt, und, wieder mit offenen Augen, die zarten Salatblätter auf die Gabelzinken nimmt. »Das kann ich nicht glauben. Da war auf einmal etwas, das mir gesagt hat, daß ich ...«

»Ja, was hat es dir gesagt?« frage ich grob. »Mir jedenfalls hast du erzählt, du bräuchtest eine Pause. Eine Pause von mir. Und daß ich dir nicht emanzipiert genug wäre.« Auch ich versuche mich an den Delikatessen. Merkwürdig genug, daß ich auf einmal Mühe habe, zu schlucken. Dabei atme ich doch feine Aromen ein, die ich schätzen sollte, erinnere mich an die Ungewißheit des Waldes, in einem anderen Land, zu einer anderen Zeit, mit einem anderen Mann, ein Hauch von Moos und Holz. Statt dessen spüre ich etwas, das wie Sägespäne am Gaumen klebt. Ich senke die Gabel wieder und schlucke meine Tränen hinunter.

Wolfgang zieht sich eines seiner sonnigen Lächeln ins

Gesicht und legt den Kopf schräg; dann schüttelt er ihn langsam. »Gerade dieser Kick von Salbei. Merkst du die Kopfnote?«

»Nein, aber vielleicht bin ich einfach nicht sensibel genug.« Ich lutsche an einem Nußsplitter, der immer größer zu werden scheint. »Also, warum hast du damals eigentlich Schluß gemacht?«

Er greift in den Brotkorb, pickt sich ein Weißbrotscheibchen heraus, bricht es und steckt es dann zwischen seine Lippen, die immer noch schön geschwungen sind. Ich jedenfalls habe sie sehr gerne geküßt. »Weißt du, das ist mir einfach entfallen.«

»Und ich habe mir die Seele aus dem Leib geweint, ganze Tagebücher vollgeschrieben, die Freundinnen genervt. Wir haben uns den Kopf drüber zerbrochen, was du meinen könntest.«

Wolfgang sieht sehr geschmeichelt aus. »Ehrlich? Mensch, das tut gut.«

»Dir schon«, sage ich trocken und will das Ölpfützchen auf meinem Teller mit Brot aufwischen, als er mir in den Arm fällt.

»Besser nicht«, meint er. »Du solltest darauf verzichten. Du weißt schon, dein Körperfett. Ich könnte dir einen Plan machen, mit Fatburnern und Low-fat-food. Du glaubst ja gar nicht, wie wirkungsvoll das sein wird, vor allem in Kombination mit dem Fitneßprogramm. Visualisiere mal deine schmale Form, das straffe Fleisch.« Wieder kneift er die Augen zusammen, die immer so herrlich grün waren. »Ich kann dir da eine gute Übung empfehlen, du mußt nur ...«

»Aber doch nicht hier«, falle ich ihm ins Wort und sehe mich um. Relativ viele Gäste scheinen gerade in einer Meditation versunken zu sein, der Rest plappert vor sich hin. Ich zucke mit den Achseln und versuche vergeblich, meinen Teller festzuhalten, den mir der Ober gerade entreißen will, fast unberührt.

Wie aus dem Nichts steht dann eine weitere große Platte vor uns, deren Weiß gut zur Geltung kommt, da sie nur spärlich mit Eßbarem versehen ist. Sicherheitshalber warte ich ab, was damit zu tun ist. Wahrscheinlich gibt es noch Musik dazu oder ein Feuerwerk. Oder anschauen, beleuchten und fotografieren, oder, wie ordinär, einfach ohne große Worte essen? Mein Magen brummt resigniert.

Ein Hauch von Meeresduft streift meine Nasenflügel: ich versuche, sie zierlich zucken zu lassen und denke ganz fest an die beste Freundin und ihre Ermahnungen. Wolfgang schlürft genußvoll. »Das solltest du auch tun. Das ist ungemein anregend. Setzt alle Sinne in Bewegung. Weißt du, dieses Zusammenwirken ...«

»Ja, die Komposition. Das Gesamtkunstwerk.« Zögernd stecke ich ein Kringelchen in den Mund. Wolfgang beobachtet, wie sich meine Lippen teilen, lange, viel zu lange, so als würde er abwarten, wie das Etwas auf Weißwurstgröße erigiert und ich, zunächst zurückhaltend, dann aber zusehends unbeherrschter, zu stöhnen beginne. Ich bekomme eine Gänsehaut der unangenehmen Sorte und beiße einmal kräftig zu. In meinem Mund sind Breiteile. Wolfgang zuckt zusammen. »Was hast du eigentlich in der Zwischenzeit gemacht?« frage ich. »Du hattest ja allerhand vor?«

»Jede Menge Action. Immer unterwegs. Ich war im Jemen, mit der Maschine natürlich. Diese Weite. Dieses Abenteuer. Nur Sand, Steine und Sonne. Und Dörrfleisch.«

»Warst du bei der Gruppe, die entführt wurde?«

»Nein«, sagt Wolfgang bedauernd. »Beinahe hätte es geklappt. Das waren die nach uns. Da habe ich echt was verpaßt.«

»Und sonst?«

»Tschetschenien«, bringt er mit fast geschlossenem Mund hervor, und seine Kiefermuskeln bewegen sich heftig. Wahrscheinlich kostet er das letzte Bißchen Aroma aus, holt sich den ultimativen Wirkstoff.

»Wann?« frage ich interessiert. »Erst vor kurzem?«

»Leider nein. Da war ich zu früh dran. Aber diese Weite. Das Abenteuer. Nur Steine.«

»Warum trittst du eigentlich nicht der Fremdenlegion bei? Du weißt schon: die Weite, die echten Kerle. Oder gibt's die mittlerweile nicht mehr?«

Wolfgang sieht verletzt aus: »Wie meinst du das? Siehst du, bei dir wußte ich nie, woran ich bin.«

»Das hat mich wahrscheinlich so faszinierend gemacht, in deinen Augen jedenfalls. Naja, einerlei. Und was war sonst noch? Südpol, Nordpol, Kanada, Alaska, die Philippinen?«

»Die Thailänderinnen sind noch richtige Frauen«, sagt Wolfgang und steckt sich einen neuen Kringel in den Mund. »Und du? Was war bei dir los?«

Kurz gebe ich eine Zusammenfassung meiner Aktivitäten und wähle dabei jene Stationen aus, die er gerade noch intellektuell erfassen kann. Aber Wolfgang konferiert wieder mit dem Ober und ordert Weiteres. Dann wendet er sich wieder an mich: »Sorry, aber es soll ja schließlich alles perfekt sein heute abend, an unserem Abend. Klingt ja echt interessant. Und sonst? Hattest du viele Liebhaber in der Zwischenzeit? Wie waren sie?« Seine Augen blicken beschwörend, fordern ein Kompliment zu seinen Gunsten. Er schiebt sich ein weiteres Röllchen in den Mund, eines, das eigentlich mich auf Touren hätte bringen sollen.

»Ich bin mir nicht sicher, was du hören möchtest?«

»Alles«, sagt Wolfgang begeistert. »Alle. Weißt du, ich habe mich immer sehr nach einer älteren Frau gesehnt.«

»Aber ich bin ein halbes Jahr jünger als du, sofern ich mich recht erinnere.«

»Eben«, sagt er schwärmerisch. »Alle anderen hatte ich schon, nur keine reife Frau. Diese Faszination. Eine Frau, die viel erlebt und geliebt hat. Schon einiges hinter sich hat. Auch ihre Blüte. Diese Erfahrung, dieses Wissen.« Er spießt einen Stab irgend etwas auf und führt ihn sehr langsam zum Mund.

Als ich aufstehe, schaut er mich erwartungsvoll an. Vielleicht meint er, ich würde mir mein Kleid über den Kopf ziehen und dann unter den Tisch robben, um Abfälle aufzuklauben, brennend vor Begierde und sich ausbreitender Lust, zunehmender Unbeherrschtheit, aus der Büchse der Pandora schöpfen und stöhnen, stöhnen, stöhnen, weil er mich zum Wahnsinn treibt. Ich knicke mit einem Fuß um und nehme die eine Sandale mit den zu hohen Absätzen kurz entschlossen in die Hand, dann auch die andere.

»Lack«, murmelt er entzückt, als er meine Schuhe sieht. »Lack.« – und schiebt sich den nächsten glänzenden Bissen in den Mund. »Hast du noch mehr davon? Noch mehr Sachen aus Lack?«

»Freilich. Zum Beispiel einen Stringtanga, der im Schritt offen ist.« Wolfgangs Glatze glänzt verlockend. Die reine Provokation. Auf ihr würden sich Abdrücke meiner Absätze gut machen. Ich reiße mich zusammen. »Du entschuldigst mich doch. Saug und schlürf ruhig weiter. Geh Salatköpfe jagen, wenn dir langweilig ist. Oder schieß jeden Rucolasproß einzeln. Mit Zielfernrohr oder Pfeil und Bogen. Und wir belassen es dabei, daß ich deshalb so faszinierend für dich bin, weil eben unerreichbar. Guten Appetit noch und viele Abenteuer und alte Frauen für den Rest deines Lebens.«

Selbstverständlich öffne ich mir die Tür wieder selbst, nachdem ich etliche dünne Ober aus dem Weg gerempelt habe, etwas schwierig, da ich meine Schuhe in den Händen halte.

Draußen bin ich barfuß unterwegs, laufe die feinen Straßen entlang, mit all den passenden Menschen und ihren Vergnügungen. Wenn ich weit genug gehe, und dazu bin ich zweifelsohne in der Lage, in die Nacht hinein, über Steine, und die Prunkviertel hinter mir lasse, werde ich an einer stinknormalen Imbißbude ankommen, die eine eindeutige und fettige Note verströmt. Dort steht vielleicht ein Mann, dessen Jeans noch seinen Hintern nachzeichnen, und ich könnte ihn fragen, ob er Lust hat, sich eine Bockwurst, die alle Konservierungsstoffe von Eins bis Sechs enthält, und Pommes mit Ketchup und Mayonnaise mit mir zu teilen. Dazu ein eiskaltes Bier aus der Dose, die zischt und faucht, wenn man sie öffnet, die übersprudelt, einfach so, und unsere Finger werden sich dabei treffen und verschränken.

Die Autorinnen und Autoren

Isabel Allende: geboren am 8. August 1942 in Lima/Peru. Zunächst schrieb sie Reportagen für Zeitschriften und arbeitete für das Fernsehen. Ihr Roman »Das Geisterhaus« wurde ein Welterfolg. Sie und ihre Familie leben heute in Kalifornien.

Margaret Atwood: geboren 1939 in Ottawa. Sie ist die bekannteste Autorin der kanadischen Gegenwartsliteratur. Von ihr sind Gedichte, Prosastücke, Romane, Kritiken und Essays erschienen.

Orazio Bagnasco: geboren 1927 in Genua. Der italienische Unternehmer ist Gourmet und Kunstsammler aus Leidenschaft.

T. Coraghessan Boyle: geboren in Peekskill/New York; er unterrichtete an der University of Southern California; 1987 PEN/Faulkner-Preis; heute lebt er in New York.

Barbara Bronnen: geboren 1938 in Berlin. Sie ist in Österreich aufgewachsen. Studium der Germanistik. Ihr erster Roman »Die Tochter« erschien 1980, weitere folgten. Sie arbeitete auch fürs Fernsehen und Theater. Heute lebt sie in München.

Marie Derrieussecq: geboren 1969 in Bayonne, Studium der Literaturwissenschaften in Paris; ihr erster Roman »Schweinerei« brachte ihr großen Erfolg.

Margaret Diehl: aufgewachsen in New Jersey. Studium an der Universität von New Hampshire. Sie verbrachte einige Jahre in Maine, Virginia, Kalifornien und Mexiko. Heute lebt sie mit Ihrem Mann in New York.

Laura Esquivel: geboren 1950 in Mexiko-Stadt. Ihr erster Roman »Bittersüße Schokolade« brachte ihr überraschend großen Erfolg. 1991 wurde er von Alfonso Arau verfilmt.

Leon Fisher: geboren 1956 in Paris (Texas), heißt in Wirklichkeit Karsten Janka. Der Deutsch-Amerikaner lebt in München, wo er als Autor, Redakteur und Lektor arbeitet. In seiner Freizeit spielt er bei den »Alten Herren« des Bayernteams Fußball. Veröffentlicht hat er Romane, Reise- und Gastroführer sowie lustvolle Anthologien. Übrigens ist auch Karsten Janka ein Pseudonym.

Almudena Grandes: geboren 1960. Nach ihrem Studium fing sie an zu schreiben. Sie gehört zu den wichtigen spanischen Gegenwartsautoren. Heute lebt sie in Madrid.

Gernot Gricksch: Jahrgang 1964, arbeitet als freier Journalist und (Drehbuch-)Autor in Hamburg. Zuletzt erschien, neben diversen Sachbüchern und Kurzgeschichten, sein Roman »Die Herren Hansen erobern die Welt«. Demnächst folgt sein Roman »Die denkwürdige Geschichte der Kirschkernspuckerbande«.

Juli I. Huss: ehemals arbeitete sie als Model, heute schreibt sie Zeitungskolumnen und für die amerikanische Ausgabe der Modezeitschrift »Mademoiselle«. Sie lebt in New York.

ANGELIKA JOVAL: geboren 1943 in Berlin. Studium der Geschichte und Germanistik, 1974 Promotion. 1992 erhielt sie den Hamburger Förderpreis für Literatur. Sie lebt als freie Schriftstellerin in der Nähe von Hamburg.

KATHRIN KAUFMANN: geboren 1975. Zunächst absolvierte sie eine Ausbildung zur Versicherungskauffrau, dann arbeitete sie selbständig. Sie ist verheiratet und Mutter einer sehr lebendigen und flinken Tochter. Sie lebt heute in Wenden.

HELGA LAUGSCH: geboren 1955 in München und dort geblieben. Arbeitet als freie Autorin, Referentin, Dozentin und Lektorin; 1996 Weiland-Literaturpreis; bisher Veröffentlichungen in Anthologien des Wiener Frauenverlags und anderen Verlagen.

REGINA NÖSSLER: geboren 1964, absolvierte ein Studium der Germanistik sowie der Film- und Fernsehwissenschaften, verschiedene Veröffentlichungen im Konkursbuch Verlag, heute lebt sie in Berlin.

CHRISTIAN VON PAPPENHEIM: geboren 1961, war unter anderem tätig als Kraftfahrer, Nachtwächter und Chauffeur, bis er sich für seine Leidenschaft, das Kochen, entschied, hat bereits Bücher über den richtigen Umgang mit Speisen und Getränken veröffentlicht, heute schreibt und kocht er in seiner Heimatstadt München.

DIANDRA STONE: Unter diesem Pseudonym schreibt eine angehende Autorin für Fantasy und Horror. Sie schreibt Kurzgeschichten unterschiedlicher Genres, die sie im Internet veröffentlicht und die demnächst auch in Anthologien renommierter Verlage erscheinen. Dies ist ihr erster Ausflug in die erotische Literatur.

Tina Uebel: geboren 1969 in Hamburg. Autorin, freie Journalistin, Graphik-Designerin. Gründungsmitglied des No-Budget-Verlages Edition 406; Mitveranstalterin und MC der »Hamburg ist Slamburg« Poetry Slams und anderer literarischer Events. Diverse veröffentlichte Kurzgeschichten in Zeitschriften und Anthologien.

Keto von Waberer: aufgewachsen in Tirol. Studium der Architektur. Tätigkeiten als Architektin, Übersetzerin und Journalistin. Sie wurde mit dem Montblanc-Preis und dem Münchner Hoferichter-Preis ausgezeichnet.

Sandra Weiss: geboren 1971. Nach ihrem technischen Studium arbeitet sie als freiberufliche Schriftstellerin und betätigt sich als Web- und Multimediadesignerin in Frankfurt am Main. Ihre wahre Leidenschaft sind allerdings Thriller – an einem schreibt sie gerade.

Marianne Weissberg: geboren 1952, schrieb Satiren zum Thema Frau und Mann, beschäftigte sich aber auch mit dem Thema Kochen; sie lebt in Zürich, wo sie als freie Autorin und Journalistin arbeitet.

Quellenverzeichnis

Isabel Allende: *Colomba und die Natur* aus *Aphrodite - Eine Feier der Sinne.* Aus dem Spanischen von Lieselotte Kolanoske. Copyright © 1998 by Suhrkamp Verlag, Frankfurt am Main

BARBARA Atwood: *Tee um halb sechs* aus *Die eßbare Frau.* Aus dem Englischen von Werner Waldhoff. Copyright © 1985 by Claassen Verlag GmbH, München

Orazio Bagnasco: *Das Haus der hundert Lampen* aus *Die Nacht der sieben Sünden.* Aus dem Italienischen von Bruno Genzler. Copyright © 1999 by C. Bertelmann Verlag in der Verlagsgruppe Bertelsmann GmbH, München

Coraghessan T. Boyle: *Erbärmlicher Fugu* aus *Wenn der Fluß voll Whisky wär.* Aus dem Amerikanischen von Werner Richter. Copyright © 1991 by Carl Hanser Verlag, München / Wien

Barbara Bronnen: *Milch und Fleisch* aus *Donna Giovanna.* Copyright © 1992 by Hoffmann und Campe Verlag, Hamburg

Marie Darrieussecq: *Animalischer Appetit* aus *Schweinerei.* Aus dem Französischen von Frank Heibert. Copyright © 1997 by Carl Hanser Verlag, München / Wien

Margret Diehl: *Herbe Kräuter des Septembers* aus *Die Männer.* Aus dem Amerikanischen von Elke vom Scheidt. Copyright © 1989 by Wilhelm Goldmann Verlag, München

Laura Esquivel: *Unbeschreibliche Wonnen* aus *Bittersüße Schokolade.* Aus dem Spanischen von Petra Strien. Copyright © 1993 by Insel Verlag, Frankfurt am Main

Leon Fisher: *Die Feigen von Kalamos.* Erstveröffentlichung. Copyright © 2000 by Leon Fisher.

Almudena Grandes: *Malena, ein Leben auf Sparflamme* aus *Sieben Frauen.* Aus dem Spanischen von Wanda S. Wild. Copyright © 1999 by Scherz Verlag, Bern / München / Wien

Gernot Gricksch: *Ein stiller Mann.* Erstveröffentlichung. Copyright © 2000 by Gernot Gricksch

Juli I. Huss. : *Fleischeslust* aus *Sex, Snacks und das wahre Leben.* Aus dem Amerikanischen von Andrea Esser. Copyright © 1996 by ECON Verlag GmbH, Düsseldorf / München

Angelika Joval: *Das Märchen vom Feuerschlucker und der Prinzessin Siebenschön.* Erstmals erschienen in *Auf Zungenspitzen. Geschichten zum Einverleiben.* Herausgegeben von Gisela Krahl (1992, Reinbek bei Hamburg: Rowohlt Taschenbuch Verlag). Überarbeitete Fassung. Copyright © 2000 by Angelika Joval.

Kathrin Kaufmann: *Dinner for two.* Erstveröffentlichung. Copyright © 2000 by Kathrin Kaufmann

Andrea Bußemeier &
Timothy Sonderhüsken (Hrsg.)

Samtnächte

Geschichten von Liebe und Kerzenschein

Wenn die Tage kürzer werden und das Wetter kälter, ist die Zeit der Samtnächte angebrochen: Nächte, in denen man zur Ruhe kommt und Liebe und Sinnlichkeit bei Kerzenschein neu genießt.

Ganz egal, ob man dem Partner vorliest oder selbst bei der Lektüre sehnsüchtig von starken Armen träumt: die Geschichten von bekannten Autoren und ungewöhnlichen jungen Talenten wärmen das Herz und machen jede lange Nacht zu einem Fest der Sinne.

Knaur

Andrea Bußemeier (Hrsg.)

Sugar & Spice

Schnelle Geschichten für harte Frauen

Sie ziehen durch die Straßen von New York, London oder Berlin und haben die Nase voll von einem Leben nach der Norm: Mal bissig-provokant, mal erotisch und hinreißend komisch berichten bekannte Autorinnen und prickelnde neue Talente vom Singleleben zwischen Koitus, Karriere und der Suche nach dem Kerl fürs Leben!

Knaur

Mitch Robertson & Julia Dubner (Hrsg.)

Roll ihn rüber

Gefühlsechte Geschichten vom Gummi

Die einen sind hauchzart und reißfest, die anderen beinhart, aber gefühlsecht: Mit einem Kondom schützt man sich vor jeder Menge unangenehmer Dinge – und mit den Geschichten in diesem besonderen und immer wieder überraschenden Lesebuch schützt man sich vor literarischer Langeweile. T.C. Boyle, Martin Amis, Anne Rice, John Irving, Amistead Maupin und viele andere geben alles – und manchmal sogar noch ein bisschen mehr …

»Eine unwiderstehliche Anthologie mit rasiermesserscharfen Autoren!«
Elle

Knaur Lemon